KB075883

황야의 이리

황야의 이리

헤르만 헤세

이준서 · 이재금 옮김

열림원

어떻게 내가 이 세상에서
황야의 이리이자 초라한 은둔자가
되지 않을 수 있겠는가.

Hermann Hesse

일러두기

* 『황야의 이리*Der Steppenwolf*』는 1924~1927년에 쓰였으며, 1927년 독일의 S. Fischer 출판사에서 출판되었다. 번역 대본은 Der Steppenwolf(Suhrkamp Verlage. 1974)를 사용하였다.
* 본문의 주는 모두 옮긴이 주이다.
* 인명, 지명 등 외국어와 우리말 표기는 국립국어원 외래어 표기법을 따르되, 통용되는 일부 표기는 허용했다.
* 단행본과 장편은 『 』, 단편과 시는 「 」, 그림과 음악은 〈 〉로 묶어 표기했다.

차례

펴낸이의 머리말

이 책은 우리에게 남아 있던 한 남자의, 우리가 그 스스로도 누차 사용했던 표현인 '황야의 이리'라고 불렀던 남자의 기록들을 담고 있다. 그의 원고가 소개의 머리말을 필요로 하는지는 여전히 의문이다. 어쨌든 나로서는 황야의 이리가 쓴 원고에 몇 장을 더 첨부할 필요를 느꼈고, 거기에다 그에 관한 나의 기억을 적어보려고 한다. 내가 그에 관해서 아는 바는 아주 적고, 특히 그의 온전한 과거나 출신은 내게는 전혀 알려지지 않은 채 남아 있다. 하지만 나는 그의 성품에 관해서는 강하고, 아무리 뭐래도 말하지 않을 수 없다시피, 호감이 가는 인상을 간직하고 있다.

황야의 이리는 쉰 살이 다 되어가는 남자였는데, 그는 몇 년 전 어느 날 내 아주머니댁에 내방해서 가구 딸린 방을 구하고자 했다. 그는 꼭대기 지붕 층의 다락방과 그 옆의 작은 침실을 임대했고, 며칠 뒤에 여행 가방 두 개와 커다란 책 상자 하나를 가지고 다시 왔고, 아홉 달 아니면 열 달을 우리 집에서 살았다. 그는 아주 조용하게, 혼자서 생활했으며, 우리의 침실들이 이웃해 있던 까닭에 계단과 복도에서 여러 차례 우연히 마주치지 않았더라면, 우리는 아마도 전혀 서로 친분을 쌓지 못했을 것이다. 왜냐하면 이 사내는 사교적인 것과는 거리가 멀었고, 내가 이제까지 보아온 그 누구도 필적할 수 없을 정도로 비사교적이었으며, 정말로, 그가 스스로를 이따금 그렇게 불렀다시피, 황야의 이리, 즉 나와는 다른 세상에서 온 낯설고 야생적인 데다 낯을 가리는, 심지어 낯가림이 지독하게 심한 존재였기 때문이다. 그가 자신의 기질과 운명으로 인해서 얼마나 깊은 고독 속에 살아갔는지, 그리고 이러한 고독을 얼마나 분명하게 자신의 운명으로서 자각하고 있었는지, 이것을 나는 그가 여기 남겨놓은 기록들을 보고서야 비로소 알게 되었다. 하지만 어쨌거나 나는 그전에 이미 여러 차례의 소소한 만남과 대화를 통해서 그와 어느 정도 아는 사이가 되었고, 내가 그의 기록들로부터 얻은 그의 이미지가 근본적으로는, 물론 더 희미하고 불완전한 것이지만, 우리의 개인적인 친분으로부터 생겨난 이미지와 일치한다고 느꼈다.

우연하게도 나는 황야의 이리가 처음 우리 집에 들어서서 나의 아주머니댁에 세를 들던 그 순간에 마침 거기 있었다. 그가 점심시간에 와서 접시들은 여전히 식탁에 놓여 있었으며, 나는 사무실에 가야 하기 전까지 아직 반 시간가량 자유시간이 있었다. 나는 그가 첫 만남에서 나에게 주었던 특이하고도 아주 모순적인 인상을 잊지 않았다. 그는 유리문에 달린 초인종을 울리고는 그 문으로 들어왔고, 아주머니는 반쯤 어두컴컴한 복도에서 그에게 무슨 용건이냐고 물었다. 하지만 그 사내, 황야의 이리는 짧게 자른 뾰족한 머리를 냄새를 살피면서 높이 쭉 빼더니 예민한 코로 자기 주위를 킁킁거렸고, 아직 대답을 하거나 자신의 이름을 이야기하기도 전에 이렇게 말했다. "오, 여기 냄새가 좋은데요." 그는 이에 덧붙여서 미소를 지었고, 사람 좋은 우리 아주머니도 미소를 지었지만, 나는 이러한 인사말이 오히려 이상하다고 생각했고 그에 대해서 뭔가 반감이 들었다.

"그건 그렇고," 그가 말했다. "저는 당신이 내놓으신 방 때문에 왔습니다."

우리 세 사람 모두가 다락으로 향하는 층계를 올라갈 때야 비로소, 나는 그 남자를 더 꼼꼼하게 바라볼 수 있었다. 그는 키가 아주 크지는 않았지만, 장신들의 걸음걸이와 머리 가누는 투를 지녔고, 모던하고 편안한 겨울 코트를 걸치고 있었는데, 단정하기는 하지만 세심하지 못하게 차려입었으며, 매끈하게 면도를 했고, 머리카락은 여기저기 약간 회색빛이

돌았고 아주 짧았다. 그의 걸음걸이는 애초에 전혀 내 마음에 들지 않았는데, 거기에는 무엇인가 힘겨움과 우유부단함이 있었고, 그것은 날카롭고 강렬한 옆모습과도, 그리고 또한 그가 하는 말의 어조와 활력과도 어울리지가 않았다. 나중에야 비로소 나는 그가 아프다는 것과 걷는 데 힘들어했다는 사실을 알아챘고 듣게 되었다. 당시에 나에게 마찬가지로 불쾌했던 특유의 미소를 머금고 그는 층계, 벽, 창문, 층계참의 오래되고 높직한 장(欌)들을 눈여겨 바라보았는데, 이 모든 것이 그의 마음에 드는 듯하면서도 동시에 어쩐지 우스워 보이는 듯했다. 전반적으로 그 남자는 마치 그가 낯선 세계로부터, 예컨대 바다 건너 나라에서 우리에게 왔고 이곳의 모든 것이 예쁘기는 하지만 약간 이상하다고 생각하는 듯한 인상을 주었다. 그는, 내가 달리 말할 수 없을 만치, 정중했고, 상냥했으며, 또한 집, 방, 방세, 아침 식사와 모든 것에 곧장, 그리고 이의 없이 동의했지만, 그럼에도 불구하고 그 남자 주위에는 낯선, 나한테 비치기로는, 좋지 않은 혹은 적대적인 분위기가 감돌았다. 그는 방을 빌렸고, 추가로 침실도 빌렸으며, 난방, 수도, 하숙 서비스와 거주자 주의사항에 관한 설명을 들었고, 모든 것을 주의 깊고도 호의적으로 경청했으며, 모든 것에 동의했고, 또한 즉석에서 방세에 대한 선금을 내기도 했지만, 그런데도 그는 이 모든 일에 있어서 제대로 전념하고 있지 않은 듯 보였고, 그러한 행동을 하고 있는 자기 스스로를 이상하다고 여기며 진지하게 받아들이지도 않는 듯이 보였다. 마치 자신이 실제로는, 그리고 내면에서는, 전혀 다른 일들에 몰두하고 있는 동안에 방을 세내고 사람들과 독일어로 얘기하는 게 자신에게 기이하고도 새롭기라도 한 양, 그렇게 말이다. 대략 그 정도가 내가 받은 인상이었고, 만약 그것이 온갖 종류의 자잘한 특징을 통해서 어긋나거나 바로잡히지 않았더라면, 그것은 좋은 인상은 아니었을 것이다. 무엇보다도 그 남자의 얼굴이 처음부터 내 마음에 들었다. 예의 그 낯섦의 표출에도 불구하고 나는 그 얼굴이 마음에 들었는데, 그것은 어쩌면 약간은 기이한 듯도 하고 슬프기도 한 얼굴이었지만, 깨어 있고, 매우 사려 깊고, 철저하게 완성된, 정신화된 얼굴이었다. 그리고 여기에 더해서, 나를 더욱 유화적인 기분으로 만들었다시피, 그 남자의 정중함과 호의적인 태도에는, 비록 그것이 그에게 어느 정도 노력을 필요로 하는 것처럼 보이기는 했지만, 전혀 오만함이 없었다 — 오히려, 그 속에는 거의 심금을 울리다시피 하는 무엇인가가, 애원하는 듯한 무엇인가가 있었고, 이에 대해서 나는 나중에야 비로소 해명을 발견했지만, 그것은 곧장 나에게 그에 대한 약간의 호감을 불러일으켰다.

두 방을 둘러보는 일과 다른 협상들이 미처 끝나기도 전에 내 점심시간이 다 지나가버린 통에 나는 회사로 들어가봐야만 했다. 나는 작별을 고하고 그를 아주머니에게 맡겼다. 내가 저녁에 다시 돌아왔을 때, 아주머니께서는 나에게 그 낯선 남자가 방을 세냈으며 가까운 시일에 이사 올 거라고 이야기하셨다. 그 남자는 유일하게, 자신이 온 데 대해서 경찰에 전입신고를 하지 말라고만 당부했다는데, 이유는 그에게는, 즉 자신처럼 병이 든 남자에게는, 이러한 수속 절차와 경찰 집무실에서 하릴없이 서 있는 것 등의 일들이 견디기 힘들기 때문이라는 것이었다. 당시에 그것이 나에게 얼마나 수상쩍은 느낌이 들게 만들었는지, 그리고 내가 아주머니에게 이런 조건에 동의하는 것에 대해서 얼마나 경고했는지, 나는 아직도 또렷하게 기억한다. 수상한 점이 드러날까봐 이렇게 경찰을 기피하는 행동이 나에게는 그 남자가 지닌 생소함과 낯섦에 너무나도 잘 맞아떨어지는 것처럼 보였다. 나는 아주머니에게, 그렇지 않아도 뭔가 특이한 이런 요구를 들어주면 경우에 따라서는 당신에게 상당히 언짢은 결과를 낳을 수 있노라고, 어떤 경우에도 생판 낯선 사람을 상대로 이런 요구에 동의해서는 안 되노라고, 상세하게 설명해 드렸다. 하지만 아주머니께서 이미 그가 원하는 바를 들어주기로 하셨다는 사실과 그분이 그 낯선 남자에게 완전히 사로잡히고 매혹당하셨다는 사실이 드러났다. 왜냐하면 아주머니는 단 한 번도 당신이 어떤 인간적인, 친구나 친척 아주머니 같은, 혹은 더 나아가 엄마 같은 관계에 들어설 수 없는 세입자를 받아들이신 적이 없기 때문인데, 이 점은 그래서 여러 예전 세입자에게 숱하게 이용당하기도 했다. 그리고 결국에는 첫 주 동안, 나는 그 새로운 하숙인의 많은 것을 비난했던 반면에 나의 아주머니께서는 그를 번번이 따뜻함으로 감싸주시는 일이 계속되었다.

이 경찰 전입신고 방치 건이 내 마음에 들지 않았던 까닭에, 나는 적어도 아주머니가 이 낯선 사내에 관해서, 그리고 그의 출신과 의도들에 관해서 뭘 알고 계시는지라도 듣고 싶었다. 그런데 아주머니는, 비록 그가 그날 정오에 내가 집을 나선 뒤로 그저 아주 잠깐밖에 거기에 머무르지 않았는데도, 이미 그에 관한 이런저런 일들을 알고 계셨다. 그가 아주머니에게 말한 바로는, 그는 도서관을 이용하고 도시의 유적들을 구경하기 위해서 몇 달 정도 우리 도시에 머물 생각이라고 했다. 사실 그가 그렇게 짧은 기간 동안만 방을 빌리려는 것이 아주머니에게는 맞지 않았지만, 뭔가 별나게 굴었음에도 불구하고, 이미 그는 아주머니를 자기편으로 만든 게 틀림없었다. 간단히 말해서, 방들은 이미 임대되었고, 나의 이의는 너무 뒤늦게 제기된 것이다.

"그 남자는 도대체 왜 여기에서 그렇게 좋은 냄새가 난다고 말했을까요?" 내가 물었다.

그러자 이따금 정말로 직감이 좋은 나의 아주머니께서 말씀하셨다. "그건 내가 아주 잘 안단다. 여기 우리 집에서는 청결과 질서의 냄새가, 친절하고 정숙한 생활의 냄새가 나고, 그 점이 그 사람 마음에 들었던 거야. 그이는 마치 더 이상 거기에 익숙하지 않은 것처럼, 그런 것들 없이 지내기라도 했던 것처럼 보이더구나."

그렇겠죠, 나는 속으로 생각했다, 좋으실 대로 생각하세요. "하지만," 나는 말했다. "그 사람이 정돈되고 정숙한 생활에 익숙하지 않다면, 어떻게 되는 건가요? 만약에 그가 깨끗하지 못해서 죄다 더럽혀놓는다면, 아니면 매일 오밤중에 술에 절어서 집에 오면 어떻게 하실 작정이세요?"

"그거야 두고 보면 알겠지." 아주머니는 이렇게 말씀하시고는 웃음을 터뜨리셨고, 나는 그쯤 해두기로 했다.

그런데 정말로 내 염려들은 근거가 없었다. 비록 그 세입자가 결코 단정하고 현명한 생활을 하지는 않았지만, 그는 우리를 성가시게 하지 않았고 해를 끼치지는 더욱 않았으며, 우리는 오늘날까지도 여전히 그를 기꺼이 추억한다. 하지만 내면에서, 영혼 속에서는, 이 남자가 우리 둘 다를, 즉 아주머니와 나를 아주 많이 신경 쓰이고 성가시게 했으며, 솔직히 말해서 나는 그와 끝장을 보려면 아직도 멀었다. 비록 그가 곧바로 좋아지기는 했지만, 나는 이따금 밤에 그 남자의 꿈을 꾸고, 그 남자 때문에, 그러한 존재가 실존한다는 사실만으로도, 근본적으로는 신경이 쓰이고 불안해지는 느낌이 든다.

이틀 뒤에 한 마부가 하리 할러라고 불리는 그 낯선 남자의 물건들을 실어왔다. 아주 훌륭한 가죽 여행 가방은 나에게 좋은 인상을 주었고, 커다랗고 평평한 객실용 가방은 예전의 드넓은 여행을 암시하는 듯했다. 적어도 그 가방에는 다양한 나라, 그것도 바다 건너 나라들의 호텔과 운송회사의 누렇게 바랜 표식들이 붙어 있었다.

그런 뒤에 그 남자 본인도 나타났고, 내가 이 진기한 남자를 점차 알아가게 되는 시간이 시작되었다. 처음에 내 쪽에서는 아무 일도 더 하지 않았다. 비록 내가 그를 본 첫 순간부터 할러에게 관심을 지니고 있기는 했지만, 처음 몇 주 동안은 그와 마주치거나 대화를 시작하기 위해서 아무런 행동도 취하지 않았다. 그러나 나는 이와는 반대로 — 나는 이것을 고백할 수밖에 없다 — 이미 맨 처음부터 그 남자를 조금씩 관찰했고, 이따금씩 그가 없는 동안 그의 방에 들어가기도 했으며, 특히나 호기심에 아주 조금 정탐을 하기도 했다.

황야의 이리의 외모에 관해서 나는 이미 몇 가지 언급을 했다. 그는 전적으로, 그리고 첫눈에 바로, 비상한 재능을 타고난 보기 드문 인간이라는 인상을 주었고, 그의 얼굴은 명민함으로 가득했으며, 그의 외양들의 비범하게 부드럽고 경쾌한 유희는 흥미롭고, 극도로 감동적이며, 엄청나게 섬세하고, 감수성 있는 정신생활을 반영하고 있었다. 만약 그와 이야기를 나누다가 그가, 늘 그런 것은 아니지만, 관습적인 것들의 경계를 뛰어넘고 자신의 낯섦에서 벗어나서 개인적인 자신만의 언어로 말하면, 우리 같은 사람들은 지체없이 그를 따르지 않을 수 없었다. 그는 이미 다른 사람들보다 더 생각했고, 지성적인 문제들에 있어서 오로지 진정으로 정신적인 사람들만이 지닌 바로 그 거의 냉정에 가까운 즉물성, 바로 그 확실한 예기와 앎을 진작 지닌 것이었다. 그런 사람들에게는 그 어떤 공명심도 결여되어 있고, 그들은 절대로 두각을 나타내거나 다른 사람들을 설득하거나 자기가 옳음이 증명되기를 바라지 않는다.

그러한 발언, 아니 결코 발언인 적 없이 그저 시선으로 이루어진 발언 중의 하나를, 나는 그가 여기 머물던 시절의 끝무렵에서 기억한다. 그때 유럽에서 명성이 자자했던 한 유명한 역사철학가이자 문화비평가가 대강당에서 강연을 한다고 예고했는데, 나는 처음에는 그 강연에 갈 마음이 조금도 없던 황야의 이리를 설득하는 데 성공했다. 우리는 함께 그리로 가서 강당에 나란히 앉았다. 강연자가 연단에 올라가서 인사말을 시작했을 때, 그는 다소 멋을 부리고 우쭐거리는 그의 행동거지 탓에 그에게서 일종의 예언자를 상상했던 많은 청중을 실망시켰다. 그가 이제 이야기를 시작해서 초반에 청중에게 몇 가지 감언이설을 늘어놓고 이렇게 많이 와주신 데 대해 감사를 표했을 때, 황야의 이리는 나에게 아주 짧은 시선을 던졌다. 강연자의 말과 그의 사람됨 전반에 대한 비판의 시선, 오, 잊히지 않는 무시무시한 시선이었다! 그 의미에 관해서 책 한 권을 통째로 쓸 수도 있을 법했다. 그 시선은 단순히 그 강연자를 비판하기만 했던 게 아니라, 그 유명 인사를 비록 온유하기는 하지만 설득력 있는 반어를 통해 무력화시켜버렸는데, 그것은 그 시선에 깃든 최소한의 것이었다. 그 시선은 반어적이라기보다는 차라리 슬픔에 훨씬 가까웠으며, 심지어 심원하고도 희망이 끊긴 슬픔이었다. 어느 정도 확실하고, 어느 정도 이미 습관과 형식이 되어버린, 소리 없는 절망이 그 시선의 내용이었다. 그는 자신의 절망에 찬 광휘로 비단 공허한 강연자의 인격을 샅샅이 꿰뚫기만 한 것이 아니라, 그 순간의 상황, 청중의 기대와 분위기, 예고된 강연의 다소 잘난 체하는 제목을 반어로 비꼬고 끝장내버렸다 — 아니, 황야의 이리의 시선은 우리 시대 전체를, 분답하기만 한 모든 헛짓거리를, 온갖 출세주의를, 갖은 허영심을, 잘난 줄 아는 얄팍한 정신성의 피상적인 유희 모두를 관통했다 — 아, 그러나 유감스럽게도 그 시선은 단지 우리 시대, 우리 정신성, 우리 문화의 부족함과 가망없음뿐만 아니라 더욱 깊숙이, 훨씬 더 폭넓게 파고들어갔다. 그것은 전 인류의 심장까지 파고들었고, 단 한순간 만에 한 사상가의, 아마도 한 지자(知者)의 품위에 대한, 인생의 의미 자체에 대한 모든 회의(懷疑)를 유창하게 진술했다. 그 시선은 이렇게 말하고 있었다. "저런 원숭이들이 우리라는 걸 보게나! 보라고, 저런 게 인간이라네!" 그러자 모든 유명세와 모든 영리함이, 정신이 성취한 모든 것이, 숭고함을 향하는 모든 도약이, 인간적인 것에 담긴 위대함과 지속성이 붕괴해버리고 원숭이 놀음이 되고 말았다!

나는 이로써 지나치게 앞서가고 말았고, 내가 단계적으로 그와 알아가게 되는 것을 이야기하는 와중에, 아주 서서히, 그의 이미지를 드러내는 것이 본디 나의 의도였던 반면에, 원래 나의 계획과 의지와는 반대로, 사실상 이미 할러에 관해 본질적인 것을 말해버렸다.

내가 지금 이렇게 앞서나간 마당에, 여전히 계속해서 할러의 수수께끼 같은 "낯섦"에 관해 말하는 것은, 그리고 어떻게 내가 서서히 이 낯섦의 원인과 의미들을, 이 비범하고 무시무시한 고독을 어렴풋이 느끼고 인식했는지를 일일이 보고하는 것은 부질없어졌다. 그것은 이야기하지 않는 편이 더 나은데, 왜냐하면 나는 나 자신을 가능한 한 막후에 내버려두고 싶기 때문이다. 나는 나의 고백을 들려주거나 소설을 이야기해주거나 심리분석을 하려는 것이 아니라, 단지 목격자로서 이 황야의 이리 원고를 남긴 특이한 사내의 모습을 그려내는 데에 어느 정도 이바지하고자 할 따름이다.

이미 맨 처음 보자마자, 그가 아주머니의 유리문으로 들어와서 머리를 새처럼 쭉 빼고 집에서 나는 좋은 냄새를 칭찬했을 때, 나에게는 어쩐지 이 사내가 지닌 특별함이 눈에 띄었고, 그에 대한 나의 첫 번째 단순한 반응은 반감이었다. 나는 감지했다(그리고 나와는 반대로 그야말로 전혀 지적인 인간이 아닌 내 아주머니께서도 제법 정확하게 똑같은 것을 감지하셨다) — 나는 그 남자가 병을 앓고 있다는 것을, 어떤 종류든 정신에든 감정에든 성격에든 병이 있음을 감지했고, 건강한 사람의 본능으로 그 병증에 맞서 저항했다. 이러한 저항은 시간이 지나면서 공감으로 교체되었는데, 이러한 공감은 내가 그의 고독과 내면의 죽음을 함께 목도했던, 이 위중하고 만성적으로 고통에 시달린 남자에 대한 커다란 동정심에서 연원했다. 이 시기에 나에게는 이 고통받는 자의 병증이 어떤 본성의 결핍이 아니라, 정반대로 오로지 조화에 이르지 못한 재능과 힘의 풍요로움에 기인한다는 사실이 점점 더 명백해졌다. 나는 할러가 고통의 천재라는 사실을, 그리고 그가, 니체의 여러 잠언이 말하는 의미에서, 천재적이고 무한하며 가공할 만한 고통 감내 능력을 자기 안에 수련해왔다는 점을 알아챘다. 동시에 나는, 세상에 대한 경멸이 아닌 자기 경멸이 그의 염세주의의 기반임을 깨달았다. 왜냐하면 그가 제도나 인물들에 관해서 그토록 가차없고 파괴적으로 말할 수 있었던 만큼이나, 절대로 자기 자신도 논외로 빼놓지 않았던 까닭인데, 항상 그 자신이 그가 화살을 겨누는 첫 번째 사람이었고, 그 자신이 그가 혐오하고 부정하는 첫 번째 사람이었으며…….

여기에서 나는 심리학적인 논평을 덧붙이지 않을 수 없다. 비록 내가 황야의 이리의 인생에 대해 아주 조금밖에 모르기는 하지만, 나에게는 그가 자애로운, 그러나 엄격하고 매우 독실한 부모와 선생들에 의해서, '의지의 파괴'를 교육의 토대로 삼는, 그런 의미의 교육을 받았으리라 추측할 만한 충분하고도 남는 근거가 있다. 그런데 이 학생의 경우에는 이러한 개성의 말살과 의지의 파괴가 성공을 거두지 못했다. 그러기에는 그가 너무나도 강하고 단단하며, 너무나도 자존심이 세고 지성적이었다. 그들은 그의 개성을 말살하는 대신에 단지 그가 스스로를 혐오하도록 가르치는 것에만 성공을 거두었다. 자기 자신에다 대고, 이 순수하고 고결한 대상에다 대고, 그는 평생 자신의 천재적인 상상력 전부를, 자신의 막강한 사고력 전부를 겨누었다. 왜냐하면 그는 그 점에서, 그럼에도 불구하고 속속들이 기독교인이고 속속들이 순교자여서, 자기가 할 수 있는 모든 신랄함, 모든 비판, 모든 악의, 모든 증오를, 그 무엇보다, 제일 먼저 자기 자신을 향해 풀어놓았다. 다른 사람들, 즉 주변 세계와 관련해서, 그는 끈기 있게 그들을 사랑하고, 공정하게 대하고, 그들에게 고통을 주지 않으려는, 가장 영웅적이고 가장 진지한 시도들을 했다. 이는 "너의 이웃을 사랑하라"가 자기 자신에 대한 증오만큼이나 깊이 주입되어 있었기 때문이고, 그래서 그의 한평생은 자기 자신에 대한 사랑 없이는 이웃에 대한 사랑도 불가능하다는 사실에 대한, 그리고 자기혐오는 야비한 이기주의와 정확히 똑같은 것이며 종국에는 똑같은 끔찍한 고립감과 절망감을 낳는다는 사실에 대한 본보기였다.

이제는 나의 생각들일랑 뒤로 제쳐두고 진실에 관해서 말할 때가 되었다. 그러니까, 일부는 나의 염탐질로, 일부는 내 아주머니의 발언들을 통해서, 내가 할러 씨에 대해 알아낸 것 중에 첫 번째는 그가 생활을 영위하는 방식과 연관되어 있었다. 그가 사색형 인간이자 책벌레이며 실용적인 직업에 종사하지 않는다는 사실은 금방 알 수 있었다. 그는 언제나 아주 오랫동안 침대에 누워 있었고, 종종 정오 조금 전에야 비로소 일어나서, 나이트가운 차림으로 몇 걸음 걸어 침실에서 자신의 거실로 건너갔다. 창문이 두 개 있는 크고 쾌적한 다락방인 이 거실은 불과 며칠이 지나지 않아서 벌써 다른 세입자들이 거기에 살던 때와 달라 보였다. 그곳은 채워져갔고, 시간이 갈수록 점점 더 가득 찼다. 벽에는 그림들이 걸려 있었고, 소묘들이 붙어 있었으며, 가끔은 잡지에서 오려낸 그림들도 붙어 있었는데, 그것들은 자주 바뀌었다. 남쪽 지방의 풍경, 분명히 할러의 고향일 독일 어느 지방 소도시의 사진들이 거기에 걸려 있었고, 그 사이사이에는 다채롭고 빛이 나는 수채화들이 있었는데, 우리는 나중에야 비로소 그가 손수 그것들을 그렸다는 사실을 알게 되었다. 그리고는 한 젊은 여인 혹은 어린 아가씨의 사진이 있었다. 한

동안은 시암 풍의 부처가 벽에 걸려 있었는데, 그것은 미켈란젤로가 그린 〈밤〉의 복제품으로 교체되었다가, 그다음에는 마하트마 간디의 초상화로 바뀌었다. 책들은 비단 커다란 책장만 가득 채운 것이 아니라, 탁자들 위나 예쁜 골동품 접이식 책상 위, 침상형 안락의자 위, 의자들 위, 방바닥에도 역시 사방으로 널려 있었고, 거기에 끼워놓은 종이 표식들이 끊임없이 바뀌었다. 그가 여러 도서관에서 한 꾸러미 가득히 가져오기만 한 게 아니라 우편으로도 매우 자주 소포들을 받기도 했던 까닭에 책은 계속해서 불어났다. 이 방에 살던 그 남자는 학자였을 수도 있다. 그것에는 모든 것을 뒤덮고 있던 담배 연기도 역시 걸맞았고, 산지사방으로 여기저기 널브러져 있던 담배꽁초와 재떨이도 마찬가지였다. 그러나 책의 대부분은 학술적인 내용이 아니었고, 대다수가 온갖 시대와 나라의 문학가들 작품이었다. 한동안은 그가 종종 온종일 누워서 시간을 보내던 침상형 안락의자 위에 어떤 작품의 두꺼운 전집 여섯 권 전체가 이리저리 널려 있었는데, 『메멜에서 작센으로 향하는 조피의 여행』[1]이라는 제목이었고, 18세기 말에 발간된 것이었다. 괴테 전집과 장 파울 전집이 많이 활용되는 듯이 보였고, 노발리스도 마찬가

1 요한 티모토이스 헤르메스의 서간 소설로서 18세기에 독일에서 가장 많이 읽힌 소설 중의 하나이다.

지였으며, 레싱, 야코비, 리히텐베르크도 그러했다. 도스토옙스키 책들 몇 권은 빼곡하게 적어놓은 종이쪽지들로 가득해서 삐죽삐죽 솟아 있었다. 많은 책과 저작물 사이에 있는 조금 큰 탁자 위에는 꽃다발이 자주 꽂혀 있었다. 거기에는 또한 수채화 화구통도 하나 굴러다니고 있었지만, 그것에는 항상 먼지가 수북했다. 그 옆에는 재떨이들과, 이것 역시 함구하지 않으려니 말이지만, 술이 담긴 온갖 종류의 술병이 있었다. 그가 인근의 어느 작은 상점에서 사 온, 짚을 엮어 에워싼 술병은 대개 이탈리아산 적포도주로 채워져 있었고, 이따금씩 부르고뉴산이나 말라가산 포도주[2]병도 볼 수 있었으며, 나는 체리 증류주가 든 육중한 술병이 정말로 짧은 시간 안에 거의 비워지는 것을, 하지만 그런 뒤로는 방구석으로 사라졌다가, 남은 술이 더 줄어들지는 않은 채 먼지만 쌓여가는 것을 보았다. 나는 내가 자행한 염탐질을 정당화할 마음은 없지만, 정신적인 관심사로 가득하기는 했어도 참으로 허송세월하는 방종한 삶의 이 모든 징후가 초반에는 나에게 혐오감과 불신을 불러일으켰다는 사실 또한 솔직하게 고백하는 바이다. 나는 단지 일과 정확한 시간 분배에 익숙해져 있는, 규칙적으로 살아가는 시민적인 인간일 뿐만 아

2 스페인 남부의 도시 말라가 지방의 디저트 포도주.

니라, 또한 금주가이자 비흡연자이기도 하며, 할러의 방에 있는 저 술병들이 나에게는 그 밖의 화가다운 무질서보다 훨씬 더 마음에 들지 않았다.

잠과 일을 그렇게 했듯이, 식사와 음주와 관련해서도 역시 이 낯선 사내는 매우 불규칙적이고 변덕스러웠다. 아예 집 밖에 나가지도 않고 모닝커피 이외에는 전혀 아무것도 섭취하지 않는 날이 많았으며, 이따금 아주머니는 그가 끼니때 유일하게 남긴 것으로 바나나 껍질 하나가 놓여 있는 것을 발견하곤 했지만, 그렇지 않은 날이면 그는 식당에서 식사를 했는데, 어떤 때는 훌륭하고 품위 있는 레스토랑에서, 어떤 때는 작은 변두리 술집에서 먹었다. 그의 건강은 좋지 않아 보였다. 두 다리에 장애가 있어서 종종 상당히 곤욕스럽게 계단을 올라갔던 것 말고도, 그는 다른 장애들 때문에도 시달림을 받고 있는 듯했고, 한번은 그가 여담으로 말하기를, 자신은 몇 년 전부터 더 이상 제대로 소화를 시키지도 못하고 제대로 잠을 자지도 못한다고 했다. 나는 그렇게 된 것이 무엇보다도 그의 음주 탓이라고 여겼다. 나중에 내가 그가 드나들던 음식점 중 하나에 이따금 그와 함께 갔을 때, 나는 그가 얼마나 급하고 기분 내키는 대로 포도주를 퍼마셔대는지 때때로 목격자가 되곤 했는데, 그런데도 그가 완전히 고주망태가 된 꼴을 본 적은 나도 없었고, 그밖에 다른 누구도 없었다.

절대로 나는 우리의 개인적인 첫 만남을 잊을 수가 없다. 우리는 셋집의 옆방 사람들이 서로 아는, 겨우 그 정도로만 서로를 알고 지냈다. 그러던 어느 날 저녁에 나는 직장에서 집으로 돌아왔다가 놀랍게도 이층과 삼층 사이의 계단참에 할러 씨가 앉아 있는 것을 발견했다. 그는 맨 꼭대기 층계에 앉아 있었는데, 나를 지나가게 해주기 위해서 옆으로 몸을 비켰다. 나는 그에게 몸이 좋지 않냐고 물어보고는 그를 맨 꼭대기까지 바래다주겠노라고 자청했다.

할러가 나를 바라보았고, 나는 내가 그를 일종의 꿈결 상태에서 깨웠다는 사실을 깨달았다. 천천히 그는 미소 짓기 시작했다. 그가 그토록 자주 내 마음을 무겁게 만들었던, 매력적이고도 가련한 미소를 말이다. 그런 뒤에 그는 나에게 자기 옆에 와서 앉으라고 청했다. 나는 감사를 표하고는 내가 다른 사람들의 집 앞 층계에 앉아 있는 데 익숙하지 않노라고 말했다.

"아, 그렇군요." 그는 이렇게 말하면서 더 확연하게 미소를 지었다. "당신 말씀이 맞습니다. 하지만 잠시만 더 기다려주세요. 제가 무엇 때문에 여기에 잠시 앉아 있을 수밖에 없었는지 당신에게 보여드려야만 하니까요."

그러면서 그는 한 미망인이 사는 이층의 집 앞 공간을 가리켰다. 층계와 창문, 유리문 사이에 있는, 쪽매널마루가 깔린 좁은 공간에는 낡은 주석 장식이 달린 키 큰 마호가니 장이 벽에 기대어 서 있었고, 그 앞의 바닥에는 작고 나지막한 받침대 두 개 위로 커다란 화분들에 심어놓은 식물 두 그루가, 서양 철쭉 한 그루와 남양삼나무 한 그루가 놓여 있었다. 식물들은 예뻐 보였고 늘 아주 깨끗하고 나무랄 데 없이 가꿔지고 있어서, 그런 모습이 이미 나의 눈을 기분 좋게 사로잡은 적이 있었다.

“보이시죠.” 할러가 계속해서 말했다. “이렇게 환상적인 향기가 나는 남양삼나무가 놓인 이 작은 공간이라니, 종종 저는 한동안 멈춰 서지 않고서는 도무지 여기를 지나칠 수가 없답니다. 당신의 아주머니댁도 좋은 향기가 나고 질서와 최상의 청결함이 지배하지만, 여기 남양삼나무 자리는 너무나도 눈부시게 청결하고, 너무나도 잘 털고 닦고 씻어놓고, 너무나도 손댈 수 없을 만큼 깨끗해서, 정말 제대로 빛을 내뿜어요. 나는 저기서 늘 콧속 가득히 숨을 들이마시지 않을 수가 없답니다. 당신도 그 냄새를 맡지 않으시나요? 저기에서 바닥에 칠한 왁스 냄새와 송진의 희미한 여운이 마호가니와 말끔하게 닦인 나무 이파리와 다른 모든 것과 어우러져서 하나의 향기를 만들어내다니. 시민적인 정결함의 최고봉, 세심함과 정확성의 최고봉, 작은 일에서의 의무 완수와 충실함의 최고봉을 말입니다. 저기에 누가 사는지는 모르지만, 이 유리문 뒤에는 티끌 하나 없는 시민성과 정결함의 낙원이, 소소한 습관과 의무들에 대한 세심하고 감동적인 헌신과 질서의 낙원이 깃들어 있는 게 틀림없습니다."
내가 아무 말도 하지 않자 그는 계속해서 이렇게 말했다. "제발 제가 반어적으로 말한다고 생각하지는 말아주세요! 선생님, 저는 이러한 시민성과 질서를 비웃거나 할 생각이 추호도 없습니다. 물론 그래요, 저 자신은 다른 세계에 살고 있지요, 여기가 아니고요. 그리고 어쩌면 저는 저런 남양삼나무가 있는 집에서는 단 하루도 견디지 못할지도 모릅니다. 하지만 제가 아무리 늙고 다소 남루한 황야의 이리라고 할지라도, 저도 역시 분명히 한 어머니의 아들이고, 제 어머니도 시민계급의 여성이셨고 꽃을 기르셨으며 방과 계단, 가구와 커튼에 세심하게 주의를 기울이셨고, 가능한 한 당신의 집과 삶에 말끔함과 정결함과 단정함을 부여하기 위해서 애쓰셨어요. 송진의 은은한 향기가, 남양삼나무가 저에게 그런 기억을 떠올리게 하고, 그래서 저는 저기 아무 데나 앉아서, 이 고요하고 자그마한 질서의 정원을 들여다보며, 그것이 아직도 존재한다는 사실에 기뻐한답니다."
그는 일어서려고 했지만, 그러는 데 힘겨워했고, 그가 일어설 때 내가 조금 도와주자 뿌리치지 않았다. 나는 여전히 잠자코 있었지만, 전에 나의 아주머니에게 일어났던 것과 꼭 마찬가지로, 이 기이한 인간이 이따금 부릴 줄 아는 모종의 마법에 굴복하고 말았다. 우리는 천천히 함께 계단을 올라갔고, 그는 자신의 방문 앞에서, 이미 열쇠를 손에 쥐고서,

다시 한번 정면으로 아주 친밀하게 내 얼굴을 들여다보며 이렇게 말했다. "직장에서 오시는 길입니까? 하기야, 저는 그것에 대해서는 아무것도 몰라요, 저는 그러니까 다소 동떨어져서 살고 있어요, 다소 외곽에서요, 아시다시피 말이죠. 하지만 제 생각으로는, 당신도 역시 책이나 그런 부류에 관심이 있는 것 같더군요. 언젠가 당신 아주머니께서 저에게 당신이 김나지움을 졸업했고 그리스어를 잘했다고 말씀해주셨습니다. 참, 제가 오늘 아침에 노발리스의 글에서 한 문장을 발견했는데, 당신께 그걸 보여드려도 될까요? 당신도 그걸 반가워하실 겁니다."

그는 담배 냄새가 심하게 나는 자신의 방으로 나를 데리고 가서, 책 더미에서 책 한 권을 뽑아 들고, 책장을 넘기며 찾았다. "이것도 좋네요, 아주 좋아요." 그가 말했다. "이 문장 한번 들어보십시오. '인간은 고통을 자랑스러워해야 한다. 모든 고통은 우리의 높은 지위의 기억이다.' 훌륭해요! 니체보다 팔십 년 전에! 그런데 이것은 제가 말씀드렸던 구절이 아닙니다. 잠깐만요. 여기 찾았습니다. 그러니까, '대부분의 인간은 수영을 할 수 있기 전까지는 수영을 하려 하지 않는다.' 재치 있지 않습니까? 당연히 그들은 수영을 하려고 하지 않죠! 그들은 분명히 물이 아니라 뭍에 알맞게 태어났지요. 그리고 당연히 사람들은 생각을 하려고 하지 않죠. 그들은 분명히 살아가기 위해서지 생각하기 위해서 창조된 것이 아니니까요! 그래요, 그러니 생각하는 사람은, 생각을 주된 일로 삼는 사람은, 그 면에서 성공을 거둘 수는 있겠지만, 그는 확실히 뭍을 물과 혼동해버린 셈이고, 그래서 언젠가는 물에 빠져 죽을 겁니다."

그는 이제 나를 사로잡았고 관심을 불러일으켰고, 나는 아주 잠시 동안 그의 방에 더 머물러 있었으며, 그때부터 우리가 계단이나 거리에서 마주치게 되면 서로 가볍게 이야기를 나누는 일이 드물지 않게 일어났다. 그럴 때마다 나는 처음에는, 남양삼나무 때와 마찬가지로, 언제나 그가 나를 비꼬고 있다는 느낌이 약간 들었다. 하지만 그것은 그렇지 않았다. 그는, 남양삼나무에 대해서와 마찬가지로, 나에 대해서 정말로 존중하는 마음을 지니고 있었고, 자신이 고독해진 것과 물속에서 수영하고 있는 것과 뿌리가 뽑혀버린 데 대해서 어찌나 의식적으로 확신하고 있었던지, 이따금 일상적이고 시민적인 행동을 구경하는 것이, 예를 들자면 내가 정확하게 근무시간에 맞춰 출근하는 것이나 하인이나 전차 차장이 하는 말이, 실제로, 또 어떠한 경멸도 없이, 그를 감격하게 만들 수 있었다. 처음에는 이것이 나에게는 참으로 우스꽝스럽고 과장된 것으로, 제멋대로 구는 주인장들이나 기분파 한량들의 변덕, 감상성 놀음의 일종으로 보였다. 하지만 점점 더 나는 그가 실제로 자신의 진공의 공간으로 인해서, 그의 낯섦과 황야의 이리 본성으로 인해서, 서슴없이 우리네 소시민 세계를 경탄하고 사랑하는 것을 보아야만 했다. 견고한 것이자 안전한 것으로서, 그로서는 요원한 것이자 도달할 수 없는 것으로서, 그에게는 어떤 길도 트여 있지 않은 고향이자 평화로서 말이다. 그는 행실 좋은 우리 집 가사도우미에게 매번 진정한 경외심을 띠고 모자를 벗어 인사했으며, 내 아주머니께서 어쩌다 그와 잠깐 담소를 나누시거나 그에게 그의 옷가지가 수선이 필요하겠다고, 그의 외투 단추가 덜렁거린다고 일러주실 때면, 그는 유별나게 주의를 기울이고 중시하면서 경청했는데, 마치 그가 어떤 틈새라도 있으면 이 소소하고 평화로운 세계로 밀고 들어와서, 설사 그게 고작 한 시간밖에 안 될지라도, 집 같은 안온함을 느껴보려고 형용할 수 없는, 가망 없는 노력을 기울이고 있기라도 한 듯이 보였다.

이미 남양삼나무 곁에서 처음 대화를 나누면서 그는 스스로를 황야의 이리라고 불렀는데, 이 또한 나를 약간 낯설게 했고 거슬리게 만들었다. 이건 또 무슨 표현인 거지?! 하지만 나는 단지 익숙해지는 것을 통해서 그 표현을 인정할 줄 알게 되었던 것뿐만이 아니라, 곧 나 스스로, 내 생각 속에서, 더는 그를 황야의 이리 말고는 절대로 다르게 부르지 않았으며, 지금도 여전히 이러한 외모에 걸맞을 적확한 단어를 알지 못하는 것 같다. 우리에게로, 도시로, 그리고 군집생활로, 길을 잃고 들어와버린 황야의 이리 ─ 어떤 다른 이미지도 그를, 그의 비사교적인 고독, 야생성, 불안, 향수, 그리고 고향 상실을 이보다 더 명확하게 보여줄 수는 없었다.

한번은 내가 그를, 그는 나를 알아채지 못한 채, 저녁 내내 관찰할 수 있었던 적이 있다. 한 교향악 연주회에서였는데, 거기에서 나는 놀랍게도 내 근처에 앉아 있는 그를 보았다. 제일 먼저 헨델이 연주되었다. 고결하고 아름다운 음악이었지만, 황야의 이리는 자기 속으로 침잠한 채 앉아 있었고, 음악과도 주위 세계와도 연결되어 있지 않았다. 어우러지지도 못하고 고독하고 어색하게, 그는 차분하지만 수심이 가득한 얼굴로 자신의 앞을 내려다보면서 앉아 있었다. 그다음에는 다른 곡이, 프리데만 바흐[3]의 소교향곡이 이어졌고, 그때 나는 몇 박자가 지나고 나자 나의 국외자가 미소를 지으며 빠져들기 시작하는 것을 아주 눈이 휘둥그레져서 목도해야만 했으며, 그는 완전히 자기 안에 가라앉았고, 아마도 십 분가량을, 어찌나 행복하게 침잠하고 기분 좋은 꿈속을 헤매이는 것처럼 보이던지, 나는 음악보다도 그에게 더 주의를 기울였다. 그 곡이 끝나자, 그가 깨어나서는, 자세를 더 똑바로 고쳐 앉더니, 일어서려는 표정을 짓고서 가려는 듯하다가, 그래도 다시 앉은 채로 머물러서 마지막 곡까지도 마저 들

3 요한 제바스티안 바흐의 장남.

었는데, 그것은 레거의 변주곡들로, 많은 사람에게 다소 길고 지루하게 느껴진 음악이었다. 그리고 황야의 이리도 역시, 처음에는 아직 주의 깊고 호의적으로 귀를 기울이더니, 다시 떨궈져 나왔고, 양손을 호주머니에 꽂고서 다시금 자기 자신 안으로 잠겨 들었지만, 이번에는 행복하거나 꿈꾸듯이가 아니라 슬프게, 그리고 결국에는 화가 나서 그렇게 했고, 그의 얼굴은 다시 아득하고, 암울하고, 빛을 잃었으며, 그는 늙고, 병들고, 불만스러워 보였다.

연주회가 끝나고 나는 그를 거리에서 다시 보았고, 그의 뒤를 따라 걸었다. 외투 속으로 숨어든 채 그는 우리 구역으로 가는 방향으로 고단하고 내키지 않은 발걸음을 떼다가 한 작은 구닥다리 술집 앞에 멈추어 서더니, 망설이며 시계를 보고는 안으로 들어갔다. 나는 순간적인 충동에 따랐고, 그를 뒤따라갔다. 거기에서 그는 소시민적인 술집 테이블에 앉아 있었는데, 술집 여주인과 여종업원이 그에게 잘 아는 손님에게 하는 인사를 건넸고, 나는 인사를 하고 그에게 가서 앉았다. 우리는 한 시간 동안 그곳에 앉아 있었는데, 내가 생수 두 잔을 마시는 사이에 그는 적포도주 반 리터를 주문했고, 그러고도 사 분의 일 리터를 더 시켰다. 나는 내가 연주회에 갔었노라고 말했지만, 그는 그 말에 관심을 보이지 않았다. 그는 내 물병에 붙은 상표를 읽고는 자기가 살 테니 포도주를 마시지 않겠느냐고 물었다. 내가 포도주를 절대

입에도 대지 않는다는 얘기를 듣자, 그는 다시금 어찌할 바를 모르는 얼굴을 하더니 이렇게 말했다. "예, 그건 당신 말씀이 맞습니다. 저도 역시 몇 년이나 절제하며 살았고 또 오랫동안 단식도 했지만, 현재 저는 다시 어둡고 축축한 별자리인 물병자리의 영향 아래 놓여 있습니다."

그리고 내가 이제 농담조로 이러한 암시에 관심을 보이고 하필이면 그가 점성술을 믿는다는 게 나로서는 얼마나 개연성이 없어 보이는지 암시하자, 그는 다시 종종 나에게 상처를 주었던 그 지나치게 정중한 어조를 띠며 이렇게 말했다. "전적으로 옳은 말씀입니다, 저는 이 학문마저도 유감스럽지만 믿을 수가 없답니다."

나는 자리를 뜨면서 작별을 고했고, 그는 밤이 아주 늦어서야 비로소 집으로 돌아왔으며, 그런데도 그의 걸음걸이는 익숙한 그것이었고, 늘 그랬듯이 그는 곧장 잠자리에 들지 않았고(나는 그것을 그의 옆방 사람으로서 아주 정확하게 들었다), 아마도 한 시간은 더 불을 켜놓고 자신의 거실에 머물렀다.

또 다른 어떤 날 밤도 나는 잊지 못한다. 그날 나는 혼자 집에 있었고, 아주머니는 계시지 않았는데, 현관문의 벨이 울려서 문을 열었더니, 거기에 젊고 매우 아리따운 숙녀가 서 있었고, 그녀가 할러 씨가 계시냐고 물었을 때, 나는 그녀를 알아보았다. 그의 방에 있는 사진 속의 그 여자였다. 나는 그녀에게 그의 방문을 가르쳐주고 되돌아왔고, 그녀는 한동안 위에 머물렀는데, 그러고 얼마 안 되어서 나는 그들이 유쾌하게 농담을 주고받으며 쾌활하게 함께 계단을 내려가 외출하는 소리를 들었다. 나는 그 은둔자에게 애인이, 그토록 젊고 예쁘고 우아한 애인이 있다는 사실에 몹시 놀랐고, 그와 그의 인생에 대한 나의 모든 짐작이 다시금 불확실해졌다. 그러나 몇 시간 지나지 않아 그는 다시 집으로 돌아왔는데, 혼자였으며, 무겁고 슬픈 발걸음으로, 계단을 오르느라 곤욕을 치렀으며, 그러고는 몇 시간 동안을 그는, 꼭 이리가 우리 안을 돌아다니듯이, 자신의 거실에서 겨우 들릴 만한 정도로 살금살금 이리저리 걸어 다녔고, 거의 아침이 될 때까지 밤새도록 그의 방에 불이 켜져 있었다.

나는 두 사람의 관계에 대해서 전혀 아는 바가 없으므로 단지 이렇게만 덧붙이고자 한다. 나는 그가 그 여인과 같이 있는 것을 시내의 거리에서 한 번 더 본 적이 있다. 그들은 팔짱을 끼고 걷고 있었고, 그는 행복해 보였으며, 나는 그의 수심에 찬 고독한 얼굴이 이따금 얼마나 우아함을, 아니 천진함을 띨 수 있는지에 다시금 깜짝 놀랐고, 그 여인이 이해되었으며, 아주머니가 이 남자에게 지닌 연민 또한 납득하게 되었다. 그러나 그날도 역시 그는 저녁때 슬프고 비참한 모습으로 집에 돌아왔다. 나는 집 현관문 앞에서 그와 맞닥뜨렸는데, 그는, 이따금씩 그랬듯이, 외투 자락 속에 이탈리아산 포도주병을 지니고 있었고, 위층 자기 소굴에서 밤의 절반을 그것과 함께 앉아 있었다. 나는 그가 측은하게 여겨졌지만, 그가 영위하는 황량하고 구제불능에다 무방비한 삶은 도대체 어떤 삶이란 말인가!

그나저나, 객설은 충분히 늘어놓았다. 황야의 이리가 자살자의 삶을 살았다는 사실을 보여주기 위해 더 이상의 보고나 묘사들은 필요하지 않다. 하지만 그럼에도 불구하고 나는 그가 스스로 생을 마감했다고 생각하지는 않는다. 그가 돌연히 작별 인사도 없이, 그러나 밀린 집세 전액을 지불하고 나서, 어느 날 우리 도시를 떠나고 사라졌던 그 무렵에 말이다. 우리는 그에 관해서 아무 소식도 더는 듣지 못했고, 그 이후로 그의 앞으로 온 편지 몇 통을 아직도 보관하고 있다. 그는 자신의 원고 말고는 아무것도 남기지 않았는데, 그는 이곳에 체류하는 동안에 그것을 썼고, 내가 그 원고를 마음대로 해도 좋다는 소견을 몇 줄 안 되게 적어서 나에게 선사했다.

할러의 원고가 서술하는 체험들을 그 내용까지 현실에 비추어 재점검하는 것은 나로서는 불가능했다. 나는 그것들이 대부분 문학적 창작이라는 점을 의심하지는 않지만, 이는 제멋대로 지어낸 것이라는 의미에서가 아니라, 깊이 체험된 정신적 과정들을 눈에 보이는 사건들의 옷을 입혀 묘사하는, 표현의 시도라는 의미에서다. 할러의 창작품에 나오는,

부분적으로는 환상적인 과정들은 추측건대 그가 여기 체류하던 마지막 시기에서 유래했으며, 나는 그것들에 실제로 겪은 외적 체험의 일부도 바탕에 깔려 있음을 의심하지 않는다. 그 시기에 우리의 손님은 실제로 변화된 몸가짐과 외모를 보여주었고, 아주 자주, 가끔은 며칠 밤을 꼬박, 집을 비웠으며, 그의 책들은 오랫동안 손대지 않은 채 놓여 있었다. 당시에 내가 그를 만난 몇 안 되는 때에 그는 눈에 띄게 활기차고 젊어진 듯이 보였고, 몇 번은 심지어 기분이 좋아 보였다. 그러나 그런 다음에는 곧바로 심한 우울증이 다시 뒤를 이었고, 그는 며칠이나, 먹으려 하지도 않고, 침대에 누워 있었으며, 그 시기에는 다시 나타난 그의 애인과 극도로 격렬한, 아니 난폭하기까지 한 다툼도 벌어졌는데, 그것이 온 집을 뒤집어놓았으며, 이튿날 할러는 이에 대해서 아주머니에게 용서를 빌었다.

아니다, 나는 그가 스스로 목숨을 끊지 않았다고 확신한다. 그는 아직 살아 있고, 고단한 다리로 다른 집들의 계단을 오르내리고, 어딘가에서 윤이 나는 쪽매널마루 바닥과 정갈하게 가꿔진 남양삼나무를 응시하고 있고, 낮에는 도서관에, 밤에는 술집에 앉아 있거나, 빌린 카우치에 누워, 창문 너머에서 세상과 사람들이 살아가는 소리를 듣고, 소외되었음을 알아채기는 하겠지만, 자살은 하지 않았다. 왜냐하면 믿음의 잔재가 그에게 이 고통을, 그의 가슴속의 이 사악한 고통을 마지막까지 맛보라고, 그리고 이 고통이 그로 인해 그가 죽어야만 하는 고통이라고 말하고 있기 때문이다. 나는 종종 그를 생각하는데, 그는 나의 인생을 더 수월하게 해주지 않았고, 그는 내 안의 강인함과 기쁨을 지지해주고 촉진해주는 재능을 지니고 있지 못했으니, 오, 그 반대였다! 하지만 나는 그가 아니고, 나는 그가 살아가는 방식으로 살아가지 않고, 나의 방식대로, 소소하고 시민적이지만 의무들로 충만하고 안정된 인생을 살아간다. 그리고 그래서 우리는, 나와 나의 아주머니는, 그를 평온과 우정 속에서 떠올릴 수 있고, 나의 아주머니는 그에 관해서 나보다 더 많이 말할 수 있을 테지만, 그것은 그녀의 선한 마음속에 숨겨진 채 남아 있다.

이제 할러의 수기들, 이 놀랍고, 부분적으로는 병적이고, 부분적으로는 아름답고 사려 깊은 환상들에 관해 말하자면, 나는 내가 이 원고 뭉치를, 이것이 우연히 내 손에 들어왔고 그 저자가 나에게 알려져 있지 않았더라면, 분명코 격분해서 던져버렸을 것이라고 말하지 않을 수 없다. 그러나 할러와의 친분을 통해서 그것을 일부나마 이해하는 것이, 아니 동의하는 것이, 나에게 가능해졌다. 만약 내가 이 수기에서 그저 한 개인의, 어느 가련한 정신병자의 병적인 환상들이나 볼 따름이라면, 이것을 다른 사람들에게 전달하는 데에 의구심이 들 것이다. 그러나 나는 이 수기에서 그 이상의 무엇을, 시대의 기록을 본다. 왜냐하면 할러의 정신병은 — 나는 이제는 그것을 알고 있다 — 한 개인의 기벽이 아니라 시대의 질병 그 자체이고, 할러가 속한 세대의 신경쇠약이며, 이 병에 걸린 것은 절대로 약하고 열등한 개인들만이 아니라, 바로 강하고 가장 지적이며 재능 있는 자들인 듯하다.

이 수기들은 — 얼마나 많은, 혹은 얼마나 적은 실제 체험이 그것의 근저에 깔려 있든지 간에, 상관없이 — 거대한 시대의 병증을 우회와 미화를 통해서가 아니라 병 자체를 묘사의 대상으로 삼으려는 시도를 통해서 극복하려는 시도들이다. 이것들은, 정말이지 말 그대로, 지옥을 관통하는 발걸음을, 어두워진 정신세계의 혼돈을 관통하는 때로는 두려움에 차고 때로는 용감한 발걸음을 의미하며, 지옥을 가로지르려는, 혼돈에 대놓고 맞서려는, 악을 끝까지 견뎌내려는 의지를 지니고 걸어간 것이다.

할러의 말 하나가 나에게 이러한 이해를 위한 열쇠를 주었다. 언젠가 그는 나에게, 우리가 이른바 중세의 잔혹한 행위들에 관해서 이야기를 나눈 뒤에, 이렇게 말했다. "이 잔혹한 행위들은 실제로는 그런 행위들이 아닙니다. 중세의 인간은 오늘날 우리들의 생활양식 전부를 우리와는 완전히 다르게 잔혹하고, 경악스럽고, 야만적이라고 혐오할 겁니다! 모든 시대, 모든 문화, 모든 풍속과 전통에는 각기 저마다의 양식이 있고, 각각에 어울리는 자신들의 다정함과 비정함, 아름다움과 잔혹성이 있으며, 어떤 고통은 자명하다고 여기고, 어떤 악은 너그러이 감내합니다. 인간의 삶이 진짜 고통, 지옥이 되는 것은 오로지 두 시대, 두 문화와 종교들이 서로 교차하는 지점뿐입니다. 고대의 한 인간이 중세에 살아야만 했다면, 그는, 마치 야만인이 우리 문명의 한가운데에서 숨이 막힐 수밖에 없을 것과 마찬가지로, 이로 인해 비참하게 질식해버렸을 겁니다. 그런데 한 세대 전체가 그렇게 두 시대 사이에, 두 삶의 양식 사이에 빠져서, 그들의 모든 자명함, 모든 풍속, 모든 안전함과 무구함이 상실되는 시대가 있습니다. 물론 이것을 각자가 똑같이 강하게 감지하지는 않습니다. 니체와 같은 천성은 오늘날의 비참함을 한 세대 이상 먼저 겪어야만 했습니다 — 그가 고독하고 이해받지 못한 채 겪었던 것을 오늘날 수천 명의 사람이 겪고 있습니다."

이 말을 나는 기록들을 읽으면서 종종 회상하지 않을 수 없었다. 할러는 두 시대 사이에 빠져버린 사람들, 일체의 안정감과 순수함으로부터 떨궈져나간 사람들에 속했으며, 인간 삶의 모든 의심스러운 점들을 증폭된 채로 개인적인 고통과 지옥으로 체험하는 것이 그들의 운명인 사람들에 속했다.

내가 보기에는 거기에, 그의 기록들이 우리를 위해서 지니고 있을 수 있는 의미가 있으며, 그래서 나는 그것들을 전하기로 결심했다. 그나저나, 나는 이것들을 옹호하지도 폄하

하지도 않을 작정이니, 이것은 독자 각자가 자신의 양심에 따라서 하시기를 바란다!

하리 할러의 수기들

광인들만 읽을 것

여느 날들이 흘러가듯 꼭 그렇게 하루가 지나가버렸다. 나의 치졸하고 소심한 종류의 인생 영위술로, 나는 하루를 이러구러 보내버렸고, 부드럽게 죽여버렸다. 나는 몇 시간 작업을 했고, 오래된 책들을 뒤적였으며, 나이 지긋한 사람들이면 어차피 겪는 통증이 두 시간 동안 지속되어서, 가루약을 먹었고, 통증을 속여 넘길 수 있어서 기뻐했으며, 뜨거운 욕조에 몸을 담그고 기분 좋은 온기를 빨아들였고, 우편물을 세 번 받아서 쓸데없는 편지와 인쇄물들을 끝까지 다 읽었고, 호흡 연습을 했고, 사고 연습은 그러나 게으름을 피우다가 오늘은 생략해버렸고, 한 시간 동안 산책을 했으며, 아름답고 여리고 귀한 깃털 구름무늬가 하늘에 그려져 있는 것을 발견했다. 그것은 정말 멋졌는데, 고서들을 읽는 것도 마찬가지였고, 따듯한 욕조에 누워 있는 것도 그랬지만, — 전체적으로 보자면 — 그다지 매혹적인 날, 딱히 빛을 발하는 행복과 기쁨의 날은 아니었고, 나에게는 이미 오래전부터 평상적이고 익숙해진 그런 날 중의 하나였다. 불만에 찬 한 중년 남자의 적당히 기분 좋고, 전적으로 견딜 만하고, 참을 만하고, 미적지근한 나날, 특별한 통증도, 특별한 근심도, 실질적인 근심도, 절망도 없는 나날, 심지어 아달베르트 슈티프터[4]의 선례를 따라 면도를 하다 불운을 당할 때가 아닌가 하는 의문조차도, 흥분이나 불안감 없이, 객관적이고 차분하게 숙고하게 되는 그런 나날들 말이다.

이와는 다른 날들, 통풍 발작이나 안구 뒤쪽에 단단히 뿌리를 박은, 악마같이 모든 눈과 귀의 활동을 기쁨에서 고통으로 마법을 걸어 바꿔버리는 저 지독한 두통이 있는 사악한 날들, 혹은 영혼이 죽어버린 날들, 내면의 공허와 절망의 역겨운 날들, 기만적이고 야비하며 겉만 번지르르한 대목장터의 광채 속에서 인간세계와 이른바 문화라는 것이, 주식회사들이 속속들이 빨아먹은 파괴된 지구 한복판에서, 응집되고, 우리들 자신의 병든 자아 속에서 견디지 못할 지경의 최고조까지 추진되어서, 가는 곳마다 우리에게 역겨운

4 오스트리아 작가로, 면도칼로 자살하였다.

놈 보듯 히죽거리는 그런 날들을 맛보았던 사람은 — 저 지옥의 나날들을 맛보았던 사람은, 바로 오늘 같은 그런 정상적이고 어중간한 날들에 매우 만족해하고, 감사한 마음으로 따듯한 난롯가에 앉아, 감사한 마음으로 조간신문을 읽으면서 오늘도 역시 전쟁이 다시 터지지 않았고 새로운 독재 정권이 들어서지 않았고 정치나 경제에서 특별히 심한 난행이 적발되지 않았음을 확인하고, 감사한 마음으로 녹슨 리라의 현을 조율하여 온건하고 웬만큼 즐겁고 거의 유쾌하기까지 한 감사의 송가를 켜서, 그것으로 자신의 고요하고 부드럽고 다소 브롬[5]으로 마취된 듯한 만족의 어중이 신(神)을 무료하게 만들고, 이러한 만족스러운 무료함의, 이러한 몹시 감사할 만한 무통 상태의, 미적지근한 공기 속에서, 그들 둘은, 지루하게 고개를 끄덕이며 졸고 있는 어중이 신과 절제된 송가를 부르는 살짝 머리카락이 센 어중이 인간은, 서로 쌍둥이처럼 닮아 보인다.

만족과 무통은 좋은 일이고, 고통도 쾌락도 감히 소리를 질러대지 않고 모든 것이 그저 속삭이기만 하고 까치발로 살금살금 다니는 이 견딜 만하고 기가 꺾인 날들도 좋은 일이다. 다만 나는 유감스럽게도, 바로 이 만족감을 전혀 참아

---

5 당시에 진정제로 사용했다.

내지 못하고, 그것이 얼마 안 가 나에게 참을 수 없을 만큼 미움을 받고 구역질 나게 되어버려서 나는 절망스럽게 다른 온도로, 되도록이면 쾌감의 길로, 그러나 부득이할 경우에는 고통의 길로, 도망쳐야만 하는 상황이다. 한동안 쾌락도 고통도 없이 지내고 이른바 좋은 나날의 미지근하고 김빠진 참을 만함을 들이마시고 나면, 나는 나의 유치한 영혼 안에서 너무나도 거세게 고통스럽고 비참해져서, 저 녹슨 감사의 리라를 졸고 있는 만족의 신의 만족한 면상에 집어던지고, 이 편안한 실내 온도보다는 차라리 정말로 악마 같은 통증이 내 안에서 불타오르는 것을 느끼는 게 낫다. 그러면 내 안에서 격렬한 감정들을, 센세이션을 갈구하는 거친 욕망이 불타오르고, 이 변색되고 얄팍하며 일률적이고 살균 처리된 삶에 대한 분노가 타오르고, 무엇인가를, 예컨대 백화점이나 대성당이나 나 자신을, 때려 부숴버리고 싶다는, 무모한 바보짓을 저지르고 싶다는, 숭배받는 몇몇 우상들의 가발을 벗겨버리고 싶다는, 반항적인 남학생 놈들 몇몇에게 열망했던 함부르크행 열차표를 쥐어주고 싶다는, 어린 소녀를 유혹하거나, 시민적인 세계 질서의 대표자들 몇 명의 면상을 확 비틀어버리고 싶다는, 광란하는 욕망으로 불타오른다. 왜냐하면 나는 이것을, 이 만족감, 이 건강함과 쾌적함, 시민 계급의 이 유쾌한 낙관주의, 이 평범한 것, 정상적인 것, 평균적인 것의 비옥하고 유용한 사육을 모든 것 중에서 가장 마음속 깊숙이 증오하고 혐오하고 저주했기 때문이다.

그러니까 이러한 기분으로 나는 어둠이 들이닥치던 때에 이 견딜 만한 열흘 남짓의 나날에 종지부를 찍었다. 그렇지만 나는 병으로 좀 고생하는 남자에게 통상적이며 편안한 방식으로, 다시 말하자면, 준비되어 있는, 탕파[6]를 미끼로 갖춰놓은 침대에 스스로 포획되게 함으로써가 아니라, 내 약간의 일과에 불만스럽고 역겨워져서 불쾌감에 가득 찬 채 신발을 신고, 외투에 재빨리 몸을 밀어 넣고는, 야음을 틈타서 시내로 향해, 슈탈헬름에 있는 술집에서 술꾼들이 오래된 관습에 따라 '포도주 딱 한 잔'이라고 부르는 것을 마심으로써 이 시기를 끝내버렸다.

그래서 나는 결국 내가 사는 다락방 계단을, 이 올라가기 힘든 낯선 이의 계단을, 그 지붕 아래 나의 은신처가 있는 아주 단정한 세 가구 임대주택의 이 속속들이 시민적이고, 솔질해놓은, 청결한 계단을 내려갔다. 어떻게 되어온 일인지 나도 모르지만, 나는, 고향을 잃은 황야의 이리이자 소시민 세계의 고독한 혐오자인 나는, 줄곧 완벽한 시민계급의 집에서 살아왔는데, 이것이 내가 지닌 오래된 감상성이다. 나는 궁전에 살지도 프롤레타리아의 집에 살지도 않고, 하필

6 뜨거운 물을 넣어 몸을 따뜻하게 해주는 용구.

이면 항상 이렇게 아주 단정하고 아주 지루하며 흠잡을 나위 없이 유지된 소시민의 보금자리에서 사는데, 거기에서는 약간의 송진 향과 약간의 비누 냄새가 났으며, 누군가 한번 현관문을 큰 소리가 나게 닫거나 더러운 신발로 들어오기라도 하면, 사람들이 소스라치게 놀란다. 나는 이러한 분위기를 의심할 여지 없이 어린 시절부터 사랑하며, 고향과도 같은 그 무엇에 대한 나의 은밀한 동경은 나를 하릴없이, 항상 이 오래된 어리석은 길들로 다시 인도한다. 뭐, 그렇다, 그리고 나는 대비 또한 좋아하는데, 여기에서는 나의 삶이, 고독하고 애정 없고 쫓기는, 속속들이 무질서한 나의 삶이 이러한 가족적인 환경과 시민사회의 환경에 맞서 있다. 나는 계단에서 이러한 고요, 질서, 청결, 단정, 온순함의 냄새를 들이마시기를 좋아하는데, 그 냄새는 시민사회에 대한 나의 증오에도 불구하고 언제나 나에게 감동을 주는 무엇인가를 지니고 있다. 그리고 나는 그런 다음에 내 방의 문턱을 넘어서기를 좋아하는데, 내 방에서는 그 모든 것이 중단되고, 책더미들 사이에 담배꽁초와 포도주병이 널려 있고, 모든 것이 무질서하고, 타향 같고, 황폐해져 있고, 책, 원고, 생각 같은 모든 것에, 고독한 자들의 곤궁, 인간 실존의 문제, 무의미해진 인간 삶을 위한 새로운 의미 부여를 향한 동경이 그려져 있고, 스며들어 있다.

그리고 이제 나는 남양삼나무 곁을 지나쳤다. 그러니까 이

주택의 2층은 계단이 한 가구의 조붓한 앞쪽 공간을 지나가게 되어 있는데, 그 집은 의심할 나위 없이 다른 집들보다 훨씬 더 나무랄 데 없고, 깨끗하고, 솔질이 되어 있었다. 이 작은 앞 공간이 초인적인 손질에 의해서 빛을 발하고 있기 때문인데, 그것은 질서의 빛나는 작은 신전이다. 쪽매널마루는 밟기가 꺼려질 정도이고, 거기에는 아담한 받침대 두 개가 놓여 있고 각각의 받침대 위에는 커다란 화분이 놓여 있으며, 그 하나에서는 서양 철쭉이 자라고 있고, 다른 것에서는 깨나 웅장한 남양삼나무가 자라고 있다. 최고의 완벽성을 지닌 건강하고 실팍진 어린나무로, 마지막 가지에 달린 마지막 침엽마저도 물로 갓 씻어내어 빛을 발하고 있었다. 때때로 보는 사람이 없다는 것을 알고 있을 때면, 나는 이 장소를 신전으로 이용해서, 남양삼나무 건너편 계단에 앉아, 잠시 쉬면서, 손을 모아 합장을 하고, 경건하게 이 작은 질서의 정원을 내려다보는데, 그것의 감동적인 자세와 고독한 우스꽝스러움이 어쩐지 나의 영혼을 사로잡는다. 내 어림짐작으로는, 이 앞 공간 뒤에, 말하자면 남양삼나무의 신성한 그늘 속에, 광택이 반짝이는 마호가니로 가득한 집과, 일찍 일어나기, 본분 다하기, 적당히 흥겨운 가족 파티, 주일마다 교회 가기, 일찍 잠자리 들기로 이루어진 범절과 건강으로 가득한 삶이 있을 것 같다.

짐짓 활달함을 가장한 채 나는 골목의 축축하게 습기 어린 아스팔트 위를 잰걸음으로 걸었고, 가로등 불빛은 눈물을 흘리면서 흐릿해진 눈으로 냉습하고 희뿌연 연무를 관통해서 시선을 보냈으며, 젖은 바닥으로부터 타성에 젖은 반사광을 빨아들였다. 잊었던 나의 젊은 시절이 떠올랐다. ― 당시에 내가 늦가을과 겨울의 이런 캄캄하고 흐릿한 저녁들을 얼마나 사랑했던가, 당시에 내가 고독과 우수의 분위기를 얼마나 목말라하며 매료되어 빨아들였던가! 내가 비가 오고 폭풍이 몰아칠 적에 밤들의 반을, 외투로 몸을 감싸고서, 적의를 품은 듯 낙엽 진 자연을 뚫고 걸을 때면 말이다. 고독하기는 이미 당시에도 마찬가지였지만, 깊은 향락으로 충만하고 시구(詩句)들로 가득 차, 나는 나중에 나의 단칸방에서 촛불을 켜놓고 침대가에 앉아 그것들을 적어두었다. 이제 그 시절은 갔고 그때의 술잔은 진작 다 비워졌으며 나에게는 더 이상 잔이 채워지지 않았다. 그래서 유감스러웠던가? 유감스럽지 않았다. 지나간 것들은 아무것도 유감스럽지 않았다. 유감스러운 것은 지금이고 오늘이며, 내가 잃어버린, 내가 그저 참아내기나 했던, 선물도 전율도 가져다주지 않았던, 이 모든 헤아릴 수 없는 시간과 나날들이다. 그러나 천만다행으로 예외도 있었으니, 때때로, 드물게나마, 다른 시간들도 있었으니, 그것들은 전율을 가져다주고, 선물을 가져다주고, 벽을 허물어뜨리고, 나를, 이 길 잃은 자를, 세상의 살아 움직이는 심장으로 도로 데려다주었다.

슬프면서도 마음속 깊이 흥이 나서 나는 이런 종류의 마지막 체험을 기억해내려고 애써보았다. 그것은 어느 음악회에서였는데, 멋진 옛 음악이 연주되었으며, 그때 목관악기들로 연주된 약주(弱奏)의 두 소절 사이로 나에게 갑자기 피안으로 가는 문이 다시 열렸고, 나는 하늘을 날아서 역사하시는 하나님을 보았고, 축복받은 고통에 시달렸으며, 더 이상 세상의 그 무엇도 거부하지 않았고, 세상의 그 무엇도 두려워하지 않았으며, 모든 것을 긍정했고, 모든 것에 나의 마음을 바쳤다. 그것은 오랫동안 지속되지는 않아서, 아마도 한 십오 분쯤이었지만, 그날 밤 꿈속에서 되돌아왔고, 그때부터는 이 모든 황량한 나날 동안 줄곧, 때때로 은밀하게 빛을 발하곤 했고, 나는 이따금 몇 분 동안 또렷하게 황금빛 신의 흔적이 나의 삶을 관통해 지나가는 것을 보았는데, 거의 언제나 오물과 먼지 속에 깊숙이 파묻혀 있었지만, 그러다가 다시 황금빛 섬광으로 길을 밝히면서, 절대로 다시는 잃어버릴 수 없도록 빛나면서도, 곧 다시 깊숙이 사라져버렸다. 한번은 밤에 그런 일이 일어나서, 나는 잠이 깬 채로 누워 있다가 갑자기 시구를 읊조렸는데, 내가 감히 그것을 적어놓아야겠다는 생각을 하기에는 너무나도 아름답고 너무나도 기묘한 시구였고, 아침에는 더 이상 기억나지 않았지만, 그래도 그것은 오래되고 깨지기 쉬운 껍질 속에 든 묵직한 호두알처럼, 내 안에 감추어져 있었다. 다른 때는 어느 시인의 작품을 읽다가, 데카르트의, 파스칼의 사상을 깊이 곱씹다가 그것이 찾아왔고, 또 다른 때는, 내가 애인과 함께 있을 때면, 그것이 다시 빛을 발했고 황금빛 궤적을 그리며 하늘로 계속 나아갔다. 아, 우리가 영위하는 이러한 삶의 한가운데에서, 그토록 너무나도 만족하는, 그토록 너무나도 시민적인, 그토록 너무나도 무지한 시대의 한가운데에서, 이 건축물들, 이 사업들, 이 정치, 이 인간들을 바라보면서 이러한 신의 흔적을 발견하기는 쉽지가 않다! 어떻게 내가 이 세상에서 황야의 이리이자 초라한 은둔자가 되지 않을 수 있겠는가, 내가 이 세상의 목표 중에서 그 어떤 것도 공유할 수 없고 세상의 기쁨 중에서 그 어떤 것도 나에게 말을 걸어오지 않는데! 나는 극장에서도 영화관에서도 오래 배겨내질 못하고, 신문은 거의 읽을 수 없고, 드물게 현대의 책을 읽으며, 초만원인 기차와 호텔에서, 선정적이고 치근덕거리는 음악이 흐르는 초만원의 카페에서, 우아한 호화 도시의 선술집과 바리에테 극장에서, 만국박람회에서, 번화가에서, 교양에 목마른 자들을 위한 강연에서, 대형 운동장에서 사람들이 구하는 것이 어떤 쾌락이고 기쁨인지 이해할 수가 없다—나는 내가 얻을 수 있을지도 모르는, 수천 명의 다른 사람들이 얻으려고 애쓰고 몰려드는 이 모든 기쁨을 이해하지 못하고 공감하지 못한다. 반대로 나의 쉽게 오지 않는 기쁨의 시간에 나에게 일어나는 것을, 나에게는 희열과 체험, 무아경과 고양인 것을 세상 사람들은 기껏해야 문학에서나 알고, 찾고, 좋아할 뿐, 실제 삶에서는 그것을 미친 짓이라고 생각한다. 그러나 정말로 세상이 옳다면, 카페들에서 나오는 이 음악이, 이 대중오락이, 그토록 만족을 느끼는 게 별로 없는 이 미국 사람들이 옳다면, 그렇다면 내가 옳지 않은 것이며, 그렇다면 내가 미친 것이며, 그렇다면 내가 진짜로, 스스로 자주 그렇게 부르듯이, 황야의 이리인 것이고, 자신에게 낯설고 이해 불가능한 세상 속으로 길을 잃고 들어와버린 짐승, 자신의 고향과 공기와 먹이를 더 이상 발견하지 못하는 짐승인 것이다.

이러한 익숙한 생각을 하면서 나는 축축한 길을 계속 걸어서 도시의 가장 조용하고 가장 오래된 구역 중의 하나를 통과하고 있었다. 거기 맞은편, 골목 건너에 내가 항상 즐겨 바라보던 오래된 회색 돌담이 어둠 속에 서 있었는데, 그것은 언제나 그렇듯 오래되고 무심하게 그곳에, 작은 교회와 오래된 병원 사이에 서 있었고, 그 돌담의 우둘투둘한 표면을 바라보며 종종 나는 낮에 내 눈을 쉬게 했다. 시내에는 그렇게 고요하고 훌륭하며 침묵하는 평면이 거의 없었고, 거기 말고는 오히려 반 제곱미터마다 상점이나 변호사, 발명가, 의사, 이발사, 티눈 치료사가 사람들에게 자신의 이름을 외쳐댔다. 지금도 또다시 나는 오래된 담이 조용하게 자신의 평화로움 속에 놓여 있는 것을 보고 있었는데, 분명히 담의 무엇인가가 달라져 있었고, 나는 담의 가운데에 있는, 고딕식 아치로 꾸민 작고 예쁜 문 하나를 보고 나서 혼란에 빠져버렸다. 왜냐하면 나는 이 문이 줄곧 거기에 있었는지 아니면 새로 추가된 것인지 정말로 더 이상은 알 수가 없었던 까닭이다. 오래되어 보이는 데는 의심할 나위가 없었고, 고색창연했다. 짐작건대 짙은 색 나무 문짝이 달린 그 닫혀 있는 작은 문은 이미 수백 년 전에 잠들어버린 어느 수도원 마당으로 통해 있었고, 비록 수도원은 더 이상 서 있지 않지만 오늘날까지 여전히 그 문은 그리로 안내하고 있었다. 아마도 나는 이 문을 골백번은 보았을 텐데 단지 단 한 번도 주의 깊게 보지 않았을 따름이었거나, 어쩌면 문에 새로 칠을 해서 그 때문에 내 눈에 띄었을지도 몰랐다. 어쨌든 간에 나는 멈추어 서서, 주의 깊게, 그래도 건너가지는 않은 채, 건너다보았는데, 그 사이의 도로는 아예 밑바닥을 알 수 없을 정도로 질척해지고 젖어 있었다. 나는 인도에 머물렀고, 그저 건너다보기만 했으며, 모든 것이 벌써 아주 깜깜해져 있었고, 나에게는 문 둘레에 화환이나 무언가 알록달록한 것이 엮여 있는 것처럼 보였다. 그래서 이제 내가 더 정확히 보려고 애를 써보니 아치문 위에 밝은색의 표지판이 보였는데, 거기에는 무엇인가가 씌어 있는 것처럼 보였다. 나는 눈에 잔뜩 힘을 주었지만, 결국에는 진흙과 물웅덩이에도 불구하고 길을 건너갔다. 거기에서 나는 아치문 너머 담의 오래된 청회색에서 은은하게 빛이 나는 얼룩을 보았고, 그 얼룩 위로 형형색색의 움직이는 글자들이 지나가더니 곧바로 다시 사라졌고, 재차 돌아왔다가는 날아가버렸다. 이제는 그들이 이 고풍스러운 멋진 돌담마저도 네온사인 광고로 제대로 악용하는구나! 하고 나는 생각했다. 그러는 동안에 나는 달아나듯 나타나는 단어 중의 몇 개를 해독해냈는데, 그것들은 읽기가 어려워서 반쯤은 짐작으로 알아내야만 했고, 철자들이 각기 다른 간격을 두고 나타났고, 빛이 너무 희미하고 약했으며, 아주 재빠르게 꺼져버렸다. 저것으로 사업을 할 작정인 남자는 유능하지 못한 자였고, 그는 황야의 이리였으며, 가엾은 사내였다. 그는 왜 하필 여기 구시가지의 가장 깜깜한 작은 골목에 있는 이 담벼락에다가 자신의 글자들을 노닐게 만들었을까, 아무도 여기를 지나가지 않는 이 시간에, 비 오는 날씨에, 그리고 왜 글자들은 그토록 휙휙 지나가고, 그토록 휘날리고, 그토록 변덕스럽고 읽기 어려울까? 하지만 잠깐, 이제 나는 연달아 여러 글자를 알아차리는 데 성공했고, 그것은 이러했다.

<table><tr><td>마법 극장
일반인 입장 불가
— 일반인 불가</td></tr></table>

나는 아치문을 열어보려고 했지만, 둔중하고 낡은 문고리는 아무리 힘을 줘도 옴짝달싹도 하지 않았다. 글자들의 유희는 끝이 났다. 갑작스럽게 그것은 중단되었다. 슬프게, 자신의 허망함을 눈치채고서. 나는 몇 걸음 뒤로 물러섰다가, 진흙탕 깊이 발을 디뎠으며, 더 이상 아무런 글자도 나타나지 않았고, 그 유희는 소멸되었고, 오랫동안 나는 진흙탕 속에 서서 기다렸지만, 헛수고였다.

그때, 그러니까 내가 기다리기를 포기하고 벌써 보도로 되돌아갔을 때, 내 앞쪽으로 색깔 있는 빛 글자들이 거울 같은 아스팔트 위로 뚝뚝 떨어졌다.

나는 읽어보았다.

광—인—전—용!

나는 발이 젖어버리고 추웠지만, 그럼에도 불구하고 여전히 한참 동안을 기다리며 멈춰 서 있었다. 더 이상은 아무것도 나타나지 않았다. 내가 아직도 서서, 그 여린 형형색색의 빛 글자들이 물기를 머금은 담과 검게 빛나는 아스팔트 위로 얼마나 멋지게 어른거렸는지 생각하고 있는 동안에, 갑자기 내가 앞서 했던 생각의 한 조각이 다시 떠올랐다. 그렇게 순식간에 다시 멀어져서 찾아낼 수 없게 된 황금빛으로

빛나는 흔적의 비유가 말이다.

추워서 나는 이제, 저 흔적을 되짚어 꿈꾸면서, 광인들만을 위한 마법 극장으로 통하는 아치문에 대한 동경으로 가득한 채 계속 걸었다. 그러는 사이에 나는 저녁 유흥거리가 부족함이 없는 시장통으로 들어섰는데, 두서너 걸음 옮길 때마다 플래카드가 걸려 있었고, 광고판이 '여성 악단 — 바리에테 극장 — 영화관 — 댄스파티의 밤 —'이라며 선전을 하고 있었지만, 이 모든 것은 나를 위한 것이 아니라 '일반인'을 위한 것, 정상인을 위한 것이었으며, 그래서 나는 그들이 사방에서 무리를 지은 채 입구를 통해 밀려들어가는 것을 보기도 했다. 그럼에도 불구하고 나의 슬픔은 약간 밝아졌는데, 다른 세상의 안부 인사가 그래도 나의 마음을 움직였던 것이고, 두서너 개의 여러 색깔 글자들이 춤을 추고, 나의 영혼 위에서 장난질을 치고, 숨겨진 화음들을 건드렸던 것이고, 황금빛 흔적의 희미한 빛을 다시금 볼 수 있게 되었던 것이다.

나는 한 이십오 년 전쯤 내가 처음으로 이 도시에 체류했던 때 이후로 아무것도 변하지 않은 작고 고풍스러운 술집을 찾아갔는데, 여주인도 여전히 그때 그 여자였고, 지금의 손님 중의 많은 수가 그 당시에도 이미 여기에, 같은 자리에, 같은 술잔 앞에 앉아 있었다. 나는 그 소박한 술집에 들어섰고, 여기가 도피처였다. 비록 그것도, 예를 들어 남양삼나무

옆의 층계처럼 그저 도피처에 불과했지만, 여기에서도 역시 나는 고향이나 공동체를 발견하지 못하고 그저 낯선 사람들이 낯선 연극을 상연하는 무대 앞의 조용한 관람석을 발견했을 따름이기는 했지만, 이 조용한 장소만으로도 이미 무엇인가 가치가 있었다. 사람 떼거리도 없었고, 고함 소리도, 음악도 없었고, 그저 조용한 시민 몇 명이 아무것도 깔지 않은 나무 테이블(대리석도, 법랑 입힌 함석판도, 플러시 천도, 주석도 아니다!)에, 각자 저녁 술 한 잔을, 묵직하고 훌륭한 포도주를 앞에 놓고 있었기 때문이다. 모두 나와 면식이 있던 이 두서너 명의 단골손님은 어쩌면 진정한 속물이어서, 집에서는 자신의 속물스러운 집 안에 멍청한 만족의 우상들 앞에다 공허한 가정 제단을 세워놓고 있었을지도 모르고, 어쩌면 그들 또한 나처럼 고독해지고 탈선해버린 녀석들이었는지도 모르고, 그들도 역시 파산해버린 이상에 대해서 상념에 젖은 조용한 술 도깨비, 황야의 이리, 가련한 악마들이었는지도 모른다. 나는 아는 바가 없었다. 향수와 실망이, 보상을 받으려는 욕구가 그들 각자를 이리로 끌고 왔고, 결혼한 남자는 여기에서 총각 시절의 분위기를 찾았으며, 늙은 공무원은 대학생 시절을 상기할 것을 찾았고, 그들은 모두 어지간히 과묵했으며, 모두 술꾼이었고, 나와 똑같이 여성 합창단 앞보다는 차라리 알자스 포도주 반 리터 앞에 앉았다. 여기에 나는 닻을 내렸고, 여기서는 한 시간을,

아니 두 시간도, 견뎌낼 수 있었다. 알자스 포도주를 한 모금 넘기자마자, 나는 오늘 아침 빵 말고는 여태껏 아무것도 먹지 않았다는 사실을 깨달았다.

인간이 모든 것을 집어삼킬 수 있다니, 얼마나 기묘한지! 대략 십 분 정도 신문을 들여다보면서, 나는 한 무책임한 인간의 정신이 눈을 통해서 내 안으로 들어오도록 두었는데, 그 남자는 다른 사람의 말을 입안에서 꼴사납게 씹어대고 침과 섞이도록 질겅대놓고는 소화하지도 못한 채 다시 토해버렸다. 나는 그것을, 그 칼럼 전체를 집어삼켰다. 그리고 그러고 난 다음에 나는 때려잡은 송아지의 몸뚱이에서 베어낸 상당한 크기의 간 한 조각을 먹어치웠다. 기묘했다! 제일 좋은 것은 알자스 포도주였다. 나는 거칠고 강렬한 맛을 지닌 포도주들을 좋아하지 않는다. 적어도 평일에는 그렇다. 강한 자극을 남발하고 유명하고 특별한 맛을 지닌 것들 말이다. 나는 특별한 이름이 없는, 아주 순수하고 가볍고 소박한 그 지역산 포도주를 가장 좋아하는데, 훨씬 더 많이 마실 수 있는 데다, 그런 포도주들에서는 너무나도 훌륭하고 친근하게 대지와 흙, 하늘, 수목에서 나는 맛이 난다. 알자스 포도주 한 잔과 좋은 빵 한 조각, 그것이 모든 식사 중에서 으뜸이다. 그러나 이제 나는 이미 간 일 인분으로 배를 채웠고, 고기를 거의 먹지 않는 나로서는 독특한 매력의 식도락을 했으며, 내 앞에는 두 번째 잔이 놓여 있었다. 저기 초록의 계곡 어딘가에서 건장하고 성실한 사람들에 의해서 포도나무가 재배되고 포도주가 압착된다는 사실, 그렇게 해서 세계의 이곳저곳에서, 그들로부터 멀리 떨어져 있는데도, 낙담한 채 조용히 한잔하는 시민들과 어쩔 줄 모르는 황야의 이리들이 자신들의 술잔에서 약간의 용기와 기분을 빨아들일 수 있다는 사실, 그것 또한 기묘했다.

나로서는 그것이 기묘해도 괜찮았다! 그것은 훌륭했고, 도움이 되었으며, 기분이 돌아왔다. 신문기사의 말 뒤범벅 위로 뒤늦게나마 마음을 가볍게 해주는 웃음이 솟아났고, 돌연히 잊고 있던 저 목관악기 약주의 선율이 다시금 나에게 떠올랐는데, 그 선율은 되비치는 작은 비눗방울처럼 내 안에서 높이 날아올랐고, 반짝였으며, 온 세상을 형형색색으로 자그마하게 되비추다가 부드럽게 다시 흩어졌다. 이러한 천상의 작은 선율이 은밀하게 나의 영혼에 뿌리를 내렸다가 어느 날엔가 나의 안에서 어여쁜 꽃들을 다시금 온갖 사랑스런 빛깔들로 피워 올리는 것이 가능했던 것이라면, 그런데도 내가 완전히 절망적이었을 수가 있었는가? 내가 자신의 주변 세상을 이해하지 못하는 길 잃은 짐승이었다고 하더라도, 내 어리석은 삶에는 의미가 있었던 것이고, 내 안의 무엇인가는 응답해주었고, 내 안의 무엇인가는 멀고도 높은 세계에서 부르는 소리에 대한 수신자였으며, 나의 뇌에는 다음과 같은 수천 개의 이미지가 쌓였다.

파도바에 있는 예배당[7]의 작고 푸른 둥근 천장에서 온 지오토의 천사 무리, 그리고 그들 곁에는 세상의 온갖 슬픔과 갖은 오해의 아름다운 비유인, 화관을 쓴 오필리어와 햄릿이 걸어가고 있었고, 거기에는 불길에 휩싸인 열기구 안에 비행선 조종사 지아노초[8]가 서서 경적을 불어대고 있었으며, 아틸라 슈멜츨레[9]는 새 모자를 손에 들고 있었고, 보로부두르 사원[10]은 산더미 같은 자신의 조각상들을 공중에 내던졌다. 그리고 이 모든 아름다운 형상이 수천 명의 다른 이의 가슴속에도 역시 살고 있을지 모르지만, 아직도 수만 개의 또 다른 미지의 이미지와 음향이 더 있었으며, 그것들의 고향과 보는 눈과 듣는 귀는 오로지 내 안에서만 살아가고 있었다. 그 갈라진 틈과 풍화 속에서 수천 개의 프레스코 벽화를 어렴풋이 예감해볼 수 있었던, 낡고, 비바람에 시달리고, 녹회색 얼룩이 진 오래된 병원 담장—누가 그 담장에게 응답하여 주었던가, 누가 그 담장을 자신의 영혼에 받아들였는가, 누가 그것을 사랑했는가, 누가 그것의 연약하게 죽어가는 색들의 마법을 느꼈는가? 부드럽게 빛을 발하는 세밀

7 이탈리아 파도바에 있는 스크로베니 예배당. 천장에 그려진 지오토의 프레스코화로 유명하다.

8 장 파울Jean Paul의 소설 『비행선 조종사 지아노초의 항해서』(1801)의 등장인물.

9 장 파울의 소설 『군종목사 슈멜츨레의 플레츠 여행』(1808)의 등장인물.

10 인도네시아 자바섬에 있는 불교 유적.

화들이 수록된 승려들의 고서(古書)들, 그리고 자신들의 국민으로부터 잊힌 백에서 이백 년 전의 독일 작가들의 책들, 닳아버리고 군데군데 변색된 책들 모두, 그리고 옛 음악가의 인쇄본과 필사본들, 그들이 음조로 꾼 꿈들의 응결체를 담은 견고하고 누르스름한 악보들 — 누가 그것들의 지성 가득한, 짓궂으면서도 향수에 젖은 목소리를 들었는가, 누가 그들의 정신과 마법으로 가득한 심장을 그것들과 소원해진 다른 시대를 가로질러 지고 갔는가? 바위들이 굴러떨어져 꺾이고 쪼개졌어도 삶을 꼭 붙잡고서 드문드문하게나마 새로운 비상(非常) 우듬지를 싹틔운, 구비오[11] 위에 자리한 산들 높이 서 있는 저 작고 끈질긴 실측백나무를 누가 여전히 기억하고 있었는가? 누가 이층에 사는 부지런한 안주인과 그녀의 윤기 흐르는 남양삼나무를 올바르게 평가했는가? 누가 밤마다 라인강 위에 몰려드는 안개의 구름 글자들을 읽었는가? 그것은 바로 황야의 이리였다. 그리고 누가 자기 삶의 폐허 위에서 흩어져간 의미를 찾아다녔으며, 겉보기로는 무의미한 것에 고통을 받았으며, 겉보기에는 미친 거리 삶을 살았고, 종잡을 수 없는 최후의 혼돈 속에서도 여전히 은밀하게 계시와 신이 함께하심을 희망했는가?

11 이탈리아 중부 움브리아주(州)의 도시로, 성 프란체스코와 늑대의 전설이 있는 곳이기도 하다.

나는 술집 여주인이 내 잔을 다시 채워주려는 것을 마다하고서 자리에서 일어났다. 나는 더 이상 포도주가 필요하지 않았다. 금빛 흔적이 불현듯이 반짝거렸고, 나는 영원을, 모차르트를, 별들을 기억해냈다. 나는 다시 한 시간 동안 숨을 쉴 수 있었으며, 살아갈 수 있었고, 현존이 허용되었으며, 고통을 견뎌낼 필요도, 두려워할 필요도, 부끄러워할 필요도 없었다.

내가 고요해진 거리로 나섰을 때, 찬바람에 헝클어진 엷은 가랑비가 가로등 주위에서 달그락거렸고, 유리처럼 가물거리며 반짝였다. 이제 어디로 가야 하나? 내가 이 순간에 소원을 비는 마법을 쓸 수 있었더라면, 지금 내게 루이 16세 시대 스타일의 작고 멋진 홀이 나타나게 했을 것이고, 거기에서는 훌륭한 음악가 몇몇이 나에게 헨델과 모차르트의 작품 두세 곡을 연주해주었을 것이다. 나는 이제 그 음악에 맞춰 기분이 조율되었을 테고, 신들이 천상의 음료를 홀짝이듯이, 차갑고 우아한 음악을 홀짝홀짝 마셨을 것이다. 오, 나에게 지금 친구가 있었더라면, 어느 다락방에 살면서 촛불을 밝혀놓은 채 골똘히 생각에 잠겨 있고 그 곁에는 바이올린이 놓여 있는 친구가 하나 있었더라면! 나는 밤의 고요 속에 잠겨 있는 그에게 살그머니 다가갔을 텐데, 모서리 진 층계참을 통해서 소리 없이 올라갔을 테고, 그를 놀래주었을 테고, 우리는 대화와 음악으로 몇 시간 동안 속세를 벗어난 밤 시간을 즐겼을 텐데! 한때, 지난 몇 년간, 종종 나는 이러한 행복을 맛보았지만, 이마저도 시간이 흐르면서 나에게서 멀어져갔고 떨어져 나갔으며, 여기와 거기 사이에는 시들어버린 시절만이 놓여 있었다.

망설이면서 나는 집으로 가는 길로 발을 떼었고, 외투 깃을 세우고, 젖은 포장도로에 지팡이를 짚었다. 그렇게 천천히 길을 걷는다 하더라도 나는 금세 다시 나의 다락방에, 내가 좋아하지는 않지만 없어서도 안 되는 나의 작은 가짜 고향에 앉아 있게 될 것이다. 왜냐하면 겨울의 비 오는 밤을 밖에서 걸어다니며 보낼 수 있었던 시절은 나에게 지나가버렸으니까. 이제, 신에게 맹세코, 나는 좋은 저녁 기분을 비에게든, 통풍에게든, 남양삼나무에게든, 망치게 놔두지 않을 작정이었고, 실내악 오케스트라가 없어도, 또 바이올린을 가진 고독한 친구를 찾을 수 없어도, 저 사랑스러운 선율은 분명 내 안에서 울리고 있었으며, 그래도 나는 그 선율을 박자에 맞춘 호흡으로 나지막하게 흥얼거리면서, 대략적으로나마 나 자신에게 연주해 들려줄 수 있었다. 곰곰이 생각하며 나는 계속 걸었다. 아니, 실내악 없이도 친구 없이도 그건 가능했고, 따스함에 대한 무기력한 욕구로 스스로를 갉아먹는 짓은 우스꽝스러웠다. 고독은 곧 자립이며, 나는 그것을 원했고, 여러 해에 걸쳐 그것을 얻었다. 고독은 차가웠다. 아, 그렇다. 그러나 그것은 또한 고요했고, 멋지도록 고요했고,

별들이 회전하고 있는 저 차갑고 고요한 공간만큼이나 광대했다.

나는 한 댄스홀을 지나갔는데, 그곳에서 날고기에서 나는 김처럼 뜨겁고 상스러운, 격렬한 재즈 음악이 나를 향해서 울려왔다. 나는 잠깐 동안 멈춰 섰다. 이런 종류의 음악은, 내가 그것들을 그토록 지독하게 혐오했건만, 늘 나에게 은밀한 매력을 느끼게 했다. 재즈는 나에게 거슬렸지만, 오늘날의 온갖 고지식한 음악보다 차라리 열 배는 더 나았는데, 그것은 즐겁고 날것 그대로인 야생성으로 내게서도 본능 세계 깊숙이까지 적중했고 천진하고 솔직한 관능성을 발산했다.

나는 잠깐 동안 코를 킁킁거리며 서서 저 지독하고 날카로운 음악의 냄새를 맡았으며, 불온하고 음란한 이 홀들의 분위기를 냄새로 알아챘다. 이 음악의 반, 즉 서정적인 부분은 감상이 자르르하고, 지나치게 감미롭고, 감상성에 흠뻑 젖어 있었으며, 나머지 반은 거칠고, 변덕스러우며, 힘이 넘쳤는데, 그럼에도 두 부분이 소박하고 평화롭게 부합했고 전체를 이루었다. 그것은 몰락의 음악이었으니, 마지막 황제 때의 로마에 틀림없이 그와 비슷한 음악이 있었을 것이다. 물론 그 음악은 바흐와 모차르트, 그리고 진정한 음악과 비교해보면 난잡한 짓거리였다 — 그러나 그것도 전부 우리의 예술이었고, 전부 우리의 생각이었으며, 진정한 문화와 비교해보는 즉시, 전부 우리의 사이비 문화였다. 그리고 이러한 음악은 엄청난 정직성, 사랑스럽고 가식 없는 흑인성, 흥겹고 천진난만한 기분이라는 장점을 지니고 있었다. 그것은 흑인에게서 온 무엇인가와 미국인에게서 온 무엇인가를 지니고 있었고, 미국인은 우리 유럽인에게 그들의 그 모든 강인함에도 불구하고 그토록 소년같이 생기 있고 천진난만해 보인다. 유럽도 역시 그렇게 될까? 이미 그리로 향하는 길을 걷고 있었던가? 우리는 한때의 유럽, 한때의 진짜 음악, 예전의 진짜 문학의 오랜 전문가이자 숭배자였던가, 아니면 우리는 그저, 내일이면 망각되고 비웃음을 살, 까다로운 신경쇠약 환자 중 하찮고 어리석은 소수에 불과했던가? 우리가 '문화'라고, 우리가 정신이라고, 우리가 영혼이라고, 우리가 아름답다고, 우리가 성스럽다고 일컫던 것, 그것이 그저 유령일 따름이었고, 이미 오래전에 죽었으며, 오직 우리 몇몇 바보들에 의해서만 여전히 진짜이고 살아 있는 것으로 여겨졌던 것인가? 혹시 그것이 지금까지 단 한 번도 진짜였거나 살아 있었던 적이 없었던 것은 아닐까?

구시가지가 나를 맞이했고, 작은 교회가 잿빛 불확실성 속에 비현실적으로 희미하게 서 있었다. 갑자기 나에게 그날 저녁의 체험이, 수수께끼 같은 뾰족한 아치문과 그 위의 수수께끼 같은 알림판, 조롱하듯 춤추는 빛 글자들의 체험이 다시 떠올랐다. 거기 적힌 글귀가 어떻게 되었더라? '일반인 입장 불가.' 그리고, '광인 전용.' 확인하듯 나는 그 오래된 담장 쪽을 건너다보았다. 그 마법이 다시 시작되기를, 적힌 글귀가 나, 이 광인을 초대해주기를, 작은 문이 나를 안으로 들여보내주기를, 은밀하게 기대하면서. 그곳이 어쩌면 내가 갈망해 마지않던 그것이 아니었을까, 거기에서 어쩌면 나의 음악이 연주되고 있었던 것은 아니었을까?

돌로 쌓은 거무스레한 담장은 느긋하게, 짙은 석양 속에, 폐쇄된 채, 자기 꿈속에 깊숙이 가라앉아서, 나를 바라보았다. 그리고 그 어디에도 문은 없었고, 어디에도 뾰족한 아치는 없었으며, 오로지 구멍 하나 없는 거무스레하고 적막한 담장만이 있었다. 미소를 지으면서 나는 계속 발걸음을 옮겼고, 그 외벽에 다정하게 고개를 끄덕했다. "잘 자렴, 담장아, 나는 너를 깨우지 않을게. 아마 그들이 너를 허물거나 너에게 자신들의 탐욕스러운 회사 간판들을 붙이는 때가 올 거야, 하지만 아직은 네가 여기에 있고, 여전히 너는 아름답고 고요하고, 나는 네가 좋단다."

캄캄한 골목의 심연으로부터 한 남자가 내 바로 앞으로 튀어 나와서 나를 놀라게 했는데, 늦게 귀가하는 고독한 자로, 지친 발걸음에 머리에는 모자를 쓰고 푸른색 상의를 걸치고 있었고, 어깨 위로는 플래카드가 걸린 장대를 얹고, 배 앞쪽에는 대목 장터에서 장사꾼들이 메고 다니는 열린 좌판을 띠에 매어서 들고 있었다. 지쳐서 그는 나의 앞으로 걸어왔고, 내 쪽으로 돌아보지 않았는데, 돌아보았더라면 나는 그에게 인사를 했을 것이고 시가 한 대를 선사했을 것이다. 가장 가까운 가로등의 불빛 속에서 나는 그의 깃발을, 장대에 걸린 그의 붉은색 플래카드를 읽어보려 했지만, 그것이 이리저리 흔들리는 통에 아무것도 해독해낼 수가 없었다. 그래서 나는 그를 불러서, 그에게 플래카드를 보여달라고 부탁했다. 그는 그대로 서서 자신의 장대를 약간 더 똑바로 붙잡았고, 덕분에 나는 춤을 추며 휘날리는 글자들을 읽을 수 있었다.

무정부주의적 저녁 오락거리 마법 극장! 일반인 입장 불…

"당신을 찾아 다녔답니다." 내가 기쁘게 외쳤다. "그 저녁 오락거리라는 게 뭡니까? 그게 어디 있어요? 언제죠?"

그는 벌써 다시 걸어가고 있었다.

"아무나 입장 불가예요." 그는 무관심하게, 졸린 목소리로 말하고는 계속 걸어갔다. 그는 넌더리가 나 있었고 집에 가고 싶어 했다.

"잠깐만요," 나는 이렇게 소리치고는 그를 따라갔다. "거기 당신 상자 안에 뭐가 있는 겁니까? 당신한테 뭘 좀 사고 싶은데요."

멈춰 서지도 않고 그 남자는 자기 상자 속으로 손을 뻗더니 기계적으로 작은 책자를 끄집어내서 그것을 나에게 내밀었다. 나는 그것을 재빨리 받아서 집어넣었다. 내가 외투 단추를 풀고 돈을 찾아 꺼내려고 하는 동안에, 그는 옆쪽으로 굽어 문으로 통하는 길로 들어가 문을 닫고 사라져버렸다. 안마당에서 그의 무거운 발걸음 소리가 들렸는데, 처음에는 포석(鋪石) 위에서, 그리고는 나무 계단 위에서 소리가 났고, 그 뒤로 나는 더 이상 아무런 소리도 듣지 못했다. 그리고 갑자기 나 또한 무척 피곤해졌고, 시간이 아주 늦어 이제 집에 돌아가는 것이 좋겠다는 느낌이 들었다. 나는 더 빨리 걸었고, 잠이 든 변두리 골목을 지나 방벽들 사이에 있는 내 구역에 금세 도착했고, 그곳에는 약간의 잔디와 아이비 뒤에 있는 작고 깨끗한 임대주택들에 공무원들과 소박한 연금생활자들이 살고 있었다. 나는 아이비, 잔디, 작은 소나무를 지나쳐서 현관문에 도착했고, 열쇠 구멍을 찾아냈고, 전등 스위치를 찾았으며, 살금살금 유리문을, 광을 낸 수납장과 화초가 심긴 화분을 지나쳐서, 내 방을, 나의 소박한 가짜 고향을 열고 들어갔고, 거기에서는 팔걸이의자와 난로, 잉크병과 수채화 화구함, 노발리스와 도스토옙스키가, 다른 사람들, 즉 정상적인 사람들이 귀가할 때면 엄마나 아내, 아이들, 하녀, 개, 고양이가 그들을 기다리고 있듯이, 나를 기다리고 있었다.

내가 젖은 외투를 벗었을 때, 작은 책자가 다시 나의 손에 들어왔다. 꺼내보니 그것은 형편없는 종이에 형편없이 인쇄된 얇은 대목 장터 안내서였으며, 『1월에 태어난 사람』 혹은 『어떻게 하면 나는 일주일 만에 이십 년 더 젊어질까?』 따위의 소책자나 다를 바가 없었다.

그러나 팔걸이의자에 둥지를 틀고 독서용 안경을 쓰고 나서, 나는 경탄과 갑작스럽게 치솟는 운명의 느낌을 지니고서 이 대목장 책자의 겉표지에서 다음과 같은 제목을 읽었다. '황야의 이리 논고. 일반인 독서 금지'.

그리고 내가 끊임없이 고조되는 긴장감과 함께 단숨에 읽어 내려갔던 그 글의 내용은 다음과 같았다.

황야의 이리 논고

광인들만 읽을 것

옛날 옛적에 하리라는 이름의 남자가 있었는데, 황야의 이리라고 불렸다. 그는 두 발로 걸었고, 옷을 입었고, 인간이었지만, 원래는 영락없는 황야의 이리였다. 그는 인간이 훌륭한 오성으로 배울 수 있는 바 중에서 많은 것을 이미 배웠으며, 제법 총명한 남자였다. 하지만 그가 배우지 못한 것이 있었으니, 바로 자기 자신과 스스로의 삶에 만족하기였다. 이것을 그는 해내지 못했으니, 그는 불만스러운 인간이었다. 이는 아마도 그가 언제나 마음속 깊이 자신이 본디 결코 인간이 아니라 황야에서 온 이리임을 알고 있었던(또는 알고 있다고 믿었던) 데에서 연유한 듯하다. 그가 정말로 이리였는지, 그가 언젠가, 어쩌면 태어나기도 전에 이미 마법에 걸려서 이리에서 인간으로 바뀌었던 것인지, 아니면 인간으로 태어났으나 황야의 이리의 영혼을 타고나서 그 영혼에 사로잡혀 있었던 것인지, 그것도 아니면 자신이 원래는 이리라는 이 믿음이 그저 그의 망상이나 병증에 불과했는지, 똑똑한 사람들은 이에 관해서 논쟁을 벌일지도 모르겠다. 예를 들자면 이것도 가능한 이야기일 수 있었으니, 이 사람이 예컨대 아동기에 거칠고 말을 안 듣고 방종했으며, 그의 선생님들이 그의 안에 있는 야수를 죽여버리려고 시도했지만, 오히려 이를 통해서 그에게 자신이 정말로 본디 야수이며 그 위에 그저 교육과 인간성이라는 얄팍한 겉껍질을 쓰고 있을 따름이라는 망상과 믿음을 만들어냈던 것일 수도 있다. 이에 관해서는 한참을 재미나게 말할 수 있을 테고, 심지어 이에 관한 책들을 쓸 수도 있겠지만, 황야의 이리에게는 이런 것 따위가 아무 보탬도 되지 않았으니, 왜냐하면 그에게는 이리가 요술을 부려 자기 안에 들어왔든, 아니면 억지로 때려 넣었든, 그것도 아니면 그저 그의 영혼의 망상에 불과했든, 아무래도 전혀 상관이 없었던 까닭이다. 다른 사람들이 이에 대해 무슨 생각을 하든지, 그리고 심지어 그 자신이 이에 대해 무슨 생각을 하든지 간에, 그것은 그에게 아무런 가치가 없었고, 그것이 그의 안에서 이리를 꺼내주는 것도 아니었다.

그러므로 황야의 이리는 두 개의 본성, 즉 인간의 본성과 이리의 본성을 지니고 있었고, 이것이 그의 운명이었으며, 아마도 이러한 운명이 그다지 특별한 것도 희귀한 것도 아니었을지 모른다. 이미 개나 여우, 물고기, 뱀의 본성을 자기 안에 많이 지니고 있으면서 그로 인해 별다른 어려움을 겪지는 않았다는 사람들을 많이 보아왔다고들 한다. 이러한 사람들의 경우에 정말로 사람과 여우, 사람과 물고기가 나란히 함께 살아갔고, 한쪽이 다른 쪽에게 고통을 주지 않았으며, 심지어 한쪽이 다른 쪽을 도왔고, 크게 성공해서 부러움을 사는 상당수의 사람들 중에서 행운을 잡은 쪽은 사람이기보다는 여우나 원숭이였다. 이것은 누구에게나 익히 알려져 있다. 하리의 경우에는 이와 반대로 상황이 달랐는데, 그의 내면에서는 인간과 이리가 나란히 함께 가지 못했고, 서로를 돕는 일은 더욱더 적었으며, 오히려 그들은 항상 불구대천의 원수지간으로 대치하고 있었고, 한쪽은 오로지 다른 한쪽에게 고통을 주기 위해서 살아갔으며, 만약 둘이 하나의 피와 하나의 영혼 안에서 서로 철천지원수 사이라면, 그것은 고약한 삶이다. 어쨌거나, 각자에게는 자신의 운명이 있고, 쉬운 것은 하나도 없다.

우리 황야의 이리는 이제 자신의 감정 안에서, 모든 혼종이 그러하듯이, 때로는 이리로 때로는 인간으로 살아갔는데, 그가 이리일 때면, 그의 속에 있는 인간은 바라보고 판단하고 심판하면서 잠복해 있었고 — 그가 인간일 동안에는 이리가 마찬가지로 그렇게 했다. 예를 들어서, 하리가 인간으로서 멋진 생각을 하거나, 섬세하고 고귀한 감정을 느끼거나, 이른바 선행이라는 것을 하면, 그의 속에 있는 이리가 이빨을 드러내보이고 비웃고, 이 고상한 연극 전체가 황야의 짐승에게, 자신을 기분 좋게 하는 것이 무엇인지 마음속에서 아주 정확히 알고 있는 이리에게, 얼마나 웃기는 짓거리인지를 잔혹한 경멸과 더불어 보여주었다. 이리를 기분 좋게 하는 것은 고독하게 황야를 달리다가 때때로 피를 들이키거나 암컷을 뒤쫓는 일이었다 — 그리고, 이리의 관점에서 보자면, 인간이 하는 모든 행동은 끔찍이도 우스꽝스럽고 당황스러우며, 멍청하고 허망했다. 그러나 하리가 이리로서 느끼고 행동할 때면, 그가 다른 사람들에게 이빨을 드러내보일 때면, 그가 모든 인간과 그들의 위선적이고 타락한 행동 방식과 범절들에 대해서 증오와 심한 적대감을 느낄 때면, 꼭 마찬가지 일이 벌어졌다. 그럴 때면 그의 안에 있던 인간 부분이 도사리고 있으면서 이리를 관찰했고, 그를 짐승이요 야수라고 불렀으며, 단순하고 건강하며 야생인 이리 본성에서 느낄 수 있는 그의 온갖 즐거움을 망치고 앗아갔다.

이것이 황야의 이리가 지닌 천성이었으니, 하리가 그다지 안락하고 행복한 인생을 누리지 못했으리라는 것은 상상이 간다. 그렇다고 이 말이 그가 아주 유별날 정도로 불행했다는 뜻은 아니다(사람들은 다들 자신에게 주어진 고통을 가장 크다고 생각하는 법이듯이, 비록 스스로에게는 그렇게 보였을지라도 말이다).

그 누구에 관해서라도 그렇게 말해서는 안 된다. 자기 안에 이리가 없는 사람도, 그렇다고 행복해야만 하는 것은 아니다. 그리고 가장 불행한 인생에도 역시 볕이 드는 시간이 있고, 모래와 돌멩이 사이라도 작은 행복의 꽃들은 있는 법이다. 황야의 이리의 경우에도 역시 그러했다. 그는 거의 언제나 매우 불행했고, 그것을 부인할 수는 없지만, 그 또한 다른 사람들을 불행하게 만들 수도 있었는데, 그것은 바로 그가 그들을 사랑하고 그들이 그를 사랑할 때였다. 왜냐하면 그를 좋아하게 된 사람들은 모두 항상 그의 한 면만을 보았기 때문이다. 많은 이들이 그를 섬세하고 영리하며 독특한 사람으로서 사랑했고, 그런 뒤에 그들이 갑자기 그의 내면에서 이리를 발견할 수밖에 없게 되면, 경악하고 실망해버렸다. 그리고 그들은 그럴 수밖에 없었는데, 왜냐하면 하리는 다른 존재들이나 마찬가지로 전체로서 사랑받고 싶어 했고, 그 때문에 그들의 사랑이 자신에게 매우 중요한 바로 그 사람들 앞에서 이리의 모습을 숨기거나 없는 척 속일 수가 없었다. 그러나 그의 안에 있는 바로 그 이리를, 바로 그 자유, 야생성, 길들일 수 없는 기질, 위험함과 강인함을 사랑했던 사람들도 있었는데, 이런 사람들은 다시금, 거칠고 못된 이리가 갑자기 인간이기도 하고, 선함과 상냥함에 대한 동경마저 자기 안에 지니고 있고, 모차르트의 음악을 듣기도 하고, 시를 읽고, 인류의 이상들을 지니고 싶어 하면, 너무나도 실망스러워하고 한심스러워했다. 후자들이 대부분 특히 실망하고 화를 냈는데, 그렇게 황야의 이리는 자기 자신의 이

중성과 분열성을 자신이 접촉하는 모든 다른 이의 운명 속에도 야기했다.

그런데도 황야의 이리를 잘 알고 있노라고, 그의 비참하고 찢어진 삶을 상상할 수 있노라고 생각하는 사람은 착각에 빠져 있는 셈으로, 여전히 모든 것을 다 아는 것과는 한참 거리가 멀었다. 그는 그것을(예외 없는 규칙이 없듯이, 그리고 하나님은 아흔아홉 명의 의로운 자보다 때로는 단 한 명의 죄인을 더욱 사랑하시듯이), 어쨌거나 하리에게 예외와 행복한 경우들도 있었다는 것을, 그가 때로는 이리를, 때로는 인간을 오롯이 방해받지 않으면서도, 자기 안에서 호흡하고 생각하고 느낄 수 있었다는 것을, 심지어 그 둘이 이따금 아주 드문 시간 동안이나마, 화의를 맺고 서로 사랑하는 마음으로 살아갔다는 것을, 그래서 그저 하나가 깨어 있는 동안에 다른 하나는 잠을 자는 것이 아니라, 둘이 서로를 강화하고 각자 상대방을 배가했다는 것을, 알지 못한 것이었다. 이 남자의 삶에서도 역시, 세상 어디에서나 다 그렇듯이, 때때로 모든 익숙한 것, 일상적인 것, 알고 있는 것, 규칙적인 것이 그저 여기저기에서 찰나의 휴지(休止)를 체험하려는, 돌파되려는, 그리고 비범한 것과 기적, 자비에게 자리를 마련해주려는 목적을 지녔을 따름인 것처럼 보였다. 그런데 이 짧고 드문 행복한 시간들이 황야의 이리의 고약한 운명을 보전하고 완화해주어서 행복과 고통이 결국에는 저울의 평형을 유지했는지, 아니면 혹시 심지어 저 몇 안 되는 시간들의 짧지만 강렬한 행복이 모든 고통을 흡수해서 수익을 낳기까지 했는지, 이것이 이제 다시 의문인데, 이 점에 대해서는 한가로운 사람들이나 마음 나는 대로 숙고해볼지 모르겠다. 이리 또한 종종 그것에 대해서 숙고했고, 그때가 그의 한가롭고 쓸데없는 나날이었다.

여기에 대해서는 아직 한 가지 더 이야기되어야만 한다. 비슷한 부류의 사람들이 상당히 많이 있는데, 하리도 그 하나였다시피, 상당수의 예술가가 주로 이러한 부류에 속한다. 이런 사람들은 모두 자기 안에 두 개의 영혼, 두 개의 존재를 지니고 있는데, 그들 안에는 신성과 악마성이, 어머니의 피와 아버지의 피가, 행복의 능력과 고통의 능력이, 하리 안의 이리와 사람이 그랬듯이, 마찬가지로 적대적이고 혼란스럽게 나란히, 그리고 뒤섞여 존재한다. 그리고 삶이 몹시 불안정한 이런 사람들은 때때로 자신들의 드문 행복한 순간에 어쩌나 강렬한 것과 형용할 수 없이 아름다운 것을 경험하는지, 그 순간적인 행복의 포말이 때때로 어쩌나 높고 눈부시게 고통의 바다 너머로 흩뿌려지는지, 이 짧고 찬란한 행복은 빛을 발하며 다른 사람들도 감동시키고 마술에 걸리게 만든다. 그렇게, 고통의 바다 위의 귀하고 찰나적인 행복의 포말로서 저 모든 예술 작품이 생겨난다. 그 속에서는 개개의 고통받는 인간이 한 시간 동안 자기 자신의 운명에서 너무나 높이 솟아오른 나머지, 그의 행복은 별처럼 빛나고, 그것을 보는 모든 이에게 무엇인가 영원한 것처럼, 그리고 그들 자신의 행복의 꿈처럼 보인다. 이러한 사람들은 모두, 그들의 행동과 작품들이 어떻게 불리든지 간에, 실제로 아무런 삶도 전혀 지니고 있지 않다. 다시 말하자면, 그들의 삶은 존재가 아니며, 아무런 형체도 없고, 그들은, 다른 사람들이 판사나 의사, 구두 수선공, 교사인 방식으로, 영웅이나 예술가나 사상가인 것이 아니다. 그들의 삶은 고통으로 가득한 영원한 움직임이자 부서지는 파도이며, 불행하고 고통스럽게 찢기었으며, 그러한 삶의 혼돈 위에서 환히 빛나는 그 희귀한 체험과 행동, 사상, 작품들 속에서 의미를 발견할 준비가 되어 있지 않은 즉시 소름 끼치고 무의미해진다. 이러한 부류의 인간들 사이에서, 어쩌면 인생살이 전체가 그저 지독한 오류, 태모(太母)[12]의 격렬하고 실패한 유산(流産), 자연의 참을 수 없이 실패한 거친 시도에 불과할지도 모른다는, 위험하고도 끔찍한 생각이 생겨났다. 그러나 또한 그들 사이에서, 인간이 어쩌면 그저 어중간하게 이성적인 동물이 아니라 신의 자식이며 불멸성을 띨 운명을 타고 났을지도 모른다는 다른 생각도 생겨났다.

모든 인간 부류는 자신의 표식, 자신의 징표를 지니고 있고, 저마다 자신의 미덕과 악덕이 있으며, 저마다 자신의 죽을죄가 있다. 황야의 이리가 저녁형 인간이었다는 것은 그의 표식에 속했다. 아침은 그에게 두렵고 단 한 번도 자신에게 좋은 일을 가져다주지 않았던 나쁜 시간대였다. 결코 그는 자기 인생의 그 어느 아

12 정신분석학자 칼 구스타프 융의 이론에 나오는 원형적 어머니(Urmutter).

침에도 마음껏 즐거웠던 적이 없었고, 결코 정오 전의 시간에 좋은 일을 해본 적도, 좋은 착상이 떠오른 적도 없었으며, 자신과 다른 사람들에게 기쁨을 줄 수도 없었다. 오후가 흘러가면서야 비로소 그는 서서히 활기를 띠고 생기가 돌며, 저녁 무렵이 되어서야 비로소 그는, 일진이 좋으면, 성과를 내고 활기가 넘쳤으며, 가끔은 열정으로 달아오르고 즐거워지기도 했다. 고독과 독립에 대한 그의 욕구 또한 그것과 연관되어 있었다. 결단코 독립에 대해 그보다 더 깊고 열정적인 욕구를 지닌 사람은 없었다. 그의 소년 시절에, 그가 아직 가난했고 밥벌이를 하느라 애를 먹던 때에, 오로지 그 대가로 한 조각의 독립성을 지키기 위해, 그는 굶주리고 해어진 옷을 입고 다니기를 선택했다. 그는 단 한 번도 부귀와 영화를 누리자고 여자들이나 권력자들에게 자신을 팔아넘긴 적이 없었고, 자신의 자유를 지키기 위한 대가로, 세상 어떤 눈으로 봐도 그에게 득이 되고 복이 될 것을 수백 번 내동댕이치고 박차버렸다. 그에게는 자신이 관직을 수행하고, 하루 일정과 연간 계획을 따르고, 다른 사람들에게 복종해야만 한다는 상상보다 더 혐오스럽고 끔찍한 표상은 없었다. 사무실, 비서실, 집무실 같은 것은 그에게 죽음만큼이나 혐오스러웠고, 그가 꿈속에서 경험했던 가장 경악스러운 것은 군대 병영에 갇혀 있는 것이었다. 그는 이 모든 상황으로부터 벗어날 줄 알았으며, 종종 엄청난 희생을 치러야 했다. 여기에 그의 강점과 미덕이 있었고, 여기에서 그는 굽힐 줄 모르고 매수되지 않았으며, 여기에서 그의 성격은 단호하고 올

곧았다. 다만 이 미덕은 다시금 그의 고통과 운명에 가장 밀접하게 연관되어 있었다. 모든 사람에게 벌어지는 일이 그에게도 일어났다. 다시 말하자면, 그가, 자신의 존재의 가장 내밀한 충동에서, 가장 집요하게 추구하고 얻으려 노력했던 것이 그에게 주어지기는 했지만, 인간에게 이로운 수준 이상이 부여된 것이었다. 처음에는 그것이 그의 꿈과 행복이 되었지만, 나중에는 그의 쓰디쓴 운명이 되어버렸다. 권력을 좇는 자는 권력으로 망하고, 돈을 좇는 자는 돈으로, 비굴한 자는 굽실대다, 쾌락을 좇는 자는 쾌락으로 망한다. 그리고 황야의 이리는 자신의 자립성 때문에 망했다. 그는 자신의 목표에 도달했고, 점점 더 독립적이게 되었으며, 누구도 그에게 명령을 내리지 않았고, 그는 누구도 따를 필요가 없었으며, 자유롭고 독자적으로 자신의 일거일동을 결정했다. 왜냐하면 모든 강한 인간은 진정한 충동이 자신에게 찾으라고 명하는 것에 틀림없이 다다르기 때문이다. 하지만 다다른 자유의 한복판에서 하리는 그의 자유가 죽음이었음을, 그가 홀로 서 있음을, 세상이 그를 섬뜩한 방법으로 가만히 내버려두었음을, 그에게는 인간들이 더 이상 아무 상관도 없음을, 아니 그 자신이 아무 상관도 없음을, 그가 관계 부재와 고독의 점점 더 희박해져만 가는 공기 속에서 서서히 질식해가고 있음을 홀연히 감지했다. 어찌된 셈이냐 하면, 고립과 독립은 더 이상 그의 소망과 목표가 아니라 그의 운명, 그가 받은 선고였으며, 소원을 비는 마법이 이루어져서 더 이상 돌이킬 수가 없었고, 그가 동경과 선의로 가득 차서 두 팔을 뻗고 결속과 유대를 각오해본들, 그것은 더 이상 도움이 되지 않았던 까닭이다. 다시 말하자면, 사람들은 이제 그를 혼자 내버려두었다. 이때 그가 예컨대 미움을 받거나 사람들에게 불쾌하게 느껴진 것은 아니었다. 정반대로, 그는 친구가 아주 많았다. 많은 이가 그를 좋아했다. 하지만 그가 발견한 것은 언제나 그저 호감과 친절함일 뿐이었고, 사람들은 그를 초대하고, 그에게 선물을 주고, 친절한 편지를 썼지만, 아무도 그에게 가까이 다가오지 않았고, 어디에서도 유대는 생겨나지 않았으며, 아무도 그의 삶을 공유할 마음도 없었고 능력도 없었다. 이제 그를 에워싸고 있는 것은 고독한 자들의 공기, 고요한 분위기, 주위 세계의 유실, 어떠한 의지와 어떠한 갈망도 그에 맞서서 무엇인가를 할 수 없는 관계 형성 능력의 부재였다. 이것이 그의 삶의 중요한 표식 중 하나였다.

다른 하나는, 그가 자살자에 속한다는 사실이었다. 여기서 말해두어야만 할 것은, 정말로 자기 목숨을 끊은 사람들만을 자살자라고 부른다면, 그것은 틀렸다는 점이다. 실제로 죽은 사람 중에는, 그저 어느 정도 우연으로 자살자가 되지만, 자살자 집단의 본질이 그들의 본성의 필수적인 부분이 아닌 사람들이 많다. 개성이 없고, 강한 특징이 없고, 거센 운명이 없는 사람들, 즉 범부(凡夫)와 군맹(群盲) 중에도, 자살로 죽었다 하더라도 그들의 전반적인 특색과 특징에 있어서 자살자의 유형에 속하지는 않는 사람이 많다. 반면에, 또 한편으로는 본성에 의하면 자살자로 꼽히는 사람

중에서 아주 다수가, 어쩌면 대부분이, 실제로 제 손으로 목숨을 끊지 않는다. '자살자'가 — 하리가 그중의 하나였다 — 반드시 죽음과 아주 강한 연관관계를 맺으며 살아가야 할 필요는 없다 — 이것은 자살자가 아니어도 할 수 있다. 그러나 자살자에게 고유한 점은, 그가 자신의 자아를, 정당하든 부당하든 상관없이, 자연의 특별히 위험하고 미심쩍으며 위태로운 배아라고 느끼며, 항상 지나치게 노출되어 있고 위태롭다고 생각한다는 것이다. 마치 외부의 작은 충격이나 내면의 티끌만 한 약점으로도 그를 허공으로 추락하게 만들기에 충분한 좁디좁은 바위 끝에 서 있기라도 한 것처럼, 그렇게 말이다. 이러한 부류의 인간들은 그들의 운명선상으로 자살이 그들에게는, 적어도 그들 자신의 표상 속에서는, 가장 개연성이 큰 죽음의 방법이라는 사실을 통해서 특징지어진다. 주로 이른 유년기에 이미 가시화되어, 이 사람들을 평생 따라다니는 이러한 느낌의 전제조건은, 예컨대 특별히 약한 생명력이 아니며, 반대로 '자살자들' 중에는 극도로 끈질기고 의욕적이며 대담하기까지 한 천성이 발견된다. 하지만 지극히 작은 병에도 열이 나는 경향의 체질이 있듯이, 우리가 '자살자'라고 부르는 이 항상 예민하고 민감한 천성은 지극히 작은 동요에도 강렬하게 자살의 표상에 빠져버리는 경향이 있다. 고작 생명현상의 작동원리에 전념하는 대신에 인간에게 전념하는 용기와 책임능력을 지닌 학문이 우리에게 있었더라면, 인류학과 같은 무엇이나 심리학과 같은 무엇이 우리에게 있었더라면, 이러한 사실은 누구에게나 알려졌을 것이다.

우리가 여기서 자살자에 대해서 말했던 것은 당연히 전부 표면과만 연관을 맺고 있고, 그것은 심리학이며, 그러니까 물리학의 한 부분이다. 형이상학적으로 고찰해보면 사태는 다르게, 그리고 훨씬 더 명확하게 보이는데, 왜냐하면 그러한 고찰에서 '자살자'는 우리에게 개별화에 대한 죄책감에 당면한 자로서 나타나며, 그들에게는 더 이상 자신의 완성과 형성이 아닌 그것의 해체, 어머니에게로의 복귀, 신에게로의 복귀, 전체로의 복귀가 인생의 목표로 보이는 영혼들로서 나타나기 때문이다. 이러한 천성 때문에 아주 많은 이들이 어느 시점에 실제로 자살을 감행하기에는 완전히 무능력한데, 이는 그들이 자살의 죄악을 깊이 인식하고 있기 때문이다. 그럼에도 불구하고 우리에게는 그들이 자살자인데, 왜냐하면 그들이 삶에서가 아닌 죽음에서 구원자를 보기 때문이며, 자신을 내팽개쳐버리고 희생할, 그리고 스스로를 지워 없애고 처음으로 되돌아갈 준비가 되어 있기 때문이다.

모든 힘이 또한 약점이 될 수도 있듯이(아니 경우에 따라서는 그렇게 될 수밖에 없듯이), 역으로 전형적인 자살자는 그의 외견상의 약점으로 힘과 버팀목을 만드는 경우가 종종 있다. 아니 엄청나게 자주 이렇게 한다. 하리, 아니 황야의 이리의 경우도 이러한 경우에 속한다. 그와 같은 부류의 수천 명이 그렇듯이, 그는 매시간 죽음으로 가는 길이 자신에게 열려 있다는 표상으로 고작 유치하고 멜랑콜리한 상상 놀음이나 만들었던 것이 아니라, 바로 이 생각으로 위안과 버팀목을 만들어 세웠다. 그의 내면에서는, 그와 같은 부류의 모든 인간의 내면에서처럼, 어떤 동요든, 어떤 고통이든, 어떤 열악한 생활상이든, 모두 즉시 죽음을 통해 벗어나려는 소망을 일깨웠던 것이 사실이다. 그러나 그는 이러한 성향으로 다름 아닌 삶에 유용한 철학을 서서히 창조해냈다. 예의 저 비상구가 노상 열려 있다는 생각에 대한 친숙함은 그에게 힘을 주었고, 고통과 열악한 상황을 끝까지 맛보는 데 대해서 호기심이 돋게 만들었으며, 그의 상황이 참으로 비참하게 돌아갈 때면, 그는 때때로 잔인한 기쁨, 남의 불행을 고소해하는 감정을 지니고 이렇게 느낄 수 있었다. "나는 인간이 도대체 얼마만큼 참아낼 수 있는지 보고 싶단 말이다! 아직 견딜 만한 것의 한계에 도달했다면, 나는 그냥 문을 열기만 하면 되고, 그러면 이미 벗어난 것이다!" 이러한 생각에서 비상한 힘이 나오는 자살자가 아주 많다.

다른 한편으로 모든 자살자는 자살의 유혹에 맞선 싸움에도 또한 익숙하다. 모두 각자 영혼의 어느 한구석에서, 자살이 비상구이기는 하지만 그래도 뭔가 궁색하고 비합법적인 비상구라는 사실을, 그리고 자신의 손에 의해서보다는 삶에게 직접 패배를 당하고 때려 눕혀지는 편이 근본적으로 더 고상하고 아름답다는 사실을 너무나도 잘 알고 있다. 이러한 앎이, 예컨대 이른바 자위행위를 하는 사람의 자책감과 똑같은 근원을 지닌 이러한 양심의 가책이, 대부분의 '자살자'로 하여금 자신의 유혹과 계속해서 싸우도록 만든다. 자살자는 도벽이 있는 사람이 자신의 못된 버릇에 맞서 싸우듯이 싸운다. 황야의 이리에게도 이러한 싸움은 익히 알고 있는 것이었으며, 그는 갖가지 무기를 번갈아들고 싸움을 치렀다. 마침내 그에게, 대략 마흔일곱 살 즈음에, 행복하고 유머가 없지 않은 착상이 떠올랐고, 그것은 종종 그에게 기쁨을 주었다. 그는 자신의 쉰 살 생일을 자신에게 자살을 허락하려는 날로 확정했다. 이날에는, 그날 기분에 따라서, 비상구를 사용하든지 사용하지 않든지 자기 자유로 한다고, 그는 자기 자신과 협정을 맺었다. 그에게 이제 무슨 일이 일어나든 간에, 병에 걸리든, 궁핍해지든, 고뇌와 쓴맛을 경험하든 간에 — 모든 것에는 기한이 정해져 있었으며, 모든 것은 기껏해야 불과 몇 년, 몇 달, 며칠 지속될 수 있을 따름이었고, 그 수는 매일 줄어들었다! 그리고 실제로 그는 이제 전 같았으면 더 깊이 더 오래 그를 괴롭혔을, 아니 아마도 뿌리까지 뒤흔들었을, 많은 불행을 훨씬 더 쉽게 견뎌냈다. 그의 상황이 그 어떤 이유로 특별히 나쁘게 돌아갈 때면, 그의 삶이 황량해지고, 고독해지고, 황폐해지는 데 더해 특별한 아픔이나 상실까지 겹치면, 그는 고통들에게 이렇게 말할 수 있었다. "어디 기다려봐라, 앞으로 이 년이면, 그때는 내가 네놈들의 주인이다!" 그런 뒤에 그는, 자신의 쉰 살 생일날 아침에 편지와 축전들이 도착할 텐데, 그러는 사이에 자기는, 자신의 면도칼을 굳게 믿고 모든 고통과 작별하고 들어가 문을 닫는다는 상상에 애정을 가지고 깊이 빠져들었다. 그러면 뼛속에 박힌 통풍은, 그다음에는 우울함, 두통, 위통은 자기네들이 어디에 머물고 있었는지 볼 수 있었다.

황야의 이리의 개별 현상을, 특히 시민계급과 그의 독특한 관계를 설명해내는 일이 아직 남아 있다. 우리가 이 현상들을 그것들의 근본 법칙들로 소급해 올라가는 것을 통해서 해보려 한다. 이것이야말로 자명하니, 바로 저 '시민적인 것'에 대한 그의 태도를 출발점으로 삼아보자!

황야의 이리는, 자기 자신의 견해에 따르면, 가정생활도 사회적인 공명심도 알지 못했으므로, 완전히 시민 세계의 외부에 있었다. 그는 자신을 전적으로 때로는 개별자라고, 기인이라고, 그리고 병적인 은둔자라고 느꼈으며, 때로는 또 비범하다고, 천재적인 기질이 있다고, 평균적인 삶의 사소한 규범들을 초월한 개인이라고 느꼈다. 의식적으로 그는 부르주아를 경멸했고, 자신이 그렇지 않은 것에 대해서 자랑스러워했다. 그럼에도 불구하고 그는 많은 면에서 철두철미하게 시민적이었으니, 그는 은행에 돈을 넣어두었고, 가난한 친척들을 지원해주었으며, 아무렇게나 입기는 했지만 점잖고 눈에 띄지 않게 옷을 입었고, 경찰과 국세청, 이와 유사한 권력기관과 불화 없이 좋게 지내기를 추구했다. 그뿐만 아니라 강하고 은밀한 동경이 그를 끊임없이 시민의 작은 세계로, 깨끗한 정원, 반들반들하게 간수된 층계참, 그 모든 질서와 예절의 분별있는 분위기가 딸린 조용하고 단정한 가정집으로 잡아끌었다. 그는 나름의 사소한 악습과 유별난 행동들을 지니는 것이 마음에 들었고, 스스로를 시민적이지 않다고, 괴짜나 천재라고 느끼는 것이 좋았지만, 그래도 그는, 그것을 드러내보일 방법으로, 시민성이 더 이상 존재하지 않는 생활 영역에서 거주하며 생활했던 적이 단 한 번도 없었다. 그는 폭력배와 열외자의 분위기에서도, 범죄자나 권리를 박탈당한 자들 곁에서도 보금자리를 발견하지 못했고, 항상 시민의 영역에서 머물러 살았으며, 그것이 비록 대립과 거역의 관계라고 할지라도, 그는 항상 그들의 습관에, 그들의 규범과 분위기에 관계를 맺고 있었다. 게다가 그는 소시민적인 교육을 받으며 자랐고 거기에서부터 많은 개념과 사고의 틀을 간직해 왔다. 그는 이론적으로는 조금도 창녀를 못마땅해하지 않았지만, 개인적으로는 창녀를 진지하게 대한다거나 정말로 자신과 같은 존재로 바라보지는 못했을 것이다. 국가와 사회가 배척하는 정치범이나 혁명가, 종교적 선동자를 자기의 형제로서 사랑할 수는 있었지만, 도둑, 강도, 강간 살인범에게는 지극히 시민적인 방식으로 유감을 표하는 것 말고는 어떻게 해야 좋을지 몰랐을 것이다.

이러한 방식으로 그는 항상 자신의 존재와 행동의 한쪽 반과 함께, 자신이 다른 쪽 반과 맞서 싸우고 그것을 부정하는 것을 인정하고 시인했다. 교양 있는 시민 가정의, 엄격한 격식과 예의범절 속에서 자란 그는, 이미 오래전에 시민적인 것에서 가능한 정도를 넘어서 개별화하고 시민적인 이상과 믿음의 내용으로부터 자유로워진 뒤로도, 자신의 영혼 한 부분과 더불어 항상 이 세계의 질서들에 매달려 있었다.

그런데 '시민적인 것'이란, 인간적인 것의 항상 현존하는 상태로서, 균형을 이루려는 시도, 인간 행동의 수없이 많은 극단과 대립쌍 사이에서 균형 잡힌 중용을 얻으려는 노력과 다르지 않다. 이러한 대립쌍 중에서 임의의 하나를 예로 들어보자면, 성자와 탕아의 대립쌍을 택해보면, 우리의 비유가 곧바로 이해가 갈 것이다. 인간은 정신적인 것에, 신성(神性)에 대한 접근 시도에, 성자의 이상에 철두철미하게 헌신할 가능성을 지니고 있다. 역으로 그는 또 본능적인 삶에, 자신의 감각의 요구에 철저하게 헌신하고 찰나의 쾌락을 얻는 데 모든 노력을 쏟아부을 가능성도 지니고 있다. 그중 한 길은 성자에게로, 정신의 순교자에게로, 신에 대한 자기 헌신으로 나 있다. 다른 길은 탕아에게로, 본능의 순교자에게로, 부패에의 자포자기로 나 있다. 이제 이 두 길 사이에서 시민은 적절하게 조율된 중간 지점에서 살아가려고 시도한다. 절대로 그는 도취에게도 금욕에게도 자신을 포기하지 않고, 헌신하지도 않을 것이며, 절대로 그는 순교자가 되지 않을 것이고, 절대로 자신을 파괴하는 데에 동의하지 않을 것이다 — 그와 반대로, 그의 이상은 자아의 헌신이 아니라 보존이며, 그의 노력은 성스러움에도 그 반대에도 해당하지 않고, 그는 무제한성을 견딜 수 없으며, 신에게 봉사하려고 하지만 도취에도 마찬가지이고, 덕을 갖추려고 하지만 속세에서 약간은 편안하고 안락하게 지내려고도 한다. 간단히 말해서, 그는 극단들 사이의 중간 지대에, 거센 폭풍과 뇌우가 없는 온화하고 안락한 구역에 정착하고자 시도하고, 이런 시도는 성공하기도 하지만, 무제한적인 것과 극단적인 것을 지향한 삶이 주는 저 삶과 감정의 강렬성을 대가로 치러야 한다. 강렬하게 사는 것은 오로지 자아를 대가로 치러야만 가능하다. 그런데 시민은 어떤 것도 자아(그러나 고작 발육부진의 자아)보다 더 높게 평가하지 않는다. 그러므로 그는 강렬성을 대가로 보존과 안전을 성취하고, 신들림 대신에 양심의 안식을, 쾌락 대신에 안락을, 자유 대신에 편안함을, 치명적인 작열 대신에 쾌적한 온기를 수확한다. 시민은 그 때문에 자신의 본성상 유약한 삶의 추동력의 산물이며, 겁약하고, 자기 자신의 어떤 희생도 두려워하며, 지배하기 손쉽다. 그래서 그는 다수로 권력을, 법률로 폭력을, 투표 절차로 책임을 대신했다.

분명한 점은, 이 유약하고 겁 많은 존재가, 그토록 많이 존재한다 해도, 스스로를 지킬 수는 없다는 사실이며, 그 특성상 세상에서, 제멋대로 배회하는 이리들 사이의 양떼 역할 말고는 아무런 다른 역할도 할 수 없으리라는 사실이다. 그럼에도 불구하고 아주 강력한 성향을 지닌 통치의 시대에는 시민이 곧장 궁지에 몰리게 된다는 사실을, 하지만 절대로 몰락하지는 않으며, 이따금은 심지어 세상을 지배하는 것처럼 보인다는 사실을 우리는 알고 있다. 어떻게 이것이 가능할까? 그 무리에 있는 많은 수의 사람들도, 덕성도, 코먼 센스[13]도, 조직도, 그를 몰락에서 구해낼 만큼 충

---

13 헤세 스스로 독일어 단어 'gesunder Menschenver-satnd 건전한 인간 오성' 대신 이에 상응하는 영어 단어 'common sense'를 쓴다.

분히 강하지 않을 텐데 말이다. 애초부터 삶의 강렬성이 그토록 몹시 약화된 시민에게는 세상의 그 어떤 의술도 생명을 유지시켜 줄 수가 없다. 그런데도 시민계급은 살아 있고, 강력하며, 번성한다. — 왜일까?

대답은 다음과 같다. 황야의 이리들 때문이다. 실제로 시민사회의 왕성한 힘은 절대로 그 정상적인 구성원의 특성에서 연원하는 것이 아니라, 그 이상들의 모호성과 확장성으로 인해서 함께 아우를 수 있었던, 엄청나게 많은 아웃사이더[14]들의 특성에서 연원한다. 시민사회에는 항상 다수의 강하고 야생적인 인간 유형들이 같이 살아가고 있다. 우리의 황야의 이리인 하리가 특징적인 한 예다. 시민에게 가능한 정도를 한참 넘어 개인으로 발전한 그는, 명상의 희열과 마찬가지로 증오와 자기 증오의 암울한 기쁨에도 정통한 그는, 법과 미덕과 코먼 센스를 경멸하는 그는, 그럼에도 불구하고 시민사회의 강제 수감자이며 그로부터 빠져나오지 못한다. 그리고 이렇게 진짜 시민사회의 본래 군중 주위를 인류의 폭넓은 층들이, 수천 가지 인생과 지성들이 둘러싸고 있다. 그들 각자는 시민사회가 감당하지 못할 만큼 성장했고 무제한적인 것 속의 삶에 소명되었을 테지만, 그런데도 그들 각자는, 유아적인 감정으로 인해서 시민성에 매달린 채, 그리고 시민성이 삶의 강렬성

14 여기서도 헤세는 독일어 'Außenseiter 국외자' 대신 영어 단어를 택한다.

을 약화시키는 것에 조금 많이 감염되어서, 웬일인지 시민사회 속에 머물고, 웬일인지 그것에 예속되고, 의무를 지고, 복종하는 채로 남는다. 왜냐하면 시민사회에는 위대한 자들의 원칙이 다음과 같이 거꾸로 적용되기 때문이다. 나에게 반대하지 않는 자는 내 편이다![15]

이에 의거해서 황야의 이리의 영혼을 검토해보면, 그는 이미 고도의 개별화만으로도 비시민으로 규정되는 인간으로 나타난다 — 왜냐하면 고도로 추진된 개별화는 모두 자아에 반하는 방향으로 선회하고 다시 자아를 파괴하는 성향이 있기 때문이다. 우리는 그가 자신 안에 성자의 방향과 마찬가지로 탕아의 방향으로도 강한 추진력을 가지고 있으면서도, 모종의 약화 과정이나 나태성으로 인해서 자유롭고 거친 우주로 도약하지 못하고, 시민사회라는 무거운 어머니 성좌에 사로잡힌 채 머물러 있는 것을 본다. 이것이 세상 공간에서의 그의 상황이며, 이것이 그를 옭아매고 있는 구속이다. 거의 모든 지식인과 대부분의 예술가가 동일한 유형에 속한다. 오로지 그들 중에서 가장 강한 자들만이 시민의 지구의 분위기를 뚫고 나가서 우주적인 것에 도달하고, 다른 사람들은 모두 체념하거나 타협하고, 시민사회를 경멸하면서도 거기에 소속되어서, 계속 살아남을 수 있기 위해서 종국에는 시민

---

15 누가복음 11장 14~23절에서 "나와 함께하지 아니하는 자는 나를 반대하는 자요"라는 예수의 말씀에 대한 암시.

사회를 긍정할 수밖에 없게 되는 것으로 그것을 강화하고 찬미한다. 이 수없이 많은 존재는 비극성을 얻기에는 충분하지 않지만, 상당히 이목을 끄는 불행과 악운을 겪기에는 물론 충분해서, 그것들의 지옥에서 그들의 재능이 푹 고아져서 성과를 낼 수 있게 된다. 시민사회를 뿌리치고 나온 몇 안 되는 자들은 무제한적 것에 도달해 경탄할 만한 방식으로 몰락하는데, 그들이 비극적인 자들이고, 그 수는 적다. 그러나 그 나머지 사람들, 그들의 재능에 시민사회가 종종 크나큰 존경을 표하는, 속박된 채로 남아 있는 자들에게는 제3의 제국[16]이, 상상 속이지만 절대적인 세계가 열려 있다. 유머가 그것이다. 평화가 없는 황야의 이리들, 즉 비극성에 요구되는 힘이, 별들의 공간으로의 돌파를 위해 요구되는 힘이 거부된, 무제한적인 것에 소명되었다고 느끼지만 그래도 그 안에서 살 수 없는, 끝없이 무시무시하게 고뇌하는 자들, 그들에게는, 고뇌 속에서 그들의 정신이 강해지고 유연해지면, 유머로 향하는 화해의 탈출구가 주어진다. 비록 진짜배기 시민에게는 그것을 이해할 능력이 없지만, 유머는 언제나 어떻게든 시민적으로 남는다. 유머와 상상의 영역에서 모든 황야의 이리의 뒤엉키고 복잡다단한 이상이 실현된다. 다시 말하자면, 여기에서는 비단 성자와 탕아를 동시에 긍정하고, 극점들을 서로 마주 보게 구부리는 것이

16 모든 고통이 끝나는 제3의 제국이 도래하리라는 중세의 표상에 대한 암시.

가능할 뿐만 아니라, 시민을 긍정에 동참시키는 것마저도 가능하다. 신들린 사람들에게야 범죄자를 긍정하는 것이 분명 가능할 것이고, 역으로도 마찬가지겠지만, 그 둘 모두에게, 또한 다른 무제한적인 것 모두에게, 저 중립적이고 뜨뜻미지근한 중간상태마저, 시민적인 것마저 긍정하는 것이 불가능하다. 유머만이 유일하게, 위대한 것에 대한 자신들의 소명이 저해된 사람들의, 거의 비극적인 사람들의, 지극히 재능 있는 불운한 사람들의 멋들어진 발명품만이,(아마도 인류의 가장 고유하고 천재적인 업적일) 이 유머만이 유일하게 이 불가능한 일을 완수해내고, 제 프리즘의 빛줄기로 인간존재의 모든 영역을 덮어 한데 어우러지게 만든다. 마치 그것이 세상이 아닌 듯이 그 세상에서 살아가기, 법을 존중하면서도 그 위에 존재하기, "마치 소유하지 않은 것처럼"[17] 소유하기, 마치 그것이 포기가 아닌 것처럼 포기하기 — 이 모든 사랑 받고 자주 표현되는, 높은 경지의 삶의 지혜의 요구들을 실현할 능력은 유일하게 유머에게만 있다.

그리고 황야의 이리에게는 그럴 재능과 조건이 부족하지 않으니, 그가 끝내 자신의 지옥의 무더운 혼란 속에서 이 마법의 물약을 달여내고 물기를 증발시키는 데 성공한다면, 그는 구원받을 것이다. 아직은 그러기에 많은 것이 부족하다. 그러나 가능성은,

---

17 고린도전서 7장 29~31절 암시.

희망은 존재한다. 그를 사랑하는 사람, 그와 함께 하는 사람은, 그에게 이러한 구원을 기원해줄 것이다. 이를 통해서 그가 영원히 시민적인 것 안에 고집스레 머물기는 하겠지만, 그의 고통은 견딜 만할 테고, 결실을 맺게 될 것이다. 시민 세계와 그의 관계는, 사랑과 증오 속에서 감상성을 날려버릴 것이며, 이 세상에의 속박은 끊임없이 그를 치욕이라고 괴롭히기를 중단할 것이다.

이것을 이루기 위해서, 또는 어쩌면 마지막에 우주로의 도약마저 감행할 수 있기 위해서, 이 황야의 이리는 한 번은 자기 자신과 맞부딪쳐야만 할 테고, 제 영혼의 혼돈 속을 깊이 들여다보아야만 할 테며, 자기 자신의 완전한 자각에 도달해야만 할 것이다. 그러면 그의 의심스러운 실존이 그것의 온전한 변경 불가능성 속에서 스스로를 드러내게 될 테고, 더 나아가 본능의 지옥에서 감상적이고 철학적인 위안으로, 그리고 다시 이리 본성의 눈먼 도취 상태로 거듭 건너가며 도피하는 것이 그에게는 불가능해질 것이다. 인간과 이리는, 기만적인 감정의 가면 없이 서로를 인식하고, 꾸밈없이 서로의 눈을 들여다보기를 강요당할 것이다. 그러면 그들은 폭발해서 영원히 서로 갈라서고, 그래서 더 이상 황야의 이리가 존재하지 않게 되거나, 아니면 솟아오르는 유머의 빛줄기 아래에서 정략결혼을 하게 될 것이다.

하리가 어느 날엔가 이 마지막 가능성 앞으로 인도되는 것, 그것은 가능한 일이다. 그가 우리의 작은 거울 중 하나를 수중에 넣든, 아니면 불멸의 존재와 마주치든, 아니면 우리의 마법 극장 중의 하나에서 혹시나 자신의 타락한 영혼을 해방시키기 위해서 그가 필요로 하는 것을 발견하든, 그가 어느 날엔가 스스로를 인식하는 법을 배우는 것, 그것은 가능한 일이다. 수천 개의 가능성이 그를 기다리고 있고, 그의 운명은 그것들을 저항하기 어렵도록 끌어당기며, 시민사회의 아웃사이더 모두가 이러한 마법적 가능성의 분위기 속에서 살아간다. 티끌 하나로 충분하나니, 번개가 내리친다.

그리고 이 모든 것을 황야의 이리는, 설령 그가 자기 내면의 전기(傳記)에 대한 이 요약본을 결코 보지 못한다고 해도, 아주 잘 알고 있다. 그는 세상이라는 건물 안에서 자신의 위치를 예감하며, 불멸의 존재들을 예감하고 잘 알고 있으며, 자신과 조우할 가능성을 예감하고 두려워하고 있으며, 그토록 쓰릴 만치 들여다볼 필요가 있지만 그토록 죽을 만치 들여다보기를 두려워하는 저 거울의 현존을 알고 있다.

우리의 연구를 끝맺으려면 아직 마지막 허구, 즉 근본적인 미혹을 해소하는 일이 남아 있다. 모든 '해명', 모든 심리학, 모든 이해의 시도들에는 당연히 보조 수단들이, 이론, 신화, 허위들이 필요한 법이다. 그리고 분별 있는 저자는 자신의 설명 마지막에 되도록이면 이러한 허위를 해명하는 일을 방기해버려서는 안 된다. 내가 '위' 혹은 '아래'라고 말하면, 그것은 이미 하나의 주장이고, 그것은 설명을 요구하는데, 왜냐하면 위와 아래는 오로지 생각 속에서만, 추상 속에서만 존재할 따름이기 때문이다. 세상 자체는 위도 아래도 알지 못한다.

그러므로 결국, 간략하게 말하자면, '황야의 이리' 역시 하나의 허구다. 하리가 자기 스스로를 이리 인간이라고 느끼고, 두 개의 적대적이고 대립적인 본질로 이루어져 있다고 생각한다면, 그것은 단지 단순화하는 신화일 따름이다. 하리는 결코 이리 인간이 아니며, 우리가 그의 거짓말을, 그 자신이 꾸며내고 믿고 있는 거짓말을, 못 보고 지나친 듯이 넘겨받아, 그를 실제로 이중적 존재로, 황야의 이리로, 고찰하고 해석하기를 꾀했다면, 우리는 그저 더 쉽게 이해되기를 바라는 마음에서 미혹을 이용했던 것이며, 이제는 이를 바로잡는 일이 시도되어야 한다.

하리가 자신의 운명을 자신에게 더 잘 이해시키기 위해서 사용했던, 이리와 인간, 본능과 정신으로의 이분(二分)은 아주 거친 단순화이며, 이 인간이 자기 안에서 발견하는, 자신에게는 적지 않은 고통의 원천으로 보이는 모순들에 대한, 설득력은 있지만 그릇된 해명을 위한 현실의 능욕이다. 하리는 자신 안에서 '인간'을, 다시 말해서 사고와 감정의 세계, 문화의 세계, 길들여지고 승화된 자연의 세계를 발견하고, 이와 나란히, 자신 안에서 '이리'를, 다시 말해서 본능의 세계, 야성과 잔혹성의 세계, 승화되지 않은 날것 그대로인 자연의 어두운 세계를 또 발견한다. 이렇게 겉보기에는 그토록 명확하게, 서로 적대적인 두 영역으로 그의 본질이 분할됨에도 불구하고, 그는 때때로 이리와 인간이 행복한 한순간 동안, 서로 사이좋게 지내는 것을 체험했다. 만약에 하리가 인생의 모든 낱낱의 순간마다, 낱낱의 행동마다, 낱낱의 감정마다, 그중 무엇이 인간의 몫인지, 무엇이 이리의 몫인지, 확인하려고 들었다면, 그는 즉각 곤경에 처했을 테고, 그의 아주 멋들어진 이리 이론은 산산조각이 나고 말았을 것이다. 왜냐하면 그 어떤 인간도, 원시적인 흑인도, 바보 천치도, 그 존재가 단지 두 개 내지 세 개의 주요 원소의 총합으로 설명될 수 있을 만큼 그렇게 호락호락하고 단순하지 않기 때문이다. 심지어 하리처럼 그렇게 매우 세분화된 인간을 이리와 인간으로 단순하게 분할해 설명하려는 짓은 하릴없이 순진한 시도다. 하리는 두 개의 본질로 이루어진 것이 아니라, 수백 수천 개의 본질로 이루어져 있다. 그의 삶은(모든 인간의 삶과 마찬가지로) 고작 두 개의 극점, 예컨대 본능과 정신이나 성자와 탕아 사이에서 왔다 갔다 하는 것이 아니라, 수천, 아니 헤아릴 수 없이 많은 양극 사이에서 흔들리고 있다.

하리처럼 박식하고 영리한 인간이 자신을 '황야의 이리'라고 여길 수 있다는 사실, 그리고 그가 자기 인생의 풍부하고 복잡한 형성물을 그토록 단순하고, 그토록 폭력적이고, 그토록 원시적인 공식에 집어넣어놓을 수 있다고 믿는다는 사실이 우리를 놀라게 해서는 안 된다. 인간은 사고에 고도로 능하지 못하고, 가장 정신적이고 가장 교육 수준이 높은 인간조차도, 몹시 순진하고, 단순화하며, 거짓말을 둘러대는 공식들의 안경을 통해서 끊임없이 세상과 자기 자신을 본다 — 제일 그런 때는 자기 자신을 볼 때다!

왜냐하면 각자가 자신의 자아를 하나의 단일체로 표상하는 것은 모든 인간의, 보이는 바로는, 타고난 그리고 완전히 강박적으로 작용하는 욕구이기 때문이다. 이러한 망상이 아무리 자주, 아무리 심각하게 뒤흔들린다고 하더라도 그것은 항상 다시 아문다. 판사는 살인자와 마주 앉아 그의 눈을 들여다보다가, 어느 순간 살인자가 자기 자신의(판사의) 목소리로 말하고 있는 것을 듣게 되고, 그의 모든 심적 동요, 능력, 가능성을 자기 자신의 내면에서도 역시 발견하지만, 이미 그다음 순간이면 그는 다시 판사라는 하나의 통일체가 되어 있고, 자신의 착각 속에 있는 자아의 껍질 안으로 서둘러 가서, 자신의 의무를 행해 살인자에게 사형을 선고한다. 그리고 만일 특별히 재능을 타고나고 여리게 조직된 인간들의 영혼 속에서 그들의 다양성에 대한 예감이 밝아오면, 만일 그들이, 모든 천재가 그러하듯이, 인격 단일성이라는 망상을 깨부수고, 스스로를 여러 조각으로 이루어진 집합이라고, 많은 자아로 꾸린 꾸러미라고 느낀다면, 그들이 그저 그 사실을 발설하기만 해도, 곧장 다수의 사람이 그들을 감금하고, 학계에 도움을 요청하고, 정신분열증임을 확진하며, 이 불행한 자들의 입에서 나오는 진실의 외침을 듣지 못하도록 인류를 보호한다. 그렇다면 무엇하러 여기서 말을 흘리겠는가, 생각하는 사람이라면 누구나 자연히 알 수 있지만, 이를 피력하는 게 예의가 아닌 것들을 무엇하러 발설하겠는가? — 그러므로 만약 지금 한 인간이 자아라는 착각 속의 단일체를 이분체로 확장시키려고 앞질러 나간다면, 그는 이미 거의 천재나 다름없으며, 어쨌든 희귀하고 흥미로운 예외인 셈이다. 하지만 실제로는 그 어떤 자아도, 가장 단순한 자아조차도, 하나의 단일체가 아니라 지극히 다양한 세계이자 별자리들이 빛나는 작은 하늘이며, 형태들의 혼돈, 단계들과 상태들의 혼돈, 유산들과 가능성들의 혼돈이다. 모든 개인이 이러한 혼돈을 단일체라고 생각하려 애쓰고, 자신의 자아가 마치, 단순하고 견고하게 형성된, 명확하게 윤곽이 잡힌 현상인 양 이야기하는 것, 모든 인간에게(가장 고귀한 인간에게도) 이러한 일반적인 기만은 불가피한 일인 듯하며, 숨을 쉬거나 먹는 일과 같이 응당한 삶의 요구인 듯하다.

이러한 미혹은 단순한 전용(轉用)에 기인한다. 육체로서 모든 인간은 하나이지만, 영혼으로서는 결코 아니다. 문학에서도 역시, 심지어 가장 세련된 문학에서도, 관례적으로 항상 온전해 보이는, 통일된 듯이 보이는 인물들로 작업이 이루어진다. 전문가들, 즉 정통한 사람들은 지금까지의 문학에서 드라마를 가장 높게 평가하고, 그것은 정당한데, 왜냐하면 드라마가 자아를 다수체로 구현하는데 있어 가장 많은 가능성을 제공하기(또는 제공할는지도 모르기) 때문이다 — 만약 어떤 드라마의 모든 개별 인물이, 거부할 나위 없이 유일하고 통일적이며 완결된 하나의 육체 안에 들어 있기 때문에, 그들이 단일체라고 우리를 속이는, 그 조야한 겉모습에 이의를 제기하지 않는다면 말이다. 단순한 미학마저도, 개개의 인물이 식별하기 쉽고 분리된 단일체로서 등장하는, 이른바 성격 드라마를 가장 높이 평가한다. 멀리에서 보아야 비로소, 그리고 점차, 어쩌면 이 모든 것이 값싼 표피의 미학일지 모른다는 예감이 밝아오고, 우리가 훌륭하지만 타고나지는 못했고 그저 우리에게 비밀이 주절주절 누설되었을 따름인 고대의 미 개념을 우리의 위대한 극작가들에게 적용한다면, 우리는 잘못을 저지르는 것이라는 예감이 동터온다. 고대의 미 개념은 어디서든 가시적인 육체로부터 출발해서 자아의 허구, 인물의 허구를 참으로 고유하게 고안해냈다. 고대 인도의 문학에서는 이러한 개념이 전혀 알려져 있지 않았고, 인도 서사시의 영웅들은 인물들이 아니라, 인물들의 뭉치이며, 일련의 환생[18]들이었다. 그리고 우리 현대 세계에는, 인물 유희와 성격 유희의 베일 뒤에서, 작가에게는 거의 온전히 의식되지 못한 채, 영혼의 다양성을 구현하려는 시도가 이루어지는 문학작품들이 있다. 이것을 인식하고자 하는 사람은 한 번쯤 그러한 문학작품의 인물들을 개별 존재로서가 아니라, 부분들로, 측면들로, 더 높은 단일체(가령 시인의 영혼)의 상이한 국면들로서 바라볼 결심을 해야만 한다. 예컨대 파우스트를 이러한 방식으로 고찰하는 사람에게는 파우스트, 메피스토, 바그너, 그리고 다른 모든 인물로부터 하나의 단일체가, 하나의 초인물이 만들어지고, 개별 인물들 속에서가 아니라 이 더 높은 단일체 속에서 비

18 인도 철학의 표상.

로소 영혼의 진정한 본질의 그 무엇인가가 넌지시 비춰진다. "두 영혼이 사는구나, 아, 나의 이 가슴에는!"[19]이라는 파우스트의 발언은 학교 선생님들 사이에서 유명하고 속물들은 전율을 느끼며 탄복하는데, 파우스트가 이 말을 할 때, 그는 메피스토와, 마찬가지로 자신의 가슴속에 지닌, 아주 많은 다른 영혼을 망각하고 있는 것이다. 우리의 황야의 이리도 물론 두 개의 영혼(이리와 인간)을 자신의 가슴속에 지니고 있으며, 그 때문에 자신의 가슴이 이미 대단히 비좁아졌다고 믿는다. 가슴, 즉 몸이야 어차피 늘 하나지만, 그 안에 살고 있는 영혼은 두 개나 다섯 개가 아니라 무수하게 많다. 인간은 수백 개의 껍질로 이루어진 양파이며, 수많은 실 가닥으로 짜놓은 직물이다. 고대 아시아인들은 이러한 사실을 인식했고, 정확히 알고 있었으며, 불교의 요가에서는 인격이라는 망상을 폭로하기 위해서 엄밀한 기술이 고안되었다. 인류의 유희는 즐겁고 다양하다. 다시 말하자면, 인도인들이 그것을 폭로하기 위해서 수천 년에 걸쳐 그토록 많이 애썼던 대상이, 서양이 지지하고 강화하기 위해서 똑같이 많은 노력을 기울였던 대상과 동일한 것이다.

우리가 이러한 견지에서 황야의 이리를 고찰해보면, 무엇 때문에 그가 자신의 우스꽝스러운 이원성으로 인해서 그리도 많은 고

19 괴테의 『파우스트』 1부 1112행의 인용.

통을 받았는지가 명확해진다. 그는 파우스트처럼 두 개의 영혼은 단 하나의 가슴에 너무 많으며 가슴을 갈기갈기 찢어놓을 게 틀림없노라고 믿는다. 하지만 정반대로 두 개의 영혼은 적어도 너무 적으며, 하리가 자신의 가련한 영혼을 그렇게 미개한 모습으로 파악하려고 한다면, 그는 그것을 끔찍하게 능욕하는 셈이다. 비록 하리가 교양이 높은 인간이기는 하지만, 그는 예컨대 둘 이상은 셀 줄 모르는 야만인같이 군다. 그는 자신의 한 부분은 인간, 다른 부분은 이리라 칭하고는, 이로써 이미 결말에 이르렀다고, 지칠 대로 지쳤노라고 믿는다. 그는 "인간"에다가 자신 안에서 찾아낸 모든 정신적인 것, 승화된 것, 혹은 교양 있는 것을 꾸려 넣고, 이리에는 온갖 충동적인 것, 야생적인 것, 혼란스러운 것을 꾸려 넣는다. 하지만 인생에서는 우리의 생각 속에서처럼 그렇게 간단하게, 우리의 빈약한 백치 언어에서처럼 그렇게 엉성하게 일이 되어가지 않으며, 그가 이러한 흑인 같은 이리의 방식을 적용한다면, 그는 이중으로 자신을 기만하는 셈이다. 하리는 인간이 되려면 아직도 까마득한 제 영혼의 전 영역을, 우리가 우려하기로는, 진작부터 "인간"에 산입하고, 이미 오래전에 이리를 넘어선 자신의 본질 부분들을 이리로 산입한다.

모든 인간처럼 하리 역시 인간이 무엇인지 아주 잘 알고 있노라고 믿지만, 비록 꿈과 그 밖의 통제하기 어려운 의식 상태에서 드물지 않게 그것을 예감한다 하더라도, 그는 인간이 무엇인지 전혀 모른다. 그가 이 예감들을 잊지 않기를, 그가 그것을 가능한 한 자기 것으로 만들기를 바란다! 인간은 확고하고 지속적인 형성물이 아니고(이것은 고대 현자들의 상반되는 예감에도 불구하고, 고대의 이상이었다), 오히려 하나의 시도이자 이행이며, 그 무엇도 아닌 자연과 정신 사이에 놓인 좁고 위험한 교량일 따름이다.[20] 지극히 내밀한 천명이 인간을 정신으로, 신으로 몰아가고 — 가장 마음 깊이 느낀 동경이 인간을 자연으로, 어머니로 돌아가도록 잡아끈다. 다시 말하자면, 그의 삶은 이 두 힘 사이에서 두려움에 떨며 이리저리 흔들린다. 인간이 매번 "인간"이라는 개념 아래 이해하는 것은 언제나 덧없는 시민적 합의에 불과하다. 가장 날것 그대로인 어떤 본능들은 이러한 협약에 의해서 거부당하고 경멸되고, 약간의 의식, 교양 있는 행동, 야수성의 탈피가 요구되며, 일말의 정신이 비단 허락되기만 하는 것이 아니라 심지어 요구되기까지 한다. 이러한 협약의 "인간"은, 모든 시민의 이상과 마찬가지로, 하나의 타협이며, 악한 태모(太母)인 자연에게서뿐만 아니라 성가신 태부인 정신에게서도, 그들의 맹렬한 요구들을 떼어먹고, 이 둘 사이에 있는 뜨뜻미지근한 중간지대에 거주하려는, 소심하고 천진노회한 시도다. 그 때문에 시민은 자신이 "인격"이라고 부르는 것을 허락하고 참아 넘기지만, 동시에 그것을 "국가"

20 니체의 『차라투스트라는 이렇게 말했다』의 암시.

라는 저 몰록[21]에게 넘겨버리고, 이 둘을 지속적으로 반목시켜서 이득을 취한다. 그 때문에 시민은 모레면 기념비를 세워줄 사람을, 오늘은 이교도라 불태워 죽이고 범죄자라 목을 매단다.

"인간"이란 이미 창조되어 있는 것이 아니라 정신의 요구이고, 갈망된 만큼이나 두려움이 느껴지는 요원한 가능성이라는 예감, 그리로 향하는 길에는 오늘은 단두대가, 내일은 기념비가 마련되고, 저 몇 안 되는 개개인에 의해서 언제나 딱 한 뼘씩만, 끔찍한 고통과 황홀경 속에서 진척된다는 예감 — 이러한 예감은 황야의 이리 안에도 역시 살고 있다. 그러나 그가, 자신의 "이리"와 대비해서, 자신 안의 "인간"이라 부르는 것, 그것은 대부분 다름 아니라 바로 저 시민 협정의 평범한 "인간"일 따름이다. 진정한 인간에 이르는 길, 불멸의 존재에 이르는 길을 하리는 아주 잘 예감할 수 있고, 또한 산발적으로나마 아주 조금씩 망설이는 발걸음으로 그 길을 걸어가기도 하며, 격심한 고뇌와 고통스러운 고독으로 그 대가를 치르기도 한다. 하지만 저 지고의 요구, 정신에 의해서 추구된 저 진정한 인간화를 긍정하고 이를 위해 노력하는 것, 불멸에 이르는 좁고 유일한 길을 가는 것, 그것을 그는 영혼 가장 깊숙한 곳에서 꺼려한다. 그는 다음과 같은 것을 아주 잘 느끼고

---

21 셈족이 섬기던 신으로 한때 이스라엘 민족도 믿었다(사도행전 7:43). 헤브라이어로는 Molek. 원래 바빌로니아 지방에서 명계(冥界)의 왕으로 알려졌고, 가나안에서는 태양과 천공(天空)의 신으로 알려졌다. 어린이를 제물로 바치는 인신공희(人身供犧)도 행했다.

있다. 그것이 자신을 더 큰 고통으로, 배척으로, 최후의 포기로, 어쩌면 단두대로 이끌어가리라는 것을 말이다 — 그리고 설사 이 길의 끝에서 불멸성이 유혹하고 있다고 해도, 그는 이 모든 고통을 겪고, 이 모든 죽음을 감내할 마음이 없다. 비록 그가 인간화라는 목표를 시민들보다 더 잘 의식하고 있을지라도, 그래도 그는 눈을 질끈 감아버리고, 절망적으로 자아에 매달리는 것, 절망적으로 죽음에 이르지 않으려 하는 것이 영원한 죽음에 이르는 가장 확실한 길이며, 반면에 죽을 수 있는 것, 껍데기를 벗어던지는 것, 변화에 자아를 영원히 바치는 것이 불멸성으로 인도한다는 사실을 알려고 들지 않는다. 그가 불멸의 존재 중에서 자신이 애호하는 사람들을, 가령 모차르트를 숭배한다면, 그는 그를 결국에는 시민의 눈으로 바라보고, 모차르트의 완벽함을 정말이지 학교 선생들처럼 그저 그의 고도의 전문가적 재능으로만 설명하려고 하는 경향이 있다. 그의 헌신과 고통받을 각오의 위대함, 시민의 이상들에 대한 무관심의 위대함, 그리고 번뇌하는 자들, 인간되기 중인 자들을 둘러싼 모든 시민적 분위기를 추상 같은 세계정기(精氣)가 되도록 희석시키는 저 극도의 고독, 저 겟세마네 동산에서의 고독[22]에 대한 인내로 설명하는 대신에 말이다.

어쨌거나 우리의 황야의 이리는 최소한 자기 안에서 파우스트

22 예수가 잡혀가기 전날 밤에 사도들을 재워놓고 기도하던 것을 지칭함.

적인 이원성을 발견했고, 그는 자기 육체의 일원성에 영혼의 일원성이 내재하는 것이 아니라, 자신이 기껏해야 이러한 조화의 이상으로 가는 도정에, 기나긴 순례 중에 있을 뿐임을 알아냈다. 그는 자신 안의 이리를 극복하고 완전히 사람이 되든가, 아니면 사람을 포기하고 적어도 이리로서 단일하고 분열되지 않은 인생을 살고 싶어 한다. 짐작건대 그는 한 번도 진짜 이리를 정확하게 관찰해본 적이 없을 것이다 — 그랬더라면 그는 동물들도 단일한 영혼을 지니고 있지 않다는 사실을, 동물의 경우에도 육체의 아름답고 팽팽한 형태 뒤에 노력들과 상태들의 다양성이 깃들어 있다는 사실을, 이리 또한 자기 안에 심연들을 지니고 있다는 사실을, 이리 또한 괴로워한다는 사실을 보았을 것이다. 아니, "자연으로 돌아가라!"[23]라는 말로 인간은 항상 고뇌에 차고 희망이 없는 잘못된 길을 간다. 하리는 절대로 다시 완전히 이리가 될 수 없고, 그렇게 된다고 해도, 이리 또한 단순한 것과 시원적인 것이 아니라, 참으로 다양하고 복잡한 그 무엇이라는 사실을 보게 될 것이다. 이리 역시 두 개나 두 개 이상의 영혼을 자신의 이리 가슴속에 지니고 있으며, 이리가 되고자 열망하는 자는 "오, 복되도다, 아직도 어린아이이라니!"[24]라는 노래를 만든 남자와 똑같은 건망증을 범

23 프랑스 철학자 장 자크 루소의 사상 암시.

24 낭만파 초기의 독일 가극 작곡가 알베르트 로르칭(1801~1851)의 오페라 〈황제와 목수Zar und Zimmermann〉에 나오는 노래의 후렴구.

하는 것이다. 축복받은 아이에 관한 노래를 부르는, 호감이 가지만 감상적인 그 남자는, 자기도 마찬가지로 자연으로, 순진무구함으로, 시원들로 되돌아가고 싶어 하지만, 아이들이 결코 축복을 받은 게 아니며 많은 갈등에, 많은 불화에, 온갖 고통에 능하다는 사실을 완전히 망각하고 있다.

그 어떤 길도 되돌아가도록 인도해주지는 않고, 이리에게로도, 아이에게로도 데려다주지 않는다. 사물의 시원에는 순수성과 단순성이 존재하지 않는다. 모든 창조되어 있는 것, 겉보기에 가장 단순한 것조차도 이미 죄가 있으며, 많이 분열되어 있고, 생성의 더러운 물결에 던져져 있고, 절대로 더는 그 물살을 거슬러 헤엄쳐 갈 수 없다. 순수로, 창조 이전의 상태로, 신에게로 가는 길은 되돌아가는 것이 아니라 앞으로 이끌며, 이리나 아이에게가 아니라 점점 더 죄과 속으로, 점점 깊이 인간화 과정 속으로 빠져들어간다. 자살 역시 너, 불쌍한 황야의 이리에게 진정으로 도움이 되지는 못할 것이고, 너는 분명 더 길고, 더 힘들고, 더 어려운 인간화의 길을 갈 것이며, 너의 이원성을 더 자주 몇 배로 늘릴 것이고, 너의 복잡성을 훨씬 더 복잡하게 만들어야만 할 것이다. 혹시라도 언젠가 종착지에, 안식에 도달하려면. 너는 너의 세계를 협소하게 만들고 너의 영혼을 단순화하는 대신에, 점점 더 많은 세상을, 그리고 마침내는 온 세상을 고통스럽게 확장된 너의 영혼 속에 받아들여야만 한다. 이 길을 부처님이, 모든 위대한 인간이 걸었으니, 어떤 사람은 알면서, 어떤 사람은 의식하지 못한 채로,

바로 그 모험이 성공을 거둘 때까지 걸어갔다. 모든 탄생은 전체 우주로부터의 분리를, 신으로부터의 경계 짓기와 격리를, 고통에 찬 새로운 생성을 의미한다. 우주로의 회귀, 고통에 찬 개체화의 지양, 신이 되어간다는 의미는 그의 영혼이 우주를 다시 감싸 안을 수 있을 만큼 확장되었다는 것이다.

여기에서 이야기되는 인간은 학교, 국민경제, 통계에 훤한 인간이 아니며, 수백만 명씩 거리에 나돌아다니는 인간, 바닷가의 모래나 부서지는 파도의 물방울들과 다름없이 여겨지는 인간이 아니다. 다시 말하자면, 몇백만 명은 그다지 중요하지 않으며, 그들은 재료에 불과하다. 아니, 우리는 여기에서 높은 의미의 인간, 인간화라는 오랜 노정의 목적지, 왕의 존엄을 지닌 인간, 불멸의 존재에 관해서 말하고 있는 것이다. 우리가 종종 생각하는 것처럼 천재는 그렇게 드물지 않으며, 물론 문학사와 세계사나 심지어 신문들이 생각하는 것처럼 그렇게 흔하지도 않다. 황야의 이리 하리는, 우리가 보기에는, 어려운 일이 닥칠 때마다 엄살을 떨며 자신의 멍청한 이리 때문이라고 핑계를 대는 대신에 인간화의 모험을 도모하기에 충분한 천재일 법도 하다.

그러한 가능성들을 지닌 사람들이 황야의 이리들과 "두 개의 영혼, 아아!"로 임시변통한다는 것은, 그들이 그토록 자주 시민적인 것에 대한 비겁한 사랑을 품는다는 사실과 마찬가지로 기이하고 서글프다. 부처를 이해할 능력이 있는 사람, 하늘과 인류의 심연들에 대한 예감을 지닌 사람은 코먼 센스와 민주주의, 시민적 교양이 지배하는 세계에서 살지 말아야 한다. 오로지 비겁함으로 그는 그 속에서 살아가며, 자신의 규모들이 그를 들볶으면, 비좁은 시민의 쪽방이 그에게 너무 답답해지면, 그는 그 책임을 "이리"에게 전가하고, 이리가 때때로 자신의 최상의 일부임을 알고 싶어 하지 않는다. 그는 자신 안에 있는 모든 야생의 것을 이리라고 칭하고, 그것을 사악하고, 위험하며, 시민사회의 공포의 대상이라고 느낀다 — 그러나 자신이 분명 예술가이며 섬세한 감각을 지녔노라고 믿는 그는 이리 바깥에, 이리 뒤에, 여전히 많은 다른 것이 자신 안에 살고 있다는 사실을, 물어뜯는 게 전부 이리는 아니라는 사실을, 거기에는 또한 여우, 용, 호랑이, 원숭이, 극락조도 살고 있다는 사실을 보지 못한다. 그리고 진짜 인간이 그의 내면에서 허깨비 인간에 의해, 시민에 의해 억압되고 감금당하는 것과 마찬가지로, 이 온전한 세상, 우아하고 끔찍한, 크고 작은, 강하고 연약한 형상들로 가득한 이 낙원의 정원 전체가 그 이리 동화에 의해서 억압당하고 감금되어버린다.

수백 가지 나무, 수천 가지 꽃, 수백 가지 과일, 수백 가지 채소가 있는 정원을 상상해보라. 만약 이 정원의 정원사가 "식용"과 "잡초" 말고는 다른 식물학적 구분법을 알지 못한다면, 그는 자기 정원의 십 분의 구를 어찌해야 할지 모를 테고, 가장 신비로운 꽃들을 뽑아버리고 가장 고귀한 나무들을 베어버리거나, 그것들을 싫어하고 눈을 흘겨댈 것이다. 황야의 이리는 자기 영혼의 수천 개의 꽃에게 그렇게 굴었다. "인간"이나 "이리"라는 표제에 들어맞지 않는 것을 그는 꿈도 보지 않는다. 그가 "인간"으로 꼽지 않는 것이 무엇이 있던가! 모든 비겁한 것, 모든 멍청한 것, 모든 바보스럽고 편협한 것을, 그것이 단지 정확히 이리 같지 않기만 하면, 그는 그것을 "인간"으로 꼽는데, 이것은 그가 모든 강하고 고귀한 것을, 그저 자기 뜻대로 하지 못한다는 이유만으로, 이리적인 것에 속한다고 생각하는 것이나 매한가지다.

우리는 하리와 작별을 하고, 그가 자신의 길을 혼자서 계속 걷도록 내버려둔다. 그가 이미 불멸의 존재들 사이에 있다면, 그가 이미 자신의 힘든 길이 향하고 있는 것처럼 보이는 그곳에 있다면, 그는 이 우왕좌왕을, 자신의 궤도의 이 거칠고 우유부단한 오락가락을, 얼마나 놀라서 바라보겠는가, 얼마나 이 황야의 이리에게 용기를 주고, 꾸짖고, 동정하고, 놀리며 미소를 보내겠는가!

끝까지 읽고 나자, 내가 몇 주 전 어느 날 밤에 마찬가지로 황야의 이리를 다룬 뭔가 독특한 시를 한 편 썼다는 사실이 떠올랐다. 이후 나는 수북이 쌓인 내 책상의 종이 더미들을 뒤져서 그것을 찾아 읽었다.

나 황야의 이리 빠르게 걷고 또 걷고,
세상은 눈(雪)으로 가득한데,
자작나무에서는 까마귀 날갯짓하고,
하지만 어디에도 토끼는 없네, 어디에도 노루는 없네!

노루에게 나 아주 폭 빠졌나니,

한 마리라도 찾으면 좋을 텐데!

나 이빨로 물고 손으로 움켜쥘 텐데,

그것은 세상 최고로 멋진 일.

나 그 사랑스러운 것들을 진심으로 좋아할 텐데

고것들의 연한 허벅지 깊이 먹어 들어가,

선홍색 피를 배불리 들이마실 텐데,

그리하여 나중에 밤새도록 외로이 짖으리라.

토끼 한 마리로라도 난 만족할 테니,

그 따스한 살점은 밤에 달콤하다—

아, 모두 나를 떠나갔는가,

삶을 조금 더 즐거이 만드는 것들이?

내 꼬리엔 털이 벌써 희끗하고,

더는 아주 또렷하게 볼 수도 없는데,

벌써 몇 년 전에 내 사랑하는 아내는 죽었구나.

하여 나 이제 빠르게 걸으며 노루의 꿈을 꾸고,

빠르게 걸으며 토끼의 꿈을 꾸고,

겨울밤 바람 부는 소리를 듣나니,

눈으로 적실 테지 내 타들어가는 목을.

악마에게 갖다 바칠 테지 내 비참한 영혼을.

그러니 나는 지금 내 초상화를 두 개 가지고 있는 셈이었는데, 하나는 나 자신처럼 슬프고 불안한, 크니텔 시행[25]으로 쓴 자화상이었고, 다른 하나는 냉정하고 객관성이 높아 보이게, 외부의 사람에 의해서, 외부에서, 그리고 위에서 관찰되어 그려졌고, 나 자신보다 더 많이 아는, 하지만 또한 잘 모르기도 하는 누군가에 의해서 쓰였다. 그리고 이 두 초상화 모두, 즉 나의 침울하게 더듬거리는 시와 익명의 손에 의해 작성된 영리한 시론(試論)은, 둘 다 나를 아프게 했고, 둘 다 옳았으며, 둘 다 위안할 길 없는 나의 실존을 꾸밈없이 그려냈고, 둘 다 참을 수 없고 지탱하기 힘든 나의 상태를 분명하게 보여주었다. 이 황야의 이리는 죽어야만 했고, 그는 자기 손으로 자신의 미움받는 현존에 종지부를 찍어야만 했다 — 아니면 그는, 다시 한번 자기관찰이라는 죽음의 불길에 용해되어서, 변신하고, 자신의 가면을 벗겨내고, 새로운 자아 형성을 감행해야만 했다. 아, 이 과정은 나에게 새롭지 않았고 미지의 것이 아니었으니, 나는 그것을 잘 알고 있었고, 이미 여러 번 그것을 경험했으며, 매번 극도로 절망적인 시기에 그랬다. 매번 이 심하게 헤집는 체험을 할 때면, 내 그때마다의 자아는 산산조각이 나도록 부서졌고, 매번 나락의 힘들이 그것을 흔들어 깨우고 파괴했으며, 매번 그럴 때

25 네 개의 강음과 불규칙한 약음을 가진 민속적이고 투박한 운문.

면 내 인생의 고이 품어왔고 각별히 사랑스러웠던 부분이 나에게 신의를 저버렸고 사라져버렸다. 한 번은 내가 나의 시민적 평판을 내 재산과 함께 잃어버렸고, 그때까지 나의 면전에서 모자를 벗어 경의를 표하던 사람들의 존경을 포기하는 법을 배워야만 했다. 다른 한 번은 하룻밤 사이에 내 가정생활이 붕괴되어버렸다. 정신병에 걸려버린 나의 아내가 나를 집과 안락에서 몰아냈고, 사랑과 신뢰가 느닷없이 증오와 죽일 듯한 싸움으로 뒤바뀌었으며, 이웃들은 동정하고 경멸하는 눈으로 나를 뒤쫓았다. 그때에 나의 고독화가 시작되었다. 그리고 다시 몇 년 뒤, 힘겹고 쓰디쓴 몇 년 뒤에, 내가 호된 고독과 어려운 자기 훈육 속에서, 새롭게 금욕적이고 정신적인 삶과 이상을 세우고, 다시 어느 정도 삶의 평온과 수준에 도달하고 난 뒤에, 추상적인 사고 연습과 엄격한 규율에 따른 명상에 몰두하고 난 뒤에, 이 삶의 형태 역시 다시금 무너져내렸고 그것의 고결하고 높은 의미를 단번에 잃어버렸다. 그것은 또다시 거칠고 고단한 여행길에 세상을 떠돌게끔 나를 낚아챘으며, 새로운 고뇌가, 새로운 죄가 탑처럼 쌓여갔다. 그리고 매번 가면이 찢겨나가고 이상이 붕괴하는 것에는, 이 소름 끼치는 공허와 정적이, 이 치명적인 옥죄임과 고독화와 관계 부재성이, 이 매정함과 절망의 공허하고 황량한 지옥이, 지금도 내가 다시 떠돌아야만 하는 그 지옥이, 선행되었다.

나의 인생이 그렇게 요동칠 때마다, 나는 결국 그 무엇인가를, 자유, 정신, 깊이뿐만 아니라, 외로움, 이해받지 못함, 냉랭함의 면에서도 무엇인가를 얻었으며, 이는 부인할 수가 없었다. 시민적인 측면에서 보았을 때 나의 인생은, 매번 그러한 동요에서 다른 동요로 이어지고, 끊임없는 내리막길이었으며, 정상적인 것, 허용된 것, 건전한 것과의 간극이 점점 더 커져갔다. 해가 지나면서 나는 직장도 없고, 가정도 없고, 고향도 없는 신세가 되었고, 모든 사회적 집단의 외부에서, 홀로, 누구한테도 사랑받지 못한 채, 많은 이에게 의심을 샀으며, 여론과 도덕에 대한 계속되는 쓰디쓴 갈등 속에 서 있었고, 설령 내가 여전히 시민적인 테두리 안에서 살고 있었을지라도, 나는 이 세상의 한복판에서 나의 모든 느낌과 생각과 더불어 이방인이었다. 종교, 조국, 가족, 국가는 나에게 무가치해졌고, 더 이상 나와는 상관이 없었으며, 학문, 동업자 단체, 예술들의 잘난 척은 나를 구역질 나게 만들었다. 한때 내가 그것들 덕분에 재능 있고 사랑받는 남자로서 빛을 보았던 나의 직관, 나의 취향, 나의 모든 생각은 이제 영락하고 황폐해지고 사람들에게 의심을 받았다. 내가 그토록 고통스러운 나의 그 모든 변화를 겪을 때마다 무엇인가 보이지 않는 것과 저울질할 수 없는 것을 얻었는지는 몰라도 — 나는 그것에 값비싼 대가를 치러야만 했으며, 회를 거듭할수록 나의 삶은 더 혹독해지고, 곤란해지고, 고독해지고, 위태로워졌다. 정말이지, 나로서는 니체의 가을 노래[26]에 나오는 저 연기와 같이 나를 점점 더 희박해져가는 공기 속으로 이끌어가는 이 길을 계속 이어가고 싶어 할 아무런 이유가 없었다.

아, 그렇다, 나는 운명이 자신의 애물단지 자식들에게, 자신의 가장 다루기 힘든 자식들에게 점지해준 이 체험들, 이 변화들을 너무나도 잘 알고 있었다. 야심은 있지만 성과는 없는 사냥꾼이 사냥 계획의 단계들을 잘 알 법하듯이, 오랜 주식투자가가 투기, 수익, 투자 불안, 주가 동요, 파산의 단계들을 잘 알 법하듯이, 나는 그것들을 잘 알고 있었다. 정말로 내가 지금 이 모든 것을 다시 한번 겪어야 한다는 말인가? 이 모든 고통, 이 모든 해괴한 곤경, 자기 자아의 비천함과 무가치함에 대한 이 모든 통찰, 굴복에 대한 이 모든 끔찍한 두려움, 죽음에 대한 이 모든 공포를? 그토록 많은 고통의 반복을 방지하는 것, 슬쩍 자취를 감추는 편이 더 영리하고 더 간단하지 않았을까? 물론이다, 그것이 더 간단하고 영리했다. 황야의 이리 소책자에서 "자살자"에 관해서 주장되었던 바가 이제 이런 상태든 저런 상태든 간에, 아무도 내가 그동안 참으로 자주 그리고 깊이 그 쓰디쓴 고통을 맛보아

---

26 니체의 시 「작별Abschied」에 대한 암시.

야만 했던 과정의 반복을 연탄가스나 면도칼, 권총의 도움을 받아 면하는 즐거움을 나에게 그만두게 할 수는 없었을 것이다. 아니, 모든 악마에게 맹세컨대, 한 번 더 죽음의 공포와 직접 조우하고, 한 번 더 평화와 안식이 아니라 오로지 언제나 새로운 자기 파괴, 언제나 새로운 자기 형성만이 그 목표이자 결말인 새로운 형성, 새로운 현현(顯現)을 겪어내라고 나에게 요구할 수 있는 힘은 세상에 없었다! 자살이 어리석고 비겁하고 궁색한지는 몰라도, 그것이 불명예스럽고 치욕스러운 비상구인지는 몰라도, 이러한 고통의 물레방아에서 나가는 거라면 어떤 비상구라도, 심지어 가장 굴욕적인 탈출구조차도 간절히 바래볼 수 있을 것이고, 여기서는 더 이상 의협심과 영웅주의의 연극이란 없으며, 나는 여기 사소하고 일시적인 아픔과 상상할 수 없을 정도로 쓰라린 영원한 고통 사이에서 쉬운 선택을 앞두고 있었다. 그토록 곤란하고 그토록 미쳐 돌아가는 내 삶에서 나는 매우 자주 고결한 돈키호테였고, 안락함보다는 명예를, 이성보다는 영웅주의를 선호했다. 이제 충분하다, 이 이야기는 끝내자!

내가 드디어 잠자리에 들었을 때, 아침이, 겨울비 내리는 날의 염병할 납빛 아침이 벌써 유리창을 통해 하품을 해댔다. 나는 결심한 바를 침대로 끌고 들어왔다. 그러나 아득한 끝자락에서, 잠이 드는 순간 의식의 마지막 경계에서, "불멸의 존재"가 거론되던 황야의 이리 소책자의 저 기묘한 구절이 일순간 나에게 번뜩 떠올랐고, 내가 여러 차례, 그리고 불과 얼마 전에도 옛 음악의 한 소절에서 불멸의 존재들의 냉정하고, 밝고, 무정하게 미소 짓고 있는 지혜 전부를 같이 맛보기에 충분할 정도로 그들과 가깝다고 느꼈다는, 뇌리를 스치는 기억이 그 구절과 연결되었다. 그것은 불쑥 떠올라 빛을 발했고, 사그라졌으며, 잠이 산처럼 무겁게 내 이마 위에 드러누웠다.

정오경에 잠에서 깨자마자, 나는 마음속이 정리된 상태를 되찾았고, 작은 소책자는 침대 옆 협탁에 놓여 있었으며 내 시도 그랬다. 나의 결심이 밤사이 잠 속에서 원만해지고 확고해진 채, 최근의 내 삶의 혼란으로부터 나를 다정하고 차분하게 바라보고 있었다. 서둘러야 할 필요는 없었으며, 죽기로 한 나의 결심은 한때의 기분이 아니었고, 천천히 자라 무거워진 튼실하고 잘 익은 열매였으며, 운명의 바람에 살포시 그네 태워지다가 바람이 다음번에 밀치면 떨어질 게 틀림없었다.

나는 여행용 구급상자에 통증을 잠재워줄 탁월한 약을 가지고 있었는데, 특히 강한 아편 약제로, 그것을 즐기는 일을 나는 아주 드물게만 스스로에게 허락했고, 종종 몇 달씩 끊고 지내기도 했다. 그리고 나는 오로지 육체적인 통증이 나를 참을 수 없을 정도로 괴롭힐 때에만 이 강한 마취제를 복용했다. 그것은 유감스럽게도 자살을 하는 데는 적합하지 않았는데, 나는 이미 몇 년 전에 이것을 시험해본 적이 있다. 다시 한번 절망이 나를 휩싸던 그 시기에 나는 상당한 분량을 삼켰고, 여섯 사람은 족히 죽일 수 있었는데도, 그것은 나를 죽이지 못했다. 비록 내가 잠이 들고 몇 시간 동안 완전히 의식을 잃은 상태에 빠져 있기는 했지만, 그러고 나서는, 끔찍이 실망스럽게도, 격렬한 위경련으로 인해서 반쯤 깨어났고, 완전히 온정신으로 돌아오지 않은 채로, 그 독약을 전부 토하고는 다시 잠이 들어서, 다음 날 중반에야 확실하게 깨어났고, 오싹할 정도로 정신이 말짱해졌고, 다 타버려서 텅 빈 뇌와 거의 완전히 사라진 기억만이 남아 있었다. 불면의 주기적인 반복과 성가신 복통 말고는 그 독약의 어떤 효과도 남아 있지 않았다.

그러므로 이 약은 고려되지 않았다. 하지만 나는 나의 결심에 이제 이러한 형식을 부여했다. 다시 말하자면, 내가 저 아편 마취제에 손을 댈 수밖에 없는 일이 다시 발생하는 즉시, 이 잠시 동안의 구원 대신에 위대한 구원을, 즉 죽음을, 그것도 총알이나 면도칼로 확실하고 믿을 만한 죽음을 들이마시는 것이 나에게 허락될 것이다. 이것으로 상황은 정리되었다 — 황야의 이리 소책자의 재치 있는 처방에 따라, 쉰 번째 생일까지 기다리는 것이 내게는 지나치게 오래인 듯 보였는데, 그때까지는 이 년이나 더 남아 있었다. 그것이 일 년 후든 한 달 후든, 아니면 바로 내일이든 — 문은 열려 있었다.

나는 그 "결심"이 나의 인생을 심하게 변화시켰노라고는 말할 수 없다. 그것은 내가 고난들에 약간 더 개의치 않게 만들었고, 약간 더 걱정 없이 아편과 포도주를 활용하게 만들었으며, 약간 더 견딜 수 있는 것의 한계에 호기심이 생기게 만들었고, 그것이 전부였다. 더 강하게 오랫동안 영향을 끼쳤던 것은 그날 저녁의 다른 체험들이었다. 나는 『황야의 이리 논고』를 여러 번 더 통독했는데, 때로는 마치 한 마법사가 내 운명을 현명하게 이끌어주고 있다는 것을 알기라도 한 것처럼 몰두해서 감사해하며 읽었고, 때로는 나로서는 내 삶의 특수한 정조와 긴장을 전혀 이해하지 못한 듯해 보이는 그 논고의 건조함에 대해 조소와 경멸을 품고 읽었다. 황야의 이리들과 자살자들에 관해서 거기에 쓰여 있는 바가 아주 훌륭하고 영리할는지는 몰라도, 그것은 족속에, 유형에 유효했으며, 재기발랄한 추상화였고, 이와 반대로 나 개인, 내 본래 영혼, 나 자신의 일회적인 개별 운명은 그토록 성긴 그물로는 분명 잡을 수 없는 것처럼 보였다.

그러나 다른 모든 것보다 더 깊숙하게 나의 마음을 빼앗았던 것은 교회 담장에 나타났던 저 환각 혹은 환상, 논고의 암시들과 일치하는, 저 춤추는 빛 글씨의 희망적인 예고였다. 그것은 나에게 많은 기대를 품게 해주었고, 저 낯선 세계의 목소리가 내 호기심을 강하게 자극해서, 나는 종종 오랜 시간 동안 완전히 침잠해서 그것에 대해 돌이켜 생각해보곤 했다. 그리고 그러고 나면 저 글귀의 경고가 점점 더 또렷하게 나에게 이렇게 말했다. "일반인 입장 금지!" 그리고 "광인 전용!" 그러므로 만일 저 목소리가 나와 연락을 취하려 한다면, 저 세계들이 나에게 말하고자 한다면, 나는 미쳐 있어야만 했고, "일반인"으로부터 멀리 떨어져 있어야만 했다. 맙소사, 도대체 내가 이미 오래전부터 일반인의 삶으로부터, 정상인의 현존과 사고로부터 충분히 멀리 떨어져 있지 않았단 말인가, 내가 이미 오래전부터 넉넉히 분리되어 있고 미쳐 있지 않았단 말인가? 그럼에도 불구하고 나는 마음 속 깊은 곳에서 그 부름을, 미쳐 있으라는, 이성, 억제, 시민성을 내던져버리라는, 규칙 없이 범람하는 영혼과 상상의 세계에 몸을 바치라는 요구를 아주 잘 이해하고 있었다.

어느 날, 내가 플래카드가 달린 장대를 든 남자를 찾아 다시 한번 거리와 광장들을 샅샅이 뒤지고 그를 애타게 기다리면서 보이지 않는 문이 있는 담장을 몇 번이고 지나쳐가며 배회하는 헛수고를 한 뒤에, 나는 마르틴 교외 지역에서 장례 행렬과 마주쳤다. 장례 수레 뒤에서 무거운 발걸음으로 걸어오는 상중(喪中)인 사람들의 얼굴을 관찰하다 보니, 이런 생각이 들었다. 이 도시, 이 세상 어디에 그의 죽음이 나에게 상실을 의미할 사람이 살고 있을까? 그리고 어디에 나의 죽음이 그에게 무엇인가를 의미할 사람이 살고 있을까? 그중에는 내 애인인 에리카가 있기는 하다, 말하자면 말이다. 그러나 우리는 이미 오래전부터 아주 느슨한 관계로 살고 있고, 말다툼으로 번지지 않고 대면하는 일은 드물었고, 지금 나는 그녀가 사는 곳조차 몰랐다. 그녀가 때때로 나에게로 왔고, 아니면 내가 그녀에게로 갔고, 우리 둘 다 고독하고 까다로운 사람인 까닭에 영혼이나 정신병 측면의 어딘가에서 서로 통하는 구석이 있었으며, 이 모든 것에도 불구하고 우리 사이에는 애착이 지속되었다. 하지만 만약 그녀가 나의 죽음을 알게 된다면, 혹시 안도의 숨을 내쉬며 아주 홀가분하게 느끼지는 않을까? 나는 그 답을 알지 못했고, 나 자신의 감정들의 신뢰성에 관해서도 아무것도 알지 못했다. 그러한 것들에 관해서 무엇인가를 알 수 있으려면 정상적인 것과 가능한 것 안에서 살아가야만 한다.

그사이에 나는, 기분 내키는 대로, 장례 행렬에 합류했고, 상중인 사람들의 뒤를 따라 묘지로, 화장터와 온갖 편리한 시설을 갖춘 현대적이고 세련된 시멘트 공동묘지로 함께 갔다. 그러나 우리의 망자는 화장되지 않았고, 그의 관은 조붓한 흙구덩이 앞에 내려놓아졌다. 나는 목사와 그 밖의 시체나 탐하는 독수리 같은 인간들,[27] 장례 시설의 직원들이 제 할 일을 하는 것을 구경했는데, 그들은 그것에 고도의 엄숙함과 비통함의 외관을 부여하려고 들었고, 이 순전한 연극과 당황스러움과 위선 때문에 그들은 무리한 노력을 했으며 우스꽝스러운 꼴이 되어버렸다. 그리고 나는 그들이 입고 있던 검은 제복이 아래로 나부끼는 모습과 그들이 조문객들에게 분위기를 조성하고 죽음의 황제 앞에 무릎을 꿇으라고 강요하느라고 애쓰는 모습을 보았다. 그것은 헛된 노력이었고, 아무도 울지 않았으며, 고인은 모두에게 없어도 되는 사람처럼 보였다. 또한 아무도 경건한 분위기를 띠도록 설득될 수 없었고, 목사가 모인 사람들에게 거듭해서 "친애하는 기독교인 여러분"이라고 부르자, 이 장사치들과 빵집 주인들과 그들의 아내들의 과묵하고 사무적인 얼굴은 모두 경련을 일으킬 듯한 진지함을 띤 채로 시선을 떨구었고, 당혹스럽고 위선적이었으며, 이 불쾌한 의식이 빨리 끝났으면 하는 바람만이 그들을 움직였다. 이제 그 의식은 끝이 났고, 기독교인 형제 중에서 가장 앞에 있는 두 명이 연사와 악수를 했고, 그들이 망자를 눕힐 때 신발에 묻었던 그 축축한 진흙을 가장 가까운 잔디 둘레돌에다 문질러 닦아냈다. 얼굴들은 곧바로 다시 평소대로, 인간적으로 바뀌었는데, 그것들 중의 하나가 불현듯이 나에게 낯설지 않아 보였다 — 그것은, 내가 보기에는, 그때 플래카드를 들고 가던, 내 손에 소

27 독일어 'Aasgeier'는 시체 등의 썩은 고기를 뜯어먹고 사는 수릿과의 육식성 조류를 뜻한다.

책자를 쥐여주던 그 남자였다.

내가 그를 알아봤다고 생각한 그 순간에, 그는 몸을 돌리고서, 허리를 굽혀 분답스럽게 검은 바지 자락을 신발 위로 반듯하게 접어올리느라 열심이더니, 그러고 나서는 우산을 겨드랑이에 끼고 재빨리 그 자리를 떠났다. 나는 그의 뒤를 쫓아갔고, 그를 따라잡고서, 목례를 했는데, 그런데도 그는 나를 알아보지 못하는 것처럼 보였다.

"오늘 저녁 오락거리 없어요?" 나는 이렇게 물었고, 비밀의 공유자들이 자기들끼리 그렇게 하듯이, 그에게 눈을 찡긋하려고 했다. 그러나 그런 표정 연습이 나에게 유창했던 때가 너무나도 오래되었고, 나는 내 삶의 방식에서 거의 언어를 잊을 지경이 된 지 오래였다. 나는 내가 그저 멍청해 보이게 얼굴을 찡그렸다고 느꼈다.

"저녁 오락거리요?" 그 남자는 이렇게 투덜거리더니 야릇하게 내 얼굴을 들여다보았다. "검은 독수리로 가보시구려, 맙소사, 생각이 있으면 말이요."

나는 정말로 그가 그때 그 남자인지 더 이상 확실하지가 않았다. 실망한 채로 나는 계속 걸었고, 어디로 가는지 알지 못했으며, 나에게는 아무런 목적지도, 노력도, 의무도 없었다. 인생은 끔찍하리만치 쓴맛이 났으며, 나는 오래전부터 자라난 역겨움이 정점에 다다랐음을, 삶이 나를 밀쳐내고 팽개쳐버렸음을 느꼈다. 화가 치밀어 나는 회색빛 도시를 가로질러 걸었고, 모든 것이 나에게는 축축한 흙과 장례식의 냄새가 나는 것처럼 느껴졌다. 안 된다, 내 무덤가에는 이 죽음의 냄새를 맡은 새들 중 그 누구도 사제복을 입고서 감상적인 기독교 형제 소리나 나불대며 서 있어서는 안 된다! 아, 내가 어디를 보든 간에, 어디로 생각을 경주하든 간에, 어디에도 기쁨이 기다리고 있지 않았고, 어디에도 나를 부르는 소리는 없었으며, 어디에서도 유혹을 느낄 수 없었고, 죄다 썩어빠진 소모(消耗)의 냄새가, 썩어빠진 얼치기 만족의 냄새가 났으며, 모든 것이 다 늙고, 시들고, 잿빛에, 축 늘어지고, 탈진해 있었다. 신이시여, 이것이 어떻게 가능했나이까? 어떻게 나를 이 지경까지 이르게 만들 수 있으셨나이까? 나를, 날개 달린 소년을, 시인을, 뮤즈의 친구를, 세상의 방랑자를, 작열하는 이상주의자를요? 어떻게 이것이, 이 마비가, 나와 모두에 대한 이 증오가, 이 모든 감정의 막힘이, 이 깊고 사악한 권태가, 공허한 가슴과 절망의 이 더러운 지옥이 그토록 서서히 슬금슬금 나를 엄습했던 것이옵니까?

도서관 앞을 지나치다가, 나는 예전에 이따금 대화를 나누었던 젊은 교수와 마주쳤다. 나는 지난번 이 도시에 머물렀을 적에, 그러니까 몇 년 전에, 그 당시 깊이 몰두했던 분야인 동양의 신화들에 관해 그와 이야기를 나누기 위해서 심지어 여러 번 그의 집에 찾아가기도 했었다. 이 학자는 뻣뻣한 자세로 내 맞은편에서 걸어왔으며, 약간 근시인지 내가 이미 그를 막 지나치려던 참에 비로소 나를 알아보았다. 그는 아주 반가워하며 나에게로 돌진했고, 비참한 심신 상태였던 나는, 이에 대해서 그에게 거의 감사하기까지 했다. 그는 기뻐하며 생기를 띠었고, 우리의 지난 대화들에서 사소한 것까지 나에게 상기시켜주었고, 자신이 내가 준 자극들의 덕을 많이 보았으며 가끔씩 내 생각을 했노라고 확신시켰다. 그리고 그 이후로 자신은 동료들과 그토록 활기차고 생산적인 논쟁을 벌인 적이 드물었노라고 했다. 그는 언제부터 내가 이 도시에 있었느냐고(나는 며칠 전부터라고 거짓말을 했다), 그리고 왜 자신을 찾아오지 않았느냐고 물었다. 나는 그 점잖은 남자의 학식 있고 선량한 얼굴을 들여다보았고, 이 광경이 사실은 우스꽝스럽다고 생각했지만, 그래도 굶주린 개처럼 한 조각의 따스함, 한 모금의 애정, 한 입 거리 존중을 즐겼다. 황야의 이리 하리는 감동해서 싱긋 웃었고, 바싹 마른 목구멍 속에 침이 고였으며, 감상성이 그의 의지와는 어긋나게 그를 굽실거리게 했다. 그렇다, 그래서 나는 내가 그저 당분간만, 연구차, 여기 있을 따름인데다, 몸도 썩 좋지 않노라고, 그렇지 않았더라면 당연히 그를 한번 방문했을 거라고, 거짓말로 상황을 모면했다. 그리고 이제 그가 그럼 오늘 저녁을 자기 집에서 보내자고 진심으로 나를 초대하자, 나는 그 초대를 감사하게 받아들였고, 그의 아내에게 인사를 전해달라고 부탁했는데, 그러는 동안 열심히 말하고 미소를 짓느라 이러한 수고에 더 이상은 익숙하지 않은 내 두 볼이 아파왔다. 그리고 나, 하리 할러가, 불시에 기습을 당하고 점잖고도 열심히, 추켜세워진 채, 저기 길거리에 서서 근시인 그 친절한 남자의 선량한 얼굴에 미소를 날리는 동안, 또 다른 하리는 그 옆에 서서 마찬가지로 싱긋거렸고, 싱긋대며 서서는, 도대체 내가 얼마나 특이하고, 비뚤어지고, 위선적인 놈이길래, 이 분 전까지만 해도 망할 놈의 세상 전체에 격분해서 이빨을 드러내놓고는, 이제 존경할 만한 한 소시민의 첫 부름에, 무해한 첫인사에 감격해서, 과도하게 열성적으로 '네'와 '아멘'을 말하고, 약간의 호의와 존경, 친절을 만끽하면서 마치 돼지새끼마냥 이리저리 뒹굴고 있는 것인가 생각했다. 그렇게 두 명의 하리는, 대단히 호감이 안 가는 두 인물은 그 점잖은 교수와 마주 서서, 서로 조롱하고, 서로 관찰하고, 서로에게 구역질을 해댔고, 그런 상황에서는 늘 그렇다시피, 다시 한번 다음과 같은 의문이 제기되었다. 말하자면, 이것이 단순히 인간적인 어리석음과 약점, 즉 일반적인 인간의 운명인가, 아니면 이 감상적인 이기주의, 이 성격의 부재, 이 감정의 불결함과 모순성이, 그저 개인적인, 황야의 이리의 특수성인가. 만약에 이 더러운 짓거리가 인간 일반의 문제였다면, 나의 세계 혐오는 다시 힘을 내어 그것에 덤벼들 수 있었을 것이다. 그것이 그저 나의 개인적인 약점에 불과했다면, 그로부터 자기 경멸의 방탕한 축제를 벌일 계기가 생겨났을 것이다.

두 하리 사이의 싸움으로 인하여 그 교수는 거의 잊혀버렸다. 그리고 갑자기 그가 나에게 다시 성가셔졌고, 나는 그에게서 벗어나기 위해 서둘렀다. 한참 동안 나는 그가 나뭇가지 앙상한 가로수길 아래에서 이상주의자, 신앙심 깊은 자의 선량하고도 약간은 우스꽝스러운 걸음걸이로 떠나가는 모습을 지켜보았다. 나의 내면에서 격렬하게 전투가 벌어졌고, 은밀하게 후벼파는 통풍과 싸우면서, 뻣뻣한 손가락을 기계적으로 구부렸다가 다시 펴는 동안에, 나는 내가 속임수에 넘어갔다는 사실을, 내가 이제 일곱시 반의 저녁 식사 초대를, 정중해야 할 의무, 학문적인 수다, 낯선 가족의 행복을 지켜보는 일과 더불어, 떠안게 되었다는 사실을 자인할 수밖에 없었다. 화가 나서 나는 집으로 갔고, 코냑과 물을 섞었고, 그것과 함께 내 통풍 약을 삼켰고, 안락의자에 몸을 뉘었고, 글을 읽으려고 해보았다. 내가 마침내 잠시 동안 18세기의 매력적인 오락서인 『메멜에서 작센으로 향하는 조피의 여행』을 들여다보는 데 성공했을 때, 갑자기 그 초대가 다시 떠올랐고, 내가 면도를 하지 않았으며 옷도 갖추어 입어야 한다는 사실도 생각났다. 정말이지, 왜 내가 나에게 그런 짓을 저질렀단 말인가! 그러니까, 하리, 일어나서, 너의 책을 저리 치우고, 비누칠을 하고, 피가 나도록 면도칼로 네 턱을 긁어대고, 옷을 입고, 인간들에 대한 호감을 가지라고! 그리고 나는 비누칠을 하는 동안, 오늘 누군지도 모르는 사람을 밧줄로 내려놓았던, 공동묘지의 더러운 진흙 구덩이를, 지루해하던 기독교 형제들의 찡그린 얼굴들을 생각했지만, 그것에 대해서 웃을 수조차 없었다. 거기에서, 저 더러운 진흙 구덩이에서, 설교자의 멍청하고 당황스러워하는 말들에서, 조문객들의 멍청하고 당황스러워하는 표정에서, 양철판과 대리석으로 만든 그 모든 십자가와 묘비들의 우울한 광경에서, 그 모든 가짜 철사와 유리 꽃들에서, 거기에서, 나에게 보이기로는, 단지 이 이름 모를 사람만 소멸한 것이 아니라, 내일이나 모레, 나 역시, 파묻혀서, 참석자들의 당혹감과 위선 아래 더러운 진창 속에 매장되어 사멸할지 모른다. 아니, 그렇게 모든 것이, 우리의 모든 노력, 우리의 모든 문화, 우리의 모든 신념, 우리의 모든 삶의 기쁨, 너무나도 심하게 병들어 얼마 안 가 역시 거기에 매장될 삶의 욕망이 거기서 사멸했다. 우리의 문화계는 공동묘지였고, 여기에서는 예수 그리스도와 소크라테스가, 여기에서는 모차르트와 하이든이, 단테와 괴테가 그저 녹슬어가는 양철 묘비에 새겨진 흐릿한 이름들에 불과했으며, 주위에는 당황스러워하며 위선을 떠는 조문객들이 둘러 서 있었다. 한때 그들에게 성스러웠던 양철 묘비를 아직도 그들이 믿을 수 있었더라면, 그들은 그 대가로 많은 것을 내주었을 것이고, 최소한 이 몰락한 세계에 대해서 정직하고 진심 어린 애도와 절망의 말이라도 할 수 있었더라면, 그들은 그 대가로 많은 것을 내주었을 것이다. 그러나 그들은 그 모든 것 대신에 당혹스러워하고 싱긋거리며 무덤가에 빙 둘러 서 있을 뿐이었다. 나는 화가 치밀어서 내 턱의 영원한 생채기 부위를 긁어서 다시 상처를 냈고, 잠시 그 상처를 소독했는데, 그럼에도 불구하고 지금 막 붙인 깨끗한 옷깃을 다시 한번 교체해야만 했고, 그 초대에 가는 데 조금도 의욕을 느끼지 못했던 까닭에, 왜 내가 이 온갖 짓거리를 하고 있는지 도무지 알 수가 없었다. 그러나 하리의 일부분이 다시 연극을 했고, 그 교수를 호감이 가는 녀석이라고 불렀으며, 인간 냄새, 수다, 붙임성을 어느 정도 그리워했고, 교수의 아름다운 부인을 기억해냈으며, 친절한 집주인의 집에서 보내게 될 저녁에 대한 생각이 실제로는 참으로 기분을 북돋운다고 여겼고, 턱에 영국식 반창고[28]를 붙이는 것을 도와주었으며, 옷을 입고 점잖은 넥타이를 매는 것을 도와주었고, 유연하게 내가 내 본래의 소망에 따라 그냥 집에 머무르는 것을 그만두도록 했다. 동시에 나는 이렇게 생각했다. 내가 지금 옷을 입고 외출하고 교수를 방문하고 많든 적든 거짓된 점잖음을 그와 나누듯이, 실제로는

28 얇은 실크 반창고.

원치도 않으면서 이 모든 일을 하듯이, 그렇게 대부분의 사람은 하루하루를, 매시간을 어쩔 수 없이, 실제로는 원치도 않으면서, 하고 살고 행동하고 있으며, 사람들을 방문하고 대화를 나누며, 업무 시간에 앉아 있고, 이 모든 것을 억지로, 기계적으로, 원치 않으면서 하고 있고, 모든 것을 기계들이 해도 똑같이 잘 돌아갈 일이거나, 중단되어도 될 일이로구나. 그리고 이 영원히 계속되는 기계성이 바로 그들과 나로 하여금, 자신의 삶을 비판하고 자신의 어리석음과 얄팍함, 흉측하게 싱긋거리는 수상함, 희망 없는 비애와 황폐함을 인식하고 느끼는 것을 막는 것이구나. 오, 그리고 그들이 옳다, 무한히도 옳다. 인간들이, 그들이 그렇게 사는 것이, 그들이 자신들의 작은 게임을 하고 자신들에게 중요한 것들을 뒤쫓는 것이 옳다. 나같이 궤도에서 벗어난 인간이 그러듯이, 마음을 어둡게 만드는 기계성에 대항하고 절망에 차서 허공을 응시하는 대신에 말이다. 내가 이 기록들에서 가끔씩 인간들을 경멸하고 또 조롱한다고 해서, 아무도 분명 그 때문에, 내가 그들에게 죄를 전가하고 싶어 한다고, 내가 그들을 고발하고 싶어 한다고, 내가 다른 사람들에게 나의 개인적인 고통에 대한 책임을 지우고 싶어 한다고 믿지는 않을 것이다! 하지만 나는, 이리도 멀리 와버렸고 바닥없는 어둠 속으로 떨어질 인생의 가장자리에 서 있는 나는, 마치 저 기계성이 나에게도 여전히 작동하기라도 하는 듯이, 마치 나도 저 영원한 놀이의 우아하고 천진난만한 세계에 여전히 속한다는 듯이, 나 자신과 다른 사람들을 속이려고 든다면, 나는 옳지 않은 일을 하는 것이고 거짓말을 하는 것이다!

그러자 그날 저녁 역시 이에 걸맞게 멋져졌다. 지인의 집 앞에서 나는 잠시 멈춰 서 있었고, 창문들을 올려다보았다. 저기에 이 남자가 살고 있군, 해마다 자신의 작업을 계속해나가고, 텍스트들을 읽고 논평하고, 서남부아시아 신화들과 인도 신화들 사이의 연관성을 찾고, 그러면서 즐거워하겠지, 왜냐하면 그는 자기가 하는 행동의 가치를 믿고, 자기가 그 시종 일을 하고 있는 학문을 믿고, 순전한 앎의 가치를, 축적의 가치를 믿으니까, 왜냐하면 그는 진보와 발전을 믿으니까, 하고 생각했다. 그는 전쟁을 겪어보지 못했고, 아인슈타인으로 인한 이제까지의 사고 토대의 동요(그것은 단지 수학자들에게만 상관이 있는 일이라고, 그는 생각할 것이다)도 겪어보지 못했으며, 그의 주위에서 다음번 전쟁이 준비되는 모습도 전혀 보지 못하며, 그는 유대인과 공산주의자들을 증오할 만하다고 생각하고, 그는 착하고, 생각이 없고, 기분이 좋고, 자신을 중요하게 여기는 어린아이이다. 그는 정말로 부러움을 살 만하다. 나는 마음을 다잡고 안으로 들어갔고, 하얀 앞치마를 두른 하녀의 마중을 받았고, 왠지 모를 예감에 하녀가 내 모자와 외투를 가져가는 곳을 정확하게 기억해놓았으며, 따뜻하고 밝은 방으로 안내되어서 기다려주십사 하는 부탁을 받았고, 기도문을 암송하거나 조금 잠을 자두는 대신에, 나는 장난스러운 충동에 따랐고, 손에 걸리는 가장 가까이 있는 물건을 쥐었다. 그것은 액자에 끼워진 작은 그림이었는데, 뻣뻣한 마분지 판으로 비스듬하게 서 있도록 만들어져, 둥근 탁자 위에 자리를 잡고 있었다. 그것은 동판화였고, 시인 괴테를, 독창적인 헤어스타일을 한 개성 가득한 노인을 구현해놓았는데, 멋지게 형태가 잡힌 그의 얼굴에는 유명한 불타오르는 눈도, 궁정 관료답게 살짝 겉치레적인 고독과 슬픔의 특징도 빠져 있지 않았으며, 화가는 후자에 아주 특별한 공을 들이고 있었다. 그는 이 마성의 노인에게, 그의 깊이를 손상시키지 않으면서도, 약간 대학교수 같기도 하고 아니면 또 연극배우 같기도 한 절제성과 충직성의 특징을 함께 부여하는 데 성공했고, 전체적으로 보아 그를 모든 시민 가정에 장식품이 될 수 있는, 참으로 멋진 노신사로 형상화하는 데에 성공했다. 추측하건대 이 그림은, 이런 종류의 온갖 그림들, 즉 부지런한 그림쟁이들에 의해서 생산된 이러한 모든 우아한 구세주와 사도, 영웅들, 정신적 영웅들, 정치가들 그림보다 더 바보스럽지는 않은 듯했고, 아마도 그것은 단지 모종의 대가연하는 능란함으로 인해서 나에게 그토록 도발적으로 작용했던 모양이었다. 그거야 그렇다고 치고, 어쨌든 간에 안 그래도 이미 상당히 과민해지고 거북해져 있던 나에게 노년의 괴테에 대한 이 우쭐대고 자만에 찬 묘사는 즉각 살인적인 불협화음을 질러댔고, 나에게 여기 잘못 와 있는 것이라고 알려주었다. 여기는 아름답게 양식화된 노(老)거장과 국가 위인들의 보금자리지, 황야의 이리들이 살 집은 아니었다.

지금 바깥주인이 들어왔더라면, 나는 어쩌면 받아들일 만한 핑계 아래 퇴각을 실행하는 데 성공했을지도 모른다. 그러나 그의 부인이 들어왔고, 나는, 비록 재앙을 예감하기는 했지만, 나를 운명에 내맡겨버렸다. 우리는 서로 인사를 나눴고, 첫 번째 불협화음에는 오직 새로운 불협화음들만이 뒤따랐다. 부인은 나의 훌륭한 외모를 축하해주었던 반면에, 나는 우리가 마지막으로 만난 뒤로 몇 년 동안 내가 얼마나 심하게 늙어버렸는지를 너무나도 잘 알고 있었다. 더구나 그녀와 악수를 나누었을 때 이미 통풍에 걸린 손가락들의 통증이 나에게 숙명적으로 그것을 상기시켰다. 그렇다, 그런 다음에 그녀는 내 사랑하는 아내는 어떻게 지내느냐고 물었고, 나는 그녀에게 아내가 나를 떠나버렸고 우리는 이혼을 했노라고 말할 수밖에 없었다. 교수가 들어오자 우리는 기뻤다. 그도 역시 나를 반갑게 맞아주었고, 비뚤어지고 우스꽝스러운 상황은 즉각 상상 가능한 가장 멋들어진 표현을 찾아냈다. 그는 신문 하나를 손에 들고 있었는데, 그가 정기구독을 하는 그 신문은 군국주의자와 전쟁 선동자들이 모인 당의 신문이었고, 그는 나에게 악수를 청한 뒤에, 그 신문을 가리키고는, 거기에 나와 동성(同姓)인, 시사평론가 할러라는 사람에 관한 어떤 기사가 게재되어 있다고 이야기하면서, 그는 나쁜 놈에다 조국도 저버린 녀석임에 틀림없다고, 그는 황제를 웃음거리로 만들고 자신의 조국이 전쟁 발발에 어떤 면에서도 적국들보다 책임이 덜하지 않다는 견해를 신봉하고 있노라고 했다. 뭐 이런 놈이 다 있담! 참나, 여기서 그 자식이 그런 말을 했으니, 편집부가 그 해충 같은 놈을 아주 통렬하게 끝장내버렸고 공개적으로 조롱했다는군요, 라고 했다. 하지만 그가 이 주제가 나의 흥미를 끌지 못한다는 것을 알아채자 우리는 다른 주제로 옮겨갔으며, 그와 그의 부인은 그 흉측한 놈이 자기들 앞에 앉아 있을 수도 있다는 가능성에 대해서 정말로 꿈에도 생각하지 못했고, 그러나 사실이 그러했으니, 그 흉측한 놈이 바로 나 자신이었다. 뭐, 무엇 하러 소란을 떨고 사람들을 불안하게 만들겠는가! 나는 속으로 웃어댔지만, 이제 이날 저녁에 뭔가 기분 좋은 일을 더 경험하리라는 희망은 없는 셈 쳤다. 나는 그 순간을 또렷하게 기억한다. 말하자면 이 순간에, 그 교수가 조국의 배신자 할러에 관해서 말하는 동안에, 장례식 광경 이후 내 안에 축적되고 점점 더 심해졌던 우울과 절망이라는 최악의 감정이 내 안에서 황량한 압박으로, 신체적으로(하반신에서) 느낄 수 있는 위급상황으로, 목이 죄어오도록 불안한 운명의 느낌으로 농축되었다. 나는 나를 적대시하는 무엇인가가 도사리고 있다고 느꼈고, 위험이 슬그머니 뒤에서 나를 엄습했다. 다행히도 이제 식사 준비가 다 됐다는 전갈이 왔다. 우리는 식당으로 갔고, 내가 거듭해서 뭐든 무해한 것을 말하거나 물어보려고 애쓰는 동안에, 나는 평소보다 많이 먹었고, 순간순간 더 비참해지는 느낌이 들었다. 나는 계속해서 이렇게 생각했다. 맙소사, 우리가 도대체 왜 이토록 고생을 하고 있는 거지? 내가 그토록 위축시키는 역할을 했던 것인지, 아니면 집에 그밖에 다른 언짢은 일이 있었던 것인지 몰라도, 나는 집주인들 역시 전혀 마음이 편하지 못하다는 것을, 그들의 쾌활함이 그들을 힘들게 하고 있다는 것을 분명히 느꼈다. 그들은 나에게 솔직하게 대답할 수 없는 것들만 물어댔고, 곧 나는 제대로 거짓말을 늘어놓았고, 말을 할 때마다 구역질과 싸웠다. 마침내 나는, 화제를 전환하기 위해서, 내가 오늘 구경꾼으로 참석했던 장례식에 관해서 이야기하기 시작했다. 하지만 나는 적절한 어조를 찾아내지 못했고, 유머를 향한 내 시도들은 불쾌하게 작용했으며, 우리는 점점 더 서먹서먹해졌고, 내 안에서는 황야의 이리가 이빨을 싱긋거리면서 웃었고, 후식을 먹을 때에는 우리 세 사람 모두 참으로 과묵해졌다.

우리는 커피와 화주를 마시기 위해서 처음 머물렀던 방으로 되돌아왔고, 어쩌면 그것이 우리를 곤궁에서 조금은 구해줄 수 있을지도 몰랐다. 하지만 그때 그 시성(詩聖)의 초상화가, 서랍장 위에 측면으로 치워져 있었는데도, 다시 내 눈에 들어왔다. 나는 그 그림으로부터 헤어나지 못했고, 그래서, 내 안의 경고하는 목소리를 듣지 못한 것도 아닌데, 나는 그것을 다시 손에 쥐었고, 그것에 몰두하기 시작했다. 나는 이 상황이 견디기 힘들다는, 이제 내가 나를 초대한 주인들이 흥미를 느끼고, 감동하고, 내 어조에 동조하도록 만드는 데 성공하든지 아니면 완전히 폭발을 초래하는 데 성공하든지 해야 한다는 감정에 사로잡혔다.

"괴테가 정말로 저렇게 생기지 않았기를 바랍시다!"라고 나는 말했다. "이런 허영과 고상한 포즈, 존경하는 참석자들에게 추파를 던지는 이 품위와 남성적인 표면 아래 있는 저 극도로 우아한 감상성의 세계! 물론 당연히 그에 대해서 못마땅한 게 많을 수 있고, 저 역시 종종 이 늙어빠진 잘난 체하는 사람에 대해서 못마땅한 게 많기도 하지만, 그를 이렇게 묘사하다니, 아니에요, 그래도 이건 너무 심한 겁니다."

부인은 심히 괴로워하는 얼굴로 커피를 끝까지 따라주었고, 그런 다음 서둘러 방에서 나갔으며, 그녀의 남편은 나에게, 반은 당황하고 반은 비난에 차서, 이 괴테 그림이 자기 부인의 것이며 그녀가 아주 각별히 아끼는 것이라고 털어놓았다. "그리고 설사, 당신이 객관적으로 옳다 하더라도, 더

구나 저는 당신 의견에 반대입니다만, 그래도 그렇게 거칠게 표현하시면 안 되지요."

"그 점에서는 당신 말씀이 옳습니다"라고 나는 인정했다. "유감스럽게도 항상 최대한 거친 표현을 택하는 것이 저의 습관이자 못된 버릇입니다. 그런데 괴테도 자신의 호시절에는 그렇게 했죠. 물론 이 알랑거리고 속물인 살롱 괴테는 절대로 거친 표현을, 순수하고 직접적인 표현을 사용하지 않겠지만요. 당신과 부인께는 정말로 죄송하게 되었습니다 — 부인께는 제가 정신분열증 환자라고 말해주십시오. 그리고 또 제가 작별을 고하는 것을 허락해주시기를 부탁드립니다."

당황한 집주인은 몇 가지 반대 의견을 더 제기하기는 했지만, 그런 뒤로는 또한 다시 우리가 예전에 나눴던 담소들이 얼마나 멋지고 자극이 되었는지, 정말이지, 미트라스[29]와 크리슈나[30]에 대한 나의 추측들은 당시에 그에게 깊은 인상을 주었노라고, 그는 오늘도 역시 다시 그렇게 되길 바랐노라고…… 등등을 말하기에 이르렀다. 나는 그에게 고맙다고 하고서, 이것은 매우 온정 어린 말씀이라고, 하지만 유감스럽게도 크리슈나에 대한 나의 관심은 학문적인 대화에 대한

29 인도·이란 지역의 빛의 신.

30 힌두교 비슈누 신의 대표적인 화신.

나의 의욕과 마찬가지로 완전히 사라져버렸노라고, 나는 오늘 그에게 여러 차례 거짓말을 했으며, 일례로 나는 며칠 전부터 여기 이 도시에 있었던 것이 아니라 몇 달 전부터이고, 혼자 살고 있으며 더 이상 양갓집들과 교류하기에 적합하지 않다고, 왜냐하면 첫째로 나는 항상 기분이 매우 좋지 않고 통풍에 시달리고 있으며, 둘째로 대부분 취해 있기 때문이라고 말했다. 더 나아가, 깨끗하게 해명하고 적어도 거짓말쟁이로서 떠나지 않기 위해서 말하자면, 나는 존경하는 선생님께 당신이 오늘 나를 정말 제대로 모욕했다는 사실을 밝히지 않을 수 없노라고 했다. 그는 할러의 견해들에 대해서 반동적인 신문의 어리석고 황소고집의 입장, 할 일 없는 장교의 입장을 자기 것으로 만든 것이지 학자에게 어울리는 입장을 자기 것으로 만든 것이 아니라고 했다. 그러나 이 "녀석"이자 조국도 저버린 놈 할러가 바로 나 자신이며, 만약 적어도 사고 능력이 있는 몇 사람만이라도, 눈멀고 홀린 채로 새로운 전쟁으로 몰고 나서는 대신에, 이성과 평화에 대한 사랑을 지지한다면, 그것이 우리나라와 세계의 상황에 더 잘 어울린다고 말이다. 자 그러니, 이로써 안녕히 계시라고 했다.

그렇게 나는 몸을 일으켰고, 괴테와 그 교수와 작별했고, 밖에 있는 옷걸이에서 내 물건들을 잡아채서는 도망치듯 빠져나왔다. 나의 영혼 안에서 고소해하는 이리가 큰 소리로 울부짖었고, 두 하리 사이에서 엄청난 소동이 벌어졌다. 왜냐하면 이 유쾌하지 못한 저녁 시간이 분개한 교수보다는 내게 훨씬 더 많은 의미를 지니고 있었다는 사실이 즉시 명확해졌기 때문이다. 그에게는 그 시간이 실망이고 사소한 노염이었지만, 나에게는 그것이 마지막 실패이자 도주였고, 시민적, 도덕적, 학문적 세계와의 결별이었으며, 황야의 이리의 완전한 승리였다. 그리고 그것은 피난민, 패배자로서 작별 인사를 하는 것이었고, 나 자신에 대한 파산 선언이었으며, 위안도 우월감도 유머도 없는 이별이었다. 나는 진작에, 위궤양에 걸린 사람이 돼지구이와 작별하는 것과 다를 바 없이, 나의 옛 세계와 고향, 시민성, 예절, 학식과 이별을 했다. 화가 치민 채 나는 가로등 아래를 내달렸고, 화가 치밀어오르고 죽을 듯이 슬펐다. 아침부터 저녁까지, 공동묘지부터 교수 집에서의 광경에 이르기까지, 이 무슨 절망적이고 치욕적이며 심술궂은 날이었단 말인가! 무엇 때문에? 왜? 이러한 날들을 아직도 더 스스로에게 떠안기는 것이, 이러한 수프를 아직도 더 먹어치우는 것이 의미가 있었을까? 아니다! 그러니 나는 오늘 밤에 이 코미디에 종지부를 찍을까 한다! 집으로 가라, 하리, 그리고 네 목을 끊어버려라! 너는 충분히 오랫동안 그것을 기다려왔다.

비참함에 휩싸여, 나는 이리저리 거리를 헤매고 다녔다. 물론 선량한 사람들의 살롱 장식품에 침을 뱉은 것은 어리석은 짓이었고, 어리석고도 무례했지만, 나는 도저히 달리 행동할 수가 없었고, 이 길들여지고 위선적이며 점잖은 삶을 더 이상은 참을 수가 없었다. 그리고 나는, 보다시피, 고독 또한 더 이상 참을 수 없었으니, 나 자신의 사회마저도 나에게 형언할 수 없을 정도로 꼴 보기 싫고 구역질이 나게 되었으니, 내가 공기도 없는 내 지옥의 공간에서 숨이 막혀서 발버둥을 치고 있었으니, 거기에 어떤 탈출구가 더 있었겠는가! 하나도 없다. 오, 아버지 어머니, 오, 내 청춘의 까마득한 성스러운 불꽃이여, 오, 내 인생의 수천 가지 기쁨과 일과 목표들이여! 그 모든 것 중에서 아무것도, 심지어 후회조차도, 나에게는 남아 있지 않았으며, 오로지 역겨움과 아픔만이 남았다. 내게는, 단순히 살아가야만 한다는 것이 이 시간만큼 이렇게 아픔을 주었던 적이 단 한 번도 없는 것처럼 보였다.

나는 어느 삭막한 변두리 술집에서 잠시 쉬었고, 물과 코냑을 마셨으며, 다시 계속 걸었고, 악마에게 쫓기듯이, 구시가의 가파르고 굽은 골목들을 오르내리고, 가로수길을 가로질러 역 광장을 건너갔다. 여행을 떠나버리자! 나는 이렇게 생각하고는, 기차역으로 들어갔고, 벽에 붙어 있는 운행 시간표를 뚫어져라 바라보았으며, 포도주를 약간 마셨고, 정신을 가다듬으려고 해보았다. 점점 더 가까이, 점점 더 또렷하게 나는 내가 두려워하는 유령을 보기 시작했다. 그 유령은 바로 귀가, 내 방으로 돌아가기, 절망을 감내해야만 하는 것이었다! 설사 내가 숱한 시간을 더 헤매고 돌아다닌다 할지라도, 내 방문으로, 책들이 놓인 책상으로, 위에 내 애인의 사진이 걸려 있는 소파로 되돌아가는 것은, 면도칼을 뽑아서 나의 목을 그어버려야만 하는 순간은 피할 수 없었다. 점점 더 선명하게 이 이미지가 내 앞에 나타났고, 점점 더 분명하게, 미친 듯이 쿵쾅거리는 심장과 더불어, 나는 공포 중의 공포, 죽음의 두려움을 느꼈다! 그렇다, 나는 죽음에 대해서 끔찍한 공포를 지니고 있었다. 비록 내가 다른 탈출구를 보지는 못했지만, 비록 구역질과 고뇌, 절망이 탑처럼 나의 주위를 에워싸고 있었지만, 비록 더 이상 아무것도 나를 유혹하고 기쁨과 희망을 불러일으킬 수는 없었지만, 처형이, 마지막 순간이, 나 자신의 살을 가르며 차갑게 파고드는 칼 놀림이, 이루 말할 수 없이 두렵다!

나는 두려운 것에서 벗어나는 길을 발견하지 못했다. 절망과 비겁함 사이의 싸움에서 오늘도 혹시 비겁함이 승리하게 된다면, 내일 그리고 매일매일 새로이 절망이, 자기 경멸을 통해서 더욱 고조된 채, 내 앞에 서 있게 될 것이다. 나는 언젠가 마침내 그 일이 실행될 때까지, 오래도록 칼을 손에 쥐었다가 다시 던져버리곤 할 것이다. 그렇다면 차라리 오늘에라도! 나는 현명하게 나 자신에게, 겁먹은 아이에게 하듯이, 말을 건넸지만, 그 아이는 듣지 않았고, 달아나버렸고, 살고 싶어 했다. 멈칫멈칫하면서 그 아이는 계속해서 나를 온 도시로 끌고 다녔고, 나는 아득한 만곡을 그리며 집 주변을 맴돌았다. 끊임없이 집에 돌아갈 마음을 먹으면서, 항상 그것을 주저하면서. 나는 이곳저곳 술집에서 미적거렸고, 한 잔을 비우고, 두 잔을 비우고, 그러면 그 아이가, 목적지 주위로, 면도칼 주위로, 죽음의 주위로 넓은 원을 그리면서, 나를 계속 내몰았다. 죽을 듯이 피곤해서 나는 때때로 벤치에, 분수 가장자리에, 연석(緣石)에 앉아 있었고, 내 심장이 뛰는 소리를 들었으며, 이마에서 땀을 훔쳤고, 죽을 듯한 불안으로 가득 차서, 삶에 대한 너울거리는 동경으로 가득 차서, 다시 발길을 옮겼다.

그러다가 그 아이는 밤늦게 나를 내가 잘 모르는 도시 외곽의 술집으로 끌고 들어갔는데, 그 창문 뒤편에서는 격정적인 댄스 음악이 울리고 있었다. 나는 들어가면서 문 위에 붙은 낡은 간판을 읽었다. 검은 독수리. 그 안은 프라이나흐트[31]였다. 시끄러운 북새통, 담배 연기, 포도주 냄새, 고함 소리에, 뒤쪽 홀에서는 춤판이 벌어졌고, 거기서 댄스 음악이 미쳐 날뛰고 있었다. 나는 앞쪽 공간에 머물렀는데, 그곳에는 평범한, 일부는 초라한 옷차림을 한 사람들이 앉아 있었고, 반면에 뒤쪽 댄스홀에서는 우아한 외모들도 엿볼 수 있

31 남서부 독일과 스위스 지역에서 4월 30일에서 5월 1일로 넘어가는 날 밤 젊은이들이 밤새 즐기는 전통을 가진 축제를 말한다.

었다. 그 공간을 가로지르는 혼잡함에 떠밀려서, 나는 바 카운터 옆에 있는 한 테이블까지 밀려왔고, 예쁘고 창백한 아가씨 하나가, 가슴이 깊이 팬 얇은 무도복에다 시든 꽃을 머리에 꽂고, 벽 쪽 장의자에 앉아 있었다. 그 아가씨는, 내가 다가오는 것을 보더니, 주의 깊고 상냥하게 나를 바라보았고, 미소를 지으며 약간 옆쪽으로 옮겨 앉아서 나에게 자리를 만들어주었다.

"앉아도 되겠습니까?" 나는 이렇게 물어보고는 그녀 옆에 앉았다.

"당연하죠, 앉으세요. 근데 자기는 누구예요?" 그녀가 말했다.

"고맙습니다." 나는 말했다. "도저히 제가 집에 갈 수가 없어서 그럽니다, 못 해요 못 해, 당신이 허락하신다면 여기, 당신 곁에 있고 싶습니다. 아니, 집에 돌아갈 수가 없어요."

그녀는 마치 나를 이해한다는 듯이 고개를 끄덕였고, 그녀가 고개를 끄덕이는 동안에, 나는 그녀의 이마에서 귓가로 흘러내린 곱슬머리를 자세히 보았으며, 그 시든 꽃이 동백꽃[32]이었다는 것을 알아보았다. 저 너머에서 음악이 드높이 울려퍼졌고, 바 카운터에서는 웨이트리스들이 서둘러 자신

---

32 화류계 여성의 상징.

의 주문을 큰 소리로 알렸다.

"그냥 여기 있어요." 그녀는 기분이 좋아지는 목소리로 말했다. "대체 집에 왜 못 가는 거예요?"

"저는 그럴 수가 없습니다. 집에서 뭔가가 저를 기다리고 있습니다. 아니요, 갈 수 없습니다, 그건 너무 끔찍합니다."

"그럼 그게 기다리게 놔두고 여기 있어요. 얼른, 안경부터 닦아요, 당최 아무것도 볼 수가 없잖아. 자, 당신 손수건 줘봐요. 그런데 우리 뭘 마실까? 부르고뉴 포도주?"

그녀는 내 안경을 닦아주었다. 이제 나는 비로소 그녀를 또렷하게 보았는데, 핏빛 빨간색으로 칠한 입과 밝은 회색 눈, 매끈하고 서늘한 이마, 귀 앞에 짧고 가지런한 곱슬머리를 한 창백하고 단단한 얼굴이었다. 상냥하면서도 조금은 놀려대듯이 그녀는 나를 돌보아주었고, 포도주를 주문했으며, 나와 건배를 했고, 그러면서 내 신발을 내려다보았다.

"맙소사, 도대체 어디서 오는 길이야? 파리에서 걸어오기라도 한 것처럼 보이네. 그런 꼴로 무도회에 오는 건 아니지."

나는 예와 아니오로만 말했고, 약간 웃었으며, 그녀가 조잘대도록 두었다. 그녀는 무척 내 마음에 들었고, 나는 그것이 놀라웠는데, 왜냐하면 이제까지 나는 그런 젊은 아가씨들을 피해왔고 오히려 불신의 눈초리로 바라보아왔기 때문이다. 그리고 그녀는 지금 이 순간에 나에게 도움이 되는 바로 그런 방식으로 나를 대해주었다 — 오, 그녀는 그 이후로도 언제나 그렇게 나를 대해주었다. 그녀는 내가 필요로 했던 만큼 조심스럽게 나를 다뤘고, 내가 필요로 했던 만큼 나를 놀려댔다. 그녀는 햄 등을 얹은 빵을 주문했고, 나에게 그걸 먹으라고 명령했다. 그녀는 나에게 포도주를 따라주고서 한 모금 마시라고, 하지만 너무 급하게 마시지는 말라고 분부했다. 그러고 나서 그녀는 나의 고분고분함을 칭찬해주었다.

"착하기도 하지." 그녀는 기분을 북돋아주면서 말했다. "당신은 사람을 힘들게 하지 않네요. 당신이 마지막으로 다른 사람한테 순종한 지가 한참 됐다는 것으로 내기할까?"

"그래요, 당신이 내기에 이겼습니다. 당신은 도대체 그걸 어떻게 알았습니까?"

"별로 어려운 거 아닌데. 순종은 먹고 마시는 거나 같으니까 — 오랫동안 순종하지 않고 지낸 사람한테는 그보다 나은 게 아무것도 없겠죠. 그렇지 않나, 당신은 기꺼이 나한테 순종하죠?"

"아주 기꺼이요. 당신은 뭐든지 다 알고 있으시군요."

"당신은 사람을 편하게 해주네요. 이봐요, 아마도 난 집에서 당신을 기다리고 있는 게 뭔지, 당신이 무엇을 그렇게 두려워하는지 당신한테 말해줄 수도 있을 거야. 하지만 당신 스스로 잘 알고 있잖아, 우리는 그것에 관해 얘기할 필요가 없어, 그렇죠? 멍청한 짓이지! 누군가가 목매달아 죽는다. 글쎄요, 그러면 정말로 목매달아 죽는 거고, 그 사람은 그럴 만한 이유가 있겠지. 그게 아니면 그 사람은 계속 사는 거고, 그렇다면 그 사람은 그저 사는 데만 신경 쓰면 되고, 더 간단한 건 아무것도 없을걸."

"오," 나는 외쳤다. "그게 그렇게 간단하다면야! 하늘에 맹세하건대, 저는 충분히 삶에 신경을 썼어요. 그런데 아무 소용이 없었습니다. 스스로 목매달아 죽기는 아마 어려울 겁니다. 나는 모르겠어요. 하지만 살아가는 것은 훨씬, 훨씬 더 어려워요! 정말이지, 그게 얼마나 힘든지!"

"당신은 그게 식은 죽 먹기라는 걸 알게 될 거야. 이미 우리는 시작을 했어요, 당신은 안경을 닦았고, 먹었고, 마셨고. 이제 가서 당신 바지랑 신발에 솔질을 좀 하자고요. 당신은 그게 필요해. 그런 다음에는 나랑 쉬미[33] 춤을 추게 될 거예요."

"그러면 당신은 제가 그래도 옳았다는 것을 알게 되실 겁니다!" 나는 기를 쓰며 소리쳤다. "당신이 내리신 명령을 이행할 수 없는 것보다 저에게 더 유감스러울 일은 없을 겁니다. 그렇지만 이 명령은 제가 이행할 수 없습니다. 저는 쉬미

33 1920년대 유행하던 일종의 폭스트롯으로서, 몸통은 가만히 있고 어깨만 번갈아 앞뒤로 흔들며 추거나, 가슴, 엉덩이를 떠는 듯이 추는 현대무용 동작을 말한다.

를 못 춰요, 게다가 왈츠도 못 추고 폴카도 못 추고, 이름이 무엇이든 간에 죄다 못 춰요, 저는 평생 춤이라고는 단 한 번도 배워본 적이 없습니다. 당신 생각처럼 모든 게 그렇게 간단하지만은 않다는 것을 이제 아시겠지요?"

그 아름다운 아가씨는 피처럼 빨간 입술로 미소를 지었고, 사내아이처럼 다듬은 단단한 머리를 절레절레 흔들었다. 내가 그녀를 바라보는 동안에, 나에게는 그녀가 소년 시절에 사랑에 빠졌던 첫 번째 소녀인 로자 크라이슬러 같아 보였지만, 로자는 갈색 피부에 짙은 색 머리였지 않았던가. 아니, 나는 이 낯선 아가씨가 나에게 누구를 떠올리게 하는지 알지 못했고, 내가 아는 것은 단지 그것이 아주 이른 청소년기의, 소년 시절의 누군가라는 사실뿐이었다.

"천천히," 그녀가 외쳤다. "천천히! 그러니까 춤을 출 줄 모른다고요? 전혀 못 춰요? 하다 못해 원스텝[34]도 못 춰요? 그러고도 자기가 삶에 어떤 노력을 기울였는지 모르는 사람이 없노라고 우기다니! 그렇다면 당신은 허풍을 떤 거네, 젊은 분이, 당신 나이에 더는 그러면 안 되지. 그래, 심지어 춤 추려고도 하지 않으면서, 어떻게 자기가 삶에 노력을 기울였다고 말할 수가 있죠?"

---

34 사교춤의 일종.

"그냥 못하는 거라면요! 저는 한 번도 춤을 배워 본 적이 없습니다."

그녀는 웃었다.

"하지만 읽기와 쓰기는 배웠잖아, 안 그래요? 그리고 산수랑, 보아하니 라틴어랑 프랑스어, 그런 종류의 온갖 것도 배웠겠네? 내가 장담하건대, 당신은 십 년이나 십이 년 학교에 앉아 있었고, 게다가 아마도 대학까지 다녔을 테고, 어쩌면 심지어 박사학위까지 있고 중국어나 스페인어도 할 줄 알겠죠. 아닌가? 거봐요. 하지만 춤 몇 번 배우는 데 약간의 시간과 돈도 들이지 않았다니! 맙소사!"

"그건 제 부모님 때문입니다." 나는 변명했다. "그분들은 제가 라틴어와 그리스어와 온갖 나부랭이들을 배우게 하셨습니다. 하지만 춤추는 건 배우게 하지 않으셨어요. 우리 집에서는 그게 유행이 아니었고, 제 부모님 스스로도 한 번도 춤을 추신 적이 없었어요."

아주 차갑게, 경멸에 가득 차서 그녀는 나를 바라보았고, 나의 이른 청소년기를 떠올리게 하던, 그녀의 얼굴에 있는 그 무언가가 다시 말했다.

"그렇구나. 그러니까 당신 부모님한테 책임이 있는 게 틀림없네! 부모님한테 오늘 밤에 검은 독수리에 가도 되냐고 물어봤나요? 그랬어요? 그분들이 이미 오래전에 돌아가셨다고 말했죠? 그것 봐! 당신이 순전히 순종하느라고 청소년기에 춤을 배우려고 하지 않았다면 — 난 이의 없어! 비록 난 당신이 그 당시에 그런 모범생이었다고는 믿지 않지만. 하지만 그 뒤로는 — 도대체 그 뒤로는 그 많은 시간 동안엔 뭘 한 거죠?"

"아휴," 나는 이렇게 털어놓았다. "저 자신도 더 이상 모르겠습니다. 저는 대학 공부를 했고, 음악을 했고, 책을 읽었고, 책을 썼고, 여행을 다녔고……."

"당신은 인생에 관해서 희한한 견해를 가지고 있네요! 그러니까 항상 어렵고 복잡한 일들만 해댔고, 단순한 건 전혀 배우지 않았다고? 시간이 없어서? 마음이 없어서? 뭐, 나야 상관없지, 다행히도 나는 당신 어머니가 아니니까. 하지만 그래놓고 마치 자기가 삶을 일일이 다 시험해보기나 한 것처럼, 그리고 거기서 아무것도 발견하지 못한 것처럼 굴다니, 안 되지, 그건 안 될 일이지!"

"나무라지는 마십시오!" 내가 부탁했다. "저도 이미 제가 정신 나간 놈이라는 걸 알고 있습니다."

"아, 뭐예요, 엄살 좀 그만 피우라고요! 당신은 전혀 미치지 않았어, 교수님, 내가 보기엔 당신은 너무 조금밖에 안 미친 게 문제야! 당신은 그렇게 멍청이 같은 방식으로 똑똑해서, 내가 보기엔, 딱 교수님이야. 자, 빵 하나 더 먹어요! 그런 다음에 계속 이야기해요."

그녀는 다시 한번 나에게 빵을 마련해주었고, 거기에 소금을 조금 쳤으며, 그 위에다 겨자를 약간 발랐고, 작은 조각 하나를 자기 자신을 위해서 잘라내고는, 나에게 먹으라고 분부를 내렸다. 나는 먹었다. 나는 그녀가 시키는 것은 무엇이든지, 춤추는 것 말고는 무엇이든지 했을 것이다. 누군가에게 순종하는 것이, 자세히 물어봐주고 명령을 내리고 호되게 꾸짖어주는 사람 곁에 앉아 있는 것이 엄청나게 도움이 되었다. 교수나 그의 부인이 몇 시간 전에 이렇게 했더라면, 내가 많은 일을 하지 않아도 되었을 텐데. 하지만 아니다, 그렇게 된 게 잘된 일인지도 모른다. 아니면 내가 많은 것을 놓치고 말았을 테니까!

"근데 도대체 이름이 뭐예요?" 그녀가 갑작스럽게 물었다.

"하리예요."

"하리? 사내아이 이름이네! 하기는 당신이 아이이기도 하지, 하리. 머리에 희끗희끗한 부분들이 좀 있기는 하지만. 당신은 애야. 당신한테는 당신을 좀 돌봐줄 사람이 있어야 해. 춤에 관해서는 더 이상 아무 말도 안 할게요. 하지만 당신 머리 꼴하고는! 도대체 아내도 없고, 애인도 없어요?"

"아내는 이제 없습니다. 우리는 이혼했어요. 애인이 하나 있기는 한데, 여기 살지 않아서, 아주 가끔씩만 보고, 우리는 서로 그다지 잘 지내지 못해요."

그녀는 이 사이로 나직하게 휘파람을 불었다.

"당신은 진짜 까다로운 신사분인 모양이네, 아무도 당신 곁에 머물러 있지를 않으니. 하지만 이제 말해봐요. 도대체 오늘 저녁에 무슨 특별한 일이 벌어졌길래, 그렇게 유령처럼 세상을 떠돌았던 거예요? 싸웠나? 돈을 날렸어요?"

그런데 그것은 말하기가 곤란했다.

"그게 말이지요," 나는 말을 시작했다. "원래는 사소한 일이었어요. 저는 초대를 받았습니다, 어떤 교수 집에요 — 그렇지만 저 자신은 교수가 아니에요 — 그런데 사실은 제가 거기에 가지 말았어야 했습니다, 저는 그렇게 사람들과 앉아서 수다를 떠는 게 더 이상 익숙하지가 않거든요. 저는 그런 걸 잊어버렸나 봅니다. 제가 그 집에 들어갈 때 이미 탈이 나게 될 거라는 느낌이 들었습니다 — 모자를 걸 때 이미, 어쩌면 내가 그것을 금방 다시 필요로 하게 될 거라는 생각이 들었죠. 그런데 이 교수 집에, 그러니까 거기 탁자 위에 그림 하나가, 멍청한 그림 하나가 굴러다니고 있었고, 그게 저를 화나게……."

"어떤 그림? 왜 화가 났어요?" 그녀가 나의 말을 끊었다.

"그게요, 괴테를 보여주는 그림이었습니다 — 당신도 아시죠, 시인 괴테요. 하지만 그 그림에 있는 괴테는 그의 진짜 모습이 아니었습니다 — 그건 결코 정확히 알 수가 없잖아요, 그는 백 년 전에 죽었다고요. 그런데 어떤 현대 화가가 거기에 자기가 상상한 대로 괴테의 머리 모양을 멋대로 주물러놓았고, 이 그림이 저를 화나게 했고 끔찍이도 싫게 느껴졌습니다. — 그걸 당신이 이해하실 수 있을까요?"

"아주 잘 이해할 수 있으니, 걱정 말아요. 계속 해봐요!"

"이미 그 전에 저는 그 교수와 의견이 일치하지 않았습니다. 그 사람은 거의 모든 교수와 마찬가지로, 거창한 애국자이고, 전쟁 동안에는 국민들을 대놓고 속이는 걸 성실히 거들었습니다 — 물론 최선의 신념을 지니고요. 하지만 저는 반전론자입니다. 뭐, 매한가지죠. 그러니 계속할게요. 제가 그 그림 따위야 아예 안 봐도 됐었는데……."

"하긴 안 봐도 됐겠지."

"하지만 첫째로는 괴테 때문에 마음이 안 좋았습니다. 제가 괴테를 아주 아주 좋아하거든요, 그리고 그 뒤로는 제가 생각했던 대로였습니다 — 그러니까, 저는 대략 이렇게 생각했거나 느꼈죠. 내가 지금 여기에 내가 같은 부류라고 생각하는 사람들과 앉아 있구나, 이들 또한 나와 비슷하게 괴테를 사랑하게 될 테고 괴테에 대해서 대략 나와 비슷한 이미지를 떠올리겠구나, 그런데 그들은 거기에다 이 몰취미하고, 날조되고, 달콤하게 치장한 그림을 세워놓고, 그것을 멋지다고 생각하고, 이 그림의 정신이 괴테의 정신과 정확히 반대라는 걸 전혀 알아채지 못하는구나. 그들은 그 그림을 대단하다고 여기는구나, 물론 그럴 수도 있는 거지, 나야 무슨 상관이야 — 하지만 저로서는 그러고 나자 그 사람들에 대한 모든 신뢰, 그들에 대한 모든 우정, 모든 동질감과 연대감이 사라지고 끝장나버렸습니다. 말이 나왔으니 말이지만 우정은 어차피 대단하지 않았어요. 그래서 저는 화가 치밀고 슬퍼졌고, 제가 완전히 혼자였으며 아무도 나를 이해하지 못했다는 사실을 알게 되었던 겁니다. 이해가 가십니까?"

"쉽게 이해가 가요, 하리. 그리고 그다음에는? 그 그림을 그 사람들 머리통에다 후려쳤나?"

"아니요, 저는 욕을 퍼붓고서 도망쳤고, 집으로 가고 싶었지만……."

"하지만 거기엔 바보 같은 아이를 위로해주거나 호되게 꾸짖어줄 엄마가 없었겠지. 이런, 하리, 내 마음이 아플 지경이네. 당신은 완전히 바보 같은 어린애야."

정말 그랬다, 내게도 그래 보였다. 그녀는 나에게 포도주 한 잔을 마시라고 주었다. 그녀는 정말로 나에게 엄마처럼 굴었다. 그러나 때때로 나는 얼핏얼핏 그녀가 얼마나 예쁘고 젊은지 보게 되었다.

"그러니까," 그러고 나서 그녀가 다시 시작했다. "그러니까 괴테는 백 년 전에 죽었고, 하리는 그를 매우 좋아하고, 괴테의 외모가 어땠든 간에, 괴테에 대해서 멋진 상상을 하고, 하리에게는 또한 그럴 권리도 있는 거지, 맞죠? 하지만 역시 괴테에 열광하고 그에 대해서 나름의 이미지를 지닌 그 화가에게는 그럴 권리가 없는 거고, 교수에게도 없고, 아예 아무에게도 없지, 왜냐하면 그건 하리가 마음에 들지 않아 하고, 그걸 견딜 수 없어 하고, 그러면 하리가 욕을 퍼붓고 도망치지 않을 수 없기 때문이니까! 만약 그가 영리하다면, 그는 그저 화가와 교수를 비웃고 말았을 텐데. 만약 그가 미쳤다면, 그 사람들 면상에다 그 사람들의 괴테를 던져버렸을 테고. 하지만 그는 그저 어린아이일 뿐이라서, 집으로 달려가서 목을 매려고 하지. 나는 당신의 이야기를 잘 이해했어요, 하리. 그건 우스꽝스러운 이야기예요. 그게 날 웃게 만드네. 그만, 그렇게 급하게 마시지 말아요! 부르고뉴는 천천히 마시는 거야, 그러지 않으면 몸을 너무 뜨겁게 만들거든. 당신한테는 시시콜콜 다 말해줘야 한다니까, 어린애야."

그녀의 시선은 예순 살 먹은 여자 가정교사의 것처럼 엄하고 경고하는 듯했다.

"아, 좋습니다," 내가 흡족해하며 부탁했다. "저한테 다 말씀해주기나 하십시오."

"당신한테 무슨 말을 하라는 거야?"

"당신이 하고 싶으신 말씀 다요."

"좋아, 내가 당신한테 한마디 하죠. 한 시간 전부터 내가 당신한테 말을 트고 있는 것을 듣고 있으면서도, 여전히 당신은 나한테 말을 높여요. 항상 라틴어와 그리스어에, 항상 최대한 복잡하게! 어떤 아가씨가 당신에게 말을 트고 당신도 그 아가씨가 싫지 않으면, 당신도 그녀한테 말을 트는 거라구. 자, 이제 당신은 뭔가 더 배웠네. 그리고 두 번째로, 반 시간 전부터 나는 당신 이름이 하리라는 걸 알고 있어. 내가 그걸 아는 건, 내가 당신한테 물어봤기 때문이지. 하지만 당신은 내 이름이 뭔지 알고 싶지 않은가봐."

"오, 아니에요, 몹시 알고 싶습니다."

"너무 늦었어, 꼬맹이! 만약 우리가 언젠가 또 만나면, 다시 물어봐도 좋아. 오늘은 더 이상 말해주지 않을래. 자, 이제 나는 춤을 추고 싶어."

그녀가 일어나려는 기색을 보이자, 갑자기 내 기분이 푹 꺼져버렸고, 나는 그녀가 가버리고 나를 혼자 남겨둘까봐, 그리고 그러면 모든 것이 다시 그전에 그랬던 대로 돌아갈까봐 덜컥 겁이 났다. 잠시 사라졌던 치통이 갑자기 다시 돌아온 것처럼, 불이 타오르는 것처럼, 그렇게 한순간에 불안과 공포가 다시 돌아와 있었다. 맙소사, 무엇이 나를 기다리고 있는지 잊을 수 있었단 말인가? 무엇인가가 달라지기라도 했다는 말인가?

"잠깐," 내가 간청하듯이 소리쳤다. "가지 마십시오 — 가버리지 말라고! 당연히 춤을 춰도 좋아, 당신이 원하는 만큼, 하지만 너무 오래 떠나 있지는 말아줘, 다시 와, 다시 오라고!"

웃으면서 그녀는 일어섰다. 나는 그녀가 서 있으면 더 클 거라고 생각했는데, 그녀는 날씬하기는 했지만 키가 크지는 않았다. 다시금 그녀는 나에게 누군가를 떠올리게 했다. — 누구일까? 알아낼 수가 없었다.

"다시 올 거지?"

"다시 올게, 하지만 시간이 좀 걸릴 수도 있어, 삼십 분이나 한 시간 정도. 당신한테 한마디 해야겠어. 눈을 감고 좀 자. 그게 당신한테 필요한 거야."

나는 그녀에게 지나갈 자리를 내주었고, 그녀는 갔다, 그녀의 짧은 치마가 나의 무릎을 가볍게 스쳤고, 그녀는 가면서 동그란, 아주 작은 손거울을 들여다보았으며, 눈썹을 치켜올리고, 조그만 분첩으로 턱 위를 문지르더니, 댄스홀에서 사라져버렸다. 나는 내 주위를 둘러보았다. 낯선 얼굴들, 담배를 피우는 남자들, 대리석 테이블 위에 엎지른 맥주, 사방에 고함 소리와 새된 소리, 바로 옆에서는 댄스음악. 나는 자야 한다고 그녀는 말했었지. 아, 순진한 아이야, 네가 족제비보다 더 겁 많은 나의 잠에 대해서 알기나 하는지! 이 야시장에서 잠을 자다니, 테이블 가에 앉은 채로, 달그락거리는 맥주잔들 사이에서. 나는 포도주를 홀짝거렸고, 호주머니에서 시가를 끄집어냈고, 성냥을 찾으려고 내 주변을 둘러보았지만, 기실은 담배를 피우는 건 나에게 전혀 중요하지 않아서, 담배를 다시 내 앞 테이블 위에 놓았다. "눈을 감아," 그녀가 아까 나에게 말했더랬다. 정말이지, 그 아가씨는 어디에서 이런 목소리를, 이 약간 깊숙하고도 좋은 목소리를, 어머니 같은 목소리를 얻었을까. 이 목소리에 순종하는 것이 좋았다, 나는 이미 그것을 경험해보았다. 순순히 나는 눈을 감았고, 벽에 머리를 기대었고, 수백 가지 격렬한 소음이 나를 둘러싸며 미쳐 날뛰는 것을 들었으며, 이런 장소에서 잠을 잔다는 발상에 미소를 머금었고, 홀의 문가에 가서 댄스홀 안을 한번 휙 둘러보기로 결심했으며 — 나는 꼭 나의 아름다운 아가씨가 춤추는 것을 보아야만 했다 — 의자 아래에서 두 발을 움직이자, 몇 시간을 헤매고 다니느라 내가 얼마나 끝도 없이 피곤한지를 이제야 비로소 느꼈고, 그래서 그냥 앉아 있었다. 그러자, 엄마 같은 명령에 충실하게, 정말로 잠을 잤고, 고마워하면서 정신없이 자다가 꿈을 꾸었는데, 내가 오래전부터 꿈꾸어왔던 것보다 더 생생하고 멋진 꿈을 꾸었다. 나의 꿈은 이러했다.

나는 고풍스러운 응접실에 앉아서 기다리고 있었다. 처음에 나는 단지 내가 어느 높은 사람에게 면담을 신청했다는 사실밖에는 몰랐는데, 그런 뒤에 나를 맞이해줄 사람이 바로 괴테 선생이라는 사실이 생각났다. 유감스럽게도 나는 완전히 사인(私人)으로서 여기에 온 것이 아니라 한 잡지의 통신원으로서 온 것이었는데, 그것이 나에게 몹시 거슬렸고, 어떤 악마가 나를 이러한 상황에 끌어넣었는지 이해할 수가 없었다. 게다가 전갈 한 마리가 나를 불안하게 만들었는데, 그것은 조금 전까지만 해도 눈에 띄었고 내 다리에 기어오르려고 애쓰고 있었다. 나는 그 작고 까만 기어 다니는 짐승을 막아냈고 털어내기도 했지만, 그것이 지금 어디에 처박혀 있는지 알지 못했고, 감히 어디로도 손을 뻗어 잡으려 하지 못했다.

또한 나는 혹시 사람들이 실수로 괴테 대신에 마티손[35]에게 면담을 신청한 것은 아닌지도 아주 확실하지 않았고, 꿈속에서 나는 마티손을 뷔르거[36]로 착각했는데, 왜냐하면 나는 몰리[37]에게 바치는 시들이 그의 작품이라고 생각했기 때문이었다. 말이 나온 김에 이야기하자면 나로서는 몰리와의 만남이 더할 나위 없이 고대하던 바였고, 나는 그녀가 신비롭고, 부드러우며, 음악적이고, 저녁 무렵 같다고 생각했다. 내가 저 빌어먹을 편집부의 위임을 받아서 여기에 앉아 있는 것만 아니었더라면! 이에 대한 불쾌감이 점점 더 치솟아 올랐고, 그것은 서서히 또 괴테에게로 넘어가, 나는 이제 단번에 그에 대해서 가능한 모든 의구심과 비난을 가지게 되었다. 이거 멋들어진 접견이 될 수 있겠는걸! 하지만 그 전갈은, 설사 위험하고 어쩌면 내 바로 옆에 숨어 있다고 하더

---

35 프리드리히 폰 마티손(1761~1831)은 독일의 시인이자 산문작가로, 괴테 시대에 대중적 인기를 끌었다.

36 고트프리트 아우구스트 뷔르거(1747~1794)는 질풍노도 시기의 독일 시인으로, 담시들과 『허풍선이 남작의 모험』으로 유명하다.

37 뷔르거가 아내인 도로테아와 결혼한 후 바로 사랑에 빠진 처제이자 뮤즈인 아우구스타 레오나르트의 문학작품 속 이름이다.

라도, 어쩌면 그렇게 나쁘지 않을지도 몰랐다. 나에게 그것은 어쩌면 우호적인 것을 의미할 수도 있었고, 몰리와 모종의 관계가 있거나, 일종의 그녀의 사자(使者)이거나, 그녀의 문장(紋章) 동물, 여성성과 죄악을 상징하는 아름답고 위험한 문장 동물일 가능성이 아주 높아 보였다. 그 동물의 이름이 혹시 불피우스[38]였을 수도 있지 않을까? 하지만 그때 하인이 문을 열어젖혔고, 나는 일어나서 안으로 들어갔다.

거기에는 노년의 괴테가, 작은 키에 아주 딱딱한 자세를 하고 서 있었고, 정말로 자신의 거장다운 가슴에 두툼한 별 모양 휘장을 달고 있었다. 그는 아직도 여전히 행정을 돌보고, 여전히 접견을 하고, 여전히 자신의 바이마르 박물관으로부터 온 세상을 통제하고 있는 듯이 보였다. 왜냐하면 그는 나를 보자마자 늙은 까마귀처럼 머리를 갑작스럽게 움직이면서 목례를 하고 품위 있게 이렇게 말했기 때문이다. "그러니까 그대 젊은이들, 당신들은 우리와 우리의 노력들에 거의 동의하지 않는 것 아닙니까?"

"바로 그렇습니다." 그의 재상다운 시선에 얼어붙어서 내가 말했다. "우리 젊은 사람들은 실제로 당신들에게 동의하지 않습니다, 어르신. 당신들은 우리가 보기에는 지나치게

38 요하나 크리스티아나 조피 불피우스(1765~1816)는 괴테의 아내이다.

격식을 갖춥니다, 각하, 그리고 지나치게 자만심이 강한 데다 잘난 척이 심하고, 지나치게 올곧지 못합니다."

그 왜소하고 나이든 남자는 엄격한 머리를 약간 앞으로 움직였고, 그의 단단하고 공무로 주름진 입이 살짝 미소를 지으며 긴장이 풀리고 매력적으로 활기를 띠는 동안에, 별안간 나의 심장이 쿵쾅거렸는데, 갑자기 「어스름이 위로부터 드리우네」[39]라는 시가, 그 시의 시어들이 이 사람과 이 입에서 나왔다는 사실이 떠올랐던 까닭이다. 사실 나는 이 순간에 이미 완전히 무장해제되고 압도되어 있었으며 정말로 그의 앞에 무릎이라도 꿇고 싶었다. 하지만 나는 부동자세를 유지하고서 미소를 머금은 그의 입에서 나오는 다음과 같은 말을 들었다. "이런, 그러니까 당신은 저의 부정직성을 나무라시는 겁니까? 무슨 그런 말이 다 있나! 더 자세히 설명해 보지 않으시겠습니까?"

기꺼이 나는 그럴 마음이 있었다, 아주 기꺼이 말이다.

"폰 괴테 선생님, 당신은 모든 위대한 인물과 마찬가지로, 인간의 삶이 미심쩍고 희망이 없다는 것을 분명히 인식하고 느끼셨습니다. 즉, 순간의 영화(榮華)와 그것의 비참한 영락을, 감정의 아름다운 정점의 대가를 일상의 감옥에 갇히는

39 괴테의 연작시 「중국과 독일의 해와 날의 주기」의 여덟 번째 시의 첫 행.

것 말고는 달리 치르는 것의 불가능성을, 자연의 잊혀져버린 순수성에 대한 성스럽고도 불타오르는 사랑을 품고 영원하고 필사적인 투쟁 속에 놓여 있는, 정신의 제국을 향한 타오르는 동경을, 공허와 불확실성 속에서의 이 모든 끔찍한 부유(浮游)를, 덧없는 것, 결코 완벽 타당하지 않은 것, 영원히 시도하는 것과 딜레탕트적인 것을 — 간단히 말해서, 인간존재의 전망 부재와 허황됨을, 타오르는 절망 전부를 말입니다. 이 모든 것을 당신은 이미 알고 있었고, 때때로 그것을 신봉하기도 했지만, 그럼에도 당신은 당신의 평생을 본보기로 그 반대의 것을 설파했고, 믿음과 낙관주의를 알렸으며, 자신과 다른 사람에게 우리의 정신적인 노력의 지속성과 의미를 꾸며댔습니다. 당신은 깊이의 신봉자들과 절망한 진실의 목소리를 거부했고 억압했으며, 당신 자신 안에서도 클라이스트나 베토벤 안에서와 마찬가지로 그렇게 했습니다.[40] 당신은 수십 년 동안 마치 지식의, 수집품의 축적이, 편지 쓰기와 모으기가, 마치 당신이 바이마르에서 영위한 노년의 실존 전체가, 정말로 순간을 영원하게 만들기 위한 길[41], 자연을 정신화하는 길인 양, 그렇게 행동해왔습니다. 하지만 당신은 순간을 그저 미라로 만들어놓을 수 있었을 따

40 괴테는 클라이스트와 베토벤을 좋게 평가하지 않았다.

41 괴테의 『파우스트』 1부 1699행 이하에 대한 암시.

름이었고, 자연을 그저 가면으로 양식화할 수 있었을 따름이었지요. 그것이 우리가 당신에게 비난하는 부정직함입니다."

깊이 생각에 잠긴 채 그 나이든 각료는 나의 눈을 바라보았고, 그의 입은 여전히 미소를 짓고 있었다.

그러고 난 뒤에 그가 이렇게 물어보아서 나는 깜짝 놀랐다. "그렇다면 모차르트의 〈마술피리〉는 당신에게 분명히 몹시 혐오스럽겠군요?"

그리고 내가 항변할 틈도 없이, 그는 계속 말을 이어갔다. "〈마술피리〉는 삶을 값진 노래로 구현하고, 우리의 감정들을, 그것들이 무상함에도 불구하고, 영원한 그 무엇과 신적인 그 무엇인 듯 칭송하며, 클라이스트 선생에게도 베토벤 선생에게도 동감을 표시하지 않고, 낙관주의와 믿음을 설파하지요."

"저도 압니다, 안다고요!" 나는 화를 내며 고함을 질렀다. "당신이 어쩌다가 내가 세상에서 가장 사랑하는 〈마술피리〉에 생각이 미치게 되었는지는 신이나 아시겠죠! 그렇지만 모차르트는 여든두 살이 되어보지 못했고, 당신처럼 자신의 개인적인 삶 속에서 이 지속성, 질서, 경직된 품위를 요구하지 않았습니다! 그는 그렇게 잘난 척하지 않았어요! 그는 자신의 거룩한 선율을 노래했고 가난했으며 요절했죠, 불쌍하게, 진가를 인정받지 못한 채……."

나는 숨이 찼다. 수천 가지 것이 지금 열 단어로 이야기되어야만 했고, 나는 이마에 땀이 흐르기 시작했다.

그러나 괴테는 아주 친절하게 이렇게 말했다. "내가 여든두 살이 되었다는 것은 어찌 됐든 용서받을 수 없는 일일지도 모르겠습니다. 하지만 내가 거기에서 얻는 즐거움은 당신이 생각하실 법한 것보다 더 적답니다. 당신 말씀이 맞습니다. 영속에 대한 커다란 욕망이 항상 나를 가득 채웠고, 나는 항상 죽음을 두려워하고 싸워 이기려 했습니다. 나는 죽음과의 싸움이, 무조건적이고 완강한 삶의 의지가, 탁월한 사람 모두가 근원으로 삼아 행동하고 살아갔던 추진력이라고 생각합니다. 하지만 젊은 친구여, 나는 오히려 이것을, 인간은 그럼에도 불구하고 결국 죽어야만 한다는 사실을, 여든두 살의 나이로 설득력 있게 증명해보였던 것입니다. 마치 내가 어린 학생일 때 죽은 것처럼 말이죠. 그것이 나의 정당함을 증명하는 데 도움이 된다면, 나는 이것도 말씀드리고 싶습니다. 나의 본성에는 다분히 아이 같은 면이, 호기심과 유희충동, 허송세월에 대한 욕망이 많이 있었습니다. 그래서 노는 것에도 언젠가는 물리게 되는 때가 반드시 온다는 사실을 깨달을 때까지 약간 오래 걸렸지요."

이 말을 하는 동안, 그는 아주 약삭빠르게, 그야말로 악동처럼 미소를 지었다. 그의 체구는 더욱 커졌고, 딱딱한 태도와 얼굴에 어렸던 경련 같은 위엄이 사라져버렸다. 그리고 우리 주위의 공기는 이제 온통 순전히 멜로디들로, 순전히 괴테의 노래들만으로 가득했고, 나는 모차르트의 〈제비꽃〉과 슈베르트의 〈수풀과 골짜기를 너 다시 채우는구나〉를 또렷하게 알아들었다.[42] 그리고 괴테의 얼굴은 이제 장밋빛이었고 젊었으며 웃고 있었고, 마치 형제인 양 모차르트와 비슷했다가, 슈베르트와 비슷했다가 했으며, 가슴에 단 별은 온통 들꽃들로 이루어져 있었고, 그 한가운데에는 노란 앵초가 기쁨에 차 통통하게 피어나 있었다.

이 나이든 남자가 나의 질문과 비난을 그렇게나 농담조로 빠져나가려는 것이 내 마음에는 썩 들지 않았고, 나는 그를 비난에 차서 바라보았다. 그러자 그는 앞으로 몸을 굽히더니 자신의 입을, 이미 완전히 아이처럼 된 입을 내 귀에 바싹 갖다대고서 나의 귓속에다 나지막하게 속삭였다. "젊은이, 자네는 나이 먹은 괴테를 너무 진지하게 받아들이고 있다네. 이미 죽어버린 늙은이들은 진지하게 받아들일 필요가 없어, 그렇지 않으면 그들을 부당하게 대하는 거라네. 우리 불멸의 존재들은 진지하게 받아들이는 걸 좋아하지 않아, 우리는 재미를 좋아하지. 진지함은, 젊은이, 시간과 관련된 사안이라네. 진지함은 말이지, 내 그 정도까지는 자네에게

42 두 곡 모두 괴테의 시를 사용했다.

알려주지, 시간의 과대평가로부터 생겨난다네. 나 역시도 한때는 시간의 가치를 과대평가했고, 그래서 백 살까지 살고 싶었지. 하지만 영원 속에서는, 알겠는가, 시간이란 존재하지 않아. 영원은 그냥 한순간일 뿐이야, 재미 보기에 딱 충분한 길이의 시간이지."

정말로 더 이상은 그 남자와 그 어떤 진지한 말도 할 수 없었고, 그는 기분이 좋아서 유연하게 위아래로 춤추듯 뛰어다녔고, 자신의 별 휘장에서 앵초를 로켓처럼 발사되게 했다가, 작아지게 만들었다가, 사라지게 했다. 그가 춤추는 발걸음과 자태로 광채를 발휘하는 동안에, 나는 이 남자가 적어도 춤을 배울 기회는 놓치지 않았구나 하고 생각할 수밖에 없었다. 그는 놀랄 정도로 춤을 잘 췄다. 그때 전갈이, 혹은 차라리 몰리가, 다시금 나의 머릿속에 떠올랐고, 나는 괴테를 불렀다. "말해보세요, 몰리 거기 없어요?"

괴테는 큰 소리로 웃었다. 그는 자기 책상으로 가서, 서랍 하나를 열더니, 호사스런 가죽으로 된, 아니면 벨벳으로 된 통을 꺼내서, 그것을 열었고, 그 통을 나의 눈 아래로 가져왔다. 거기에는 작고 흠잡을 데 없고 여린 빛을 내는 작디작은 여자 다리가 검은 벨벳 위에 놓여 있었는데, 매혹적인 다리였고, 무릎 부분이 약간 구부러져 있었으며, 발은 아래쪽으로 뻗어서, 아주 귀여운 발가락들까지 매력적으로 이어져 있었다.

나는 손을 뻗어서 나를 완전히 반하게 만든 그 작은 다리를 가지려고 했는데, 내가 손가락 두 개로 집으려고 하는 찰나에, 그 장난감이 아주 약간 꿈틀하며 움직이는 것처럼 보였고, 나는 문득 이것이 전갈일 수도 있겠다는 의심이 들었다. 괴테는 이를 파악한 듯이 보였고, 심지어는 바로 이 깊은 당혹감, 이 움찔거리는 욕망과 불안의 모순을 원하고 의도했던 것처럼 보였다. 그는 그 매력적인 작은 전갈을 내 얼굴 앞에 아주 가까이 갖다 댔고, 내가 그것을 갈망하는 것을 보았고, 내가 그것을 두려워하는 것을 보았으며, 이것이 그에게 큰 즐거움을 주는 것처럼 보였다. 그가 이 사랑스럽고도 위험한 것으로 나를 놀리는 동안에, 그는 다시 아주 늙어버렸는데, 너무 늙어서, 천 살은 되어 보였고, 눈처럼 하얀 머리를 하고 있었으며, 그의 시들어버린 노안(老顏)은 가만히 소리 없이 웃고 있었는데, 속으로는 심연과도 같은 노인의 유머로 격렬하게 웃었다.

잠에서 깨어나자, 나는 이미 그 꿈을 잊어버렸고, 나중에서야 비로소 그 꿈이 다시금 떠올랐다. 나는 아마도 한 시간쯤을, 음악과 번잡함의 한복판에서, 술집 탁자에 앉은 채로, 잠을 잤던 모양인데, 나는 결코 이런 일이 가능하다고 생각하지 않았을 것이다. 그 사랑스러운 아가씨가, 한 손을 나의 어깨에 얹고서, 내 앞에 서 있었다.

"이삼 마르크만 줘요," 그녀가 말했다. "저쪽에서 뭘 좀 먹었거든요."

나는 그녀에게 내 돈지갑을 건네주었고, 그녀는 그것을 가지고 사라졌다가 금방 다시 돌아왔다.

"자, 이제 아주 잠깐만 당신 곁에 앉아 있을 수 있어요, 그 다음엔 가야 돼요. 약속이 있거든요."

나는 소스라치게 놀랐다. "도대체 누구랑?" 나는 재빨리 물었다.

"어떤 신사분이랑, 꼬맹이 하리. 그 사람이 나를 오데온 바에 초대했어요."

"오, 나는 당신이 나를 혼자 두지 않을 거라고 생각했는데."

"그러면 당신도 나를 초대했어야죠. 누군가가 당신보다 선수를 쳤나 보네. 그래도, 덕분에 당신은 꽤 많은 돈을 절약한 셈이죠. 오데온 알아요? 자정이 지난 다음에는 샴페인밖에 없어요. 클럽 안락의자에, 흑인 악단에, 아주 세련됐다니까."

이 모든 것을 나는 생각하지 못했다.

"아," 나는 간청하며 말했다. "내가 당신을 초대하게 해 줘! 난 당연히 그러려니 했지, 우리는 친구가 된 거잖아. 어디든 당신 원하는 대로 할 테니 초대를 받아줘, 부탁이야."

"고마워요. 그렇지만 봐요, 약속은 약속이고, 내가 그러자고 했으니, 난 갈 거예요. 더 이상 애쓰지 말아요! 자, 한 모금 더 마셔요, 병에 포도주가 아직 남았잖아. 그거 비우고,

곱게 집으로 가서 자요. 그러겠다고 약속해요."

"아니, 나는 집에는 못 가."

"아니 당신, 또 그 이야기네! 아직도 괴테랑 해결을 못 본 거예요?(이 순간에 괴테에 대한 꿈이 다시 생각났다) 당신이 정말로 집에 갈 수가 없다면, 그럼 여기 이 집에 그냥 있어요, 여기에 객실이 있어요. 내가 하나 알아봐줄까?"

나는 그것으로 만족했고, 어디에서 그녀를 다시 만날 수 있느냐고 물었다. 도대체 어디에 사느냐고. 그녀는 나에게 그것을 말해주지 않았다. 내가 그저 조금 찾아보기만 하면 자기를 찾을 수 있을 거라고 했다.

"내가 당신을 초대하면 안 될까?"

"어디로?"

"어디든 당신 마음에 드는 곳으로, 언제든 당신 내킬 때에."

"좋아요. 화요일에 저녁 먹으러 알텐 프란치스카너에서, 이층에서 봐요. 그럼 안녕!"

그녀는 나에게 손을 내밀었고, 이제야 비로소 이 손이 나의 눈에 들어왔는데, 그녀의 목소리와 아주 잘 어울리는, 예쁘고 도톰하며 총기 있고 호감이 가는 손이었다. 내가 그녀의 손에 입을 맞추자, 그녀는 조롱하듯이 웃었다.

그리고 마지막 순간에 그녀는 다시 한번 내 쪽으로 몸을 돌리고는 이렇게 말했다. "괴테 때문에, 당신한테 말할 게 있어요. 봐요, 괴테와 관련해서 당신에게 일어났던 일, 당신이 괴테의 그림을 보고 참을 수 없었던 것과 똑같이, 나한테는 성자들과 관련해서 이따금씩 그런 일이 일어나요."

"성자들과 관련해서? 당신이 그렇게 신앙심이 깊은가?"

"아니, 나는 신앙심이 깊지 않아요, 유감스럽게도. 하지만 한때는 그랬죠, 언젠가는 다시 그렇게 될 테고. 신앙심이 깊어질 시간이 있어야 말이죠."

"시간이 없다고? 거기에 시간이 필요하던가?

"오, 그럼요. 신앙심이 깊어지려면 시간이 필요해요, 심지어는 그 이상이 필요하죠. 시간으로부터의 독립 말이죠! 진지하게 경건할 수가 없어요, 그와 동시에 현실에서 살아가고, 또 그것을 진지하게 받아들이기가. 시간, 돈, 오데온 바, 그리고 그 모든 것을.

"이해했어. 하지만 그것이 성인들과 무슨 상관이란 거지?"

"그래요, 내가 각별히 좋아하는 성인들이 있어요. 성 스테파노[43], 성 프란체스코[44], 그리고 다른 성인들. 그런데 나는 이따금씩 그들을 그린 그림들을 보고, 또 구세주와 성모 마리아를 그린 그림들도 보곤 해요. 그런 위선적이고, 날조되

43 그리스도교 초대 교회의 최초 부제(副祭)이자 초기 순교자들 중 한 명이다.

44 아시시의 성 프란체스코(1182~1226)는 가난한 삶을 의무로 하는 프란체스코회의 창설자이다.

고, 아둔하게 그려놓은 그림들 말이에요. 그리고 당신이 그 괴테 그림에 그러는 것만큼이나 나는 그것들을 참고 견딜 수가 없어요. 그런 달콤하고 멍청한 구세주나 성 프란체스코를 보면, 그리고 다른 사람들이 이따위 그림들을 아름답고 신앙심을 불러일으킨다고 생각하는 꼴을 보면, 그게 진정한 구세주에 대한 모욕처럼 느껴져서 이렇게 생각하죠. 아, 이토록 멍청한 구세주 그림으로도 이미 사람들한테 충분하다면, 그는 무엇 때문에 살았던 것이고 그렇게도 끔찍하게 고통을 받았단 말인지! 그렇지만 나는 그럼에도 불구하고 나의 구세주 상이나 프란체스코 상도 역시 그저 인간의 상에 불과하고 원상(原象)에는 충분히 미치지 못한다는 걸, 저 번지르르한 복제품들이 나한테 그렇게 보이는 것처럼 구세주 자신에게는 내 내면의 구세주 상이 바로 그렇게 바보 같고 불충분해 보일 거라는 걸 알아요. 내가 이 말을 하는 건, 당신이 그 괴테 그림에 대해서 기분 나빠하고 화를 내는 게 옳다고 인정하기 위해서가 아니에요. 아니, 그 점에 있어서 당신은 옳지 않아요. 이 말을 하는 건 단지 내가 당신을 이해할 수 있다는 걸 당신한테 보여주기 위해서일 뿐이죠. 당신네 학자와 예술가들은 분명 별의별 남다른 것들을 머릿속에 지니고 있지만, 당신들도 다른 사람들과 똑같은 인간이고, 우리 다른 사람들도 우리의 꿈과 놀이들을 머릿속에 지니고 있다고. 요컨대 나는, 박학하신 신사이신 당신이 나한테 그 괴테 이야기를 어떻게 설명해야 할는지 약간 당황스러워하는 걸 눈치챘어요 — 당신은 자신의 관념적인 사안들을 이토록 단순한 아가씨한테 이해시키려고 애를 써야만 했던 거죠. 자, 그래서 나는 당신한테 그렇게 애를 쓸 필요가 없다는 것을 보여주고 싶어요. 나는 분명히 당신을 이해해요. 그러니 이제 그만! 당신은 잠자리에 들어야 해요."

그녀는 가버렸고, 한 늙은 종업원이 나를 두 층 위로 데려갔는데, 더 정확히 말하자면, 처음에 그는 내게 짐에 있냐고 물었고 아무것도 없다는 말을 듣고 나자, 나는 그가 "숙박료"라고 부르는 것을 선불로 지불해야만 했다. 그런 뒤에 그는 나를, 낡고 어두운 층계참을 통과해서, 위쪽의 어떤 방으로 데려갔고, 그곳에 나를 혼자 남겨두었다. 거기에는 단출한 침대가 놓여 있었는데, 아주 짧고 딱딱했고, 벽에는 패검한 자루와 가리발디[45]의 채색 초상화가, 또한 어느 협회 축제의 시든 화환이 걸려 있었다. 잠옷을 준다면 나는 거금이라도 주었을 것이다. 최소한 물과 작은 수건은 있어서, 나는 씻을 수가 있었으며, 그런 다음에는 옷을 입은 채로 침대에 몸을 뉘었고, 등불을 켜놓았고, 깊이 생각할 시간이 있었다. 그

45 주세페 가리발디(1807~1882)는 이탈리아의 혁명가, 군인, 정치가이다.

러니까 이제 나는 괴테와는 문제가 없었다. 그가 꿈속에서 나에게 왔었다니, 정말 굉장했다! 그리고 이 경이로운 아가씨 — 내가 그녀의 이름을 알았더라면 좋았으련만! 갑자기 한 인간이, 한 살아 있는 인간이, 나의 소멸성을 덮고 있던 종 모양의 탁한 유리 뚜껑을 깨부수고, 나에게 손을, 선하고 아름답고 따스한 손을 뻗어주었다! 갑자기 다시금 나와 무엇인가 상관있는 것들이, 내가 기쁨과 염려와 긴장을 지니고 생각할 수 있는 것들이 생겨난 것이다! 갑자기 삶이 나에게로 들어오는 문 하나가 열렸다! 어쩌면 나는 다시 살아갈 수 있을지도 몰랐고, 어쩌면 다시 인간이 될 수 있을지도 몰랐다. 추위 속에 잠이 들어서 얼어 죽기 직전인 나의 영혼이 다시 숨을 쉬었고 졸려 하며 작고 가녀린 날개로 퍼덕였다. 괴테가 나에게 왔었다. 한 아가씨가 나에게 먹고, 마시고, 잠을 자라고 분부했으며, 나에게 친절을 베풀었고, 나를 놀려대며 웃었고, 나를 바보 같은 어린 소년이라고 불렀다. 그리고 그녀는, 그 놀라운 여자 친구는, 또한 성자들에 관해서도 이야기해주었으며, 심지어 내가 별스럽고 터무니없는 언행을 해도 결코 외톨이에, 이해받지 못하며, 병적인 예외가 아님을, 나에게 형제자매가 있음을, 사람들이 나를 이해한다는 것을 보여주었다. 그녀를 다시 만나게 될까? 그럼, 물론이지, 그녀는 신뢰가 갔다. "약속은 약속이야."

그리고 나는 다시 잠이 들었고, 네다섯 시간을 내리 잤다.

열시가 지나 있었고, 피곤했으며, 어제의 뭔가 끔찍한 것에 대한 기억이 머릿속에 들어 있기는 했지만, 활기찼고, 희망이 넘쳤으며, 좋은 생각으로 가득했다. 집으로 돌아오면서 나는 이 귀갓길이 어제 나를 위해 지니고 있던 공포를 더 이상 전혀 느끼지 않았다.

계단에서, 남양삼나무 위쪽에서, "아주머니", 즉 나의 집주인과 마주쳤는데, 얼굴을 본 적은 드물지만, 나는 그녀의 친절한 본성이 매우 마음에 들었다. 이 맞닥뜨림이 나로서는 달갑지 않았으니, 어쨌거나 내 꼴이 조금은 말이 아니었던 데다 밤을 새웠고, 머리를 빗지도 않았으며, 면도도 하지 않은 것이었다. 나는 인사를 했고 지나쳐가려고 했다. 평소에 그녀는, 혼자 있고 싶어 하고 시선을 끌고 싶어 하지 않는 나의 바람을 존중해주었지만, 오늘은 정말로 나와 주변 환경 사이에 장막이 찢겨나가고, 차단기가 떨어져 나간 모양이었다 — 그녀는 웃으며 멈춰 서 있었다.

"밤새 술 드시고 돌아다니셨나 봐요, 할러 씨, 오늘 밤에 침대 구경도 못 하셨잖아요. 상당히 피곤하시겠어요!"

"예." 이렇게 말하면서 나 또한 웃지 않을 수 없었다. "오늘 밤에 일이 좀 활기 있게 돌아갔어요. 그리고 당신 댁의 생활방식을 방해하고 싶지 않아서 호텔에서 잤습니다. 당신 댁의 평정과 기품을 제가 워낙에 존중하거든요. 때때로 제게는 그 안에 있는 제가 무척이나 이물질처럼 느껴진답니다."

"놀리지 마세요, 할러 씨!"

"오, 저는 그저 저 자신을 조롱하고 있을 따름입니다."

"그거야말로 하시면 안 돼요. 제 집에서 스스로를 '이물질'로 느끼셔도 안 되고요. 당신 마음 내키는 대로 사시고, 당신이 좋아하는 일을 하셔야 해요. 저는 이미 아주, 아주 존경할 만한 세입자들을, 품격 면에서 보석 같은 분들을, 많이 받아왔지만, 그 어떤 분도 당신보다 더 조용하고 우리에게 덜 방해가 되었던 분은 없었어요. 그럼 지금 — 차 한잔하시겠어요?"

나는 반대하지 않았다. 나는 훌륭한 조상들의 초상화와 선조들의 가구로 꾸며진 그녀의 응접실에서 차를 대접받았고, 우리는 조금 수다를 떨었으며, 그 친절한 부인은, 사실 물어보지도 않았는데, 내 인생과 내 생각의 이런저런 것들을 알게 되었으며, 영리한 여자들이 남자들의 괴팍함을 대할 때 써먹는, 아주 진지하게 받아들이지는 않는 어머니 같은 태도와, 존중이 섞여 있는 자세로, 귀를 기울였다. 그녀의 조카도 화제가 되었고, 그녀는 옆방에서 나에게 조카의 새로운 여가 시간 소일거리를 보여주었는데, 그것은 라디오 장치였다. 그 부지런한 젊은이는 저녁마다 그곳에 앉아서 그따위 기계를 조립했던 것인데, 그는 무선전신(無線電信)이라는 발상에 마음을 빼앗긴 채, 기술의 신 앞에 경건하게 무릎을 꿇고 숭배하며 그 일을 했겠지만, 그 신은, 사상가라면 모두 이미 알고 있고 더 영리하게 이용했던 것들을 수천 년 뒤에야 비로소 발견해, 지극히 불완전하게 구현하는 일을 끝마쳤을 따름이었다. 우리는 이에 관해서 이야기를 나누었는데, 왜냐하면 아주머니는 아주 약간 경건함 쪽으로 경도되어 있었고, 그녀로서는 종교적인 대화가 싫지 않았기 때문이다. 나는 그녀에게, 모든 힘과 행위의 편재(遍在)가 고대 인도인들에게는 아주 잘 알려져 있었다고, 기술은 그저 이러한 사실의 작은 일부, 즉 음파에 대해 임시로 아직은 끔찍하리만큼 불완전한 수신기와 송신기를 만들어냄으로써 이것을 일반적인 자각에 이르도록 만든 것에 불과하다고 말했다. 저 고대의 인식, 즉 시간의 비현실성의 요점은, 지금까지도 여전히 기술에 인지되지 못했지만, 결국에는 당연히 그것 역시 "발견"되어 부지런한 기술자들의 수중에 들어가게 될 거라고 했다. 사람들이 파리와 베를린에서 온 음악을 이제 프랑크푸르트나 취리히에서 들을 수 있게 된 것처럼, 아마도 아주 근시일 내에, 현재의, 이 순간의 영상들과 사건들이 끊임없이 우리를 휘감아 흐르는 것을, 뿐만 아니라 과거에 일어났던 모든 일도 마찬가지로 기록되어 존재하게 되는 것을, 그리고 우리가 언젠가, 유선이든 무선이든, 잡음이 있든 없든, 솔로몬 왕과 발터 폰 데어 포겔바이데[46]가 말하는 것을 듣게 되는 것을 발견할 거라고 말이다. 그리고 이 모든 것이, 오늘날 라디오의 시작과 마찬가지로, 기껏해야 자신과 자신의 목표들로부터 멀리 도망치고, 기분 풀이와 쓸데없는 분망함의 점점 더 촘촘해지는 그물로 자신을 휘감는 데에만 인간에게 쓰일 거라고 말했다. 그러나 나는 내가 익히 알고 있는 이 모든 것을 시대와 기술에 반대하는 분노와 경멸에 찬 평소의 어조로 말하지 않고, 농담조로 가벼이 말했고, 아주머니는 미소를 지었고, 우리는 족히 한 시간을 함께 앉아 있었고, 차를 마셨으며, 흡족해했다.

화요일 저녁에 나는 검은 독수리의 그 아름답고 기묘한 아가씨를 초대해놓았고, 그때까지 시간을 보내느라 적잖이 애를 먹었다. 그리고 마침내 화요일이 왔을 때, 그 미지의 아가씨와 나의 관계의 중요성이 기겁할 지경으로 나에게 분명해졌다. 나는 그녀와 조금도 사랑에 빠지지 않았으면서도, 오로지 그녀만을 생각했고, 그녀한테서 전부를 기대했으며, 모든 것을 그녀에게 희생하고 그녀의 발치에 바칠 준비가 되어 있었다. 그녀가 우리의 약속을 깨거나 잊어버릴 수도 있다고 상상하기만 해도, 나는 내가 어떻게 될지를 분명하게 알았다. 그러면 세상은 다시 텅 비어버릴 테고, 그날이 그날같이 너무도 암담하고 무가치해질 테고, 나의 주위에는 또다시 그 모든 오싹한 정적과 소멸이 자리 잡을 테고, 이 침

46 중세 독일의 시인.

묵의 지옥에서 벗어날 길은 면도칼 말고는 없을 것이다. 그리고 면도칼은 요 며칠 동안에 일말의 정도 더 가지 않았고, 전혀 그 끔찍함을 잃지 않았다. 바로 이것이야말로 추한 것이었다. 다시 말하자면, 나는 목을 자르는 것에 대해서 심장을 짓누르는 깊은 공포심을 지니고 있었으며, 마치 내가 가장 건강한 사람이고 나의 삶이 낙원이기라도 했던 것마냥, 거칠고, 강인하고, 거부하고, 저항하는 힘으로 죽음을 두려워했다. 나는 완전하고 가차 없이 명확하게 나의 상태를 인식했고, 살아갈 수 없음과 죽을 수 없음 사이의 견딜 수 없는 긴장감이, 나에게 그 미지의 여성을, 검은 독수리의 그 어리고 예쁜 댄서를, 그토록 중요하게 만들었다는 사실을 인식했다. 그녀는 칠흑 같은 내 두려움의 동굴에 난 조그마한 창이었고, 미세한 밝은 구멍이었다. 그녀는 구원이었고, 밖으로 나가는 길이었다. 그녀는 나에게 살아가는 법을 가르쳐주거나 죽는 법을 가르쳐줘야만 했고, 그것이 삶과의 접촉 아래에서 꽃을 피우든지 아니면 재가 되어 부서져 내리도록, 그녀의 단단하고 예쁜 손으로 나의 굳어버린 심장을 어루만져줘야만 했다. 어디에서 그녀가 이러한 힘을 얻었는지, 어디에서 이 마법이 그녀에게 왔는지, 어떤 비밀스러운 이유로 그녀가 나에게 이렇게 깊은 의미로 자라났는지, 그것에 대해서 나는 깊이 생각할 수가 없었고, 그것은 또한 어차피 매한가지였다. 나에게는 이것을 아는 것이 전혀 중요하지 않았다. 어떤 지식, 어떤 통찰도 더 이상 나에게는 최소한의 관심사도 되지 못했으니, 내가 나 자신의 상태를 너무나도 분명하게 알고 있었고, 나 자신을 너무나도 많이 의식하고 있었으며, 바로 그것으로 나는 과식을 했던 셈이고, 바로 그 점이 나에게 가장 날카롭고 모멸감을 주는 고통과 치욕이었다. 나는 내 앞에 있는 이 녀석을, 이 황야의 이리라는 짐승을, 거미줄에 걸린 파리처럼 보았고, 어떻게 그의 운명이 결정을 내리도록 몰아가는지를, 어떻게 그가 휘말려 들어가서 저항도 못 하고 거미줄에 매달려 있는지를, 어떻게 거미가 물어뜯을 준비를 하는지를, 어떻게 구원의 손이 마찬가지로 가까이에서 나타나는지를 지켜보았다. 그 매커니즘이 나에게는 빤히 들여다보였기에, 나는 나의 고뇌, 내 마음의 병, 나의 저주받음과 신경쇠약의 연관 관계와 원인에 관해서 가장 영리하고 가장 통찰력 있는 이야기를 할 수도 있었다. 하지만 나에게 필요했던 것, 내가 그다지도 절망적으로 갈망했던 것은 지식과 이해가 아니라, 체험과 결단, 도전, 도약이었다.

비록 내가 저 기다림의 몇 날 동안에 단 한 번도 나의 친구 아가씨가 자신의 약속을 지키리라는 사실을 의심해본 적이 없기는 했지만, 그래도 나는 마지막 날에 몹시 흥분되고 불확실해져 있었다. 다시 말하자면, 나는 살면서 단 한 번도 이보다 더 조바심을 내면서 어느 날 저녁을 기다려본 적이 없었다. 그리고 긴장과 조바심이 나로서는 거의 견딜 수 없을 지경이 되는 동안에도, 그것들은 동시에 놀랍도록 기분 좋게 작용하기도 했다. 다시 말해서, 그것은 오래전 이래로 아무것도 기다려보지 않고, 아무것도 기쁘게 고대해보지 않았던 나에게, 냉정을 되찾은 인간에게, 상상할 수 없을 정도로 아름답고 새로웠다 — 불안과 염려와 격렬한 기대로 가득했던 이날, 온종일 이리저리 뛰어다닌 것, 그날 저녁의 만남, 대화, 결과를 미리 머릿속에 그려보는 것, 그것을 위해 면도하고 옷을 차려입는 것(각별히 세심하게, 새 셔츠, 새 넥타이, 새 신발끈 매듭)은 근사했다. 이 영리하고 신비롭고 어린 아가씨가 누구인지는 몰라도, 그녀가 나와 이러한 관계를 맺게 된 것이 이런 방식이었는지 저런 방식이었는지는 몰라도, 나에게 그것은 어차피 매한가지였다. 그녀는 거기 있었고, 기적은 일어났고, 내가 다시 한번 한 인간을, 그리고 삶에 대한 새로운 관심을 발견한 것이었다! 중요한 것은 오로지 이것이 계속된다는 것이었고, 내가 나 자신을 이 매력에 내맡긴다는 것, 운명의 별을 따른다는 것뿐이었다.

내가 그녀를 다시 본 것은 잊을 수 없는 순간이었다! 나는 오래되고 아늑한 레스토랑의 작은 테이블에, 그럴 필요도 없었는데 사전에 전화로 예약해놓았던 자리에 앉아서, 메뉴판을 살펴보았고, 나의 여자 친구를 위해서 산 예쁜 난초꽃 두 송이를 유리잔에 꽂아놓았다. 나는 한참 동안 그녀를 기다려야 했지만, 틀림없이 그녀가 올 거라고 느꼈고, 더 이상 들떠 있지도 않았다. 그리고 마침내 그녀가 왔고, 옷 보관소 앞에 서 있었으며, 단지 그녀의 밝은 회색빛 눈에서 나온 주의 깊고 약간은 조사하는 듯한 시선을 통해서만 나에게 인사를 했다. 의심스러워하면서 나는 웨이터가 그녀를 어떻게 대하는지 점검해보았다. 아니었다, 다행히도, 지나치게 허물없이 대하지도, 거리를 부족하게 두지도 않았고, 그는 흠잡을 데 없이 정중했다. 그래도 그들은 서로 아는 사이였고, 그녀는 그를 에밀이라고 불렀다.

내가 그녀에게 난초꽃을 주자, 그녀는 기뻐하며 웃었다. "당신 멋지네, 하리. 당신은 나한테 선물을 하고 싶었던 거지, 안 그래, 그런데 무엇을 골라야 할지 잘 몰랐고, 자기한테 도대체 어느 정도까지 나한테 선물을 할 권리가 있는 건지, 혹시 내가 모욕감을 느끼게 되는 건 아닌지 아주 완벽하게 알지는 못했던 거고, 그래서 난초꽃을 샀던 거지, 그건 그저 꽃에 불과하고, 그런데도 제법 비싸니까. 어쨌든 정말 고마워. 말이 나온 김에 내가 당신한테 곧장 한마디 해둘까 하는데, 난 당신한테 선물을 받고 싶지 않아. 내가 남자들 돈으로 먹고살기는 해도, 당신 돈으로 생계를 이어가고 싶지는 않거든. 그나저나 당신이 이렇게 변할 줄이야! 못 알아보겠네. 얼마 전까지만 해도 당신은 마치 목을 매단 밧줄에서 금방 내려놓은 것처럼 보였는데, 지금은 당신이 벌써 거의 다시 인간 꼴을 하고 있네. 그건 그렇고 당신은 내 명령을 이행했어?"

"무슨 명령?"

"그렇게 잘 까먹어? 내 말은, 당신이 이제는 폭스트롯[47]을 출 수 있냐는 거야. 당신이 나한테 말했잖아, 당신은 나한테서 명령을 받는 것보다 더 좋은 것은 아무것도 바라지 않고, 나한테 순종하는 것보다 당신한테 더 좋은 일은 없다고. 기억나?"

"아, 물론이지, 그리고 그건 앞으로도 그럴 거야! 내 진심이었어."

"그런데도 아직 춤을 배우지 않았다는 거야?"

"그게 그렇게나 빨리, 겨우 며칠 만에 배울 수 있는 건가?"

"당연하지. 폭스는 한 시간이면 배울 수 있고, 보스턴[48]은 두 시간이면 돼. 탱고는 더 오래 걸리고, 하지만 그건 당신한테 전혀 필요 없어."

"그건 그렇지만 그 전에 나는 꼭 당신 이름부터 알아야겠어!"

---

47 스탠다드 댄스의 한 종류로, 1910년대 미국에서 유행한 춤 또는 그 춤곡을 말한다. 음악은 4분의 4박자이고, 템포는 일 분에 30~32소절의 속도로 연주된다.

48 1920년경 유럽에서 사랑받았던 미국의 느린 왈츠.

그녀는 잠시 말없이 나를 바라보았다.

"어쩌면 당신이 알아맞힐 수 있을 것 같은데. 당신이 알아맞혀주면, 나는 참 좋을 거 같은데. 한번 정신을 차려서 나를 잘 봐! 나한테 이따금 사내아이 얼굴이 있는 게 여태껏 눈에 띈 적 없어? 예를 들어서 지금은?"

그랬다, 지금 그녀의 얼굴을 자세히 눈여겨봤더니, 나는 그녀가 옳다는 것을 인정할 수밖에 없었는데, 그것은 사내아이의 얼굴이었다. 그리고 내가 일 분의 시간 여유를 갖고 나자, 그 얼굴이 나에게 말을 하기 시작했고 나 자신의 소년 시절과 당시의 내 친구를 기억나게 해주었는데, 그 친구의 이름은 헤르만이었다. 한순간 그녀가 완전히 이 헤르만으로 변한 것처럼 보였다.

"만약에 당신이 사내아이였다면, 당신은 틀림없이 헤르만이라고 불렸을 거야." 내가 놀라워하면서 말했다.

"누가 알아, 어쩌면 내가 헤르만이고 단지 변장을 했을 뿐일지." 그녀가 장난스럽게 말했다.

"당신 이름이 헤르미네야?"

내가 알아맞힌 것을 기뻐하면서 그녀는 환한 표정으로 고개를 끄덕였다. 그때 마침 수프가 나왔고, 우리는 먹기 시작했으며, 그녀는 아이처럼 즐거워했다. 내 마음에 들었고 나를 매혹했던 그녀의 모든 것 중에서 이것이 가장 멋지고 독특한 것이었는데, 바로 그녀가 아주 순식간에 지극히 깊은 진지함에서 지극히 익살스러운 명랑함으로 넘어갈 수 있고 그 반대로도 할 수 있었으며, 그러면서도 전혀 변함이 없고 뒤틀리지도 않았다는 점이었고, 그것은 재능 있는 아이들의 경우와 같았다. 이제 그녀는 한동안 익살스러워졌고, 폭스트롯으로 나를 놀려댔고, 심지어는 발로 나를 툭툭 건드리기까지 했으며, 열심히 음식을 칭찬했고, 내가 옷 입는 것에 노력을 기울였다는 사실을 알아챘으나, 나의 외모에 관해서 비난할 거리를 여전히 한 무더기는 가지고 있었다.

그러는 사이에 나는 그녀에게 이렇게 물었다. "어떻게 했길래 당신이 갑자기 남자아이처럼 보이고, 내가 당신 이름을 알아맞힐 수 있었던 거지?"

"아, 그건 전부 당신이 직접 한 거야. 이해하지 못하겠어, 박학하신 신사님, 내가 당신 마음에 들고 당신한테 중요해진 건, 내가 당신에게 일종의 거울이기 때문이고, 내 안에 당신한테 답을 주고 당신을 이해하는 무언가가 있기 때문이라는 걸? 원래는 모든 인간이 서로에게 그런 거울이어야 하고 서로 그렇게 응답해주고 부응해줘야 하지만, 당신 같은 기인들은 꼭 그렇게 별스러운 데다가 쉽사리 길을 잃고 홀리는 바람에 다른 사람들 눈에서는 더 이상 아무것도 보거나 읽지를 못하고, 더 이상 아무것도 상관없어하지. 그러다가 그런 기인이 갑자기 자기를 정말로 응시하는 얼굴을, 거기서 자기가 해답이나 친근성과 같은 무언가가 느껴지는 그런 얼굴을 다시 발견한다면, 그렇지, 그 사람은 당연히 기쁨을 얻겠지."

"당신은 모르는 게 없군, 헤르미네." 내가 놀라워하며 외쳤다. "정확히 당신이 말한 그대로야. 그런데도 당신은 나와 전혀 달라! 당신은 정말 내 정반대야. 당신은 나한테 없는 모든 걸 지니고 있어."

"당신한테는 그렇게 보이는군, 좋네." 그녀가 간결하게 말했다.

그리고 이제, 나에게는 정말로 마법의 거울과도 같았던 그녀의 얼굴 위로, 진지함의 무거운 구름이 흘렀고, 순식간에 이 얼굴 전체가, 마치 가면의 텅 빈 눈에서 나오는 것처럼 바닥을 알 수 없게, 오로지 진지함만을, 오로지 비극만을 말했다. 천천히 단어 하나하나를 탐탁하지 않다는 듯이 내뱉으면서, 그녀는 이렇게 말했다.

"당신, 당신이 나한테 했던 말을 잊지 마! 당신은 내가 당신한테 명령해야 한다고, 그리고 나의 모든 명령에 따르는 게 당신한테는 기쁨이 될 거라고 말했지. 그걸 잊지 마! 당신은 이걸 알아야 해, 꼬맹이 하리. 그러니까, 내 얼굴이 당신한테 대답을 주고, 내 안의 무엇인가가 당신한테 부응하고 당신한테 신뢰를 주는 것, 그런 일들이 나로 인해서 당신에게 일어나지 — 마찬가지로 나에게도 당신으로 인해서 그런 일들이 일어나. 내가 얼마 전에 검은 독수리에서 당신이, 너무나도 지치고 얼이 빠져 이미 더 이상은 이 세상 사람이 아닌 것처럼 들어오는 것을 봤을 때, 나는 곧장 이렇게 느꼈지. 저 사람은 나한테 복종할 거다, 저 사람은 내가 자기한테 명령해주기를 열망하고 있다! 그러니 나 또한 그렇게 할 거고, 그래서 난 당신한테 말을 걸었고, 우리는 친구가 되었지."

그녀가 어찌나 무거운 진지함으로 가득하고, 어찌나 강한 영혼의 부담을 느끼면서 말을 했는지, 나는 완벽히 따라가지 못했고, 그녀를 진정시키고 화제를 돌려보려고 했다. 그녀는 그것을 단지 눈썹을 움찔하는 것만으로 자신에게서 털어내버렸고, 강요하듯이 나를 바라보더니, 아주 차가운 목소리로 말을 이어갔다. "당신은 약속을 지켜야만 해, 꼬맹이, 내가 분명히 말하는데, 안 그러면 당신은 후회하게 될 거야. 당신은 나한테서 많은 명령을 받을 거고 그것들을, 멋진 명령들, 기분 좋은 명령들을 따르게 될 거고, 그것들에 복종하는 게 당신한테 쾌감이 될 거야. 그리고 마지막으로 당신은 내 마지막 명령도 역시 완수하게 될 거야, 하리."

"그럴게." 나는 반쯤 의욕 없이 말했다. "나한테 내리는 당신의 마지막 명령은 뭐가 될까?" 그러나 나는 이미 그것을 예감했는데, 왜인지는 하나님이나 아실 것이다.

그녀는 약간 오한이 든 것처럼 몸을 떨었고, 침잠 상태에서 서서히 깨어나는 것처럼 보였다. 그녀의 눈은 나를 놓아주지 않았다. 그녀는 갑자기 더욱 음울해졌다.

"내가 당신한테 그걸 말하지 않는 게 영리한 거겠지. 하지만 난 영리하지 않으려고 해, 하리, 이번에는 아니야. 나는 뭔가 완전히 다른 걸 원해. 정신 차리고 잘 들어! 당신은 그걸 들을 거고, 다시 잊어버리게 될 테고, 그걸 비웃을 테고, 그것 때문에 울게 될 거야. 잘 들어, 꼬맹이! 나는 당신과 삶과 죽음을 걸고 게임을 할 거야, 동생 양반, 그리고 나는 우리가 게임을 시작하기도 전에, 당신한테 내 패를 공개해보이겠어."

그녀가 이 말을 할 때, 그녀의 얼굴이 얼마나 아름답고, 얼마나 천상의 것처럼 보였던지! 눈에는 다 안다는 듯한 슬픔이 서늘하고 밝게 유영하고 있었고, 이 눈은 이미 생각할 수 있는 모든 고통을 다 겪었으며, 그것에 대해서 '그래'라고 말한 것처럼 보였다. 입은 어렵게, 장애가 있는 것처럼, 말을 했는데, 예를 들자면, 엄청난 추위에 얼굴이 굳어버렸을 때 말을 하는 것처럼 그랬다. 하지만 시선과 목소리와는 모순되게, 입술 사이에서, 입꼬리에서, 아주 드물게만 볼 수 있는 혀끝의 놀림에서, 순전히 달콤하고 노니는 듯한 관능성이, 쾌락에 대한 내면의 욕망이 흐르고 있었다. 평온하고 매끈한 이마로 짧은 곱슬머리가 늘어져 있었고, 그곳으로부터, 곱슬머리가 있는 그 이마 한구석으로부터, 이따금 살아 있는 숨결처럼, 저 소년 같음의, 자웅동체적 마법의 파동이 흘러나왔다. 두려움에 차서 나는 그녀에게 귀를 기울였지만,

마치 마비된 것마냥, 겨우 반만 정신을 차리고 있는 듯했다.

"당신은 나를 좋아하지," 그녀가 말을 이었다. "내가 당신한테 이미 말했던 이유 때문에. 나는 당신의 고독을 부수어 열었고, 당신을 지옥의 문의 코앞에서 붙들었고, 다시 깨웠지. 하지만 난 당신한테 더 많은 것을 원해, 훨씬 더 많은 것을. 난 당신이 나와 사랑에 빠지게 만들 거야. 아니, 나한테 말대꾸하지 마, 내가 말하게 둬! 당신은 나를 아주 좋아하지, 나는 그걸 느껴, 그리고 당신은 나한테 감사해하지, 하지만 나와 사랑에 빠지지는 않았어. 난 당신이 그렇게 되게 만들 작정이고, 그게 내 직업의 일부야. 나야 남자들이 나한테 홀딱 빠지게 만들 줄 아는 걸로 먹고 사니까. 하지만 잘 들어봐, 내가 그렇게 하는 건, 당신 아주 매력적이라고 생각하기 때문이 아니야. 난 당신이랑 사랑에 빠지지 않았어, 하리, 당신이 나한테 그런 것만큼이나 거의 전혀. 그렇지만 나는 당신이 필요해, 당신이 나를 필요로 하는 것처럼 말이야. 당신은 지금, 이 순간에 내가 필요하지, 왜냐하면 당신은 절망에 빠져 있고, 당신을 물에 던져서 다시금 생기 있게 만들어줄 충격을 필요로 하니까. 당신은 내가 필요해, 춤추는 걸 배우려면, 웃는 법을 배우려면, 사는 법을 배우려면 말이야. 하지만 나도 당신이 필요해, 오늘은 아니고 나중에, 역시 아주 중요하고 멋진 무엇인가를 위해서. 당신이 나랑 사랑에 빠지게 된다면, 난 당신한테 마지막 명령을 내릴 거고, 당신은 순순히 따르게 될 거고, 그러면 당신과 나에게 좋을 거야."

그녀는 초록색 잎맥이 퍼진 연자주고동색 난초꽃들 중 하나를 유리잔에서 살짝 들어올려, 그 위로 자신의 얼굴을 잠깐 숙이더니, 그 꽃을 물끄러미 바라보았다.

"당신이 그 일을 쉽게 해내지는 못하겠지만, 그렇게 하게 될 거야. 당신은 내 명령을 완수할 거고, 나를 죽이게 될 거야. 그게 다야. 더 이상은 묻지 마!"

시선을 여전히 난초꽃에 두고서, 그녀는 입을 다물었고, 그녀의 얼굴은 긴장이 풀렸고, 피어나는 꽃봉오리처럼 부담과 긴장으로부터 풀려났으며, 별안간 황홀한 미소가 그녀의 입술에 나타났던 반면에, 눈은 아직도 한순간 멍하니 홀린 것처럼 그대로였다. 그리고 이제 그녀는 소년 같은 작은 곱슬머리가 늘어진 머리를 흔들었고, 물을 한 모금 마시더니, 불현듯 우리가 식사 중이었으며 입맛 좋게 요리를 먹어치우고 있었다는 사실을 새삼 깨달았다.

나는 그녀의 섬뜩한 이야기를 한마디 한마디씩 분명히 들었고, 심지어 그녀가 자신의 "마지막 명령"을 미처 발설하기도 전에 그것을 알아맞혔으며, "당신이 나를 죽이게 될 거야"라는 말에 더 이상 뜨악하지도 않았다. 그녀가 말한 모든 것이 나에게는 설득력 있고 숙명적으로 들렸고, 나는 그것을 받아들이고 그것에 대해서 저항하지 않았으며, 그런데도 그 모든 것이, 그녀가 소름 끼칠 정도로 진지하게 말했음에도 불구하고, 나에게는 온전한 현실성과 진지함이 없게 느껴졌다. 내 영혼의 일부는 그녀의 말을 빨아들였고 그것을 믿었지만, 내 영혼의 다른 일부는 달래듯이 고개를 끄덕였고, 이토록 명민하고 건강하고 확신에 찬 헤르미네에게도 공상과 몽롱한 상태가 있구나 하고 알아차렸다. 그녀의 마지막 말이 떨어지기가 무섭게, 비현실성과 무효성의 층이 장면 전체를 뒤덮어버렸다.

어쨌거나 나는 헤르미네와 똑같은 줄타기 광대의 가벼움을 지니고 개연적인 것 속으로 뛰어들었다가 현실적인 것으로 되돌아올 줄 몰랐다.

"그러니까 내가 언젠가는 당신을 죽일 거라는 거지?" 나지막하게 여전히 꿈속을 헤매며, 나는 이렇게 물었고, 반면에 그녀는 또다시 웃음을 터뜨리고는 열성을 다해서 자신의 오리고기를 잘랐다.

"물론이지." 그녀는 적당히 얼버무리며 고개를 끄덕였다. "그 이야기는 그만해, 지금은 식사 시간이잖아. 하리, 미안하지만 나 야채샐러드 조금만 더 주문해줘! 입맛이 없는 거야? 내가 보기에, 다른 사람들이 저절로 이해하는 것을 당신은 일단 죄다 배워야만 하는가봐, 심지어 먹는 즐거움까지도. 자 봐, 꼬맹이, 여기 이것은 작은 오리 다리야, 그리고 이 밝은 빛깔의 큼지막한 살점을 뼈에서 발라내면, 이제부터는 향연이지, 그리고 이때는 사랑에 빠진 한 남자가 처음으로 자신의 아가씨가 상의를 벗는 것을 도와줄 때의 그 마음처럼 분명 식욕이 돋고 두근대고 고마운 마음일 거야. 당신 이해했어? 못했어? 당신은 멍텅구리야. 잘 봐, 내가 당신한테 이 맛있는 오리 다리 한 조각을 줄 테니, 당신도 알게 될 거야. 자, 입 벌려봐! ― 오, 당신 완전 흉물이잖아! 지금 이 남자가, 정말이지, 자기가 내 포크로 한 입 받아먹으면 혹시 다른 사람들이 그걸 보지나 않을지 다른 사람들을 곁눈질로 건너다보네! 걱정 마, 이 탕아 같은 이, 당신한테 창피할 일은 안 만들 테니까. 하지만 당신이 즐겁기 위해 우선 다른 사람들의 허락이 필요하다면, 당신은 정말로 불쌍한 멍청이야."

바로 전의 장면이 점점 더 비현실적이 되었고, 이 눈이 불과 몇 분 전까지만 해도 그토록 무겁고 무섭게 노려보았다는 사실이 점점 더 믿기지가 않았다. 오, 그 점에 있어서 헤르미네는 삶 자체와 마찬가지였다. 항상 오직 한순간일 뿐이고, 결코 미리 예측할 수 없으니까 말이다. 이제 그녀는 음식을 먹었고, 오리 다리와 샐러드, 케이크와 리큐어가 진지하게 받아들여졌고, 기쁨과 평가, 대화와 상상의 대상이 되었다. 접시가 치워지자, 새로운 장(章)이 시작되었다. 나를 그토록 완벽하게 꿰뚫어보았던 여인, 그 어떤 현자보다도 삶에 관해 더 많이 알고 있는 듯이 보였던 이 여인은, 지체 없이 나를 자신의 제자로 만드는 수완으로, 아이다움을, 순간의 작은 인생극장을 영위해 나갔다. 그것이 높은 지혜일지 아니면 가장 단순한 순수함일지는 모르지만, 그렇게 순간을 살아갈 줄 아는 사람에게는, 그렇게 현재를 살아가고 그렇게 상냥하고 세심하게 길가의 작은 꽃마다, 사소한 유희적인 순간의 가치를 그때마다 평가할 줄 아는 사람에게는, 삶이 어떠한 피해도 끼칠 수 없었다. 그리고 식성이 좋고 장난스럽게 미식을 즐기는 이 즐거운 아이가, 동시에 죽기를 바라는 신경쇠약증 환자이자 몽상가이거나, 아니면 냉철한 마음으로 의도적으로 나를 사랑에 빠지게 만들어 자신의 노예로 삼으려는 빈틈없고 타산 빠른 여자일 수 있었을까? 그럴 수는 없었다. 아니, 그녀는 단순히 너무나도 완벽하게 순간에 충실했던 나머지, 모든 재미있는 착상에 열려 있었던 것처럼, 영혼의 아스라이 깊은 곳에서 연원하는 모든 스쳐가는 어두운 전율에도 역시 열려 있었고 스스로 그것을 한껏 맛보도록 한 것이었다.

내가 오늘 두 번째로 본 헤르미네는 나에 대한 모든 것을 알고 있었고, 내게는 그녀 모르게 비밀을 지니는 것이 이제는 가능하지 않아 보였다. 그녀가 나의 정신적인 삶을 어쩌면 완전히 이해하지는 못했을 수도 있다. 음악이나 괴테, 노발리스, 보들레르와 나의 관계에 있어서는 그녀가 나를 완전히 따라오지 못했을 가능성이 있다 — 하지만 이것도 역시 무척 의심스러웠고, 아마도 이것 또한 그녀에게는 어렵지 않았을 것이다. 그리고 설사 그렇다고 해도 — 도대체 나의

"정신적인 삶"에서 여태껏 무엇이 남아 있었단 말인가? 그것은 모두 산산조각이 나 있었고 그 의미를 잃어버렸지 않은가? 그러나 나의 다른 문제와 관심사들, 나의 가장 개인적인 문제와 관심사들, 그것들은 그녀가 모조리 이해할 테고, 나는 이에 대해서는 의심하지 않았다. 곧 나는 그녀와 황야의 이리에 관해서, 그 논고에 관해서, 그리고 지금껏 나 혼자만을 위해서 존재해왔고, 단 한 번도 누군가와 이야기해본 적이 없는 모든 것에 관해서 모든 것을 이야기하게 될 것이다. 나는 지금 당장 시작하고 싶은 마음을 억누를 수가 없었다.

"헤르미네, 얼마 전에 나한테 뭔가 기묘한 일이 벌어졌어. 모르는 사람 하나가 나한테 인쇄된 작은 소책자를, 대목 장터 안내책자 같은 걸 하나 줬는데, 그 안에 내 이야기들 전부랑 나와 관련된 온갖 것들이 정확하게 적혀 있더라고. 어때, 이거 이상하지 않아?" 내가 말했다.

"그 소책자 제목이 뭔데?" 그녀가 가볍게 물었다.

"제목은 『황야의 이리 논고』야."

"오, 황야의 이리라니 근사한데! 그러면 황야의 이리가 당신이야? 그게 당신이란 거지?"

"그래, 바로 나야. 내가 반은 인간이고 반은 이리인 사람이야, 아니면 그렇게 착각하고 있는 사람이거나."

그녀는 아무런 대꾸도 하지 않았다. 그녀는 연구를 수행하는 주의력을 동원해서 나의 눈을 들여다보았고, 나의 손을 보았으며, 잠시 동안 그녀의 시선과 얼굴에 방금 전의 그 깊은 진지함과 우울한 열정이 다시금 되돌아왔다. 나는 그녀의 생각을 알아맞혔다고 믿었는데, 그것은 요컨대 내가 그녀의 "마지막 명령"을 완수할 수 있을 만큼 충분히 이리인지 하는 것이었다.

"그건 당연히 당신의 착각이지." 다시 쾌활한 쪽으로 변하면서 그녀가 말했다. "아니면, 굳이 원한다면, 포에지거나. 하지만 거기엔 뭔가가 있어. 오늘은 당신이 이리가 아니지만, 최근에 당신이 마치 달에서 떨어진 것처럼 그 홀에 들어왔을 때 이미 당신은 정말로 한 마리 야수였고, 바로 그 점이 내 마음에 들었어."

그녀는 퍼뜩 생각이 떠오른 듯 말을 중단하더니 당황한 듯이 이렇게 말했다. "그게 너무 멍청하게 들리네, '야수'나 '맹수' 같은 그런 단어들 말이야! 동물에 관해서 그런 식으로 말해서는 안 되는데. 그것들이 종종 끔찍하기야 하지만, 그래도 인간보다는 훨씬 더 올바르잖아."

"'올바르다'는 게 뭐지? 무슨 뜻으로 하는 말이야?"

"자, 동물을 하나 봐봐, 고양이나 개, 새, 아니면 아예 동물원에 있는 멋지고 커다란 동물 중에서 하나를, 퓨마나 기린을! 그러면 틀림없이 당신은 그것들이 모두 올바르다는 걸, 단 한 마리의 동물도 자기가 무엇을 해야 할지, 어떻게 행동해야 할지, 당황해하거나 모르지 않는다는 걸 보게 될 거야. 그것들은 당신한테 알랑거리려고 하지도 않고, 당신한테 커다란 감명을 주려고 하지도 않아. 연극을 안 하지. 그것들은 있는 그대로야, 돌과 꽃들처럼, 아니면 하늘의 별들처럼. 이해가 가?"

나는 이해했다.

"거의 언제나 동물들은 슬퍼하지." 그녀가 말을 이어갔다. "그리고 한 인간이 매우 슬프면, 치통이 있거나 돈을 잃어버려서가 아니라, 모든 것이, 인생 전체가 어떠한지를 언젠가 한번 잠시 동안 느꼈기 때문인데, 그러면 그는 올바르게 슬픈 것이고, 그럴 때마다 그는 동물과 약간 비슷해 보이지. 그러면 그는 슬퍼 보이지만, 평소보다 더 올바르고 아름다워 보이지. 그런 거야, 그리고 내가 당신을 처음으로 보았을 때, 당신도 그렇게 보였어, 황야의 이리."

"그런데, 헤르미네, 내가 적혀 있는 그 책에 대해서 어떻게 생각하지?"

"아이참, 아는지 모르겠는데, 내가 항상 생각하는 걸 좋아하는 건 아니거든. 그것에 관해서는 우리 다른 기회에 이야기해. 한번 읽어보게 그걸 나한테 줘도 되고. 아니다, 내가 언젠가 다시 읽을 마음이 생기거든, 나한테 당신이 직접 쓴 책 중에서 한 권을 줘."

그녀는 커피를 청하고는 한동안 부주의하고 산만해진 듯이 보였고, 그런 다음에는 갑자기 환한 표정을 지었는데, 골

똑히 생각하더니 목표에 도달한 듯해 보였다.

"이봐," 그녀가 기뻐하며 소리쳤다. "이제 생각났어."

"뭐 말이야?"

"폭스트롯 말이야, 그동안 내내 그 생각을 멈출 수가 없었어. 그러니까 말해봐, 우리 둘이서 이따금 한 시간씩 춤을 출 수 있을 만한 방이 당신한테 있어? 작아도 돼, 상관없어, 다만 자기 머리 위에서 약간의 진동이 있다고 올라와서 소동을 일으킬 사람이 아래층에 살지만 않으면 돼. 좋아, 아주 좋아! 그러면 당신이 집에서 춤을 배울 수 있어."

"그러자," 나는 수줍어하며 말했다. "그러면 더 좋지. 하지만 나는 거기에 음악도 필요하지 않나 생각했는데."

"당연히 필요하지. 그러니까 잘 들어봐, 음악은 당신이 장만해, 기껏해야 여자 강사한테 댄스 강습을 받는 정도의 돈밖에 안 들어. 여자 강사는 없어도 돼, 그건 내가 직접 할 거니까. 그러면 우리가 원할 때마다 음악을 틀 수 있고, 게다가 축음기는 우리 것이 되잖아."

"축음기?"

"당연하지. 당신이 그런 조그만 기계 하나에, 곁들여서 댄스곡 레코드판 몇 장만 사면……."

"훌륭해!" 내가 소리쳤다. "그리고 당신이 정말로 나한테 춤을 가르쳐주는 데 성공한다면, 당신은 축음기를 강습비로 받는 거야. 동의하지?"

나는 무척이나 활기차게 말했지만, 진심에서 우러나온 말은 아니었다. 책들이 있는 나의 좁은 서재에서, 나로서는 도무지 호감이 가지 않는 그따위 기계를 상상할 수 없었고, 춤에 대해서도 역시 반대할 바가 많았다. 비록 내가, 나는 늙어도 너무 늙고 뻣뻣해서 더 이상 춤을 배우지 못할 거라고 확신하기는 했지만, 그렇게 가끔 한 번쯤 시도해볼 수야 있겠다고 생각해왔다. 하지만 이제 이렇게 쉬지도 않고 연달아서라니, 그것은 나에게 너무 빠르고 격렬했으며, 까다롭고 오랜 음악 애호가로서 축음기나 재즈나 현대풍의 춤곡에 대해 내 안의 모든 것이 이의를 제기하며 저항하는 것을 느꼈다. 이제 나의 작은 다락방에서, 노발리스와 장 파울 옆에서, 내 사색의 암자이자 도피처에서, 미국 댄스 유행가가 울려 퍼지고 내가 그 음악에 맞춰서 춤을 춰야 한다니, 그것은 사실 한 인간이 나에게 요구할 수 있는 한도를 넘어선 것이었다. 그러나 그것을 요구한 것은 "한 인간"이 아니었다. 그것은 헤르미네였고, 그녀는 나에게 명령을 내려야만 했다. 나는 복종했다. 당연히 복종했다.

우리는 다음날 오후에 한 카페에서 만났다. 내가 도착했을 때, 헤르미네는 벌써 거기 앉아 있었고, 차를 마셨고, 미소를 지으면서 나에게 자기가 내 이름을 발견한 한 신문을 보여주었다. 그것은 내 고향의 반동적인 선동 신문들 중의 하나였고, 거기에서는 이따금 나를 겨냥한 맹렬한 비방 기사가 돌았다. 나는 전쟁 동안에는 반전론자였으며, 전쟁 뒤에는 가끔씩 평온, 인내, 인간성, 자기비판을 촉구했고, 나날이 더 날카로워지고 어리석어지며 난폭해지는 국수주의적인 선동에 저항해왔다. 그 신문에는 지금 또다시 그런 비방글이 형편없이 씌어지고, 반은 편집자가 직접 작성하고, 반은 그와 친밀한 신문의 많은 비슷한 논설들에서 훔쳐다 짜깁기되어, 게재되어 있었다. 익히 알려져 있다시피, 아무도 노쇠해가는 이데올로기의 수호자만큼 그렇게 조악하게 기사를 쓰지도 않으며, 아무도 자신의 생업에 이들보다 청렴함과 수고를 덜 들이고 종사하지는 않는다. 헤르미네는 이미 그 논설을 읽었고, 그것으로부터 하리 할러가 해충 같은 놈이자 조국을 저버린 놈이라는 것을 알게 되었으며, 그런 인간들과 그런 생각들이 용인되고, 젊은이들이 철천지원수에게 전쟁을 통한 복수를 하도록 교육받는 대신에, 감상적인 인간애의 사상을 갖도록 교육받는 한, 그것은 당연히 조국에 해가 될 수밖에 없노라는 것을 알게 되었다.

"이게 당신이야?" 헤르미네가 이렇게 물어보면서 내 이름을 가리켰다. "그러니까, 거기서 당신은 제대로 적들을 만들었네, 하리. 그게 당신을 화나게 만들어?"

나는 몇 줄 읽어보았고, 그것은 익숙한 것이었으며, 이 상투적인 비난의 단어들 하나하나는, 몇 년 전부터 구역질이 날 정도로 내가 잘 알고 있는 것들이었다.

"아니," 내가 말했다. "그것으로 화가 나지는 않아, 이미 오래전에 거기에 익숙해졌거든. 나는 모든 국민이, 그리고 심지어 개인 하나하나가 위선적인 정치적 "책임 문제"를 수단으로 잠에 빠져 있는 대신에, 그들 자신이 실수와 태만, 나쁜 습관을 통해서 전쟁에, 그리고 다른 모든 세상의 비참함에 얼마나 함께 책임이 있는지를 자신에게서 스스로 규명해 봐야만 한다고, 이것이 어쩌면 다음번 전쟁을 막을 수 있을지도 모르는 유일한 방법이라고, 몇 번 의견을 개진했어. 내가 이렇게 한 걸 그들은 용서하지 않았지, 왜냐하면 그들 자신은 당연히 완벽하게 무죄니까. 다시 말하자면, 황제, 장군들, 대기업가들, 정치가들, 신문들 — 아무도 눈곱만치도 비난받을 일이 없었고, 그 어떤 죄도 없었지! 세상에 모든 게 멋진 상태이고, 다만 살해된 사람 수천만 명이 지구 위에 널브러져 있을 따름이라고 생각할 수도 있겠지. 그런데 봐, 헤르미네, 그따위 비방 기사가 더 이상 나를 화나게 만들지는 못한다고 해도, 때때로 그것들이 나를 슬프게 만들기는 해. 우리나라 사람들의 삼 분의 이가 이런 부류의 신문들을 구독하고, 매일 아침저녁으로 이러한 논조를 읽고, 매일 회유되고, 경고받고, 선동되고, 불만스럽고 성나게 만들어지고, 그 모든 것의 목표이자 종착점은 다시금 전쟁이야, 이번 전쟁이 그랬던 것보다 틀림없이 더욱 끔찍해질, 앞으로 도래할 다음번 전쟁 말이야. 이 모든 것은 분명하고 간단해, 어떤 인간이라도 그걸 이해할 수 있을 테고, 단 한 시간만 깊이 생각해보면 똑같은 결과를 발견할 거야. 하지만 그 누구도 그러려고 하질 않고, 그 누구도 다음번 전쟁을 피하려고 하질 않고, 더 싼값에 가질 수 없다면, 그 누구도 자신과 자신의 아이들에게 다음번 수백만의 학살을 모면하게 해주려고 하질 않아. 한 시간의 숙고, 잠시 내면으로 가서 얼마만큼 자신이 세계의 무질서와 악의에 관여하고 있고 공동책임이 있는지를 자문해보는 것 — 봐, 아무도 그러려고 하질 않는다고! 그러니까 계속 그렇게 진행될 테고, 다음번 전쟁이 수천 명의 많은 사람에 의해서 매일매일 열심히 준비될 거야. 내가 그걸 알게 된 뒤로, 그게 나를 마비시키고 절망하게 만들었고, 나한테는 더 이상 "조국"도 없고 이상도 없어, 그건 죄다 기껏해야 다음번 학살을 준비하는 신사들을 위한 장식품일 따름이야. 뭔가 인간적인 것을 생각하고, 말하고, 쓰는 것은 아무런 의미가 없고, 자기 머릿속에서 좋은 생각들을 돌리는 것도 아무런 의미가 없어 — 그런 일을 하는 두세 명의 사람에게 날이면 날마다, 죄다 그 정반대를 노리고, 노력하고, 또 달성하기도 하는 수천 종의 신문과 잡지, 연설, 공개회의, 비밀회의들이 들이닥치는 거지."

헤르미네는 공감을 하며 귀 기울여 들었다.

"그래," 그녀가 이제 말했다. "그건 당신 말이 물론 맞아. 당연히 다시 전쟁이 일어날 거야, 그걸 알려고 신문들을 읽을 필요조차 없어. 그 점에 대해서 당연히 슬퍼할 수 있어, 하지만 그럴 가치가 있는 건 아니지. 그건 마치 자기가 그 모든 것에도 불구하고 그리고 아무리 발버둥 쳐본들 어쩔 수 없이 언젠가는 죽을 수밖에 없다는 사실에 슬퍼하는 것과 똑같아. 죽음과 맞서는 싸움은, 사랑하는 하리, 언제나 아름답고, 고결하고, 근사하고, 존경할 만한 일이야, 전쟁에 맞서는 싸움도 역시 그렇지. 그렇지만 그 싸움은 언제나 가망 없는 돈키호테 같은 짓이기도 해."

"어쩌면 그게 진실인지도 모르지." 내가 격해져서 소리쳤다. "하지만 우리는 어차피 모두 곧 죽을 수밖에 없고, 그러니 모든 게 상관없고 마찬가지라는 식의 그런 진실들로 인생 전체를 무미건조하고 멍청하게들 만들어버리지. 그래, 그러니까 우리가 모든 걸 다 내팽개쳐야 하고, 모든 정신을, 모든 노력을, 모든 인간성을 포기해야 되고, 야심과 돈이 계속 지배하도록 내버려두고, 맥주 한잔을 걸치면서 다음번 동원령을 기다려야 한단 말이야?"

이제 헤르미네가 나를 바라보는 시선이 묘했는데, 즐거움이 가득하고, 놀림과 장난기가 가득하고, 이해심 깊은 동지애의 시선인 동시에, 우울, 앎, 심원한 진지함으로 가득한 시선이었다!

"당신은 그래서는 안 되지." 그녀가 완전히 어머니같이 말했다. "당신이 자신의 싸움에 승산이 없으리라는 것을 안다고 해서, 그 때문에 당신의 인생까지 무미건조하고 멍청해지지는 않을 거야. 하리, 그것은 당신이 뭔가 훌륭한 것과 이상적인 것을 위해서 싸우고, 당신이 그것을 이루어내야만 한다고 생각할 때, 훨씬 무미건조해지지. 도대체 이상들이 성취하라고 있는 건가? 우리가, 우리 인간이, 그러니까 죽음을 없애버리려고 산다는 말인가? 아니, 우리는 죽음을 두려워하고 그런 뒤에 다시 사랑하기 위해서 살아가는 거야, 그리고 바로 그것 때문에 그 일말의 인생이 이따금 얼마 동안 그토록 아름답게 타오르는 거고. 당신은 어린애야, 하리. 이제 말 좀 잘 듣고, 나랑 같이 가자고, 우리는 오늘 할 일이 많아. 나는 오늘 더 이상 전쟁과 신문에 신경 쓰지 않을래. 당신은?"

오 물론, 나도 그러려던 참이었다.

우리는 함께 — 그것은 우리가 시내에서 처음으로 같이한 산책이었다 — 음악 상점에 가서 축음기들을 구경했고, 그것들을 열었다 닫았다 해보았으며, 시연을 부탁해서 들어보았고, 우리가 그중의 하나가 아주 적합하고 마음에 들고 저렴하다고 생각했을 때, 나는 그것을 사려고 했지만, 헤르미네는 그렇게 빨리 끝내지 않았다. 그녀는 나를 말렸고, 나는 두 번째 가게를 또 그녀와 함께 찾아야 했으며 거기에서도 역시 가장 비싼 것부터 가장 싼 것에 이르기까지 모든 시스템과 사이즈를 둘러보고 들어봐야만 했고, 그제야 비로소 그녀는 처음 가게로 되돌아가서 거기에서 발견했던 장비를 사는 것에 동의했다.

"거봐," 내가 말했다. "우리가 일을 더 간단히 할 수도 있었잖아."

"그렇게 생각해? 그랬더라면 우리는 아마도 내일 똑같은 장비가 다른 진열창에 이십 프랑은 더 싸게 진열되어 있는 것을 보게 되었을지도 몰라. 뿐만 아니라 쇼핑은 재미있잖아, 그리고 재미있는 것은 반드시 끝까지 만끽해야 하는 법이지. 당신은 아직도 한참 배워야겠네."

짐꾼과 함께 우리는 쇼핑한 물건을 나의 집으로 가져갔다.

헤르미네는 내 거실을 자세히 관찰했고, 난로와 안락의자를 칭찬했고, 의자들에 앉아보고, 책들을 손에 잡아보더니, 오랫동안 내 애인의 사진 앞에 서 있었다. 우리는 축음기를 서랍장 위 책 더미들 사이에 놓았다. 그리고 이제 나의 교습이 시작되었다. 그녀는 폭스트롯 음악을 틀어놓고, 나에게 첫 스텝을 시범으로 보여주었고, 내 손을 잡고, 나를 리드하기 시작했다. 나는 고분고분 함께 잰 스텝을 밟았고, 의자들에 부딪혔으며, 그녀의 명령을 귀담아들었고, 그녀의 말을 이해하지 못했고, 그녀의 발을 밟았으며, 서툰 만큼이나 책임감이 강하기도 했다. 두 번째로 춤을 춘 뒤에 그녀는 안락의자에 몸을 던지고서 흡사 아이처럼 웃었다.

"맙소사, 당신 어쩜 그렇게 뻣뻣해! 산책할 때처럼 그냥 이리저리 걸어봐! 전혀 애를 쓸 필요가 없어. 당신 심지어 벌써 더운 거 같은데? 자, 우리 오 분간 휴식하자! 봐, 춤은 할 줄 알게 되면 생각만큼이나 간단해, 그리고 배우기는 훨씬 더 쉽고. 당신은 이제, 사람들이 생각하는 버릇을 지니려고 하지 않고, 차라리 할러 씨를 조국의 배신자라고 부르고, 조용히 다음번 전쟁이 일어나도록 내버려두는 데 대해서 덜 안달복달하게 될 거야."

한 시간 뒤에 그녀는 다음번에는 분명 더 잘 될 거라는 확언과 함께 가버렸다. 나는 이에 대해서 다르게 생각했고, 나의 멍청함과 둔함에 무척 실망했으며, 내 눈에는 이번 시간에 당최 아무것도 배우지 못한 것처럼 보였고, 다음번에는 더 잘될 거라고 믿지도 않았다. 아니다, 춤을 추려면 능력들이 동반되어야만 했는데, 나에게는 그것들이 완전히 결여되어 있었다. 쾌활함, 순진함, 발랄함, 활기 말이다. 하긴, 나는 이미 오래전부터 그렇게 생각해왔다.

하지만 이것 봐라, 다음번에는 정말로 더 잘 되었고 심지어 재미있어지기 시작했으며, 교습 시간의 끝 무렵에 헤르미네는 내가 이제 폭스트롯을 출 수 있노라고 주장했다. 하지만 그녀가 그러한 주장으로부터 내가 내일 자기와 함께 레스토랑에 춤을 추러 가야만 한다는 결론을 이끌어냈을 때, 나는 심하게 깜짝 놀랐고 격렬하게 저항했다. 싸늘하게 그녀는 나에게 복종의 서약을 상기시켰고, 내일 발랑스 호텔로 차를 마시러 오라고 나를 불렀다.

그날 저녁에 나는 집에 앉아 있었고, 책을 읽으려고 했으나 그럴 수가 없었다. 나는 내일이 두려웠다. 내가, 늙고 사람을 기피하고 예민한 별종이, 재즈 음악을 트는 이 삭막하고 현대적인 찻집 겸 댄스홀 중의 하나에 가는 것도 모자라서, 아직 무엇인가 할 줄도 모르면서, 그곳에서 낯선 사람들 사이에서 춤꾼으로 나서야 한다는 생각이 나로서는 경악스러웠다. 그리고 고백하건대, 혼자 조용한 서재에서 장비를 열어 작동시켜놓고, 조용히 양말을 신은 채 내 폭스 스텝을 반복했을 때, 나는 나 스스로를 비웃었고 나 스스로를 부끄러워했다.

다음날 발랑스 호텔에서는 소규모 악단이 연주했고, 차와 위스키가 제공되었다. 나는 헤르미네를 매수해보려고 그녀 앞에 케이크를 놓아주었고, 좋은 포도주 한 병을 사겠다고 해보았지만, 그녀는 줄곧 가차없었다.

"당신은 오늘 즐기려고 여기에 있는 게 아니야. 이건 춤 교습 시간이라고."

나는 두세 번 그녀와 춤을 춰야만 했고, 중간에 그녀는 나에게 색소폰 연주자를 소개해주었는데, 스페인 아니면 남아메리카 출신의 가무잡잡하고 잘생긴 젊은이로, 그녀의 말에 따르자면, 그는 어떤 악기든지 모조리 다 연주할 줄 알았고, 세계의 모든 언어로 말할 수 있었다. 이 세뇨르는 헤르미네와 아주 잘 아는 사이이자 친구 간인 것처럼 보였고, 그는 서로 다른 크기의 색소폰 두 개를 자기 앞에 놓아두고 번갈아 가며 불었고, 그러는 동안 그의 검고 번뜩이는 눈은 즐거워하며 춤추는 이들을 주의 깊게 살폈다. 내 스스로 놀랍게도 나는 이 무해하고 잘생긴 악사에게 일종의 질투심을 느꼈는데, 헤르미네와 나 사이에 사랑이란 아예 말도 안 되기 때문에 사랑의 질투심은 아니었지만, 더 정신적인 우정의 질투였다. 왜냐하면 나에게는 그녀가 그에게 보이는 관심이나 눈에 띄는 찬사, 아니 숭배를 받을 만큼 그가 그렇게 가치 있어 보이지는 않았기 때문이다. 별 웃긴 친분을 다 맺어야 한다고, 나는 언짢아하며 생각했다.

그러고 나서 헤르미네는 여러 차례 춤을 추자는 부탁을 받았고, 나는 차를 마시며 혼자 남아 앉아서, 내가 이제까지 참고 들어주지 못했던 종류의 음악에 귀를 기울였다. 하나님 맙소사, 그러니까 이제 내가 여기에 불러들여져서 적응해야 한다는 말입니까, 나에게 너무나도 생소하고 꺼려지는 이 세계에, 지금껏 내가 주도면밀하게 기피해온 이 세계에, 그토록 마음속 깊이 경멸해온 이 한량과 난봉꾼들의 세계에, 대리석 테이블, 재즈 음악, 고급 매춘부, 외판원들의 이 매끄럽고 상투적인 세계에!, 라고 나는 생각했다. 나는 서글퍼져서 차를 마시며 얼치기 멋쟁이 무리를 바라보았다. 아름다운 아가씨들 둘이 나의 시선을 끌었는데, 둘 다 춤을 잘 추었고, 나는 놀라움과 질투심을 띠고 그들이 유연하고, 아름답고, 쾌활하고, 자신 있게 춤을 추며 멀어져가는 모습을 눈으로 뒤쫓았다.

그때 헤르미네가 다시 나타났고, 나에 대해서 탐탁지 않아 했다. 그녀는 내가 그런 표정이나 지으면서 꼼짝도 않고 차 테이블에 앉아 있으려고 여기에 온 게 아니라고, 이제 제발 마음을 꼭 다잡고 춤을 추기를 바란다고 나무랐다. 왜, 아는 사람이 없어서? 라고 그녀가 물었다. 그녀는 그건 전혀 필요가 없다고 했다. 도대체 내 마음에 드는 아가씨가 단 한 명도 없느냐고 물었다.

나는 그녀에게 한 아가씨를, 더 예쁜 쪽을 가리켰는데, 그녀는 마침 우리 가까이에 서 있었고 예쁜 벨벳 스커트를 입고 짧게 자른 탄탄한 금발머리에, 두 팔은 통통하고 여성스러워서 매혹적으로 보였다. 헤르미네는 당장 그리로 가서 그녀에게 춤을 청하라고 고집을 부렸다. 나는 필사적으로 거부했다.

"난 정말 못하겠어!" 내가 의기소침해져서 말했다. "그래, 내가 멋지고 젊은 놈이라면야! 하지만 춤조차 출 줄 모르는 이런 늙고 뻣뻣한 얼간이인걸. 저 여자는 분명 나를 비웃을 거라고!"

경멸하듯이 헤르미네는 나를 바라보았다.

"그러면 내가 당신을 비웃을지 말지도 당신한테는 당연히 상관없는 거네. 당신은 정말 겁쟁이야! 아가씨한테 접근하는 남자는 누구나 비웃음을 당할 위험을 거는 법이야. 그건 판돈인 거야. 그러니까 도박을 해보라고, 하리, 그리고 최악의 경우에는 그냥 비웃음을 사면 되잖아. — 안 그러면 당신의 순종에 대한 내 믿음은 끝이야."

그녀는 물러서지 않았다. 답답한 마음으로 나는 일어섰고, 마침 음악이 다시 시작되었을 때 그 예쁜 아가씨에게 다가갔다.

"사실 저는 파트너가 있어요." 그녀는 이렇게 말하면서 커다랗고 생기 있는 눈으로 호기심에 차서 나를 바라보았다. "그런데 제 파트너는 저쪽 바에서 죽치고 있는 모양이네요. 뭐 그럼, 오세요!"

그녀가 나를 퇴짜 놓지 않은 것에 여전히 놀라워하면서, 나는 그녀를 감싸안고 첫 스텝을 밟았다. 그때 이미 그녀는 내가 어떤 상태인지를 알아채고는 리드를 넘겨받았다. 그녀는 기가 막히게 춤을 잘 추었고, 그것이 나를 동참하게 만들었으며, 나는 순간적으로 춤출 때 지켜야 할 나의 의무와 규칙을 송두리째 잊어버렸고, 그냥 같이 둥둥 떠다녔으며, 내 춤 파트너의 탱탱한 엉덩이를, 날렵하고 매끈한 무릎을 느꼈고, 그녀의 젊고 환한 얼굴을 바라보았고, 그녀에게 내가 오늘 생전 처음으로 춤을 추는 거라고 털어놓았다. 그녀는 미소를 지었고 나의 기분을 돋워주었으며 나의 황홀해하는 시선과 달콤한 말들에 놀랄 만큼 부드럽게 응답해주었는데,

말이 아니라 그윽하고 매혹적인 몸짓으로 응답했고, 그것은 우리를 더욱 가깝고 더욱 매혹적으로 연결해주었다. 나는 오른손으로 그녀의 허리를 단단히 붙잡았고, 행복에 겨워서 열렬하게 그녀의 다리, 그녀의 팔, 그녀의 어깨의 움직임을 따랐고, 나 자신도 놀랄 정도로 단 한 번도 그녀의 발을 밟지 않았으며, 음악이 끝났을 때, 우리 둘은 멈춰 서서 박수 치기를 계속하다가, 춤이 한차례 더 돌아가게 되었고, 나는 다시 한번 열성적으로, 사랑에 빠져서, 엄숙하게 그 의식을 거행했다.

춤이 너무나도 일찍 끝났을 때, 그 예쁜 벨벳 아가씨는 있던 곳으로 되돌아갔고, 우리를 바라보고 있었던 헤르미네가 홀연히 나의 옆에 서 있었다.

"뭘 좀 알아차렸어?" 그녀가 칭찬하듯이 웃었다. "여자 다리가 책상 다리가 아니라는 걸 발견했냐고? 어쨌든, 브라보! 폭스는 이제 할 줄 아니까, 하느님 감사합니다, 내일은 보스턴으로 출발해보자고, 삼 주 뒤에 글로부스 홀에서 가면무도회가 있거든."

춤 휴식 시간이어서 우리는 자리에 앉았고, 멋지고 젊은 파블로 씨, 그 색소폰 연주자도 와서 우리를 향해 고갯짓으로 인사를 하더니, 헤르미네 옆에 앉았다. 그는 그녀와 아주 친한 사이인 모양이었다. 하지만 나에게는, 고백하건대, 처음 자리를 같이했을 때에는 이 신사가 전혀 마음에 들지 않았다. 그는 미남이었고, 그 사실은 부정할 수가 없었으며, 체격도 멋졌고 얼굴도 잘생겼지만, 그 이외의 장점들을 나는 그에게서 발견할 수가 없었다. 여러 언어를 구사하는 것 역시 그는 손쉽게 요령을 피웠는데, 더 정확히 말하자면 그는 다른 것은 말하지 않고, 오로지 제발, 감사, 예, 물론, 안녕과 비슷한 말만 했으며, 그것들을 여러 나라말로 할 줄 알았다. 그렇다, 이 세뇨르 파블로는 전혀 아무것도 말하지 않았고, 이 멋진 까바예로[49]께서는 생각도 역시 그리 많이 하지는 않는 것 같았다. 그가 하는 일은 재즈 악단에서 색소폰을 부는 것이었고, 이 직업에 애정과 열정을 가지고 전념하는 듯했으며, 이따금 그는 음악을 연주하는 동안에 갑자기 박수를 치거나 그 밖의 열광을 분출해대기도 했는데, 예를 들어 "오오오오, 아아, 안녕!" 같은, 노래로 된 고성(高聲)의 말들을 내뱉었다. 하지만 그 밖에는, 멋 부리기, 여자들의 환심 사기, 최신 유행의 옷깃과 넥타이 하기, 또한 손가락에 반지 많이 끼기 말고는, 세상에서 아무짝에도 쓸모가 없다는 것이 확연히 보였다. 그의 손님 접대라는 것은 우리 옆에 앉아서, 우리에게 미소를 짓고, 자신의 손목시계를 보고, 담배를 마는 것이었고, 그것에는 아주 솜씨가 있었다. 짙고 아름다운 그

49 까바예로cabaello: 스페인어로 기사(騎士), 신사 등을 의미하며 주로 남성 존칭으로 사용된다.

의 끄리오요[50]의 눈, 그의 까만 곱슬머리는 아무런 낭만성도, 아무런 문제도, 아무런 생각도 숨겨두고 있지 않았다 — 가까이서 보면, 이 아름답고 이국적인 반신반인은 기분 좋은 매너를 지닌 유쾌하고 약간은 호사 버릇이 든 청년일 뿐, 그 이상은 아니었다. 나는 그의 악기와 재즈 음악의 음색에 관해 그와 이야기를 나누었고, 그는 자신이 음악 분야의 오랜 애호가이자 전문가와 마주 앉아 있다는 것을 알아차렸음에 틀림없었다. 그런데도 그는 그것에 전혀 응하지를 않았고, 내가, 그에 대한, 또는 기실은 헤르미네에 대한 정중함에서, 재즈의 이론적인 정당화를 꾀했던 반면에, 그는 나와 나의 노력들을 무해한 미소로 웃어넘겼는데, 추측하자면 그는 재즈 이전에 혹은 재즈 이외에도 몇 가지 다른 음악이 더 있다는 사실을 전혀 모르고 있는 듯했다. 그는 참으로 친절했고, 친절하고 정중했으며, 크고 공허한 눈으로 멋지게 미소를 지었다. 그러나 그와 나 사이에는 공유하고 있는 바가 아무것도 없어 보였다 — 예컨대 그에게 중요하고 신성한 것 중에서 나에게도 그럴 만한 것은 아무것도 없을 법했고, 우리는 지구의 정반대 편에서 왔고, 그 어떤 단어도 우리들의 언어에서 공통적이지 못했다. (하지만 나중에 헤르미네는 나

---

50 끄리오요criollo: 중남미의 에스파냐 식민지 태생의 백인 혼혈.

에게 이상한 이야기를 해주었다. 그녀가 이야기하기를, 파블로가 그 대화 뒤에 그녀에게 나에 관해서, 이 인간이랑 정말로 조심스럽게 지내는 게 좋겠다고, 그 남자는 정말 너무 너무 불행하다고 말했다는 것이었다. 그리고 그녀가 그에게 무엇에서 그런 결론을 이끌어냈느냐고 묻자, 그는 이렇게 대답하더라고 했다. "가엽고도 가엾은 인간이야. 그 사람 눈을 봐! 웃을 줄을 모른다고.")

이제 그 검은 눈의 남자가 작별을 고하고 음악이 다시 시작되자, 헤르미네가 일어섰다. "이제는 나랑 다시 한번 춤을 출 수도 있어, 하리. 아니면 더 이상은 추기 싫어?"

비록 저 다른 여인과 추었듯이 그렇게 아무 근심 없이, 나 자신을 잊은 채로는 아니었다 하더라도, 이제 나는 그녀와도 더 가뿐하고 더 자유롭고 더 유쾌하게 춤을 추었다. 헤르미네는 내가 리드하도록 두었고, 꽃잎처럼 부드럽고도 가볍게 보조를 맞춰주었으며, 나는 이제 그녀에게서도 금방 다가오고 또 이내 날아가버리는 그 모든 아름다움을 발견하고 느꼈으며, 그녀도 역시 여인과 사랑의 향기를 풍겼고, 그녀의 춤 또한 부드럽고 내밀하게 사랑스럽고 유혹적인 관능의 노래를 불렀다 — 그런데도 나는 이 모든 것에 완전히 자유롭고 쾌활하게 응답할 수가 없었고, 나를 완전히 잊어버리고 전념할 수가 없었다. 헤르미네는 나와 너무나도 가까웠고, 그녀는 나의 동무이자 여동생이었고, 나와 동류의 인간이었으며, 그녀는 나 자신과 똑같았고, 나의 어린 시절 친구이자 몽상가이자 시인이며, 내 방탕함과 정신적 묵상의 열렬한 동지인 헤르만과 똑같았다.

"나도 알아." 나중에 내가 그것에 관해서 말했을 때, 그녀는 이렇게 말했다. "나도 잘 알고 있어. 내가 앞으로 당신이 나랑 사랑에 빠지게 만들기는 하겠지만, 급할 건 없어. 우선은 우리는 동무야, 우리는 서로를 알아보았기 때문에 친구가 되기를 바라는 사람들이야. 이제 우리 둘은 서로를 알아가고 같이 놀고 싶어 하지. 나는 당신한테 내 작은 연극을 보여줄게, 당신한테 춤을 가르쳐주고 약간 즐길 줄 알고 멍청해지는 법을 알려줄게, 그리고 당신은 나한테 당신의 생각과 당신이 지닌 지식 중에서 뭔가를 보여줘."

"아, 헤르미네, 보여줄 만한 게 별로 없어, 당신이 나보다 훨씬 더 많이 알면서. 당신이란 얼마나 이상한 사람인지, 이 아가씨야! 어디서건 당신은 나를 이해하고 나보다 앞서가지. 내가 당신한테 도대체 의미가 있기는 해? 당신한테는 내가 따분하지 않아?"

그녀는 어두워진 시선으로 바닥을 바라보았다.

"나는 당신이 그딴 식으로 말하는 걸 듣고 싶지 않아. 당신이 곤죽이 되고 절망해서 당신의 고통과 고독으로부터 나왔다가 나랑 우연히 만나고 내 동무가 되었던 그 저녁을 생각해봐! 도대체 왜 내가 그때 당신을 알아보고 이해할 수 있었다고 생각해?"

"왜지? 헤르미네. 나한테 말해줘."

"왜냐하면 내가 당신과 마찬가지이기 때문이지. 나도 당신만큼 외롭고, 당신만큼 별로 삶과 사람들과 나 자신을 사랑하지 않고 진지하게 받아들일 수 없기 때문이야. 인생에서 최고의 것을 요구하고 자신의 어리석음과 조야함과 잘 타협할 줄 모르는 몇몇 그런 인간들이야 늘 있잖아."

"당신, 당신!" 내가 깊이 놀라서 외쳤다. "난 당신을 이해해, 친구, 아무도 나만큼 당신을 이해하지는 못해. 그런데도 당신은 나에게 하나의 수수께끼야. 당신이야 인생을 그토록 즐기면서 하고 싶은 대로 할 테고, 소소한 것들과 기쁨들에 이렇게 놀라운 존중심을 가지고 있잖아. 당신은 인생의 대단한 예술가야. 어떻게 당신이 인생을 고통스러워할 수 있겠어? 어떻게 당신이 절망할 수 있겠어?"

"난 절망하지 않아, 하리. 하지만 인생을 고통스러워하는 건 — 아 물론이지, 그거야 내가 잘 알지. 당신은 내가 그래도 춤을 출 줄도 알고 인생의 표면을 그렇게 잘 꿰고 있으니까, 내가 행복하지 않다는 것을 이상하게 여기지. 그리고 나는 말이지, 친구, 그래도 당신이 다름 아닌 가장 아름답고 가장 심오한 것들에, 정신에, 예술에, 생각에 본거지를 두고 있기 때문에, 당신이 인생에 대해 그토록 환멸을 느끼는 게 이상하게 여겨져! 그 때문에 우리는 서로에게 끌렸고, 그 때문에 우리는 남매지간인 거야. 나는 당신한테 춤추는 법, 노는 법, 미소 짓는 법, 그런데도 만족하지 않는 법을 가르칠 거야. 그리고 당신한테서 생각하는 법, 지식을 쌓는 법, 그런데도 만족하지 않는 법을 배울 거야. 그거 알아, 우리 둘 다 악마의 자식들이란 거?"

"그래, 그게 우리야. 악마는 정신이고, 그것의 불행한 아이들이 우리야. 우리는 자연에서 굴러떨어져서 공허함 속에 매달려 있지. 하지만 이제 뭔가 나한테 생각이 나네. 내가 당신한테 이야기해줬던 『황야의 이리 논고』에는, 하리가 자신이 하나 또는 두 개의 영혼을 가지고 있다고, 하나 또는 두 개의 인격으로 이루어져 있다고 믿는다면 그건 순전히 그의 착각에 불과하다는 점에 관해서 뭔가가 씌어 있었어. 모든 인간은 열 개, 백 개, 천 개의 영혼으로 이루어져 있다는 거야."

"그 말 정말 내 마음에 드네." 헤르미네가 외쳤다. "예를 들어서 당신에게는 정신적인 것은 아주 고도로 형성되어 있지만 그 대신에 온갖 종류의 소소한 삶의 기술 면에서는 매우 뒤처져 있지. 사색가 하리는 백 살이지만, 댄서 하리는 태어난 지 한나절도 채 되지 않았지. 바로 그 아이를 우리가 이제 더 키워볼 작정이야, 그리고 똑같이 어리고 멍청하고 철없는 고 녀석의 남동생들도 전부."

미소를 머금으며 그녀는 나를 바라보았다. 그리고 나직하게, 달라진 목소리로 이렇게 물었다.

"그런데 마리아가 당신 마음에 들었어?"

"마리아? 그게 누군데?"

"당신이 같이 춤췄던 아가씨지. 예쁜 아가씨, 아주 예쁜 아가씨 말이야. 내가 본 바로는, 당신이 걔한테 약간 빠졌던데."

"그녀를 알아?"

"아 그럼, 우리는 아주 잘 아는 사이야. 그 애한테 관심이 많이 가?"

"그 아가씨가 마음에 들어, 그리고 그녀가 내 춤에 너무 너그러워서 기뻤어."

"저런, 그게 전부라면! 당신은 좀 더 그 애의 환심을 사려고 노력해야 해, 하리. 걔는 정말로 예쁘고 춤도 아주 잘 추는 데다, 당신도 벌써 그 애한테 홀딱 반해버렸잖아. 난 당신이 성공하리라고 믿어."

"아, 난 그런 야심은 없는데."

"지금 당신 거짓말을 좀 하네. 당신한테는 이 세상 어딘가에 애인 하나가 버젓하게 있고, 반년에 한 번씩 그녀를 만나서, 그녀와 투닥거린다는 거야 나도 알고 있어. 만약 당신이 이 묘한 여자 친구한테 충실하고자 한다면, 그거야 당신이 정말 훌륭한 거지만, 내가 그걸 그다지 진지하게 받아들이지 않는 건 양해해줘. 나는 당신이 사랑을 끔찍이도 진지하게 생각하는 것 같다는 의심이 있어. 당신은 그래도 좋아, 당신은 당신의 이상적인 방식으로 당신이 원하는 만큼 사랑해도 돼, 그건 당신 일이고, 내가 그걸 걱정할 필요는 없지. 하지만 내가 걱정하는 것, 그건 당신이 삶의 소소하고 가벼운 요령과 유희들을 좀 더 잘 습득하는 거고, 이 분야에서는 내가 당신의 선생이고, 당신의 이상적인 애인이 그랬던 것보다, 당신한테 더 나은 선생이 될 거야, 그건 당신이 믿어도 돼! 다시 한번 예쁜 아가씨와 잠자리를 같이하는 게 당신한테는 정말로 필요해, 황야의 이리."

"헤르미네," 나는 괴로워서 부르짖었다. "나를 좀 봐, 난 늙어빠진 남자라고!"

"당신은 어린 소년이야. 그리고 춤을 배우는 게 너무 늦어질 지경까지 그렇게 지나치게 안일했던 것과 마찬가지로, 당신은 사랑하는 법을 배우는 데에도 지나치게 안일했어. 이상을 사랑하고 비극적으로 사랑하는 것, 오 친구, 그건 당신이 확실히 탁월하게 해낼 수 있어, 난 거기에 대해서는 의심하지 않아. 그 점은 존경해 마지않지! 당신은 이제 조금은 평범하고 인간적으로 사랑하는 법 또한 배우게 될 거야. 시작이야 이미 했고, 당신을 곧 무도회에 보내도 될 거야. 자, 우선은 당신이 보스턴부터 배워야만 하고, 그건 우리 내일 시작해. 내가 세시에 갈게. 그런 그렇고, 당신은 여기 음악이 마음에 들었어?"

"훌륭했어."

"거봐, 이것도 진전을 본 거야, 당신이 더 배웠잖아. 지금까지 당신은 이 모든 댄스 음악과 재즈 음악을 배겨내질 못했고, 당신한테는 그것들이 진지함도 깊이도 너무 부족한 것이었지만, 이제 당신은 그런 음악은 전혀 진지하게 받아들일 필요가 없다는 걸, 그렇지만 그것들이 아주 듣기 좋고 매력적일 수 있다는 걸 봤지. 그나저나, 파블로가 없으면 이 악단 전체가 아무것도 아닐 거야. 그가 악단을 이끌고, 후끈 달아오르게 만들지."

축음기가 나의 서재 안에 금욕적인 정신성의 공기를 더럽혔듯이, 미국 춤들이 낯설게, 방해를 놓으며, 아니 파괴적으로, 나의 잘 연마된 음악 세계를 뚫고 들어왔듯이, 그렇게 사방에서 새로운 것, 두려운 것, 해체시키는 것이, 이제까지 그토록 날카롭게 윤곽이 잡히고, 그토록 엄격하게 격리되었던 나의 삶을 뚫고 들어왔다. 『황야의 이리 논고』와 헤르미네는 수천 개의 영혼이 있다는 자신들의 학설에 있어서 옳았고, 매일매일 그 모든 오래된 영혼과 더불어 몇몇 새로운 영혼들도 역시 내 안에 나타나서, 요구들을 늘어놓고 소란을 떨었으며, 이제 나는 지금까지의 나의 인격의 망상을 바로 코앞에 있는 그림처럼 또렷하게 보았다. 내가 우연히 강점을 지녔던 몇 가지 능력과 연습을 나 혼자 통용시켜놓고는 하리라는 자의 그림을 그리고 하리라는 자의 삶을 살아왔는데, 그는 사실 아주 섬세하게 양성된 문학, 음악, 철학의 전문가에 불과했다 ― 나라는 인물의 나머지 전부를, 능력, 충동, 노력들의 혼돈 상태 전체를, 나는 성가시다고 느꼈으며 황야의 이리라는 이름으로 덮어씌워버렸다.

그럼에도 불구하고 나의 망상의 이러한 전향(轉向), 내 인격의 이러한 해체는 결코 단지 유쾌하고 재미있는 모험만은 아니었으며, 그것은 정반대로 종종 극심하게 고통스러웠고, 종종 거의 참을 수 없을 지경이었다. 축음기는 종종, 모든 것이 그토록 다른 음조들로 조율된, 이러한 주위 환경 한가운데에서 참으로 악마 같은 소리를 냈다. 그리고 이따금, 내가 어느 최신 유행의 레스토랑에서 온갖 세련된 난봉꾼과 사기꾼 유형의 인물들 사이에서 원스텝을 추고 있을 때면, 나는 내가 여태껏 평생 동안 나에게 존귀하고 신성했던 모든 것을 저버린 배신자처럼 느껴졌다. 헤르미네가 나를 단 일주일만 혼자 내버려뒀더라면, 나는 이 고단하고 우스꽝스러운 난봉쟁이 시도로부터 단박에 줄행랑을 놓았을 것이다. 그러나 헤르미네는 항상 곁에 있었다. 비록 내가 그녀를 매일 보지는 못했을지라도, 나는 언제나 그녀에 의해서 지켜봐지고, 이끌어지고, 감시되고, 평가되었고, ― 나의 모든 성난 반항심과 도주 의도까지도 그녀는 미소를 지으면서 내 얼굴에서 읽어냈다.

내가 예전에 나의 인격이라고 불렀던 것의 파괴가 진행되면서, 나는 왜 내가 그 모든 절망에도 불구하고 죽음을 그다지도 끔찍하게 두려워해야만 했는지도 이해하기 시작했고, 이 소름 끼치고 치욕적인 죽음의 공포 또한 낡고 시민적이고 위선적인 내 실존의 한 조각이었음을 깨닫기 시작했다. 지금까지의 이 할러 씨, 재능 있는 작가, 모차르트와 괴테의 전문가, 예술의 형이상학, 천재와 비극성, 인간성에 관한 읽어볼 만한 고찰의 저자, 책이 넘쳐나는 유거(幽居)에 사는 우수에 찬 은둔자는 즉각적으로 자기비판에 넘겨졌고 어디에서도 스스로를 입증해보이지 못했다. 이 재능 있고 흥미로운 할러 씨는 오성과 인간성을 설파하고 전쟁의 잔혹성에 맞서서 항의하기는 했지만, 본래 제 생각의 귀결이 그러했을 것처럼 전쟁 와중에 벽에 세워져서 총살을 당하지 않았고, 모종의 적응 방법을, 당연히 지극히 바람직하고 고귀한 적응 방법을 발견해냈지만, 그래봤자 어차피 타협이었다. 더 나아가 그는 권력과 착취의 반대자였지만, 은행에 제조업 분야 기업들의 유가증권을 여럿 넣어두었고, 그 이자를 아무런 양심의 가책도 없이 탕진해버렸다. 그리고 모든 것이 다 그런 형편이었다. 하리 할러는 이상주의자이자 세상의 경멸자로서, 비애에 찬 은둔자로서, 원망을 늘어놓는 예언가로서 놀랍게 위장하기는 했지만, 근본적으로 그는 부르주아였고, 헤르미네의 것 같은 삶을 도덕적으로 비난받아 마땅하다고 생각했으며, 레스토랑에서 허송세월한 밤들에 대해서, 바로 그곳에서 허비한 돈에 대해서, 부아가 났으며 양심의 가책을 느꼈고, 결코 자신의 해방과 완성을 갈망했던 것이 아니라, 정반대로 자신의 정신적인 유희가 여전히 그에게 재미가 있고 명성을 가져다주던 안락한 시절로 돌아가기를 강렬하게 그리워했다. 꼭 마찬가지로 그가 경멸하고 조롱했던 신문 독자들도 고난으로부터 배우는 것보다는 전쟁 이전의 이상적인 시대로 돌아가기를, 그것이 더 편안하다는 이유로 그리워한 것이었다. 쳇, 염병할, 이 할러 씨란 자는 구역질이 난다! 그런데도 나는 그에게, 아니면 이미 소멸되고 있는 그의 유충에, 그가 정신적인 것에 아양을 떠는 것에, 무질서한 것과 우연한 것(여기에는 죽음도 속했다)에 대한 그의 시민적 두려움에 연연했고, 생성 중인 새로운 하리를, 댄스홀의 이 약간 수줍어하고 우스꽝스러운 딜레탕트를, 경멸적으로 시샘에 가득 차서, 저 옛날의 위선적 — 이상적 하리 상(像)과 비교해댔다. 자기가 그사이에 이미 이 하리 상에서, 일전에 교수의 괴테 동판화에서 그토록 자신이 거슬려했던 치명적인 특징들을, 고스란히 다시 발견했으면서도 말이다. 그 자신, 즉 옛날의 하리야말로 바로 그런, 시민적으로 이상화된 괴테였고, 지나치게 고결한 시선을 지닌, 포마드를 바른 것처럼 숭고와 정신, 인간성으로 번들거리는, 그리고 제 영혼의 고귀함에 거의 감동까지 받은, 정신의 영웅이었다! 빌어먹을, 그러나 이제 이 사랑스러운 상에 악의적인 구멍들이 생겼고, 이 이상적인 하리 씨는 비참하게 해체되었다! 그는 마치 노상강도들에게 약탈당한, 갈기갈기 찢어진 바지 차림의 고관대작처럼 보였고, 이제는 남루한 자의 역할을 배우는 것이 현명했을 텐데도, 그는 아직도 거기에 훈장이 달려 있기라도 한 듯이, 자신의 누더기를 걸치고서, 잃어버린 위엄을 울먹이며 계속 요구했다.

나는 끝도 없이 거푸 연주자 파블로와 만났고, 헤르미네가 그를 그렇게나 좋아하고, 기를 쓰고 그와 함께 있고 싶어 했다는 이유만으로도, 이미 그에 대한 나의 판단은 수정되어야만 했다. 나는 파블로를 잘생긴 무용지물로서, 어리고 살짝 허영기 있는 미남으로서, 장난감 트럼펫을 신이 나서 불어대고, 칭찬과 초콜릿으로 쉽사리 조종할 수 있는, 기분 좋고 문제없는 아이로서 기억 속에 기록했었다. 하지만 파블로는 나의 판단들에 관해서 물어보지 않았고, 그것들은 나의 음악 이론과 마찬가지로 그에게는 아무래도 상관없었다. 정중하고 친절하게, 연신 미소를 지으며, 그는 나에게 귀를 기울였지만, 한 번도 진짜 대답을 주지는 않았다. 그럼에도 불구하고 내가 그의 관심을 불러일으켰던 모양인지, 그는 내 마음에 들려고, 나에게 호의를 보여주려고 눈에 띄도록 애를 썼다. 한 번은 내가 이 성과도 없는 대화 중에 성질이 돋아서 거의 무례해질 지경이 되자, 그는 당황하여 애처로워하며 나의 얼굴을 들여다보았고, 내 왼손을 잡더니 그것을 쓰다듬었으며, 나에게 도금된 작은 통에서 코로 들이마시는 무엇인가를 꺼내주고는, 그게 나의 기분을 좋게 해줄 거라고 했다. 나는 헤르미네에게 눈짓으로 물어보았고, 그녀는 괜찮다고 고개를 끄덕였고, 나는 그것을 받아서 코로 들이마셨다. 실제로 나는 잠시 뒤에 더 상쾌해지고 쾌활해졌는데, 아마도 그 가루에는 코카인이 소량 들어 있었던 듯하다. 헤르미네는 나에게 파블로가 그런 약제를 많이 가지고 있다고, 그는 그것들을 은밀한 경로로 입수하고, 이따금 친구들에게 내놓으며, 고통으로부터 마비시키는 약, 잠이 오게 하는 약, 멋진 꿈을 꾸게 하는 약, 재미있게 만드는 약, 사랑에 빠지게 만드는 약에 이르기까지, 그것들의 배합과 처방 방면에서 대가라고 이야기해주었다.

한 번은 내가 그를 부둣가의 한 거리에서 맞닥뜨렸는데, 그는 즉석에서 나와 합류했다. 이번에는 내가 마침내 그가 말을 하도록 만드는 데 성공했다.

"파블로 씨," 검은색과 은색이 뒤섞인 가느다란 지팡이를 가지고 놀고 있는 그에게 나는 말을 건넸다. "당신은 헤르미네의 친구이시고, 이것이 제가 당신에게 관심을 갖는 이유입니다. 이 말을 꼭 해야겠습니다만, 당신은 저와 쉽게 대화를 나눠주지 않으십니다. 저는 당신과 음악에 관해서 이야기하려고 몇 번이나 시도했습니다. 저는 당신의 견해,

당신의 이견, 당신의 판단을 듣는 것을 흥미로워했을 겁니다. 하지만 당신은 저에게 최소한의 대답조차도 거부하셨습니다."

그는 진심을 담아서 나에게 웃어주었고, 이번에는 대답을 빚지지 않고, 태연스럽게 이렇게 말했다. "보세요, 제 소견으로는 음악에 관해서 말하는 것은 전혀 가치가 없어요. 저는 절대로 음악에 관해서는 말하지 않습니다. 당신의 아주 총명하고 지당한 말씀에 도대체 제가 뭐라고 또 대답할 수 있었겠습니까? 당신이 말씀하신 바들이야 모두 너무나도 지당해요. 하지만 보십시오, 나는 연주자예요, 학자가 아닙니다, 그리고 저는 음악에서는 옳은 것이 눈곱만큼도 가치가 있다고 생각하지 않습니다. 음악에서는 옳다는 것, 취향과 교양이 있다는 것, 그리고 그런 모든 것이 중요한 게 아니잖습니까."

"그렇기는 하지요. 그렇다면 도대체 뭐가 중요합니까?"

"음악을 연주하는 것이죠, 할러 씨. 가능한 한 훌륭하게, 많이, 그리고 치열하게, 음악을 연주하는 것 말입니다! 바로 그거예요, 므슈. 제가 바흐와 하이든의 전 작품을 머릿속에 담아두고 있고 그것들에 관해서 가장 분별 있는 것들을 말할 수 있다고 칩시다, 그것으로는 아직 누구에게도 도움이 되지 못하죠. 하지만 제가 관악기를 집어들고 활기 있는 쉬미 곡을 연주하면, 그 쉬미가 좋든 나쁘든, 그것은 분명히 사람들에게 기쁨을 줄 테고, 그것은 그들의 다리와 핏속으로 타고 들어갈 겁니다. 오로지 그것만이 중요하죠. 음악이 꽤 오래 멈췄다가 다시 시작되는 순간에 사람들의 얼굴을 댄스홀에서 한 번 보세요—거기에서 눈이 빛나고, 다리가 움찔하고, 얼굴에 웃음이 번지기 시작하는 모습을요! 그것이 바로 음악을 연주하는 이유랍니다."

"아주 좋아요, 파블로 씨. 하지만 감각적인 음악만 있는 게 아니라 정신적인 음악도 있습니다. 지금 이 순간에 연주되는 음악만 있는 게 아니라, 계속 살아남는 불멸의 음악도 있어요, 설사 그것이 지금 연주되고 있지 않더라도 말이에요. 누군가가 혼자 침대에 누워서 자신의 생각 속에 〈마술피리〉나 〈마태수난곡〉[51]의 어떤 멜로디를 불러일으킬 수도 있는 거고, 그러면 단 한 사람도 플루트를 불거나 바이올린을 켜지 않고도 음악이 생겨나지 않습니까."

"물론이죠, 할러 씨. 이어닝[52]과 〈발렌시아〉[53]도 밤마다 여러 고독하고 몽상적인 사람들에 의해서 소리 없이 재생산되지요. 가난에 찌든 타이피스트 여자마저도 자신의 사무실에서 머릿속에 마지막 원스텝을 떠올리며 그 박자에 맞춰 자

51 요한 제바스티안 바흐의 작품.

52 미국에서 1920년경에 유행하던 춤.

53 호세 파디야José Padilla가 작곡한 파소도블레(라틴아메리카 행진곡풍의 춤곡)풍의 노래로 1926년의 최고 히트곡 중의 하나이다.

판을 두드리지요. 당신이 옳습니다, 이 모든 외로운 사람들, 저는 그들 모두에게, 그들의 소리 없는 음악을 기꺼이 허락하겠습니다, 그것이 이어닝이든 〈마술피리〉든 〈발렌시아〉든 말입니다! 하지만 이 사람들은 도대체 어디에서 그들의 고독하고 소리 없는 음악을 가져오는 걸까요? 그들은 그것을 우리에게서, 연주자들에게서 가져갑니다, 그 음악들은 우선 연주되고 청취되고 핏속으로 들어가야만 합니다, 누군가가 집에서 자신의 방에 머물며 그것에 대해 생각하고 그것에 대해 꿈을 꾸기 전에 말이죠."

"동의합니다," 내가 쌀쌀맞게 말했다. "그럼에도 불구하고 모차르트와 최신 폭스트롯을 같은 급에 놓는 것은 가당치 않습니다. 그리고 당신이 사람들에게 신성하고 영원한 음악을 연주해서 들려주는 것과 싸구려 유행가를 들려주는 것은 매한가지가 아닙니다."

파블로는 나의 음성에서 흥분을 감지하자, 곧장 그가 가장 좋아하는 표정을 지었고, 내 팔을 애무하듯이 쓰다듬었으며, 목소리에 믿기지 않는 부드러움을 실었다.

"아아, 친애하는 선생님, 등급과 관련해서는 당신이 전적으로 옳을는지도 모르겠습니다. 당신이 모차르트와 하이든과 〈발렌시아〉를 당신 마음에 드는 각각의 등급에 놓으시는 데에 저는 분명히 아무런 이의도 없습니다! 저에게는 완전히 매한가지입니다, 저는 그 급이라는 것에 대해서 결정을 내려야 할 이유가 없고, 그것에 관해서 묻지도 않을 겁니다. 모차르트는 아마 백 년 후에도 연주될 테고, 〈발렌시아〉는 어쩌면 이 년만 지나도 더 이상 연주되지 않을는지도 모르죠 — 제 생각에는, 그건 우리가 그냥 사랑하는 하나님께 맡겨놓으면 된다고 생각합니다, 그분은 공평하시고 우리 모두의 수명을, 그리고 모든 왈츠와 모든 폭스트롯의 수명 또한, 수중에 지니고 계시며, 그분은 분명히 옳은 일을 행하실 겁니다. 하지만 우리 연주자들은, 우리는 우리의 일을, 우리의 의무이자 과제인 바를 해야만 합니다. 우리는 바로 이 순간에 사람들이 열망하는 것을 연주해야만 하고, 그것을 가능한 한 멋지고 아름답고 강렬하게 연주해야만 합니다."

한숨을 쉬면서 나는 포기했다. 이 인간은 어쩔 도리가 없었다.

많은 순간에 오래된 것과 새로운 것, 고통과 쾌감, 두려움과 기쁨이 아주 희한하게 뒤죽박죽 뒤섞여 있었다. 나는 금방 천국에 있다가 또 금세 지옥에 있었으며, 대부분은 이 두 곳에 동시에 있었다. 예전의 하리와 새로운 하리는 금방 쓰디쓴 싸움을 하며 살다가, 또 금방 서로 같이 평화롭게 살았다. 예전의 하리는 이따금 완전히 죽은 것처럼, 죽어서 매장된 것처럼 보이다가도 불현듯 다시 멀쩡히 살아 있었고, 명령하고, 전횡을 휘두르고, 모든 것을 더 잘 알았고, 새롭고 작고 어린 하리는 부끄러워하고, 침묵하고, 스스로를 궁지에 몰리게 내버려두었다. 그 밖의 시간에는 젊은 하리가 예전의 하리의 목을 움켜쥐고, 다부지게 힘껏 눌렀고, 수많은 신음, 수많은 단말마의 고통, 수많은 면도칼에 대한 생각이 있었다.

하지만 빈번이 고뇌와 행복이 하나의 너울이 되어 나를 덮쳤다. 그런 순간 중 하나가 바로, 내가 나의 첫 번째 공식적인 춤을 시도한 지 며칠 지나지 않은 어느 날 저녁에 침실에 들어섰다가 아름다운 마리아가 나의 침대에 누워 있는 것을 발견하고, 이루 말할 수 없는 놀라움과 낯섦, 경악, 황홀함을 느꼈던 때다.

헤르미네가 지금까지 나로 하여금 겪게 만들었던 모든 놀랄 일 중에서 이것이 가장 격한 것이었다. 왜냐하면 이 극락조를 나에게 보낸 사람이 그녀라는 사실을 나는 한순간도 의심하지 않았던 까닭이었다. 나는 그날 밤에 예외적으로 헤르미네와 함께 있지 않았고, 뮌스터에서 훌륭한, 오래된 교회 음악 공연을 들었다 — 그것은 내 예전의 삶으로의, 내 청춘의 들판으로의, 이상적인 하리의 영역들로의 아름답고도 비애에 찬 나들이였다. 교회의 높은 고딕식 공간의 아름다운 그물형 둥근 천장은 몇 안 되는 조명들의 유희 속에서 유령처럼 살아 있는 듯이 간간이 흔들거렸고, 그곳에서 나는 북스테후데[54], 파헬벨[55], 바흐, 하이든의 작품을 들었으며, 좋아하던 옛길을 다시 걸었고, 옛날에 친하게 지냈고 그녀의 뛰어난 공연을 많이 경험했던 한 바흐 전문 여성 성악가의 수려한 목소리를 다시금 들었다. 옛 음악의 소리들, 그것들의 무한한 기품과 신성함은 젊은 시절의 정신적 고양과 황홀함과 열광들을 고스란히 다시 불러일으켰고, 나는 슬퍼하며 침잠해서 교회의 높다란 합창대석에, 한때는 나의 고향이었던 이 고귀하고 축복받은 세계 속에, 한 시간 동안 손님으로 앉아 있었다. 하이든의 한 이중주곡 도중에 갑자기 눈물이 쏟아져서, 나는 연주회가 끝날 때까지 기다릴 수가 없었고, 그 여성 성악가와의 재회를 포기했으며(오, 한때는 내가 그러한 연주회 뒤에 얼마나 많은 찬란한 밤을 예술가들과 보냈던가!), 뮌스터를 슬며시 빠져나와 지친 몸으로 밤의 골목길들을 걸었고, 그곳의 이곳저곳에서는 레스토랑들의 창문 뒤에서 재즈 악단들이 내 현재 삶의 선율들을 연주했다. 아, 나의 인생이 어쩌다 이런 우울한 방황이 되어버렸단 말인가!

---

54 디트리히 북스테후데Dietrich Buxtehude(1637~1707): 중기 바로크의 독일 프로테스탄트 음악을 대표하는 북부 독일의 작곡가이며 오르간 연주자로 그의 오르간 연주곡은 젊은 바흐에게 큰 영향을 주었다.

55 요한 파헬벨Johann Pachelbel(1653~1706): 바로크 시대 독일의 작곡가이자 최고의 오르간 연주자다.

한참을 나는 이렇게 밤길을 걸으며 음악과 나의 유별난 관계에 대해서도 깊이 생각해보았고, 다시 한번, 음악과의 이 감동적인 만큼이나 치명적인 관계가 독일 정신성 전체의 운명임을 인식했다. 독일적인 정신에서는 모권(母權)이, 다른 민족은 결코 알지 못하는, 음악이 헤게모니를 잡은 형태의 자연 결속성이 지배한다. 우리 정신적인 자들은, 남자답게 이에 저항하고 정신에, 로고스에, 말에 복종하고 경청하는 대신에, 모두 말할 수 없는 것을 말하고, 형상화할 수 없는 것을 구현하는, 말 없는 언어를 꿈꾼다. 자신의 악기를 가능한 한 충실하고 성실하게 연주하는 대신에, 정신적인 독일 남자는 항상 말과 이성에 이의를 제기하고 음악과 사랑의 눈짓을 나눴다. 그리고 독일적인 정신은 음악을, 경이롭고 복된 음의 구성물을, 결코 실현으로 치닫지 못했던 경이롭고 사랑스러운 감정과 분위기 속에서 죽도록 먹어댔고 자신들이 실제로 해야 할 일의 다수를 소홀히 했다. 우리 정신적인 자들은 모두 현실에 정통해 있지 못했고, 그것에 낯설고 적대적이었으며, 그래서 또한 우리 독일의 현실에서도, 우리의 역사, 우리의 정치, 우리의 여론에서도 정신의 역할은 그토록 형편없는 것이었다. 그건 그렇고, 종종 나는 이런 생각을 면밀하게 검토해보았고, 그러면서 이따금, 항상 그저 미학과 정신적인 공예에나 종사하는 대신에, 언젠가는 현실을 함께 형상화하리라는, 언젠가는 진지하고 책임감 있게

임하리라는 격렬한 동경을 느끼곤 했다. 하지만 그것은 언제나 체념으로, 재앙에 투항하는 것으로 끝나고 말았다. 고명하신 장군들과 중공업 기업주들이 전적으로 옳았다. 우리 "정신적인 자"들과는 아무 일도 안 되고, 우리는 재기발랄한 수다쟁이들의, 없어도 무방한, 현실과 동떨어지고, 책임감 없는 모임이었던 것이다. 쳇, 빌어먹을! 면도칼을!

그렇게 음악의 여운과 상념들로 가득한 채, 삶에 대한, 현실에 대한, 의미에 대한, 돌이킬 수 없이 상실된 것에 대한 절망스러운 동경과 슬픔으로 마음이 무거워진 채로, 나는 마침내 집으로 돌아왔고, 층계를 올라갔으며, 거실에서 불을 켰고, 글이나 조금 읽어보려고 했으나 허사였고, 내일 저녁에 위스키를 마시고 춤을 추러 세실 바로 가라고 나에게 강요하는 약속이 생각났고, 비단 나 자신뿐만 아니라 헤르미네에 대해서도 원망과 쓰라림이 느껴졌다. 그녀가 그것을 선의이자 진심으로 생각했는지는 몰라도, 그녀가 멋진 존재인지는 몰라도, 그녀는 그때 나를, 내가 언제나 이방인으로 남게 될, 그리고 내 안의 최상의 것이 영락하고 고난을 겪게 될, 이 혼란스럽고 낯설고 어른거리는 유희의 세계로 끌고 들어가고 끌어내리는 대신에, 차라리 파멸하도록 내버려두었어야 했다!

그렇게 나는 슬픈 마음으로 불을 껐고, 슬픈 마음으로 나의 침실을 찾아갔고, 슬픈 마음으로 옷을 벗기 시작했는데,

그때 익숙하지 않은 향기가 나로 하여금 의심이 들게 만들었고, 살짝 향수 냄새가 나서 주위를 둘러보다가, 나의 침대에 아름다운 마리아가, 미소를 지으면서, 조금은 걱정스럽게, 커다랗고 푸른 눈을 하고, 누워 있는 것을 보았다.

"마리아!" 내가 말했다. 그리고 나의 첫 번째 생각은, 우리 집주인 아주머니가 이 일을 알면 나를 내쫓으시겠구나 하는 것이었다.

"저 왔어요," 그녀가 작은 소리로 말했다. "저한테 화나셨어요?"

"아니, 아닙니다. 헤르미네가 당신한테 열쇠를 줬다는 걸 알고 있어요. 어쩔 수 없죠."

"오, 당신은 그게 언짢으신 거로군요. 저는 다시 갈게요."

"아닙니다, 아름다운 마리아, 그냥 계세요! 다만 제가 하필이면 오늘 저녁에 몹시 슬퍼서, 신이 나 있는 건 오늘은 못하고요, 내일은 어쩌면 다시 그렇게 될 수 있을 겁니다."

내가 그녀에게 약간 몸을 굽히자, 그녀는 나의 머리를 크고 단호한 두 손으로 잡고서 끌어당기더니 나에게 길게 입을 맞췄다. 그러고 나서 나는 그녀 곁에 침대에 앉았으며, 그녀의 손을 잡고, 그녀에게 사람들이 우리 얘기를 들으면 안 되니 작게 말해달라고 부탁했고, 커다란 꽃처럼 낯설고도 멋지게, 나의 베개 위에 놓여 있는 그녀의 아름답고 동그란 얼굴을 내려다보았다. 천천히 그녀는 나의 손을 자기 입에다 가져다대었고, 그것을 이불 아래로 끌어당기더니 고요히 숨 쉬고 있는 자신의 따뜻한 가슴 위에 얹어놓았다.

"당신이 신이 나 있어야 할 필요는 없어." 그녀가 말했다. "당신한테 근심이 있다고 헤르미네가 벌써 나한테 말해줬어. 그거야 누구든 이해하지. 내가 아직도 당신 마음에 들어, 자기? 얼마 전에 춤을 출 때 당신은 사랑에 빠져 있었지."

나는 그녀의 눈, 입, 목, 가슴에 입을 맞추었다. 그때까지도 여전히 나는 씁쓸해하고 책망하면서 헤르미네를 생각하고 있었다. 이제 나는 그녀의 선물을 두 손에 들고 있었고 감사해했다. 마리아의 애무는 내가 오늘 들었던 훌륭한 음악에 고통을 주지 않았고, 그것은 그 음악에 걸맞았고, 그 음악의 실현이었다. 천천히 나는 그 아름다운 여인에게서 이불을 벗겨내었고, 입맞춤으로 그녀의 발에까지 다다르게 되었다. 내가 그녀 곁에 눕자 그녀의 꽃다운 얼굴이 다 안다는 듯이 온화하게 나에게 미소를 지었다.

이날 밤, 마리아의 곁에서, 나는 오래 잠을 자지는 않았지만, 아이처럼 깊은 잠을 잤다. 그리고 자고 있던 시간 동안에 나는 그녀의 아름답고 명랑한 젊음을 들이마셨고 나지막한 수다 속에서 그녀와 헤르미네의 삶에 관해 알아둘 가치가 있는 것들을 잔뜩 들었다. 나는 이러한 종류의 존재와 인생에 대해서 아주 조금밖에 몰랐고, 고작 예전에 극장에서나 가끔씩 비슷한 실존들을, 절반은 예술가요 절반은 화류계 인사인 남자들과 여자들을 만나곤 했다. 이제야 비로소 나는 이 기묘한 삶을, 이 기이하게 순수하면서도 기이하게 타락한 삶을 들여다보게 되었다. 이런 아가씨들은 대부분 가난한 집 출신으로, 자신들의 한평생을 오로지 보수도 안 좋고 즐거움도 없는 이런저런 밥벌이에만 바치기에는 지나치게 총명하고 지나치게 예뻐서, 모두 한때는 임시직 일자리로, 다른 때는 자신의 우아함과 사랑스러움으로 생계를 해결했다. 그들은 이따금 몇 달 동안 타자기 앞에 앉아 있었고, 때로는 부유한 바람둥이의 애인이 되어서, 용돈과 선물들을 받았고, 어떤 때는 밍크코트를 입고 자가용에 고급 호텔에서 살다가, 다른 때에는 다락방에서 지냈으며, 경우에 따라서는 좋은 제안으로 결혼 상대를 얻을 수도 있었지만, 전체적으로는 결코 결혼에 집착하지 않았다. 그들 중의 대부분은 열망도 없이 사랑하고 있었고, 자신들의 호의를 그저 마지못해하면서, 그리고 가장 높은 가격으로 흥정을 해서 주었다. 또 다른 이들은, 마리아가 그들에 속했는데, 비범할 정도로 사랑에 재능이 있었고, 사랑을 필요로 했으며, 그들 대부분은 또한 양성과의 사랑에도 능숙했다. 그들은 오로지 사랑 때문에 살았으며, 돈을 지불하는 공식적인 남자 친구들 이외에도 다른 애정 관계들을 꽃피웠다. 부지런하고 바쁘게, 수심에 젖어 있으면서도 경솔하게, 영리하면서도 정신없이, 이 나비들은 유치한 만큼이나 세련된 자신들의 삶을, 독립적으로, 아무에게나 몸을 팔지 않고, 행복과 좋은 날씨에게서 자신의 몫을 기대하면서, 삶과 사랑에 빠지면서도 시민들보다 훨씬 덜 삶에 매달리면서, 항상 동화 속 왕자님을 좇아 그의 성으로 따라갈 준비가 되어 있으면서도, 항상 반쯤의 의식으로는 힘겹고 슬픈 종말을 확신하면서 살아갔다.

마리아는 나에게 — 저 놀라운 첫날밤과 그 뒤로 며칠 동안에 — 많은 것을, 비단 관능의 사랑스럽고 새로운 유희와 기쁨들뿐만 아니라, 새로운 이해, 새로운 통찰, 새로운 사랑도 가르쳐주었다. 나에게는, 은둔자이자 유미주의자에게는, 아직도 여전히 저급하고 금지되고 품위를 떨어뜨리는 무엇인가가 있었던 무도장과 유흥장, 영화관, 바, 호텔 찻집의 세계가 마리아에게는, 헤르미네에게는, 또 그녀들의 여자 동료들에게는 세상 그 자체였고, 좋지도 나쁘지도 않았고, 열망할 가치도 증오할 가치도 없었으며, 이 세상에서 그네의 짧고 동경에 찬 삶이 꽃을 피웠고, 그네는 그것에 친숙하고 능숙했다. 그네는, 우리 같은 치들이 어떤 작곡가나 시인을 좋아하듯이, 어떤 샴페인이나 그릴 룸의 스페셜 메뉴를 좋아했고, 그네는 새로운 댄스곡이나 재즈 가수의 감성적이고 감상적인 노래에, 우리 같은 치들이 니체나 함순[56]에게 그러는 것과 똑같은 열광, 감격, 감동을 쏟아부었다. 마리아는 나에게 저 잘생긴 색소폰 연주자 파블로에 관해서 이야기했고, 그가 때때로 자기들에게 불러줬던 미국 노래에 관해 말했는데, 그녀는 그것에 관해서 황홀함과 경탄과 애정을 지니고 이야기했고, 그것은 그 어떤 교양 높은 사람의 각별히 고상한 예술 향유를 통한 무아경보다도, 훨씬 더 나를 가슴 뭉클하게 만들고 충격을 주었다. 나는 그 노래가 무엇이든지 간에 마리아와 함께 열광할 준비가 되어 있었다. 마리아의 사랑스러운 말, 그녀의 동경하듯 활짝 피어나는 시선은 나의 미학에 커다란 균열을 만들어놓았다. 물론 나에게는 모든 논란과 의혹을 초월해서 숭고해 보이는 몇몇 아름다움이, 몇몇 소수의 정선된 아름다움이 있었고, 그 상위에 모차르트가 있었지만, 그 경계란 어디였던가? 우리 전문가들과 비평가들도 모두 애송이였을 적에, 오늘날 우리에게는 의심스럽고 불쾌해 보이는 예술작품과 예술가들을 열렬히 사랑하지 않았던가? 우리에게 리스트가, 바그너가, 많은 이에게는 심지어 베토벤도 그렇지 않았던가? 미국에서 온 노래에 대한 마리아의 피어나는, 아이 같은 감동도, 트리스탄에 대한 어떤 교사의 감동이나 9번 교향곡[57]을 지휘하는 한 지휘자의 무아경과 똑같이 순수하고 아름다우며, 모든 의혹을 초월한 숭고한 예술 체험이 아니었단 말인가? 그리고 그것

56 크누트 함순(1859~1952): 노르웨이의 작가.
57 루트비히 반 베토벤의 작품을 뜻한다.

이 파블로 씨의 견해에 이상하리만치 잘 부합되지 않는가, 이는 그가 옳다는 것이 아니었을까?

이 파블로를, 이 아름다운 남자를, 마리아도 몹시 사랑하는 듯했다!

"그는 멋들어진 사람이지," 내가 말했다. "나도 그 사람이 몹시 마음에 들어. 하지만 말해봐, 마리아, 어떻게 당신은 그러면서 나까지도 사랑할 수 있는 거지? 잘생기지도 않고, 이미 흰머리가 나고, 색소폰도 못 불고, 영국 사랑 노래도 못 부르는, 이 지루하고 늙어빠진 녀석을."

"그렇게 듣기 싫게 말하지 마!" 그녀가 나무랐다. "그건 아주 자연스러운 거야. 당신도 내 마음에 들어, 당신한테도 뭔가 멋진 게, 사랑스러운 게, 특별한 구석이 있어, 있는 그대로의 당신과 달라져서는 안 돼. 이 문제를 거론해서도 안 되고 해명을 요구해서도 안 돼. 봐, 자기가 내 목이나 귀에 입을 맞추면, 나는 자기가 나를 좋아한다는 걸, 내가 자기 마음에 든다는 걸 느껴. 당신은 약간 수줍어하는 듯 입맞춤할 줄 알고, 그건 나에게 이렇게 말하지. 그 사람은 널 좋아해, 그 사람은 네가 예쁜 것에 대해서 너한테 고마워해. 그런 게 나는 아주 아주 좋아. 그리고 다시 다른 남자한테서는 그 정반대를, 그 남자가 나를 대수롭지 않게 여기는 것처럼, 보이고 마치 그게 그가 베푸는 은총인 양 나한테 키스하는 걸 좋아하지."

다시금 우리는 잠이 들었다. 다시 나는 잠에서 깨었고, 그런데도 그녀를, 내 예쁘디예쁜 꽃을 두 팔로 감싸안고 있기를 멈추지 않았다.

그런데 이상했다! — 그럼에도 불구하고 그 예쁜 꽃은 여전히 헤르미네가 나에게 마련해놓은 선물인 채로 계속해서 남아 있었다! 계속해서 저 여인이 그녀 뒤에 서 있었고, 그녀에 의해서 가면처럼 에워싸여 있었다! 그리고 그러는 사이사이에 불현듯이 나는 에리카가, 멀리 떨어져 있는 화가 난 나의 애인이, 나의 불쌍한 여자 친구가 생각났다. 마리아처럼 그렇게 한창 피어나는 중이고, 자유분방하지는 않더라도, 소소하고 독창적인 사랑의 기교가 부족하더라도, 그녀는 마리아 못지않게 예뻤다. 그리고 그녀는 한동안 형상으로서 내 앞에, 또렷하고 쓰라리게, 사랑받고 있었으며, 내 운명과 깊숙이 뒤얽힌 채 서 있었고, 그러고는 다시 잠으로, 망각으로, 절반은 슬픔에 젖은 먼 곳으로 잠겨들었다.

그리고 그렇게 내 인생의 여러 형상이 이토록 아름답고 다정한 밤에, 아주 오랫동안 공허하고 비참하고 아무 형상도 없이 살아왔던 나의 앞에 떠올랐다. 이제 에로스에 의해 마법처럼 열린, 형상의 샘이 깊고도 풍성하게 솟아올랐고, 내 삶의 그림 전시실이 얼마나 풍부한지, 불쌍한 황야의 이리의 영혼이 높고 영원한 별들과 별자리들로 얼마나 가득한지에 대한 황홀함과 슬픔으로 잠깐 동안 심장이 멎어버렸다.

어린 시절과 어머니가 한없이 푸르스름하게 멀어진, 머나먼 산맥의 한 조각처럼 이상화되어서 온화하게 건너다보았고, 내 우정들의 합창이 청동같이 맑게, 헤르미네의 영혼의 형제인 전설적인 헤르만을 시작으로 울려퍼졌다. 향기를 풍기며 천상처럼, 물에서 촉촉하게 피어오르는 수련처럼, 내가 사랑했고, 욕망했고, 찬미했던 그네 중에서, 단지 소수와만 내가 사랑을 이루었고 내 것으로 만들려고 했던, 많은 여인의 초상이 부유하며 다가왔다. 나의 아내도 나타났는데, 그녀와 나는 여러 해를 같이 살았고, 그녀는 나에게 동료애, 갈등, 체념을 가르쳐주었으며, 나를, 정신이 이상해지고 몸에 병이 든 나를, 느닷없이 저주를 퍼붓고 거칠게 거부하며 떠나버렸던 그날까지, 그녀에 대해서는 그 모든 삶의 불만에도 불구하고 깊은 신뢰가 내 마음속에 생생하게 남아 있었다. 그리고 나는, 내가 그녀를 얼마나 많이 사랑했는가를, 얼마나 깊이 그녀를 믿었는가를, 그녀가 신뢰를 깨버린 것이 너무나도 심하게, 그리고 평생 동안 상처를 줄 수 있었음을 깨달았다.

이러한 형상들이 — 그것은 수백 개에 달했고, 이름이 있기도 하고 없기도 했다 — 모두 다시 나타났고, 이 사랑의 밤의 샘으로부터 젊고 새롭게 솟아올랐으며, 나는 내가 오랫동안 비참함 속에서 잊고 있었던 것을, 이 형상들이 내 인생의 재산이자 가치이고 파괴할 수 없게 존속하는 체험이며,

내가 그 체험들을 잊을 수는 있어도 없애버릴 수는 없으며, 그것들을 꿰어놓은 것이 내 인생의 전설이고, 그것들의 별빛이 내 현존의 파괴할 수 없는 가치라는 사실을 다시금 깨닫게 되었다. 나의 인생은 고단했고, 잘못 흘러갔으며, 불행했고, 그것은 포기와 부정으로 귀결되었고, 모든 인간적인 것의 운명의 소금으로 인해서 썼지만, 그것은 풍성했고, 당당하고도 풍성했고, 비참한 가운데에서도 여전히 왕의 위엄이 있는 인생이었다. 노정의 작은 일부가 몰락에 이를 지경으로 완전히, 그토록 비참하게 허비되었을는지는 몰라도, 이 인생의 핵심은 고귀했고, 그것은 체면과 혈통이 있었으며, 푼돈이 중요했던 게 아니라, 운명의 별들을 중시했다.

그것은 벌써 또 얼마간 시간이 지난 일이었고, 그 뒤로 많은 일이 일어났고, 많은 것이 달라졌으며, 나는 그날 밤의 일 중에서 겨우 몇몇 개별적인 것들밖에는 기억하지 못하는데, 우리 사이에 오간 말 몇몇, 진한 애무의 몸짓과 행동 몇몇, 사랑에 지쳐 깊이 잠들었다가 깨어나던, 별이 총총한 순간들이 기억난다. 그러나 그날 밤은 내 몰락의 시기 이래 내가 처음으로 다시 나 자신의 삶을 냉엄하게 빛나는 눈으로 바라본 시간이었고, 내가 우연을 다시 운명으로, 내 현존의 폐허를 다시금 신의 한 조각으로 인식했던 시간이다. 나의 영혼은 다시 숨을 쉬었고, 나의 눈은 다시 보았으며, 잠깐 동안 나는 스스로 형상들의 세계로 들어가고 불멸의 존재가 되기 위해서, 내가 그저 흩어져 있는 형상 세계를 주워 모으기만 하면 된다는 사실을, 내가 그저 내 하리 할러적인 황야의 이리 인생을 온전한 것으로서 형상으로 고양하기만 하면 된다는 사실을, 열렬하게 예감했다. 이것이 바로 모든 인간의 삶이 도전이자 시도를 의미하도록 해준 목표가 아니었던가?

아침에, 마리아가 나의 아침 식사를 나누어 먹은 뒤에, 나는 그녀를 집에서 몰래 내보내야만 했고, 이 일은 성공을 거두었다. 바로 그날로 나는 그녀와 나를 위해서 가까운 시 구역에 오롯이 우리의 만남에만 쓰기로 정한 작은 방 하나를 빌렸다.

나의 춤 선생님인 헤르미네는 본분에 충실하게 모습을 나타냈으며 나는 보스턴을 배워야만 했다. 내가 그녀와 다음 번 가면무도회에 가기로 결정되었기 때문에, 그녀는 엄하고 가차 없었으며 한 시간도 면해주지를 않았다. 그녀는 나에게 자기 의상을 살 돈을 달라고 부탁했으면서도, 그것에 대해서는 어떤 정보도 주기를 거부했다. 그녀의 집을 찾아가거나 그녀가 어디 사는지만 아는 것 역시 나에게는 아직도 여전히 금지되어 있었다.

가면무도회를 앞두고 있던 이 기간, 약 삼 주간은, 너무나도 멋졌다. 마리아는 나에게 내가 여태껏 사귀었던 중에서 최초의 진정한 애인처럼 보였다. 아무리 정신성이 풍부하고 고르게 교양을 쌓은 여인이라도 단 한 번도 내 안의 로고스에 답을 주지 못하고 항상 그것에 방해가 되었다는 사실을 여태껏 완전히 깨닫지 못하고서, 언제나 나는 내가 사랑했던 여인들에게 정신과 교양을 요구했다. 나는 나의 문제와 생각들을 그 여인들에게 가져갔으며, 책 한 권 제대로 읽지 않고, 글을 읽는 게 뭔지도 모르다시피 하고, 차이코프스키의 작품과 베토벤의 작품을 분간할 줄도 모를 법한 아가씨를 한 시간 이상이나 사랑한다는 것은 나로서는 완전히 불가능해보였을 것이다. 마리아는 교양을 갖추지 않았고, 이러한 우회로와 대체 세계가 필요하지 않았으며, 그녀의 문제들은 모두 관능으로부터 직접 생겨났다. 그녀에게 주어진 관능과 그녀의 특별한 자태, 그녀의 낯빛, 그녀의 머릿결, 그녀의 목소리, 그녀의 피부, 그녀의 기질로 가능한 한 가장 많은 관능과 사랑의 행복을 얻는 것, 그녀의 모든 능력에 대해서, 그녀의 몸매의 모든 곡선, 사랑하는 남자 곁에서 그녀의 몸이 만들어내는 너무나도 유연한 몸매에 대해서, 응답과 이해와 활기차고 행복한 유희를 발견하고 마술로 불러내는 것, 이것이 그녀의 재간이자 사명이었다. 이미 그녀와 저 수줍은 첫 번째 춤을 추면서 나는 그것을 감지했고, 이 황홀할 지경으로 고도로 연마된 독창적인 관능의 향기를 알아챘으며, 그녀에게 매혹되었다. 전지(全知)의 헤르미네가 나에게 이 마리아를 소개했던 것 또한 분명히 우연이 아니었다. 그녀의 향내와 그녀의 모든 특징은 여름 같고 장미 같았다.

나는 마리아의 유일한 애인이나 총애하는 애인이 되는 행운을 누리지는 못했고, 여러 애인 중의 하나였다. 종종 그녀는 나에게 내줄 시간이 없었고, 가끔은 오후에 한 시간 드물게는 하룻밤을 냈다. 그녀는 나에게서 돈을 받으려 들지 않았는데 그 뒤에는 아마도 헤르미네가 숨어 있었을 것이다. 그러나 선물은 달게 받았는데, 내가 그녀에게 예컨대 빨간 에나멜가죽으로 만든 작은 새 지갑을 선물할 때면, 금화 두세 개 정도는 그 안에 들어 있어도 괜찮았다. 여담이지만, 그 빨간 돈지갑 때문에 나는 그녀에게 몹시 비웃음을 샀다! 그것은 매력적이었지만, 팔리지 않는 물건이었고, 사라져버린 유행이었다. 내가 지금까지 어떤 에스키모 말보다도 더 모르고 이해하지 못했던 이러한 것들에 대해서 나는 마리아로부터 많은 것을 배웠다. 무엇보다도 나는 이러한 작은 장난감과 유행품, 사치품들이 그저 허섭스레기고 저속한 것이며, 돈에 굶주린 제조업자들과 장사꾼들의 고안품에 불과한 것이 아니라, 정당하고 아름답고 다양하며, 파우더와 향수에서 무용 신발에 이르기까지, 반지에서 재떨이 통에 이르기까지, 버클에서 핸드백에 이르기까지, 모든 것이 사랑에 이바지하고, 감각을 세련되게 만들고, 죽은 주변 세계를 소생시키고, 새로운 사랑의 기관(器官)을 마법처럼 갖추어주는, 유일한 목적을 지닌 물건들의 작은 세계, 아니 오히려 거대한 세계라는 사실을 배웠다. 이 가방은 가방이 아니었고, 돈지갑은 돈지갑이 아니었으며, 꽃은 꽃이 아니었고, 부채는 부채가 아니었으며, 모든 것이 사랑, 마법, 매혹의 구체적인 재료였고, 전령이었고, 밀수꾼이었고, 무기였고, 함성이었다.

마리아가 정말로 사랑하는 사람이 누구일까, 이에 대해서 나는 여러 번 곰곰이 생각해보았다. 내 생각에, 그녀가 제일 사랑한 것은, 초점 없는 검은 눈에, 길고 창백하고 우아하면서도 우수에 잠긴 손을 지닌, 색소폰의 청년 파블로였다. 나는 이 파블로라는 작자가 사랑에 있어서는 약간 의욕이 없고, 까다로우며, 수동적일 것이라고 여겼으나, 마리아는 나에게, 그가 아주 서서히 달아오르기는 하지만, 그다음에는 어떤 권투선수나 기수(騎手)[58]보다도 더 팽팽하고, 강렬하고, 남성적이고, 도발적이라고 단언했다. 그리고 그렇게 나는 우리 주변의 이 사람 저 사람에 대한, 재즈 음악가, 배우, 여러 부인들, 우리 주변에 있는 아가씨들과 남자들에 관해서 비사들을 들어 알게 되었고, 온갖 비밀을 알게 되었으며, 표면 아래에서 친분과 적대 관계를 보았으며, 서서히(이 세계에서 전혀 아무런 관계도 없는 이물질이었던 내가) 허물이

58 영어의 gentleman rider에서 유래한 말로서, 직업으로서 말을 타는 것이 아닌 사람을 뜻하며, 이로부터 전이되어 일을 하지 않고도 사는 사람, 자신의 우월함을 과시하는 사람이라는 뜻으로도 쓰인다.

없어졌고 끌어들여졌다. 헤르미네에 관해서도 나는 많이 듣게 되었다. 그러나 나는 이제 마리아가 무척이나 사랑하던 파블로 씨와 특히 빈번하게 만나게 되었다. 때때로 그녀는 그의 비밀스러운 약제를 사용하기도 했는데, 나에게도 이따금 이러한 환락들을 주선해주었고, 언제나 파블로는 나에게 각별한 열성으로 봉사했다. 한 번은 그가 나에게 단도직입적으로 이렇게 말했다. "당신은 너무 많이 불행해요, 그건 좋지 않아요, 그래서는 안 돼요. 마음이 아프군요. 가볍게 아편 파이프를 피워봐요." 이 명랑하고, 영리하고, 어린애 같으면서도 헤아리기 어려운 인간에 대한 나의 판단은 지속적으로 바뀌었고, 우리는 친구가 되었으며, 드물지 않게 나는 그의 마약을 약간씩 받았다. 약간 재미있어하며 그는 내가 마리아에게 빠져 있는 것을 지켜보았다. 또 한 번은 그가 자신의 방인 변두리 호텔의 다락방에서 "축제"를 벌였다. 그곳에는 의자가 하나밖에 없어서, 마리아와 나는 침대에 앉을 수밖에 없었다. 그는 세 개의 병에서 함께 따른 신비롭고 놀라운 리큐르를 우리에게 마시라고 주었다. 그런 뒤에 내가 기분이 아주 좋아지자, 그가 반짝이는 눈으로 우리에게 셋이서 난교파티를 벌이자고 제안했다. 나는 무뚝뚝하게 거절했다. 나에게는 그따위 짓거리가 가당치 않았다. 그런데도 나는 한순간 마리아가 그것에 대해 어떤 태도를 취하는지를 곁눈질로 건너다보았고, 비록 그녀가 나의 거절에 곧장 동의하기는 했지만, 나는 분명 그녀의 눈에서 희미한 광채를 보았고 그녀가 이런 단념을 아쉬워하는 것을 감지했다. 파블로는 나의 거절에 실망하기는 했지만, 상처를 받지는 않았다. "아쉽네요," 그가 말했다. "하리는 지나치게 도덕적으로 생각해요. 어떻게 해볼 도리가 없네요. 정말 좋았을 텐데, 정말 아주 좋았을 거라고요! 하지만 난 대용품을 알고 있죠." 우리는 각자 아편을 몇 모금씩 얻어 피웠고, 미동도 없이 앉아서, 멀뚱히 눈을 뜬 채로, 우리 셋 다 그가 암시했던 장면을 체험했고, 그러면서 마리아는 황홀함으로 몸을 떨었다. 나중에 내가 몸이 좀 안 좋다고 느끼자, 파블로는 나를 침대에 눕혔고, 나에게 물약 몇 방울을 주었으며, 내가 몇 분 동안 눈을 감고 있을 때, 나는 각각의 눈꺼풀에서 아주 휙 스쳐가는, 숨결이 느껴지는 입맞춤을 느꼈다. 나는 그 입맞춤이 마리아의 것이라고 생각하는 듯 그것을 받아들였다. 하지만 나는 그것이 그가 한 것임을 잘 알고 있었다.

그리고 어느 날 저녁에 그는 나를 더욱 놀라게 만들었다. 그가 내 집에 나타나서, 이십 프랑이 필요하다며 나한테 이 돈을 부탁한다고 이야기했다. 그는 나에게 그 대가로 이날 밤 자기 대신에 마리아를 마음대로 해도 된다고 제안했다.

"파블로," 내가 소스라치게 놀라서 말했다. "당신은 자신이 지금 무슨 말을 하는지 알지 못하는군요. 자기 애인을 다른 남자에게 돈을 받고 넘겨주는 것은, 우리에게는 가장 모욕적인 일로 여겨집니다. 저는 당신의 제안을 못 들은 겁니다, 파블로."

불쌍하다는 듯이 그는 나를 바라보았다. "당신은 원치 않으시는군요, 하리 씨. 좋아요. 당신은 항상 자기 자신을 애를 먹이는군요. 그렇다면 오늘 밤은 마리아랑 자지 마세요, 당신에게 그게 더 낫다면요. 그리고 저한테 돈은 그냥 주세요, 당신은 그 돈을 돌려받게 될 겁니다. 저는 그 돈이 꼭 필요해요."

"도대체 어디에요?"

"아고스티노를 위해서요 — 그게 말입니다, 그 사람은 제2 바이올린을 켜는 작은 남자예요. 그 친구가 벌써 여드레째 아픈데 돌봐줄 사람이 아무도 없고, 돈도 한 푼 없는데, 이제는 제 돈도 바닥이 나버렸거든요."

호기심에, 그리고 조금은 나 자신을 벌주기도 할 겸, 나는 그와 같이 아고스티노에게 갔다. 파블로는 아고스티노의 다락방으로, 정말로 궁색한 다락방으로, 우유와 약을 가져다주었고, 침대를 깨끗하게 털고, 방을 환기시키고, 나무랄 데 없이 제대로 만든 물수건을 열이 나는 머리 주위에 얹어주었으며, 모든 일을 신속하고, 섬세하고, 전문적으로, 마치 훌륭한 간호사처럼, 해냈다. 같은 날 저녁에 나는 그가, 아침 시간에 이르기까지, 시티 바에서 음악을 연주하는 것을 보았다.

나는 헤르미네와 종종 오랫동안, 그리고 객관적으로 마리아에 관해서, 그녀의 손, 어깨, 엉덩이에 관해서, 그녀가 웃고, 키스하고, 춤추는 방식에 관해서 이야기를 나누었다.

"걔가 당신한테 이미 그걸 보여줬나?" 한 번은 헤르미네가 이렇게 물어보면서 입맞춤을 할 때 혀의 특별한 유희를 나에게 묘사했다. 나는 그러지 말고 나에게 그것을 직접 보여달라고 청했지만, 그녀는 정색을 하며 거절했다. "그건 나중에 보여줄게." 그녀가 말했다. "아직은 내가 당신 애인이 아니잖아."

나는 그녀에게 도대체 어디서 그녀가 마리아의 키스 기술들과, 사랑하는 남자에게만 알려진 그녀 인생의 특별하고도 비밀스러운 일들을 많이 알고 있는 거냐고 물었다.

"오," 그녀가 소리쳤다. "우린 친구잖아. 우리가 서로 간에 비밀이 있을 거라고 생각했어? 난 꽤 자주 그 애 집에서 자기도 하고 놀기도 했어. 그건 그렇고, 당신은 멋진 아가씨를 붙잡은 거야, 걔는 다른 애들보다 훨씬 낫다니까."

"난 그래도 당신들 역시 서로 비밀이 있을 거라고 생각해, 헤르미네. 아니면 그녀한테 나에 관해서도 당신이 알고 있는 걸 모조리 다 말한 거야?"

"아니, 그건 그 아이가 이해하지 못할 다른 문제들이지. 마리아는 대단한 애야, 당신은 운이 좋았어, 하지만 당신과 나 사이에는 그 아이가 알지 못하는 것들이 있어. 나는 걔한테 당신에 대해서 많은 이야기를 했어. 물론 당신이 그 당시에 그 정도면 좋겠다고 생각하는 것보다 훨씬 더 많이. 내가 당신을 위해서 그 애를 꼬드겨야만 하지 않았겠어! 하지만 내가 당신을 이해하는 만큼, 벗이여, 절대로 마리아도, 그리고 다른 누구도 당신을 이해하지는 못할 거야. 나도 걔한테서 몇 가지를 추가로 더 알게 되었지. 마리아가 당신에 관해서 아는 만큼은 나도 얻어들어 알고 있어. 나는 마치 우리가 자주 같이 자기라도 한 거나 진배없이 당신을 잘 알고 있어."

다시 마리아와 만났을 때, 나는 그녀가 나에게 그랬듯이 헤르미네를 자신의 마음에 품었다는 사실을, 그녀가 헤르미네의 팔다리와 머리카락, 살갗을 나의 것과 똑같이 매만지고, 입 맞추고, 맛보고, 음미한다는 사실을, 내가 알고 있다는 것이 괴이하고 신비스럽게 느껴졌다. 새롭고, 간접적이고, 복잡한 관계와 연결이, 새로운 사랑과 삶의 가능성이 내 앞에 떠올랐고, 나는 『황야의 이리 논고』에 나온 수천 개의 영혼을 떠올렸다.

그 짧은 시간에, 내가 마리아와 알게 된 때와 성대한 가면무도회 사이에, 나는 참으로 행복했고, 그러면서도 단 한 번도 이것이 바로 구원이요 성취된 지복(至福)이라는 느낌을 지니지는 않았고, 오히려 이 모든 것이 전주곡이고 준비 과정임을, 모든 것이 격렬하게 앞으로 치닫고 있다는 것을, 본질적인 것은 이제야 다가오고 있다는 것을 매우 분명하게 감지하고 있었다.

춤은 날이 갈수록 점점 더 회자되는 그 무도회에 참여하는 것이 이제 가능해보일 정도로까지 배웠다. 헤르미네에게는 비밀이 하나 있었는데, 그녀는 자신이 어떤 의상을 입고 가장무도회에 나타날지 나에게 말해주지 않는 데 있어서는 요지부동이었다. 그녀는 내가 그녀를 분명히 알아볼 거라고 생각했고, 만약 실패한다면 자기가 도와주겠지만, 그 전에는 내가 아무것도 알면 안 된다고 했다. 그런 식으로 그녀는 나의 분장 계획에도 전혀 호기심을 보이지 않았고, 나는 아예 분장을 하지 않기로 결정했다. 마리아는, 내가 그녀를 무도회에 초대하려고 하자, 자기는 이미 이 파티에 같이 갈 기사님이 있노라고 나에게 밝혔고, 정말로 이미 입장권도 가지고 있었으며, 나는 이제 혼자서 그 파티에 가야만 한다는 사실을 알고 조금 실망했다. 그것은 이 도시에서 가장 품격 있는 가장무도회로, 매년 글로부스 홀에서 예술가들에 의해 개최되었다.

이 며칠 동안 나는 헤르미네를 거의 보지 못했지만, 무도회 전날에 그녀는 잠시 내 집에 들렀고 — 그녀는 내가 마련해놓았던 그녀의 입장권을 가지러 왔다 — 내 방에서 나의 곁에 평온히 앉아 있었는데, 그때 어떤 대화에 이르게 되었고, 그것은 나에게 묘한 느낌을 주고 깊은 인상을 남겼다.

“이제 당신은 정말 잘 지내고 있어,” 그녀가 말했다. “춤이 당신한테 효과가 있네. 사 주 동안 당신을 더 이상 보지 못했던 사람은 당신을 거의 알아보지 못할 거야.”

“그래요,” 내가 인정했다. “몇 년 동안 이렇게 잘 지낸 적이 없었어. 다 당신 덕분이야, 헤르미네.”

“오, 당신의 아름다운 마리아 덕분이 아니고?”

“아니. 그녀 역시 당신이 나한테 선물해주었잖아. 그녀는 정말 대단해.”

“그 애는 당신한테 필요했던 애인이야, 황야의 이리. 예쁘고 젊고 명랑하고, 사랑에 아주 밝고, 매일 누릴 수는 없는 아이지. 당신이 그 애를 다른 사람과 나눠 가지지 않아도 되었더라면, 그녀가 당신 곁을 언제나 그저 스쳐 지나가는 손님이 아니었더라면, 일이 그렇게 좋게 돌아가지 않았을 거야.”

그렇다. 이것 역시 나는 인정해야만 했다.

“그러니까 당신은 이제 당신이 필요로 하는 걸 모두 가진 거야?”

“아니, 헤르미네, 그렇지는 않아. 나는 아주 아름답고 매혹적인 무엇인가를, 큰 기쁨을, 온정 어린 위로를 얻었어. 난 정말이지 행복해…….”

“거봐! 뭘 더 바라?”

“난 더 원해. 난 행복한 것으로는 만족하지 못해, 그러도록 생겨먹지를 않았어, 그건 내 운명이 아니야. 내 운명은 그 반대야."

"그러니까, 불행을 말하는 거야? 근데, 그건 당신이 충분히 가지고 있었잖아. 그때, 면도칼 때문에 더 이상 집에 갈 수 없었던 그때 말이야."

"아니, 헤르미네, 그건 전혀 다른 거야. 인정해, 그때 나는 아주 불행했어. 하지만 그건 미련한 불행이었어, 성과 없는 불행."

"도대체 왜?"

"왜냐하면, 그렇지 않았다면 내가, 내가 분명히 원했던, 이 죽음에 대한 두려움을 느낄 필요가 없었기 때문이지! 내가 필요로 하고 갈망하는 불행은 다른 거야. 그건 나를 욕망으로 괴롭히고 관능적 쾌락과 함께 죽어가게 만드는 그런 거라고. 그게 내가 기다리는 불행 혹은 행복이야."

"당신을 이해해. 그런 점에서 우리는 남매지간이지. 하지만 무엇 때문에 당신은 지금 마리아와 함께 발견해낸 행복에 반감을 갖는 거지? 왜 만족하지 못하는 거야?"

"난 이 행복에 어떤 반감도 없어, 오, 정말이야, 나는 그걸 좋아해, 나는 그것에 감사해. 그것은 여름 장마 한복판에 해가 든 날처럼 근사하지. 하지만 나는 그게 오래갈 수 없다는 걸 느껴. 이 행복도 역시 성과를 내지는 못해. 그것은 만족을 주지만, 만족은 내가 먹을 요리가 아니야. 그것은 황야의 이리를 잠재우고, 그를 배부르게 만들지. 하지만 그건 목숨을 걸 만한 행복은 아니야."

"그러니 죽어야만 한다는 거야, 황야의 이리?"

"내 생각엔 그래! 나는 내 행복에 아주 만족하고, 난 아직도 한참 동안은 그걸 견뎌낼 수 있어. 하지만 행복이 나에게 때때로 한 시간, 깨어날 시간과 동경을 지닐 시간을 허락해준다면, 나의 모든 동경은 그리로, 이 행복을 언제나 유지하는 데로 향하지 않고, 다시 고통스러워하는 데로 향할 거야, 다만 전보다 더 아름답고 덜 초라하게. 나는 나에게 죽음을 준비시키고 기껍게 만드는 고통을 동경해."

헤르미네는 사랑스레, 그리도 홀연히 그녀에게 드리운 어두운 시선으로, 내 눈을 들여다보았다. 멋지고도 섬뜩한 눈이었다! 천천히, 단어들을 하나씩 찾아내고 나란히 늘어놓으면서, 그녀가 말했다 — 어찌나 나지막했던지 나는 그것을 듣기 위해서 애를 써야만 했다.

"난 오늘 당신한테 뭘 좀 얘기할까 해, 내가 이미 오래전부터 알고 있었던 뭔가를 말이야, 당신도 이미 그것을 알고 있지만, 아직 당신 자신에게 말하지 않았을지도 모르지. 나는 지금 당신한테 내가 당신과 나에 관해서, 그리고 우리의 운명에 관해서 알고 있는 걸 말하는 거야. 하리, 당신은 예술가이자 사상가였어, 기쁨과 믿음으로 가득한 사람이었고, 언제나 위대한 것과 영원한 것의 흔적을 쫓고 있었으며, 절대로 예쁜 것과 사소한 것으로 만족하지 않았지. 하지만 삶이 당신을 깨우고 당신 자신에게로 데려갈수록, 당신의 곤궁은 더욱 커져만 갔고, 당신은 점점 더 깊이 고통과 근심과 절망에 빠져들고 말았지, 목전까지 말이야, 그리고 당신이 한때 아름다운 것과 성스러운 것으로 알고, 사랑하고 숭배했던 모든 것이, 인간과 우리의 고귀한 천명에 대해 한때 당신이 가졌던 믿음들이, 모두 당신을 도울 수가 없었고 무가치해졌으며 산산조각이 나버렸지. 당신의 믿음은 더 이상 숨 쉴 공기를 찾지 못했어. 그리고 질식이란 고된 죽음이야. 이게 맞아, 하리? 이게 당신의 운명이야?"

나는 고개를 끄덕이고, 끄덕이고, 끄덕였다.

"당신은 자기 안에 삶의 상(像)이 있었어. 믿음이, 요구가, 당신은 행동과 고뇌와 희생을 할 준비가 되어 있었고. 그리고 그 뒤로 당신은 점차 세상이 행동과 희생, 그리고 그런 종류의 것들을 당신한테 전혀 요구하지 않는다는 걸, 인생이란, 영웅 노릇이나 그 비슷한 나부랭이들이 담겨 있는 영웅적인 문학작품이 아니라, 먹고 마시는 것, 커피, 털양말, 타로 게임[59], 라디오 음악으로 고스란히 만족하는 시민의 참한 방이라는 걸 알아챘지. 그리고 다른 것을, 그러니까 영웅적

59 스위스의 카드 게임.

인 것과 아름다운 것을, 위대한 시인에 대한 숭배나 성자들에 대한 숭배를 원하고 자신 안에 지니고 있는 사람은 얼간이고 기사 돈키호테인 거지. 좋아. 그리고 나도 똑같이 지내왔어, 친구! 나는 훌륭한 재능을 타고난 소녀였고, 고귀한 모범에 따라 살고, 나에게 높은 요구들을 하고, 기품 있는 의무들을 완수하도록 점지되어 있었지. 나는 위대한 숙명을 감당해낼 수도 있었어, 왕의 부인도, 혁명가의 연인, 천재의 누이, 순교자의 엄마일 수도 있었지. 그런데 삶은 나한테 고작 괜찮은 취향을 지닌 고급 매춘부가 되는 것만을 허락했어. 그것마저도 나한테는 해내기에 충분히 벅찼어! 그렇게 난 지내왔어. 나는 한동안 마음을 달랠 길이 없었고, 오랜 시간 나 자신에게서 잘못을 찾았어. 삶은 분명 결국에는 항상 옳다고, 나는 생각했고, 삶이 내 아름다운 꿈들을 비웃었다면, 그건 내 꿈들이 바보 같고 옳지 않았기 때문이라고, 그렇게 생각했어. 하지만 그건 전혀 도움이 되지 않았어. 그리고 내가 괜찮은 눈과 귀를 가지고 있는 데다 또 약간의 호기심도 발동했던 까닭에, 나는 이른바 인생이라는 것을, 내 지인들과 이웃들을, 오십 명 이상의 사람과 운명들을, 정말로 정확하게 관찰했지. 그리고 나는 알게 되었어, 하리. 나의 꿈들이 옳았다는 것을, 당신의 꿈들과 꼭 마찬가지로, 수천 번도 더 옳은 꿈들이었다는 것을. 그렇지만 삶은, 현실은, 부당했지. 나 같은 부류의 여자가, 타자기 앞에 앉아서 돈벌레나 돕느라 비참하고도 의미 없이 늙어가거나, 아니면 그런 돈벌레와 그 돈을 보고 결혼하거나, 아니면 매춘부 같은 부류가 되는 것 말고는 달리 선택할 방도를 발견하지 못했다는 것, 그것은 외롭고 낯을 가리고 절망적인 당신 같은 사람이 면도칼을 잡아야만 하는 것만큼이나 옳지 않아. 나의 경우에는 비참함이 아마도 더 물질적이고 도덕적이었을지 모르고, 당신의 경우에는 더 정신적이었겠지만 — 길은 같은 것이었어. 당신은 내가 폭스트롯에 대한 당신의 두려움, 바와 댄스홀에 대한 불쾌감, 재즈 음악과 그 모든 잡것에 대한 거부감을 이해하지 못할 거라고 생각해? 나는 그걸 너무나도 잘 이해해. 그리고 정치에 대한 혐오, 정당과 언론의 수다와 무책임한 헛짓들에 대한 당신의 슬픔, 전쟁에 대한, 이미 일어났던 전쟁과 앞으로 일어나게 될 전쟁에 대한, 요즈음 사람들이 생각하고, 읽고, 건물을 짓고, 음악을 만들고, 파티를 벌이고, 교양을 쌓는 방식에 대한 절망도 마찬가지로! 당신이 옳아, 황야의 이리, 수천 번 옳아, 하지만 그런데도 당신은 몰락해야만 하지. 당신은 오늘날의 이 단순하고, 안락하고, 그토록 사소한 것들로 만족하는 세상에 너무나도 까다롭고 굶주려 있고, 세상은 당신을 토해내고, 세상에게 당신은 쓸데없이 한 차원을 더 지니고 있는 거지. 오늘날 살아가고자 하고 자신의 인생에 기뻐하고 싶은 사람은 당신이나 나 같은 인간이어서는 안 돼. 서툰 연주 대신에 음악을, 오락 대신에 기쁨을, 돈 대신에 영혼을, 분잡함 대신에 진정한 노동을, 장난질 대신에 진정한 열정을 요구하는 사람에게는 여기 이 예쁘장한 세상은 고향이 아니야……."

그녀는 바닥을 바라보며 생각에 잠겼다.

"헤르미네," 내가 다정하게 불렀다. "누이, 당신은 정말 혜안을 지녔군! 그런데도 당신은 나에게 폭스트롯을 가르쳤던 거였어! 그런데 그건 무슨 뜻으로 한 말이지? 우리 같은 사람은, 쓸데없이 한 차원이 더 있는 사람은 여기에서 살 수 없다니? 그게 어쨌다는 거지? 그게 단지 우리가 사는 현재에만 그렇다는 거야? 아니면 항상 그래왔다는 거야?"

"나도 모르겠어. 나는 세상을 예우하기 위해서, 그것이 그저 우리 시대라고, 그건 그저 병일 뿐이라고, 당분간의 불행이라고 생각하고 싶어. 영도자들은 꿋꿋하고 성공적으로 다음번 전쟁을 향해 매진하고, 우리 다른 사람들은 그사이에 폭스트롯을 추고, 돈을 벌고, 프랄린 초콜릿을 먹지 — 그런 시대에야 세상이 참으로 보잘것없어 보일 수밖에 없지. 다른 시대에는 더 좋았다고, 그리고 다시 더 좋아질 거라고, 더 부유해지고, 더 폭넓어지고, 더 깊어질 거라고 희망해보기로 하자. 하지만 우리에게는 그것이 도움이 안 돼. 그리고 어쩌면 늘 그래왔을지도 모르고……."

"늘 요즘 같았다고? 언제나 오로지 정치가, 암거래상, 웨이터, 방탕아들을 위한 세상만 있고, 인간을 위한 공기는 없었다고?"

"그게 말이지, 나도 모르겠어, 아무도 몰라. 그래 봐야 매한가지지. 난 지금 당신이 좋아하는 사람에 대해서 생각하고 있어, 친구. 당신이 이따금 나한테 이야기해주고 편지도 읽어줬던 모차르트에 대해서 말이야. 그 사람은 도대체 어떤 상황이었을까? 그 사람 시대에는 누가 세상을 통치하고, 가장 좋은 것을 차지하고, 음조를 정하고, 자신을 관철시켰을까. 모차르트였을까 아니면 모리배들이었을까, 모차르트였을까 아니면 얄팍한 보통 사람들이었을까? 그는 어떻게 죽고 어떻게 매장되었어? 그리고 어쩌면, 내 생각에는, 언제나 그래왔고 앞으로도 계속 그럴 거야, 그리고 그들이 학교에서 '세계사'라고 부르는 것과 거기서 교양을 위해 달달 외워야만 하는 것, 그 모든 영웅과 천재, 위대한 업적과 감정을 포함해서 말이야. 그것은 그저 학교 선생들이 교육목표를 위해서, 아이들이 규정된 몇 년 동안 그래도 무언가로 시간을 보내도록 고안해낸 사기일 따름이야. 언제나 그래왔고 앞으로도 그럴 거라서, 시대와 세상, 돈과 권력은 소인배들과 얄팍한 인간들에게 속하고, 그들과 다른 사람들에게는, 진정한 인간들에게는 아무것도 속하지 않아. 죽음 말고는."

"그 밖에는 전혀 아무것도 없단 말이야?"

"아니, 영원성이 있지."

"이름 말인가, 후세에 있을 명성?"

"아니, 꼬마 이리 씨, 명성 말고 — 그게 도대체 가치가 있나? 그리고 당신은 가치 있고 완전한 인간들이 전부 유명해지고 후세에 알려진다고 정말 믿는단 말이야?"

"아니, 당연히 아니지."

"그러니까, 명성은 아니야. 명성은 고작 교양을 위해서만 그저 그렇게 존재할 뿐이지, 그건 학교 선생들의 업무야. 명성은 아니야, 오, 아니고말고! 하지만 내가 영원성이라고 부른 것은 그렇지. 신앙심 깊은 사람들은 그것을 하나님의 제국이라고 부르지. 나는 이렇게 생각해. 우리 인간 모두는, 우리 같이 요구가 많은 자는, 동경을 품고 너무 많은 차원을 지닌 우리는, 만약에 이 세상의 공기 말고는 숨 쉴 공기가 없다면, 만약에 그 시대 말고도 영원성이 존재하지 않는다면, 절대로 살아갈 수 없을 거야. 그리고 그것이 바로 진짜 제국이지. 거기에는 모차르트의 음악, 당신의 위대한 작가들의 시가 속하고, 기적을 행하며, 순교의 고통을 당하고, 인간들에게 위대한 모범을 보여준 성인들도 거기에 속하지. 마찬가지로 영원성에는 모든 진정한 행동의 모습, 모든 진정한 감정의 힘도 역시 속해, 설사 아무도 그것에 대해 알지 못하고, 그것을 보고 기록하지 않고, 후세를 위해 보존하지 않더라도 말이야. 영원성에는 후대가 없어. 단지 당대가 있을 따름이지."

"당신 말이 맞아." 내가 말했다.

"신앙심이 깊은 자들은," 그녀가 깊이 생각하며 말을 이어갔다. "그래도 그것에 대해서 가장 많이 알고 있었지. 그래서 그들은 성자들을 세웠고 그들이 '성자들의 통공(通功)'[60]이라고 부르는 것을 만들었어. 성자들, 그들은 진정한 인간이고, 구세주의 형제지. 우리는 살아가는 동안, 갖은 좋은 행동과 갖은 용기 있는 생각과 온갖 사랑으로, 그들을 향해서 가고 있는 거야. 모든 성인의 통공, 그것은 예전에는 화가들에 의해 금빛 하늘 속에서, 빛을 발하고, 아름답고, 평온함이 가득하게 묘사되었지 — 그것은 내가 앞에서 '영원성'이라고 불렀던 것과 전혀 다르지 않아. 그것은 시대와 가상의 너머에 있는 왕국이야. 그곳에 우리가 속하고, 그곳이 우리의 고향이며, 그리로 우리의 심장이 향하지, 황야의 이리, 그래서 우리는 죽음을 동경하는 거야. 거기에서 당신은 당신의 괴테와 당신의 노발리스와 모차르트를 다시 발견할 테고, 나는 나의 성인들을, 성 크리스토포로[61], 성 필립보 네리[62]와 다른 모든 성인을 발견할 거야. 처음에는 지독한 죄인이었던 성자들이 많이 있고, 죄 역시 성스러움으로 향하는 길이 될

60 가톨릭 개념으로 교회 공동체의 모든 구성원이 공로를 나누고 공유함을 뜻한다. 지상의 순례자로 있는 자들, 죄의 용서와 정화가 필요한 죽은 자들, 하늘에 있는 복된 자들이 모두 그리스도 안에서 결합되어 오직 하나의 교회를 이루며, 그곳에서 자신의 선행과 공로를 나누고, 기도를 통해 영적 도움을 주고받음을 말한다.

61 로마제국 시대 기독교의 순교 성인으로 여행자와 순례자의 수호성인이다. 주로 어린아이 모습을 한 예수 그리스도를 업고 가는 거인 남자로 그려진다.

62 이탈리아 가톨릭교회의 재속사제로 오라토리오회의 창설자. 흔히 '로마의 사도'라는 별명으로 불린다

수 있어, 죄와 악덕들 말이야. 당신은 웃을 테지만, 나는 종종 어쩌면 내 친구 파블로도 숨겨진 성인일 수도 있지 않을까 생각해. 아, 하리, 우리는 집으로 가기 위해서 그토록 많은 오물과 불합리함을 더듬어 가야만 해! 그리고 우리에게는 우리를 인도해줄 사람이 아무도 없고, 우리의 유일한 인도자는 향수뿐이야."

자신의 마지막 말들을 그녀는 다시금 아주 낮은 목소리로 말했고, 이제 방 안은 평화롭게 고요했으며, 태양이 가라앉으면서, 내 서재의 많은 책의 책등에 박힌 금빛 글자들이 희미하게 빛나게 만들었다. 나는 헤르미네의 머리를 잡고서, 그녀의 이마에 입을 맞추었고, 오누이처럼, 그녀의 머리를 내 쪽으로 기울여서 뺨과 뺨을 맞대었으며, 그렇게 우리는 한순간 그대로 있었다. 그렇게 그대로 있고 오늘은 더 이상 외출하지 않았더라면 나는 제일 좋았을 것이다. 그러나 이날 밤에, 성대한 무도회 전 마지막 밤에, 이미 마리아와 약속을 해놓았다.

마리아에게 가는 길에 나는 그녀를 생각하지 않았고, 오로지 헤르미네의 이야기만 생각했다. 이 모든 것이, 내가 보기에는, 어쩌면 그녀의 생각이 아니라 나의 생각들이었을지 모르고, 그 혜안의 여인이 그것들을 읽고 들이마신 뒤에 나에게 되돌려준 것이며, 그래서 그것들이 이제 형상을 지니게 되어 새로이 내 앞에 있게 된 것인지도 몰랐다. 그녀가 영원성에 대한 생각을 알려주었던 것, 특히나 그것에 대해서 나는 그때 그녀에게 깊이 감사했다. 나에게는 그 생각이 필요했고, 나는 그것 없이는 살 수도 없고 죽을 수도 없었다. 성스러운 피안, 무시간성, 영원한 가치의 세계와 신적인 실체의 세계가 오늘 내 여자 친구이자 춤 선생에 의해서 나에게 다시 선사되었다. 나는 나의 괴테 꿈을, 그토록 비인간적으로 웃고 자신의 불사의 재미를 나와 같이 누렸던 그 늙은 현자의 그림을 생각하지 않을 수 없었다. 그제야 비로소 나는 괴테의 웃음을, 불멸하는 존재들의 웃음을 이해했다. 그것은 대상이 없었다, 이 웃음은, 그것은 단지 빛이었다. 단지 환함이었다, 그것은 진정한 인간이 인간들의 고통, 악덕, 오류, 욕정, 오해를 관통해서, 영원한 것 속으로, 우주 공간으로 뚫고 들어갔을 때 남아 있는 것이었다. 그리고 "영원성"은 시간의 구원이나 다름 없으며, 어느 정도는 시간의 무구함으로의 귀환, 그것의 공간으로의 재전환이었다.

나는 우리가 저녁에 만나 식사를 하곤 했던 장소에서 마리아를 찾았지만, 그녀는 아직 오지 않았다. 그 조용한 변두리 작은 술집에서 나는, 여전히 우리가 나눈 대화에 생각이 머문 채로, 차려진 테이블에 마리아를 기다리며 앉아 있었다. 그때 헤르미네와 나 사이에 떠올랐던 이 모든 생각은, 나에게 너무나도 마음속 깊이 친숙하고, 너무나도 오래전부터 알고 있고, 너무나도 내 고유의 신화와 형상 세계로부터 길어낸 것처럼 보였다! 불멸의 존재들, 그들은 시간이 없는 공간에 살면서, 자취를 감추고서, 형상이 되었고, 수정 같은 영원성을 천공(天空)처럼 자신의 주위에 쏟아부었다, 그리고 이 지상을 벗어난 세계의 서늘하고 별처럼 빛을 발하는 청명함 — 도대체 어떻게 이 모든 것이 나에게 그리도 친숙했던 것일까? 나는 곰곰이 생각해보았고, 모차르트의 〈카사치온〉[63], 바흐의 〈평균율 클라비어 곡집〉에 들어 있는 몇 곡이 떠올랐는데, 나에게는 이 음악의 곳곳에서, 이러한 서늘하고 별 같은 광채가 빛을 발하고 이 천공의 투명함이 가늘게 떨리는 듯 보였다. 그렇다, 그것이었다, 이 음악은 공간으로 얼어붙은 시간과도 같은 그 무엇이었고, 그 위로는 끝도 없이 초인적인 명랑함이, 영원한 신적인 웃음이 울려퍼졌다. 아, 그것에는 내 꿈에 나왔던 노 괴테 역시 아주 잘 어울렸다! 그리고 나는 홀연히 내 주위로부터 바닥을 알 길 없는 이 웃음소리를 들었고, 불멸의 존재들이 웃는 소리를 들었다. 나는 황홀해진 채 앉아 있었고, 나는 황홀해진 채 조끼 호주머니에서 연필을 찾아내었고, 종이를 찾다가, 내 앞에 포도주 메뉴판이 놓여 있는 것을 발견하고는, 그것을 뒤집어서 그 뒷면에다가

63 18세기 세레나데 조의 기악곡.

끄적거렸다. 나는 시를 썼고, 이튿날이 되어서야 비로소 그것을 내 호주머니에서 다시 발견했다. 그 시는 다음과 같다.

불멸의 존재들

끊임없이 거듭 지상의 계곡에서
김을 뿜으며 우리에게로 솟아오르나니, 삶의 충동이,
사나운 고난, 도취된 감정 과잉이,
수천의, 처형 전 마지막 식사의 핏빛 연기가,
쾌락의 경련, 끝도 없는 탐욕이,
살인자의 손, 고리대금업자의 손, 기도자의 손이,
불안과 쾌락에 채찍질 당한 인간 무리는
후덥지근하고 썩은 내 나게, 생내 나고 뜨뜻하게, 증기를 발산하며,
열락과 거친 욕정을 호흡하고,
자기 자신을 먹어치우고 다시 뱉어내며,
전쟁과 아름다운 예술을 도모하고,
불타는 갈봇집을 광기로 치장하고,
자신들의 아이 세계의 휘황찬란한 대목 장터의 기쁨을 휘저으며
휘감고 먹어치우고 몸을 팔고,

각자 새로이 파도에서 솟구쳐 올라,
각자 언젠가 배설물이 되어 몰락한다.

우리는 그와 반대로 존재하나니
천공의 별들이 영롱한 얼음 속에,
날도, 시간도 알지 못하고,
남자도 여자도 아니고, 젊지도 않고 노인도 아닌 채.
너희들의 죄와 너희들의 불안,
너희들의 살인과 너희들의 음탕한 희열은
돌고 있는 태양처럼 우리에게는 구경거리이고,
유일한 하루하루가 우리에게는 가장 긴 날이라네.
고요히 너희들의 움찔거리는 삶에 고개를 끄덕이며,
고요히 돌고 있는 별들을 들여다보며
우리는 우주의 겨울을 들이마시고,
하늘의 용과 친구 사이이고,
싸늘하고 불변하나니 우리의 영원한 존재는,
싸늘하고 별처럼 환하나니 우리의 영원한 웃음은.

그러고 나서 마리아가 왔고, 유쾌하게 식사를 하고 난 뒤에, 나는 그녀와 함께 우리만의 작은 방으로 갔다. 그녀는 이날 밤 그 어느 때보다 더 아름답고, 따스하고, 친밀했으며, 나에게 애무와 유희를 맛보게 해주었고, 나는 그것을 헌신의 완결이라고 느꼈다.

"마리아," 내가 말했다. "당신은 오늘 마치 여신처럼 마구 퍼주네. 우리 둘 다 아주 죽도록 그러지는 말자고, 내일이 가면무도회잖아. 내일 당신은 어떤 기사님을 만나게 될까? 나는 말이지, 내 사랑하는 꽃이여, 그 사람이 동화 속 왕자님일까봐, 그리고 당신이 그 사람한테 납치를 당해서 다시는 나한테 돌아오지 못하게 될까봐 두려워. 오늘 당신은 마치 훌륭한 연인들이 작별할 때, 마지막일 때 하는 것처럼, 거의 그렇게 나를 사랑하네."

그녀는 입술을 내 귀에 바짝 갖다대고서 이렇게 속삭였다.

"그만 말해, 하리! 매번 마지막일 수 있는 거야. 헤르미네가 당신을 데려가면, 당신은 더 이상 나한테 오지 않겠지. 어쩌면 그녀가 내일 당신을 데려갈지도 몰라."

단 한 번도 나는 저 나날들의 특징적인 감정을, 저 기묘하게 달콤 씁쓰름한 이중적인 분위기를, 무도회 전 그날 밤보다 더 격렬하게 느낀 적이 없었다. 내가 느낀 것은 행복감이었다. 마리아의 아름다움과 헌신, 내가 그토록 늦게서야 비로소, 늙어가는 인간으로서, 알게 되었던 수백 가지의 섬세하고 사랑스러운 관능성을 만지고 호흡하고 향유하는 것, 향유가 이리저리 흔들리는 부드러운 물결 속에서 찰싹이는 것 말이다. 하지만 그것은 그저 껍질에 불과했다. 안쪽에서는 모든 것이 의미, 긴장, 운명으로 가득 차 있었고, 내가 달콤하고 감동적인 사랑의 세세한 것들에 애정이 넘치고 다감하게 몰두해 있으며, 겉보기에는 오로지 따스한 행복감 속에서 유영하는 것 같아 보이는 동안에도, 나는 가슴속에서, 마치 한 마리 길들지 않은 말처럼 뒤쫓고 또 내달으면서, 심연을 향해서, 추락을 향해서, 죽음에 대한 불안, 동경, 헌신으로 가득 차서, 나의 운명이 허둥지둥 앞을 향해 나아가려 애쓰는 모습을 감지했다. 내가 얼마 전까지만 해도, 오로지 관능적이기만 한 사랑의 안락한 경박함에 경계심과 두려움으로 저항했던 것처럼, 내가 마리아의 웃고 있는, 자신을 선사할 준비가 되어 있는 아름다움에 무서움을 느꼈던 것처럼, 그렇게 나는 지금 죽음에 대한 두려움을 감지했다 — 그러나 그것은 자신이 곧 헌신과 구원이 될 것임을 이미 알고 있는 두려움이었다.

우리가 아무 말도 없이 우리들의 사랑의 분망한 유희에 깊이 침잠해서 그 어느 때보다도 서로에게 내적으로 속해 있는 동안에, 나의 영혼은 마리아에게 작별을 고했고, 그녀가 나에게 의미했던 모든 것과 작별했다. 그녀를 통해서 나는, 종말을 앞두고 한 번 더 어린아이처럼 표면의 유희에 나 자신을 맡기는 법을, 그 무엇보다 순간적인 기쁨을 추구하는 법을, 성(性)의 순수함 속에서 아이이자 동물이 되는 법을 배웠다 — 그것은 내가 예전의 나의 삶에서 오로지 흔치 않은 예외로서만 알고 있던 상태였는데, 왜냐하면 관능적인 삶과

성은 나에게 거의 언제나 죄과의 씁쓸한 뒷맛을 띠고 있었으며, 정신적인 인간이 경계해야만 하는 금지된 열매의, 달콤하기는 하지만 불안한 맛을 지니고 있었기 때문이다. 헤르미네와 마리아는 나에게 순수한 상태의 이 정원을 보여주었고, 나는 감사히 그 정원의 손님으로 지내왔다 — 하지만 곧 나에게는 앞으로 나아가야 할 시간이 되었으며, 이 정원은 너무나도 멋지고 따스했다. 계속해서 인생의 왕관을 얻으려 애쓰는 것이, 끝없는 삶의 속죄가, 나에게 이미 예정되어 있었다. 가벼운 삶, 가벼운 사랑, 가벼운 죽음 — 그것은 전혀 나의 것이 아니었다.

아가씨들의 암시로부터 나는 내일 무도회를 위해, 아니면 그 뒤를 이어서 아주 특별한 환락과 방탕이 계획되어 있음을 추론해냈다. 혹시 이것이 마지막인가, 혹시 마리아의 예상이 맞았던 것일까, 우리는 오늘 마지막으로 함께 누워 있는 것일까, 내일이면 새로운 운명의 행보가 시작되는 것일까? 나는 불타오르는 그리움으로, 질식할 것만 같은 두려움으로 가득 차서, 거칠게 마리아를 꽉 껴안았고, 다시 한번 너울거리며 탐욕스럽게 그녀의 정원의 모든 오솔길과 덤불을 내달았고, 다시 한번 낙원의 나무에 달린 달콤한 열매를 꽉 물고 늘어졌다.

이날 밤에 놓쳐버린 잠을 나는 낮에 만회하였다. 나는 아침에 차를 타고 목욕탕에 갔다가, 집으로 돌아왔고, 지칠 대로 지쳐서 침실을 캄캄하게 해놓고 옷을 벗다가 호주머니 속에서 나의 시를 발견했으나 그것을 다시 잊어버렸고, 곧바로 몸을 뉘었고, 마리아와 헤르미네와 가면무도회를 잊어버리고 하루 종일 쭉 잠을 잤다. 저녁에 내가 일어나 면도를 하다가 비로소, 한 시간 뒤에 가장무도회가 시작되며 연미복용 셔츠를 찾아내야만 한다는 생각이 다시금 퍼뜩 떠올랐다. 기분 좋게 나는 단장을 끝냈고, 우선 뭐라도 먹으려고 밖으로 나갔다.

그것은 내가 참석해야 하는 첫 번째 가면무도회였다. 옛 시절에는 때때로 그러한 파티에 가보기도 했고, 가끔은 또 그런 것들을 멋지다고 생각하기도 했지만, 나는 춤을 추지는 않았고 그저 구경꾼으로만 있었으며, 다른 사람들이 열광하면서 그것에 관해 이야기한다거나 그것을 학수고대하노라는 소리를 들을 때면, 나에게는 그러한 열광이 언제나 우스꽝스러워 보였다. 오늘은 나에게도 무도회가 하나의 사건이었고, 나는 긴장감을 지니고 불안함마저 품은 채 그것을 고대했다. 나에게는 에스코트할 숙녀분이 없었으므로, 나는 느지막해서야 그리로 가기로 결심했고, 헤르미네도 역시 나에게 사전에 그렇게 권했다.

"슈탈헬름"은 한때 나의 도피처로, 그곳에서는 환멸을 느낀 남자들이 앉아서 자신들의 저녁 시간을 흘려보내며 포도주를 홀짝거리고 총각 행세를 했으며, 나는 최근에 거기 들르는 일이 더욱 뜸해졌고, 그곳은 더 이상 나의 현재 생활방식에 맞지 않았다. 그러나 오늘 저녁에 나는 완전히 부지불식간에 다시 그곳으로 이끌려 갔다. 지금 나를 지배하고 있는, 운명과 이별의 저 불안하면서도 기쁜 분위기 속에서, 내 인생의 모든 정류장과 추억의 장소들이, 다시 한번 저 지나간 것의 아프도록 아름다운 광채를 얻었고, 그 담배 연기 자욱한 작은 술집 또한 그러했으니, 그곳에서 나는 얼마 전까지만 해도 단골손님 축에 끼었고, 질박한 마취제인 그 지역 포도주 한 병이면, 나에게는 또다시 하룻밤 동안 나의 외로운 잠자리에 들기에, 또다시 하루 동안 삶을 견디어 내기에 충분했다. 나는 그 이후로 다른 수단들을, 더 강렬한 자극들을 맛보았고, 더 달콤한 독약들을 홀짝홀짝 들이켰다. 미소를 지으면서 나는 그 오래된 주점으로 들어갔고, 여주인의 인사와 말수 없는 단골들의 고갯짓이 나를 맞아주었다. 구운 닭 요리가 나에게 추천되고 차려졌으며, 촌스럽고 두툼한 유리잔으로 갓 담근 알자스 포도주가 밝게 흘러들었고, 깨끗한 흰 나무 식탁, 오래된 노란 판자벽이 정겹게 나를 바라보았다. 그리고 내가 먹고 마시는 동안에, 내 안에서는 이 시들어가는 감정과 송별식을 치른다는 감정이 북받쳐 올라왔고, 내 예전 삶의 모든 무대와 사물과의 유착상태가, 결코 완전히 분리되지는 않았지만, 이제 떨어져 나오려고 무르익어간다는 이 달콤하면서도 고통스러운 속 깊은 감정이 솟구쳐 올랐다. "현대적인" 인간은 이것을 감상(感傷)이라고 부른다. 그리고 현대인은 더 이상 사물들을 사랑하지 않으며, 심지어 자신이 가장 숭배하는 것조차도, 자신의 자동차조차도 사랑하지 않고, 가능한 한 빨리 더 좋은 상표와 그것을 교환할 수 있기를 바란다. 이 현대적인 인간은 단호하고, 유능하고, 건강하고, 냉철하고, 엄격하고, 탁월한 인간 유형이며, 그는 다음번 전쟁에서 환상적으로 자신을 증명해 보일 것이다. 나에게는 그것이 조금도 중요하지 않았고, 나는 현대적인 인간도 아니었고, 구닥다리 역시 아니었으며, 나는 시간으로부터 떨궈져 나왔고, 죽기를 염원하며 죽음 곁으로 움직여 갔다. 나는 감상들에 아무런 반감도 없었고, 나의 다 타버린 심장 속에서 아직도 감정 같은 그 무엇인가를 느낄 수 있는 것만으로도 기쁘고 감사했다. 그래서 나는 오래된 선술집의 추억들, 낡고 투박한 의자들에 대한 나의 애착에 나를 내맡겼고, 포도주와 담배 연기의 향기에, 고향과의 흡사함과 습관과 온기의 희미한 빛에, 나를 위해 그 모든 것을 지니고 있던 것들에 나를 내던졌다. 작별을 고하는 것은 아름다우며, 그것은 부드러운 기분이 들게 한다. 내 딱딱한 자리, 나의 투박한 잔이 나에게는 사랑스러웠고, 알자스 포도주의 시원하고 과일 같은 맛이 사랑스러웠고, 이 공간 안에 있는 모든 것 하나하나와 나의 친숙함이 사랑스러웠고, 꿈꾸듯 웅크리고 앉아 있는 술꾼들의, 오랫동안 내 형제였던 환멸에 젖은 자들의 면면(面面)이 사랑스러웠다. 내가 여기서 느꼈던 것은 바로 시민적인 감상들이었으며, 술집과 포도주, 여송연이 아직 금지되고 생소하며 멋들어진 것들이었던 소년 시절 구닥다리 술집의 낭만적인 향으로 살짝 풍미가 돋우어져 있었다. 그러나 그 어떤 황야의 이리도 이빨을 드러내고 나의 감상벽을 갈기갈기 찢어놓으려고 몸을 일으키지 않았다. 나는 평화롭게, 과거에 의해, 그사이 스러져간 성좌의 미약한 빛에 의해 달궈진 채로, 그곳에 앉아 있었다.

한 행상이 군밤을 가지고 왔고, 나는 그에게서 군밤 한 줌을 샀다. 한 늙은 여인이 꽃을 가지고 왔고, 나는 그녀에게 카네이션 몇 송이를 사서 술집 여주인에게 선사했다. 돈을 내려고 평상시 입던 상의 호주머니에 헛되이 손을 뻗었을 때에야 비로소 나는 다시금 내가 연미복 차림이라는 사실을 알아차렸다. 가장무도회! 헤르미네!

그러나 아직은 시간이 충분히 일렀고, 나는 지금 벌써 글로부스 홀로 가야 할는지를 결정할 수가 없었다. 또한 나는 최근에 이 온갖 즐거움을 겪으면서 내가 어떻게 지냈던가를, 여러 가지 저항심과 거리낌을, 사람들이 넘쳐나고 소음으로 가득한 커다란 공간들에 들어가야 한다는 데 대한 혐오감을, 낯선 분위기에 대한, 방탕아들의 세계에 대한, 춤에 대한 학생 같은 수줍음을 느꼈다.

어슬렁거리면서 어느 영화관 앞을 지나가다가, 나는 빛다발과 색색의 거대한 광고판이 빛을 발하기 시작하는 것을 보았고, 몇 발짝 더 걸어가다가, 다시 돌아와서, 안으로 들어갔다. 그곳에서 나는 열한시 무렵까지 아주 조용하게 어둠 속에 앉아 있을 수 있었다. 차광등을 든 사환의 안내를 받으면서, 나는 커튼들을 통과해서 깜깜한 홀로 비틀거리며 걸어 들어갔고, 자리 하나를 발견했으며, 홀연 구약성서의 한가운데에 있었다.[64] 그 영화는 명목상으로는 돈벌이 때문이 아니라 고귀하고 성스러운 목적을 위해서 엄청난 비용과 정교함을 들여 제작된 영화 중의 하나였고, 그 영화를 보려고 오후에는 종교 선생들의 인솔 아래 심지어 학생들까지 왔다. 거기에서는 모세와 이집트의 이스라엘인들의 이야기가 상영되고 있었는데, 사람, 말, 낙타, 왕궁들, 뜨거운 사막 나라에서의 파라오의 영광과 유대인의 고난이 어마어마하게 투입되었다. 나는 약간 월트 휘트먼[65]의 모범에 따라 머리 모양을 다듬은 모세를, 유대인들의 선두에 서서 기다란 지팡

64 미국 감독 세실 B. 드밀의 흑백 무성영화 〈십계The Ten Commandments〉(1923)에 대한 암시다.

65 미국 작가로, 길고 흰 수염을 길렀다.

이를 짚고 보탄[66]의 걸음걸이로 이글거리고 암담해하며 사막을 가로질러 유랑하는 웅장한 극중인물 모세를 보았다. 나는 홍해에서 그가 하나님께 기도하는 모습을 보았고, 홍해가 갈라져 길을 터주는 것을, 흐름이 멈춘 산더미 같은 바닷물 사이에 움푹 팬 길을 보았으며(어떠한 방식으로 이것이 영화인들에 의해 잘 구현되었던 것인지, 목사에 의해 이 종교 영화에 인솔되어 온, 견진성사를 받은 소년들은 그 점에 관해 오랫동안 논쟁을 벌일 수 있었다), 나는 그 선지자와 겁에 질린 백성들이 그 길을 통과해 가는 것을 보았고, 그들 뒤에서 파라오의 전차들이 나타나는 것을 보았으며, 이집트인들이 바닷가에서 갑자기 주춤거리고 꺼려하다가, 이내 대담하게 뛰어드는 것을 보았으며, 황금 갑옷을 입은 호화로운 파라오와 그의 모든 마차와 군대 위로 산더미 같은 물이 덮치는 것을 보았고, 나는 이 사건이 훌륭하게 찬미된 헨델의 멋들어진 두 대의 콘트라베이스를 위한 이중주[67]를 상기하지 않을 수 없었다. 나는 계속해서 시나이산으로 올라가는 모세를, 음울한 바위 황무지의 음울한 한 영웅을 보았고, 그의 보잘것없는 백성들이 그사이에 산기슭에서 금송

66 북구신화 최고의 신 보탄을 뜻하며, 바그너의 오페라 〈니벨룽겐의 반지〉에 대한 암시다.

67 헨델의 오라토리오 〈이집트의 이스라엘인〉에 들어 있는 곡.

아지를 세우고 상당히 격정적인 유흥에 빠져 있는 동안에, 어떻게 여호와가 그곳에서 모세에게 폭풍, 뇌우, 빛의 신호들을 통해 십계명을 전달하는지 보았다. 이 모든 것을 함께 지켜본다는 것이, 언젠가 우리의 어린 시절이 다른 어떤 세계에 대한, 초인간적인 것에 대한 동터오는 첫 예감을 조용히 받아들이게 만들었던 성스러운 이야기들과 그 영웅들과 기적들이 여기, 조용히 챙겨 온 빵을 먹고 있는 호의적인 관중들 앞에서 입장료를 받고 상영되는 모습을 보는 것이, 이 시대의 거대한 떨이 상품과 문화 재고정리에서 건진 멋진 작은 개별 영상 하나를 보는 것이, 나에게는 너무나도 해괴하고 믿기지가 않았다. 맙소사, 이 더러운 짓거리를 막기 위해서는, 그 당시에 이집트인들뿐만 아니라 유대인들과 다른 모든 사람도 차라리 곧바로 몰락해버렸어야 했다, 오늘날 우리가 죽는 이토록 소름 끼치는 가짜 죽음과 어중이 죽음 대신에, 난폭하고도 예의 바른 죽음으로 말이다. 뭐 그렇다는 얘기다!

가장무도회에 대한 나의 은밀한 거리낌, 나의 드러내지 못한 거부감은, 영화와 그것이 준 자극들로 더 작아지기는커녕 오히려 불쾌할 정도로 불어났고, 나는, 이제 마침내 차를 타고 글로부스 홀로 가서 그곳에 입장하기 위해, 헤르미네를 생각하며 마음을 다잡아야만 했다. 시간이 늦어버려서 무도회는 이미 오래전에 한창 무르익어 있었고, 맨정신으로

쑥스러워하면서 나는 곧장, 미처 옷을 벗기도 전에, 격정적인 가면의 북새통 속으로 휩쓸려 들어가버렸으며, 허물없이 툭툭 밀침을 당했고, 아가씨들에게 샴페인 방으로 가자고 재촉을 당했고, 어릿광대한테는 어깨를 후려 맞고 너나들이를 당했다. 나는 아무것에도 응하지 않았고, 사람들로 넘쳐나는 방들 안으로 힘겹게 나를 밀어넣어서 옷 보관소로 갔고, 옷장 번호표를 받자, 만일 내가 그 혼잡함에 싫증이 나게 되면 금방 그것이 다시 필요할지도 모른다는 생각에, 아주 조심스럽게 그것을 호주머니에 찔러 넣었다.

그 커다란 건물의 모든 공간에서 파티의 혼잡함이 벌어졌고, 모든 홀에서, 심지어 지하층에서도, 사람들이 춤을 추었으며, 복도와 계단은 죄다 가면, 춤, 음악, 폭소, 짝 사냥으로 넘쳐났다. 가슴이 답답해져서 나는 슬그머니 북새통을 뚫고 나왔고, 흑인 악단에서 농민음악으로, 휘황찬란한 커다란 메인 홀에서 복도, 계단, 바, 뷔페, 샴페인 방으로 갔다. 벽에는 대부분 최근 화가들의 거칠고 익살맞은 회화들이 걸려 있었다. 거기에는 예술가, 언론인, 학자, 사업가, 게다가 당연히 이 시의 화류계 전체까지 온갖 것들이 다 있었다. 오케스트라석(席) 중 하나에 미스터 파블로가 앉아 있었고, 흥에 겨워서 자신의 구부러진 관악기를 불어댔다. 그가 나를 알아보았을 때, 그는 나를 향해 큰 소리로 인사 삼아 노래를 연주했다. 떼거리에게 떠밀려서, 나는 이런저런 공간에 이르렀고, 계단을 올라갔다 내려왔다 했다. 지하층에 있는 한 복도는 예술가들에 의해 지옥으로 꾸며져 있었고, 악마들의 음악 밴드가 그 안에서 마치 미쳐 날뛰듯이 쿵쾅거렸다. 점차로 나는 헤르미네의 행방을, 마리아의 행방을 살피기 시작했고, 찾으러 나섰으며, 여러 차례 메인 홀로 밀고 들어가려고 애썼지만, 번번이 길을 잘못 들거나, 나와 반대 방향으로 향하는 군중의 물결을 만났다. 자정이 되어서도 나는 여전히 아무도 발견하지 못했다. 아직 춤을 추지도 않았는데, 벌써부터 덥고 현기증이 나서, 나는 제일 근처에 있는 의자에 몸을 던졌고, 온통 낯선 사람들 사이에서, 포도주 한 잔을 따라 받았으며, 이토록 시끌벅적한 파티에 함께하는 것은, 나같이 늙어빠진 남자가 할 짓이 아니라고 생각했다. 체념에 젖은 채 나는 잔에 든 포도주를 마셨고, 여자들의 드러난 팔과 등을 응시했고, 많은 그로테스크한 가장을 한 인물들이 바람처럼 스쳐 지나가는 것을 보았으며, 나를 툭툭 치게 내버려두었고, 내 무릎 위에 앉아 있거나 나와 춤을 추고 싶어 하는 몇몇 아가씨를 아무 말도 없이 보내버렸다. "늙어빠진 불평꾼 곰탱이"라고 한 아가씨가 소리를 질렀고, 그녀는 옳았다. 나는 용기와 기분을 약간 북돋우게 술을 마셔야겠다고 마음을 먹었지만, 포도주마저도 맛이 없어서, 간신히 두 번째 잔을 넘겼다. 그리고 서서히 나는 황야의 이리가 내 뒤에 서서 혀를 내밀고 있는 것이 느껴졌다. 나에게는 아무

일도 일어나지 않았고, 여기는 내가 있어야 할 곳이 아니었다. 내가 최선의 의도를 가지고 오기야 했지만, 나는 여기에서 즐거워질 수가 없었으며, 사방을 에워싼 시끄럽고 요란한 즐거움, 홍소, 온갖 미친 짓거리는 나에게 멍청하고 억지스러워 보였다.

그렇게 한시가 되자 나는 실망하고 골이 난 채, 외투를 걸쳐 입고 떠나버리려고, 다시금 슬그머니 옷 보관소로 되돌아갔다. 그것은 패배였고, 황야의 이리로의 복귀였으며, 헤르미네는 나를 좀처럼 용서하지 않을 것이었다. 그렇지만 나는 달리 어찌할 도리가 없었다. 나는 이미 인파를 헤치고 옷 보관소에 이르기까지의 힘겨운 길에 혹시라도 여자 친구들을 못 볼까 싶어서 다시 한번 꼼꼼하게 내 주위를 살펴보았었다. 이제 나는 창구에 서 있었고, 차단벽 뒤의 공손한 남자가 벌써 내 번호표를 달라고 손을 뻗고 있었으며, 나는 조끼 호주머니 속에 손을 넣었다 — 번호표가 거기에 없었다! 제기랄, 엎친 데 덮친 격이로구먼. 여러 번, 내가 서글프게 홀들을 가로지르며 헤매던 동안에, 김빠진 포도주를 마시며 앉아 있던 동안에, 다시 떠나야겠다는 결정과 싸우면서, 나는 호주머니에 손을 꽂아넣곤 했고, 그 둥그렇고 납작한 보관표는 항상 그 자리에 만져졌었다. 그런데 지금 그것이 사라져버렸다. 되는 일이 하나도 없었다.

"번호표를 잃어버렸소?" 내 옆에 있던 한 빨갛고 노란 왜소한 악마가 새된 목소리로 물었다. “자, 친구, 내 거 가져도 된다오.” 그리고 그것을 이미 나에게 내밀고 있었다. 내가 그것을 기계적으로 받아들어 손가락에서 돌리고 있는 동안에, 그 날래고 왜소한 작자는 벌써 사라져버리고 없었다.

그러나 내가 번호를 보려고 그 작고 둥근 마분지 코인을 눈앞으로 들어올렸을 때, 거기에는 아무런 숫자도 적혀 있지 않았고, 작은 글씨로 끄적거려놓은 것이 있었다. 나는 옷보관소 남자에게 기다려달라고 부탁하고서, 가장 가까이에 있는 촛대 아래로 가서 읽어보았다. 거기에는 작고 비뚤배뚤한 글씨로, 읽기 힘들게, 무엇인가가 끄적거려져 있었다.

오늘 밤 네시부터 마법 극장

— 광인 전용 —

입장 대가로 이성을 지불함.

일반인 입장 불가. 헤르미네가 지옥에 있음.

마치 꼭두각시 인형처럼, 조종자의 손에서 한순간 줄이 미끄러져 떨어졌다가, 잠시 동안의 뻣뻣한 죽음과 둔감 상태가 지난 뒤에 되살아나서, 다시금 극에 투입되어 춤추고 움직이는 인형처럼, 그렇게 나는 마법의 줄에 낚아채여서, 방금 내가 피곤해지고, 의욕을 상실하고, 늙은 나이에 걸맞지도 않아서 도망쳐 나왔던 그 번잡함 속으로, 유연하고, 젊고,

열성적으로 다시 뛰어들었다. 결코 그 어떤 죄인도 지옥으로 가는 데 그보다 더 다급해하지는 않았을 것이다. 방금 전까지만 해도 에나멜 구두가 발을 조여왔고, 향수 냄새 섞인 텁텁한 공기가 나를 진저리나게 만들었으며, 열기는 나를 무기력하게 만들었더랬다. 이제 나는 민첩하게 경쾌한 두 발로 원스텝 박자를 밟으면서, 지옥을 향해서, 모든 홀을 가로질렀고, 마법으로 가득한 공기를 느꼈으며, 열기에 의해, 온갖 윙윙대는 음악 소리에 의해, 색깔들의 아찔함에 의해, 여인들의 어깨에서 나는 향기에 의해, 수백 명의 도취상태에 의해, 웃음에 의해, 춤의 박자에 의해, 모든 이글거리는 눈의 광채에 의해, 흔들거렸고 실려 갔다. 한 스페인 무희가 나의 팔로 날아들었다. "나랑 춤춰요!" "안 돼요" 라고 나는 말했다. "난 지옥으로 가야만 해요. 하지만 당신의 입맞춤은 기꺼이 함께 가져가지." 가면 아래 붉은 입이 나에게 다가왔고, 입맞춤을 하는 도중에야 비로소 나는 마리아를 알아보았다. 나는 그녀를 두 팔로 꽉 껴안았고, 마치 원숙한 여름 장미처럼 그녀의 입이 가득히 피어났다. 그리고 이제 우리는, 여전히 입술을 서로 포갠 채로, 벌써 춤도 추기 시작했고, 춤을 추며 파블로를 지나쳤는데, 그는 자신의 부드럽게 울어대는 관악기에 홀딱 반해 매달려 있었고, 그의 아름답고도 동물적인 시선이 빛을 발하며 반쯤 정신이 나간 채 우리를 에워쌌다. 그러나 우리가 춤 스텝을 스무 걸음도 채 다

밟기 전에, 음악이 멈췄고, 마지못해하며 나는 마리아를 손에서 놓아주었다.

"기꺼이 한 번 더 당신과 춤을 추었을 텐데," 그녀의 따스함에 취해서 나는 이렇게 말했다. "나랑 몇 걸음만 함께 걸어, 마리아, 나는 당신의 아름다운 팔에 반해버렸어, 잠시만 더 그 팔을 나한테 허락해줘! 하지만 봐, 헤르미네가 나를 불렀어. 그녀가 지옥에 있어."

"내가 그럴 줄 알았어. 잘 살아, 하리, 당신을 계속 사랑할게." 그녀는 작별 인사를 했다. 그것은 이별이요, 가을이요, 운명이었고, 여름 장미는 그리도 농염하고 그득하게 그 향기를 풍겼던 것이다.

계속해서 나는, 다정다감한 인파로 가득 찬 기나긴 복도들을 뚫고 지나가며, 계단을 뛰어 내려가서, 지옥으로 들어갔다. 그곳은 시커먼 벽들에서 눈부시고 사악한 등불들이 타오르고 있었고, 악마의 악단이 열에 들떠 연주를 했다. 한 높은 바 의자에 가면을 쓰지 않은 예쁘장한 소년 하나가 연미복을 입고 앉아 있었는데, 그 아이는 잠깐 동안 경멸의 눈초리로 나를 빤히 쳐다보았다. 나는 춤의 소용돌이에 의해 벽으로 밀어붙여졌고, 대략 스무 쌍이 그 몹시도 협소한 공간에서 춤을 추고 있었다. 갈망하면서도 겁을 집어먹은 채로 나는 모든 여인을 관찰했는데, 대부분은 여전히 가면을 쓰고 있었고, 몇몇은 나를 보며 웃음을 지었지만, 그 누구도 헤르미네는 아니었다. 조롱의 눈초리로 그 아름다운 소년이 높다란 바 의자에서 건너다보았다. 다음번 댄스 휴식 시간에 헤르미네가 와서 나를 부를 거라고, 나는 생각했다. 춤은 끝이 났지만, 아무도 오지 않았다.

나는 작고 나지막한 공간의 한구석에 끼워넣어진 바 쪽으로 건너갔다. 그 소년의 의자 옆에 붙어 서서 나는 위스키 한 잔을 달라고 했다. 그것을 마시는 동안 나는 그 젊은 남자의 옆모습을 보았는데, 그것은 마치, 과거의 고요한 먼지 베일을 통해서 소중하게 보이는, 아주 먼 시간대의 그림처럼, 너무나도 익숙하고 매력적으로 보였다. 오, 그때 이러한 생각이 나를 번개처럼 스치고 지나갔다. 그것은 바로 헤르만, 나의 어린 시절 친구였다!

"헤르만!" 내가 머뭇거리면서 말했다.

그는 미소를 지었다. "하리? 나를 찾아낸 거야?"

그것은 헤르미네였고, 그저 머리 모양만 조금 바꾸고 가볍게 화장을 했을 뿐이었으며, 유행 중인 스탠딩 칼라로부터 솟아 있는 그녀의 총기 어린 얼굴이 매력적이고도 창백하게 바라보았고, 그녀의 두 손이 검은색 연미복의 폭넓은 소맷자락과 하얀 셔츠의 소맷부리에서 기묘하도록 작게 드러나 있었으며, 흑백의 실크 남자 양말을 신은, 그녀의 두 발이 검은색 긴 바짓자락으로부터 기묘하도록 수려하게 나와 있었다.

"헤르미네, 이 옷이 당신이 내가 당신과 사랑에 빠지게 만들려고 할 때 입으려던 그 의상이야?"

"지금까지," 그녀가 고개를 끄덕였다. "나는 우선 몇 명의 부인을 반하게 만들었어. 하지만 이제 당신 차례야. 우리 우선 샴페인부터 한잔 마시자."

우리는 높직한 바 의자에 웅크리고 앉아 그렇게 했고, 그동안에 옆에서는 춤이 계속되었으며, 뜨겁고 격렬한 현악이 고조되었다. 그리고 헤르미네는 그 어떤 노력도 일부러 기울이는 것 같지 않아 보였는데도, 나는 아주 금방 그녀에게 빠져들었다. 그녀가 남자 의상을 입고 있었던 까닭에, 나는 그녀와 함께 춤을 출 수도 없었고, 나에게 그 어떤 애정 표현도, 그 어떤 공략도 허락할 수 없었으며, 그녀가 남장을 해서 멀고도 중성적으로 보이는 동안에도, 그녀는 시선 속에서, 말 속에서, 몸짓 속에서, 자신의 여성성이 갖는 온갖 매력으로 나를 감쌌다. 그녀를 손끝 하나 건드리지 않았는데도 나는 그녀의 마법에 굴복했고, 이러한 마법 자체가 그녀가 연기하는 역할에 내재되어 있었는데, 그것은 양성적인 마법이었다. 왜냐하면 나는 그녀와 헤르만에 대해, 어린 시절에 대해, 나와 그녀의 어린 시절에 대해, 또한 성적으로 성숙해지기 이전의 저 몇 년간에 대해 대화를 나눴기 때문이다. 이 몇 년간은 청소년기의 사랑 능력이 두 개의 성(性)뿐 아니라 뭐든지 다 수용하고, 관능적인 것과 정신적인 것을 넘나들며,

오로지 선택된 자들과 시인들에게만 노년에 이르기까지 이따금씩 다시 찾아오는, 동화 같은 변신 능력과 사랑의 마법을 지닌 모든 것을 부여받는다. 그녀는 시종일관 소년 연기를 했고, 담배를 피웠으며, 가볍고도 재기 넘치게 재잘거렸고, 종종 약간은 조롱하기를 즐겼지만, 모든 것이 에로스의 빛으로 가득히 채워져 있었고, 모든 것이 나의 감각들로 가는 도중에 우아한 유혹으로 변했다.

내가 헤르미네를 얼마나 잘 그리고 정확히 알고 있다고 생각했던가, 그런데 이날 밤 그녀는 얼마나 새롭게 나에게 자신을 드러내었던가! 얼마나 부드럽고 눈에 띄지 않게 고대했던 그물을 나의 주위에 쳐 놓았던가, 얼마나 장난스럽게 물의 요정처럼 내게 달콤한 독을 마시라고 주었던가!

우리는 앉아서 수다를 떨며 샴페인을 마셨다. 우리는 모험하는 발견자가 되어 구경을 하며 홀들을 거닐었고, 커플들을 골라내어서 그들의 사랑 놀이를 남몰래 엿들었다. 그녀는 나에게 여자들을 보여주고는 그녀들과 춤을 추라고 요구했으며, 나에게 이 여인 저 여인에게 사용할 수 있다는 유혹 기술에 관한 조언들을 해주었다. 우리는 연적인 양 나타나서는, 둘 다 한동안 같은 여인의 뒤를 배회했고, 둘이서 번갈아 가며 그녀와 춤을 추었으며, 둘 다 그녀를 차지하려고 애썼다.

그래도 이 모든 것은 그저 가면 놀이에 불과했고, 그저 우리 두 사람 사이의 놀이일 따름이었으며, 이는 우리 둘을 더 친밀하게 엮어주었고, 우리 둘이 서로 불이 붙게 만들었다. 모든 것이 동화였으며, 모든 것이 한 차원 더 풍성했고, 한 층 더 의미가 깊었으며, 유희이고 상징이었다. 우리는 아주 아름다운 젊은 여인을 보았는데, 그녀는 약간 고뇌에 차 있으면서 만족스럽지 않아 보였고, 헤르만은 그녀와 춤을 추었고, 그녀가 활짝 피어나도록 만들었으며, 그녀와 함께 샴페인 방으로 사라졌고, 나중에 나에게 자신이 이 여성을, 남자로서가 아니라 여자로서, 레스보스[68]의 마법으로, 정복했노라고 이야기해주었다. 나에게는 서서히 춤으로 요란한 홀들과 가면을 쓴 도취 상태의 군중으로 가득 찬, 음악이 울려 퍼지는 이 건물 전체가, 멋들어진 꿈의 낙원이 되어서, 꽃들이 저마다 자신의 향기로 구애를 했다. 나는 과실마다 손가락으로 확인해보며 사뿐사뿐 맴돌았고, 뱀들은 초록빛 나뭇잎 그늘에서 유혹하며 나를 바라보았으며, 연꽃들은 시커먼 늪 위에서 유령처럼 떠돌았고, 마법의 새들은 나뭇가지 속에서 매혹적으로 지저귀었다. 모든 것이 열망해오던 목표로 나를 인도했고, 모든 것이 단 하나의 여성에 대한 동경으로

68 그리스 동부 에게해에 있는 섬의 이름으로, 여성 시인 사포의 출신지이기도 하며, 고대에 이곳에서 여성간의 동성애가 성행했다는 데서 레즈비언이라는 말이 유래되었다고 한다.

나를 새로이 무장하도록 했다. 한번은 내가 어느 낯 모르는 아가씨와 춤을 추었고, 달아올라 구애하면서, 그녀를 낚아채 같이 황홀과 도취 속으로 들어갔고, 둘이서 비현실적인 것 속에서 떠다니던 중에, 그녀는 갑자기 웃음을 터뜨리면서 이렇게 말했다. "사람들이 이젠 당신을 알아보지 못하겠어. 오늘 저녁에 당신은 너무나도 멍청하고 맛이 갔었어." 그러자 나는 그녀를, 몇 시간 전에 나에게 "늙어빠진 불평꾼 곰탱이"라고 말했던 여인을 알아보았다. 그녀는 이제 나를 가질 수 있다고 생각했지만, 다음번 춤에서 내가 몸이 달아올랐던 것은 이미 다른 여인이었다. 나는 두 시간, 아니면 더 오랫동안 계속해서 춤을 추어댔고, 온갖 춤을, 심지어는 내가 한 번도 배운 적이 없는 춤들까지 추었다. 몇 번이고 헤르만이, 그 미소를 머금은 소년이, 내 곁에 나타나서, 내게 고갯짓으로 인사를 했고, 혼잡함 속에서 자취를 감추었다.

비록 모든 숫처녀와 대학생이 그것을 알고 있었지만, 나에게는 오십 년 동안 알려지지 않은 채로 남아 있었던 체험이 이날 무도회의 밤에 나에게 베풀어졌다. 축제의 체험, 축제 공동체의 도취 상태, 군중 속에서 개인이 파멸하는 것에 관한 비밀, 환희의 우니오 미스티카[69]에 관한 비밀이, 바로 그

69 Unio mystica란 신과 하나가 되는 희열을 느끼는 현상을 말한다.

런 것이었다. 종종 나는 하녀라면 모두 그것을 잘 알고 있노라고 말하는 것을 들은 적이 있었고, 종종 나는 이야기하는 사람의 눈에서 빛이 나는 것을 보았으며, 언제나 반쯤은 우월감을 반쯤은 질투심을 느끼며, 그것에 미소를 지어 보이곤 했다. 무아경에 빠진 사람의, 즉 스스로에게서 해방된 사람의 도취된 눈 속의 저 광채를, 공동체의 도취상태로 소멸되어버린 사람의 저 미소와 반쯤 넋이 나간 몰입을, 나는 살아오면서 고귀한 예와 비천한 예들에서 수백 번 보아왔고, 술에 취한 신참들과 마도로스에게서와 마찬가지로, 위대한 예술가들에게서도, 예를 들어서 축제 분위기의 공연들의 열광 속에서도 보아왔으며, 그리고 전쟁터로 나가는 젊은 군인들에게서 덜 보지도 않았고, 최근에도 여전히 나는 내 친구 파블로에게서, 그가 오케스트라에서 연주에 도취되어 황홀해하며 자신의 색소폰에 매달려 있거나, 지휘자, 드럼 연주자, 밴조를 든 남자를 넋을 잃고 황홀감에 잠겨 바라볼 때면, 행복하게 무아경에 빠진 사람의 이 광채와 미소를 감탄하고, 사랑하고, 야유하고, 부러워했다. 그러한 미소, 그러한 아이 같은 광채는, 오로지 아주 젊은 사람들에게나, 아니면 개인의 강한 개체화와 차별화가 허용되지 않는 그런 민족들에게나 가능할 거라고, 나는 때때로 생각해왔다. 하지만 오늘, 이 축복 받은 밤에, 나 자신이, 황야의 이리 하리가, 이러한 미소를 발하고 있었으며, 나 자신이 이 깊고도 아이 같고 동화 같은 행복 속에서 헤엄쳐 다녔고, 나 자신이 공동체, 음악, 리듬, 포도주, 성욕으로 이루어진 이 달콤한 꿈과 도취를 호흡했다. 나는 한때 어떤 대학생이 무도회 참관기에서 그것에 보내는 예찬을 아주 자주 조롱과 가련한 우월감으로 함께 들어주곤 했었다. 나는 더 이상 내가 아니었고, 나의 인격은 마치 물에 들어간 소금처럼 축제의 도취 상태 속에서 녹아버렸다. 나는 이 여자 아니면 저 여자와 춤을 추었지만, 내가 품에 안고 머리카락을 쓰다듬고 향기를 들이마셨던 것은, 단지 그 여인뿐만이 아니라, 나와 같은 홀, 같은 춤, 같은 음악 속에서 유영하며 그들의 빛나는 얼굴들이 마치 환상 속의 커다란 꽃처럼 나를 지나쳐 떠다녔던 모든 여인, 다른 모든 여인이었고, 그들 모두가 나의 것이었고, 나는 그들 모두의 것이었으며, 우리는 모두에게 서로 공감했다. 그리고 남자들도 역시 거기에 속했고, 그들 속에도 내가 있었으며, 그들 또한 나에게 낯설지 않았고, 그들의 미소는 나의 미소였으며, 그들의 구애는 나의 구애였고, 나의 구애는 그들의 구애였다.

새로운 춤, 폭스트롯 하나가 '이어닝'이라는 제목으로, 그해 겨울 세상을 정복했다. 이 이어닝은 거듭 연주되었고 언제나 새로이 열망되었으며, 우리 모두는 그것에 흠뻑 젖어 도취되었고, 우리 모두는 그 멜로디를 함께 흥얼거렸다. 나는 쉴 새 없이, 마침 내 앞에 나타난 모든 여인과, 아주 어린

아가씨들과, 피어나는 젊은 여인들과, 여름처럼 무르익은 여인들과, 애처롭게 시들어가는 여인들과 춤을 추었다. 모두에게 매료되어, 웃으면서, 행복하게, 환한 표정을 지으면서 말이다. 그리고 파블로가 이토록 환한 표정의 나를, 늘 몹시 한탄스럽고 불쌍한 놈이라고 생각해왔던 사람인 나를 보았을 때, 그의 눈이 번쩍하면서 행복에 겨워 나를 바라보았고, 그는 열광하며 오케스트라 의자에서 일어나 자신의 호른을 격정적으로 불다가, 의자 위로 올라가 그 위에 서서 볼이 불룩하도록 불어댔더니, 몸을, 또 자신의 악기를, 기쁨에 겨워 격하게 흔들었다. 나와 나의 댄스 파트너는 그에게 손키스를 보내며 큰 소리로 함께 노래했다. 그러는 동안에 나는, 아, 이제 나에게 무슨 일이 일어나도 좋다고, 나 또한 그래도 한 번은 행복했던 적이 있노라고, 환한 표정을 지으며 나 자신으로부터 해방되어서 파블로의 형제였고 어린아이였던 적이 있노라고 생각했다.

시간 감각이 나에게서 사라져버렸고, 나는 이 도취의 행복감이 몇 시간 혹은 몇 순간이나 지속된 것인지 알지 못했다. 축제가 점점 더 달아오를수록, 점점 더 좁은 공간으로 오그라들었다는 사실 또한 나는 알아차리지 못했다. 대부분은 벌써 가버렸고, 복도들은 조용해졌으며, 촛불 중 많은 수가 꺼졌고, 계단실은 인적이 끊겨 있었고, 위층의 홀들에서는 악단이 차례로 연주를 그만두고 가버렸다. 오로지 메인홀과 아래쪽 지옥에서만 아직도, 계속해서 열기에 고조되어서, 화려한 축제의 도취가 광란하고 있었다. 내가 헤르미네와, 그 젊은이와 춤을 추어서는 안 되었던 까닭에, 우리는 언제나 춤 휴식 때에만 스치듯이 다시 만나 인사를 나누었고, 마침내는 그녀가 나에게서 아예 완전히 사라져버렸는데, 단지 눈에서만 그런 것이 아니라, 심지어 생각에서조차 사라져버렸다. 더 이상 그 어떤 생각도 남아 있지 않았다. 정신이 나간 채 나는 도취된 춤의 혼잡함 속에서 헤엄쳤고, 향기, 음조, 한숨, 말들에 의해 어루만져졌고, 낯선 눈에게 인사를 받고 격려를 받았으며, 낯선 얼굴, 입술, 뺨, 팔, 가슴, 무릎들에게 에워싸였고, 음악에 의해 마치 파도처럼 박자를 타며 왔다갔다 내던져졌다.

이제 나는 한순간 반쯤 깨어나서, 작은 홀들 중의 하나인, 아직도 음악이 울려퍼지고 있는 마지막 홀을, 지금 가득 메우며 아직 남아 있는 마지막 손님들 중에서 불현듯 누군가를 보았다 — 이제 나는 불현듯 하얗게 분칠한 얼굴에 검은 옷을 입은 피에레트[70]를, 아름답고 생기 있는 아가씨를, 가면으로 얼굴을 가린 유일한 여인으로서, 내가 이날 밤 내내 단 한 번도 보지 못했던 매혹적인 인물을 보았다. 다른 모든 이

70 피에로에 상응하는 여성 인물로, 프랑스 코미디의 등장인물이다.

에게서, 붉게 달아오른 얼굴, 구겨진 의상, 찌든 옷깃과 옷깃 장식에서, 늦은 시각이 엿보였던 반면에, 검은 옷의 피에레트는 산뜻하고 새롭게, 가면 뒤에 하얀 얼굴을 하고, 주름 없는 의상에, 손끝 하나 대지 않은 듯한 주름장식 칼라, 반질반질한 레이스 커프스와 갓 꾸민 머리 모양을 하고 서 있었다. 나는 그녀에게 이끌렸고, 그녀를 껴안았으며, 그녀를 춤으로 이끌었고, 그녀의 주름장식 칼라는 향기를 내며 나의 턱을 간질였으며, 그녀의 머릿결은 내 뺨에 스쳤다. 이날 밤 나와 춤을 춘 그 어떤 여인보다도 더 부드럽고 더 내밀하게, 그녀의 탱탱하고 젊은 육체는 나의 움직임들을 받아 주고, 피하고, 그 움직임들이 자꾸만 새로운 접촉이 되도록 장난치듯 압박하고 꼬드겼다. 그리고 내가 춤을 추면서 몸을 구부려 나의 입으로 그녀의 입을 찾으려는 동안에, 이 입은 갑자기 우월감과 오랜 친숙함이 감도는 미소를 지었고, 나는 그 단호한 턱을 알아보았으며, 행복해하며 그 어깨, 팔꿈치, 손을 알아보았다. 그것은 헤르미네였고, 더 이상 헤르만이 아니었으며, 옷을 갈아입었고, 산뜻했고, 살짝 향수를 뿌리고 분을 발랐다. 작열하며 우리들의 입술이 맞닿았고, 한순간 그녀의 몸 전체가, 아래쪽으로 무릎에 이르기까지, 욕망에 차서 내맡기듯 내게 밀착해왔고, 그런 다음에 그녀는 나에게서 자신의 입을 떼고 수줍어하듯 도망치며 춤을 추었다. 음악이 멈췄을 때, 우리는 뒤엉킨 채 그대로 서 있었고, 우리를 빙 둘러싼 흥분한 커플들이 모두 박수를 치고, 발을 구르고, 소리를 지르고, 지친 악단에게 이어닝을 다시 연주해달라고 닦달해댔다. 그리고 이제 우리는 갑자기 아침을 느꼈고, 커튼들 뒤의 흐릿한 빛을 보았으며, 쾌락의 끝이 가까워졌음을 감지했고, 다가올 피곤함을 예감했으며, 맹목적으로, 웃음을 터뜨리면서, 절망적으로 다시 한번 춤 속으로, 음악 속으로, 빛의 홍수 속으로 뛰어들었고, 박자를 타면서 미친 듯이 스텝을 밟았고, 쌍쌍이 바짝 붙어서, 행복하게 다시 한번 커다란 파도가 우리 위로 덮치는 것을 느꼈다. 이 춤에서 헤르미네는 자신의 우월함, 조롱, 냉정함을 놓아버렸다 — 그녀는 나를 사랑에 빠지게 만들기 위해 자신이 더 이상 아무것도 할 필요가 없다는 사실을 알고 있었다. 나는 그녀의 것이었다. 그리고 그녀는 춤 속에서, 시선 속에서, 입맞춤 속에서, 미소 속에서, 자신을 바쳤다. 이 열광하는 밤의 모든 여인, 내가 같이 춤을 추었던 모든 여인, 내가 불을 붙였던 모든 여인, 나에게 불을 붙였던 모든 여인, 내가 구애했던 모든 여인, 내가 열망하며 몸을 밀착했던 모든 여인, 내가 사랑의 동경을 띠며 눈으로 뒤쫓았던 모든 여인이 한데 녹아 단 하나뿐인 여인이 되었고, 그녀가 나의 품속에서 피어났다.

이 합일의 춤은 오랫동안 지속되었다. 두세 번 음악이 중단되었는데, 관악기 연주자들은 자신들의 악기를 떨구었고,

피아노 연주자는 그랜드피아노에서 일어나버렸으며, 제1 바이올린 연주자는 포기하며 고개를 절레절레 저었지만, 매번 그들은 마지막 댄서들의 애원하는 희열의 몸짓에 다시 불타올랐고, 한 번 더 연주했으며, 더 빨리 연주했고, 더 거칠게 연주했다. 그런 뒤에 — 우리는 여전히 뒤엉킨 채, 방금 춘 탐닉적인 춤으로 인해 숨가빠하면서 서 있었다 — 피아노 덮개가 쾅 하는 소리와 함께 닫혔고, 우리들의 팔은 관악기 연주자와 바이올린 연주자의 팔이 그랬듯이 지쳐서 떨궈졌으며, 플롯 연주자는 눈짓을 하면서 자신의 플롯을 케이스에 챙겨 넣었고, 문들이 열어젖혀져 차가운 공기가 밀려들어왔으며, 하인들이 외투를 들고 나타났고, 바텐더는 스위치를 돌려 불을 껐다. 유령처럼 으스스하게 모든 것이 뿔뿔이 도망쳐버렸고, 방금 전까지만 해도 하얗게 작열하던 댄서들은 오싹해져서, 그들의 외투로 돌진했고 옷깃을 높이 세웠다. 헤르미네는 창백했지만, 미소를 지으며 서 있었다. 그녀는 천천히 팔을 들어올려 자신의 머리를 도로 쓸어올렸고, 그녀의 겨드랑이는 불빛 속에서 광채를 띠었으며, 한없이 부드럽고 옅은 그림자가 거기서부터 그녀의 가려진 젖가슴까지 드리웠고, 그 아른거리는 작은 그림자 선은 나에게, 마치 미소처럼, 그녀의 모든 매력을, 그녀의 아름다운 육체의 온갖 유희와 능력을 아우르고 있는 것처럼 보였다.

우리는 그대로 선 채로 서로를, 즉 홀에 남은 마지막 사람을, 건물에 남은 마지막 사람을, 바라보았다. 나는 아래쪽 어딘가에서 문이 쾅 하고 닫히고, 유리가 박살나고, 낄낄거리는 소리가 점차 사그라지는 것을 들었고, 이 소리들은 크랭크를 돌려 시동을 거는 자동차들의 급하고 심술궂은 소음과 뒤섞였다. 어디에선가, 가늠할 수 없이 멀고도 높은 곳에서, 나는 폭소가 울려퍼지는 것을 들었는데, 엄청나게 밝고 즐거우면서도 소름 끼치고 낯선 폭소, 맑고 빛나면서도 차갑고 냉혹한, 수정과 얼음으로 빚은 웃음이었다. 어째서 이 기묘한 웃음이 나에게 친숙하게 들렸던 것일까? 나는 그 이유를 발견하지 못했다.

우리 둘은 선 채로 서로를 바라보았다. 한순간 나는 정신이 나고 말짱해졌고, 뒤에서 엄청난 피로감이 나를 엄습해오는 것을 느꼈으며, 땀으로 흠뻑 젖은 옷이 불쾌하게, 축축하고 뜨뜻하게 내게 걸쳐져 있는 것을 느꼈고, 내 두 손이 벌겋고 핏줄이 불거진 채, 구겨지고 땀에 흠뻑 젖은 소맷부리로부터 솟아 나와 있는 것을 보았다. 하지만 곧바로 그것은 다시 지나가버렸으니, 헤르미네의 시선이 그것을 일소해버린 것이었다. 내 자신의 영혼이 나를 바라보는 듯, 그렇게 나를 보는 그녀의 시선 앞에서, 모든 현실은 맥없이 주저앉아 버렸고, 그녀를 향한 나의 관능적 욕망의 현실 또한 그렇게 되었다. 홀린 듯이 우리는 서로를 바라보았고, 나의 가련하고 작은 영혼이 나를 바라보았다.

"당신 준비됐어?" 헤르미네가 물었고, 그녀의 가슴 위에 드리운 그림자가 날아가버렸던 것처럼, 그녀의 미소도 날아가버렸다. 위쪽 멀리 미지의 공간들에서 울려퍼지던 저 낯선 웃음소리가 서서히 사그라들었다.

나는 고개를 끄덕였다. 아, 그렇다, 나는 준비되어 있었다.

그때 악사 파블로가 문에 모습을 나타냈고, 기쁜 눈으로 우리를 비추었는데, 그 눈은 본래 동물의 눈이었지만, 동물의 눈은 항상 진지한데, 그의 눈은 늘 웃고 있었고, 그 웃음이 그 눈을 인간의 눈으로 만들었다. 그는 모든 진심에서 우러나온 따뜻한 우정을 담아서 우리에게 손을 흔들었다. 그는 알록달록한 실내용 실크 재킷을 걸치고 있었고, 그것의 빨간 단 위로 축축하게 젖은 셔츠 깃과 기진맥진한 창백한 얼굴이 기묘하게 생기를 잃고 빛이 바랜 채 모습을 드러냈지만, 빛을 내뿜는 검은 눈이 그것을 지워버렸다. 그 눈은 현실도 지워버렸고, 마법을 부리기도 했다.

우리는 그의 손짓을 따라갔고, 문 아래에서 그는 낮은 소리로 나에게 이렇게 말했다. "형제 하리, 제가 당신을 소소한 오락거리에 초대합니다. 오로지 광인들만 입장 가능하고, 이성을 내놓아야 합니다. 당신은 준비가 되셨습니까?" 다시금 나는 고개를 끄덕였다.

사랑스러운 녀석! 그는 다정하고 사려 깊게 우리의 팔을, 헤르미네는 오른쪽으로, 나는 왼쪽으로 잡았고, 계단을 올라가서 작고 둥근 방으로 우리를 안내했는데, 그 방은 위쪽에서 푸르스름하게 조명이 되어 있었고, 거의 텅 비어 있었으며, 그 안에는 작고 둥근 테이블과 안락의자 세 개 말고는 아무것도 없었고, 우리는 그 안락의자에 앉았다.

우리가 어디에 있었던 것일까? 내가 잠을 잤었나? 내가 집에 있었나? 내가 차 안에 앉아 달리고 있었던가? 아니다, 나는 푸른 조명이 비치는 둥근 공간에, 엷어진 공기 속에, 매우 성겨진 현실의 층에 앉아 있었다. 도대체 왜 헤르미네는 그토록 창백했을까? 왜 파블로는 그렇게 말을 많이 했을까? 그가 말을 하게 만든 사람이, 그의 입을 통해서 말을 했던 사람이, 혹시 내가 아니었을까? 그저 나 자신의 영혼이, 길을 잃고 두려움에 떠는 새가, 그의 검은 눈으로 나를 바라보았던 것은 아니었을까, 헤르미네의 잿빛 눈으로 바라보았던 것과 꼭 마찬가지로?

호의를 다하면서도 약간은 의례적인 친밀함을 띠고서 친구 파블로는 우리를 바라보았고, 말을, 오랫동안 많은 말을 했다. 그가, 결코 맥락을 이어가며 말하는 것을 들어보지 못했던 그가, 어떤 논쟁이나 어떤 표현에도 관심이 없었던 그가, 생각이 있으리라고는 거의 믿지 않았던 그가, 이제 말을 했고, 훌륭하고 따듯한 음성으로 유창하고 실수 없이 이야기를 했다.

"친구들, 나는 하리가 이미 오래전부터 고대해왔던, 하리가 이미 오래전부터 꿈꿔왔던 오락거리에 여러분을 초대했습니다. 시간이 조금 늦었고, 아마도 모두가 약간 피곤할 거예요. 그래서 우리는 여기에서 일단 잠깐 휴식을 취하고 기운을 돋우려고 합니다."

그는 벽감(壁龕)에서 작은 컵 세 개와 작고 익살맞은 병 하나를 집어 왔고, 알록달록한 목재로 만든 작고 이국적인 상자를 가져왔으며, 병에서 석 잔을 그득히 따라주었고, 상자에서 가늘고 긴 노란 담배 세 개비를 꺼냈고, 상의에서 라이터를 꺼내 우리에게 불을 붙여주었다. 우리는 이제 각자 안락의자에 등을 기대고서, 천천히 유향 연기처럼 짙은 연기가 나는 담배를 피웠으며, 새콤달콤하고 묘하게도 미지의 낯선 맛이 나는 음료를 조금씩 천천히 삼켰는데, 그것은 실제로 활력과 행복감을 한없이 주는 효과를 내어서, 마치 몸이 가스로 채워져 자신의 무게를 잃는 것 같았다. 그렇게 우리는 앉아서, 작은 모금으로 담배를 피웠고, 쉬었고, 잔을 홀짝홀짝 마셨으며, 가볍고 유쾌해지는 느낌을 받았다. 이에 덧붙여서 파블로가 따뜻한 음성으로 차분하게 말했다.

"하리 씨, 오늘 약간이나마 당신을 대접할 수 있어서 기쁘게 생각합니다. 당신은 자주 당신의 삶에 몹시 싫증이 났고, 이곳에서 벗어나려고 애썼어요, 그렇지 않나요? 당신은 이 시간, 이 세계, 이 현실을 떠나기를 갈망했고, 다른 현실로, 당신에게 더 적합한 현실로 들어가기를, 시간이 없는 세상으로 가기를 갈망했습니다. 그렇게 하십시오, 사랑하는 친구, 제가 그리로 당신을 초대하겠습니다. 당신은 물론, 어디에 이 다른 세상이 숨겨져 있는지를, 당신이 찾고 있는 세계가 당신 자신의 영혼의 세계라는 사실을 알고 있습니다. 오로지 당신 자신의 내면에만 당신이 동경하는 저 다른 현실이 살고 있습니다. 저는 당신 자신 안에 이미 존재하고 있지 않은 것은 아무것도 당신에게 드릴 수 없고, 당신 영혼의 그림 전시실 말고는 그 어떤 전시실도 당신에게 열어드릴 수 없습니다. 저는 당신에게 아무것도 드릴 수 없고, 그저 기회를, 동기를, 열쇠를 드릴 수 있을 따름입니다. 저는 당신이 당신 자신의 세상을 볼 수 있도록 도와드리는 것이고, 그게 전부입니다."

그는 다시 자신의 알록달록한 재킷 호주머니에 손을 넣었고, 둥근 손거울을 꺼냈다.

"보십시오. 당신은 지금까지 이렇게 자기 자신을 보아왔습니다!"

그는 내 눈앞에 그 작은 손거울을 가져다 댔고(아이들이 부르는 노래 한 구절이 내 머리에 떠올랐다. "거울아, 손에 든 거울아"[71]), 나는 약간 번지고 희뿌연 형상을, 그 안에서

71 『백설공주』에서 계모인 왕비가 마법의 거울에게 하는 말.

요동치고, 그 안에서 격렬하게 작용하고 들끓는 섬뜩한 형상을 보았다. 나 자신을, 하리 할러를, 그리고 이 하리 안에서 황야의 이리를, 사람을 꺼리는 아름다운 이리를, 하지만 길을 잃고 겁에 질려 바라보는 이리를, 금방 사나웠다가도 금방 슬프게 빛나는 눈을 말이다. 그리고 이 이리 형상은 부단히 움직이면서 하리를 가로질러 흘렀는데, 마치 강 속에 다른 빛깔의 지류가, 다투며, 고통스럽게, 하나가 다른 하나를 먹어치우면서, 형상을 이루는 것에 대한 구원받지 못한 동경에 가득 차서, 구름 모양을 만들고 파고드는 듯했다. 이 흘러가고 있는, 반쯤 형상을 갖춘 이리는, 아름답고 경계하는 눈으로, 나를 슬프게, 슬프게 바라보았다.

"당신은 이렇게 자기 자신을 보아왔습니다"라고 파블로가 부드럽게 되풀이하고는 거울을 다시 호주머니에 집어넣었다. 감사해하며 나는 눈을 감았고, 영약을 조금 마셨다.

"우리는 이제 충분히 쉬었습니다," 파블로가 말했다. "우리는 기운을 차렸고, 약간의 담소를 나누었습니다. 여러분이 더 이상 피곤하다고 느끼지 않는다면, 나는 이제 여러분을 내 만화경으로 안내해서, 여러분에게 나의 작은 극장을 보여드리겠습니다. 동의하나요?"

우리는 몸을 일으켰고, 미소를 지으면서 파블로가 앞서갔고, 문을 하나 열었고, 커튼을 옆으로 걷자, 거기에서 우리는 어떤 극장의, 둥근 말굽 모양의 복도에, 정확히 한가운데에서 있었고, 굽은 복도는 아주 많은, 믿을 수 없을 정도로 많은, 좁다란 특별석 문을 지나가며 양 측면으로 이어졌다.

"이것이 우리 극장입니다." 파블로가 설명했다. "오락 극장이죠, 여러분이 가지각색의 웃을 거리를 발견하게 되길 바랍니다." 그러면서 그는 웃음을 터뜨렸고, 그저 몇몇 음향에 불과했지만, 그것들은 격하게 나를 엄습했으며, 그것들은 내가 전에 위에서 들은 적 있던, 밝고도 낯선 웃음이었다.

"내 작은 극장에는 여러분이 원하는 만큼 많은 특별석 문이 있어서, 열 개, 백 개, 아니면 천 개에 달하고, 각각의 문 뒤에서는 여러분이 마침 찾고 있는 것이 여러분을 기다리고 있습니다. 그것은 예쁜 그림 전시실입니다, 하지만 사랑하는 친구여, 지금 이대로의 당신으로서 그것을 통과하는 것은 당신에게 아무런 도움이 안 될 겁니다. 당신은 당신에게 익숙한 것 때문에 당신의 인격체를 명명하는 데 방해를 받고 현혹될 겁니다. 의심할 나위 없이 당신은 이미 오래전에, 시간의 극복이, 현실로부터의 구원이, 당신의 동경에 어떤 종류의 이름을 붙이든 간에, 당신의 이른바 인격으로부터 벗어나고자 하는 소망을 의미한다는 점에서는 다르지 않다는 사실을 알아냈습니다. 인격은 당신이 들어앉아 있는 감옥입니다. 그리고 당신이 지금 이대로의 당신으로서 극장에 들어서신다면, 당신은 모든 것을 하리의 눈으로, 모든 것을 황야의 이리의 오래된 안경을 통해서 보게 될 겁니다. 당신은 이 안경을 떨쳐버리라고, 이 매우 존경받는 인격을, 원하면 언제든지 당신 마음대로 할 수 있도록 준비되어 있는 여기 이 옷 보관소에 친절하게 벗어놓으시라고 초대된 겁니다. 당신이 경험한 멋진 무도회의 밤, 『황야의 이리 논고』, 마지막으로 우리가 방금 섭취한 작은 흥분제 또한 당신을 충분히 준비시켰을 겁니다. 하리 당신은 당신의 값진 인격을 버린 다음에, 극장의 왼편을 마음대로 쓰실 수 있고, 헤르미네는 오른편을 쓰게 될 것이며, 안에서 당신들은 마음껏 다시 만날 수 있습니다. 헤르미네, 우선 잠시만 커튼 뒤로 가줘, 나는 우선 하리를 안내해서 들어가고 싶어."

헤르미네는, 바닥에서부터 둥근 천장에 이르기까지 뒷벽을 덮고 있던 거대한 거울을 지나쳐서, 오른쪽으로 사라졌다.

"자, 하리, 이제 이리로 와서 진짜로 기분 좋게 있어요. 당신을 기분 좋게 만드는 게, 당신한테 웃는 법을 가르치는 게, 이 행사 전체의 목표랍니다 — 당신이 제 일을 쉽게 만들어 주시기를 바랍니다. 기분이 괜찮으신 거죠? 그렇지요? 예컨대 겁이 나시나요? 그렇다면 좋습니다, 아주 좋아요. 당신은 이제, 두려움 없이 진심으로 즐기면서, 우리의 가상세계로 들어가게 될 겁니다. 관례가 그렇듯이, 사소한 가상의 자살을 통해 자신을 소개함으로써 말입니다."

그는 다시 작은 손거울을 끄집어내더니 그것을 내 얼굴 앞에 들이댔다. 다시금, 필사적으로 씨름하는 이리 형상이 번져 있는, 뒤엉키고 흐릿한 하리가, 나에게 익숙하면서도 참으로 호감이 가지 않는 형상이, 그것의 절멸이 나에게 어떤 근심도 끼치지 못하는 그 형상이 나를 마주 보았다.

"없어도 상관없게 된 이 거울 속 형상을 당신은 지금 지워버리게 될 겁니다, 친구, 더 이상은 필요가 없습니다. 당신이 이 형상을, 만약 당신 기분이 그걸 허락한다면, 솔직한 웃음과 더불어 관찰하는 것으로 충분합니다. 당신은 여기 유머의 학교에 있고, 당신은 웃는 법을 배워야 합니다. 이제 모든 고차원의 유머는 자기 자신을 더 이상 진지하게 받아들이지 않는 것으로 시작한답니다."

나는 단호하게 거울을, 손에 든 거울을 들여다보았고, 그 안에서는 이리 하리가 갑자기 경련을 일으켰다. 한순간 내 안에서, 안쪽 깊숙한 곳에서, 나지막하게, 하지만 고통스럽게, 마치 회상처럼, 향수처럼, 회한처럼, 움찔했다. 그러자 가벼운 압박감이 물러나고 새로운 느낌이, 코카인으로 마취된 턱에서 썩은 이가 뽑힐 때와 비슷한 느낌이, 안도감과 깊은 심호흡, 동시에 전혀 아프지 않았다는 놀라움이 찾아왔다. 그리고 이러한 느낌에 웃고 싶은 충동과 신선한 유쾌함이 어우러졌고, 나는 이것에 저항할 수가 없어서 구원의 폭소를 터뜨리고야 말았다.

흐릿하고 작은 거울 속 형상은 번뜩하더니 스러져버렸고, 작고 둥그런 거울 표면이 홀연히, 마치 타버린 것처럼 되었고, 잿빛에 우툴두툴하고 불투명해져버렸다. 파블로는 웃으면서 거울 조각을 던져버렸고, 그것은 데굴데굴 구르면서 끝없는 복도 바닥에서 사라져버렸다.

"잘 웃었습니다, 하리," 파블로가 외쳤다. "당신은 앞으로 불멸의 존재들처럼 웃는 법을 배우게 될 거예요, 드디어 당신은 황야의 이리를 죽여버렸습니다. 면도칼로는 되지 않아요. 그가 죽어 있는지 잘 살펴보십시오! 곧 당신은 어리석은 현실을 떠날 수 있게 될 겁니다. 다음에는 우리가 의형제를 맺으며 술잔을 기울이게 될 거예요, 친구, 오늘만큼 당신이 제 마음에 들었던 적은 한 번도 없었습니다. 그리고 그런 뒤에도 여전히 당신이 그것을 중요하게 여긴다면, 우리는 또, 당신이 원하는 만큼 얼마든지, 같이 철학하고, 논쟁을 벌이고, 음악에 관해서, 모차르트와 글루크[72]과 플라톤과 괴테에 관해서 이야기를 나눌 수도 있습니다. 당신은 이제 왜 전에는 그게 되지 않았는지 이해하게 될 겁니다. 당신이 성공하길 바랍니다, 그리고 오늘부로 당신은 황야의 이리를 놓아주게 될 겁니다. 왜냐하면 당신의 자살은 당연히 궁극적인 자살이 아니거든요. 우리는 여기 마법 극장에 있고, 여기에는 형상들만 있지 현실은 없답니다. 아름답고 더 명랑한 형

72 크리스토프 빌리발트 글루크(1714~1787): 독일의 작곡가.

상들을 찾아내서 당신이 더 이상 당신의 의심스러운 인격에 홀딱 빠져 있지 않다는 걸 보여주세요! 하지만 그럼에도 불구하고 당신이 그것을 도로 갈망한다면, 당신은 그저 제가 지금 당신께 보여드릴 거울을 다시 들여다보기만 하면 됩니다. 그렇지만 당신은 물론 다음과 같은 지혜로운 옛 격언을 알고 있겠지요. 손에 든 작은 거울이 벽에 걸린 거울 두 개보다 낫다. 하하!(다시금 그는 매우 아름답고도 섬뜩하게 웃었다.) 자, 이제 아주 간단하고 재미있는 의식 하나를 실행에 옮기는 일만 남았네요. 당신은 지금 자신의 인격의 안경을 벗어던졌으니, 어서 와서 제대로 된 거울을 들여다보세요! 재미있을 겁니다."

그는 웃으며 익살맞게 살짝 쓰다듬으면서 나를 돌려세워서 내가 거대한 벽 거울과 마주 보게 했다. 나는 그 속에서 나 자신을 보았다.

잠시 나는 나에게 익숙한 하리를 보았는데, 다만 평소 같지 않게 기분이 좋고 밝고 웃는 얼굴을 하고 있었다. 그러나 내가 그를 알아보자마자, 그는 산산이 부서졌고, 두 번째 인물이 그에게서 떨어져 나왔고, 세 번째, 열 번째, 스무 번째가 떨어져 나왔으며, 그 거대한 거울 전체가 순전히 하리나 하리의 조각들로, 그 하나하나를 내가 고작 번쩍하는 순간밖에 보지 못했고, 인식하지 못했던 수없이 많은 하리로 가득 차 있었다. 이 많은 하리 중의 몇몇은 내 나이 또래였고,

몇몇은 더 나이를 먹었으며, 몇몇은 몹시 늙어 있었고, 다른 하리들은 아주 젊은, 청년, 소년, 어린 학생, 개구쟁이, 아이들이었다. 쉰 살의 하리와 스무 살의 하리가 뒤죽박죽으로 달리고 펄쩍펄쩍 뛰었으며, 서른 살짜리와 쉰 살짜리, 진지한 하리와 쾌활한 하리, 기품 있는 하리와 우스꽝스러운 하리, 잘 차려입은 하리와 넝마를 걸친 하리, 그리고 또 완전히 벌거벗은 하리, 대머리 하리와 긴 곱슬머리 하리, 그 모두가 나왔으며, 각자는 번개처럼 빠르게 나에 의해 관찰되고 인식되고 사라져버렸으며, 그들은 산지사방으로 흩어졌고, 왼쪽으로, 오른쪽으로, 거울 깊숙이 들어가는가 하면, 거울에서 나오기도 했다. 젊고 세련된 녀석 하나가 파블로의 가슴으로 웃으면서 뛰어들더니, 그를 포옹하고는 그와 함께 달아나버렸다. 그리고 특별히 내 마음에 쏙 들었던, 아름답고 매력적인 열여섯이나 열일곱 살짜리 청년이, 번개처럼 복도로 달려 들어와서는, 게걸스럽게 그 모든 문에 새겨져 있는 글귀들을 읽었다. 나는 그를 뒤따라갔는데 그는 어느 문 앞에 멈춰 서 있었고, 나는 그 문에서 이러한 푯말을 읽었다.

모든 아가씨는 너의 것!
1마르크 투입

그 사랑스러운 젊은이는 재빨리 폴짝 뛰어올랐고, 머리를 앞쪽으로 향하고는, 자기가 직접 투입구로 뛰어들어서 문 뒤로 사라져버렸다.

파블로 또한 사라졌고, 거울도 역시 사라진 것처럼 보였으며, 그것과 더불어 수없이 많은 하리 인물도 모조리 사라졌다. 나는 내가 지금 나 스스로에게 그리고 극장에 내맡겨졌다고 느꼈고, 호기심에 차서 이 문 저 문으로 가보았으며, 문마다 새겨진 글귀를, 유혹을, 약속을 읽었다.

다음과 같은 글귀가

> 즐거운 사냥하러 출발!
> 자동차 대사냥

나를 유혹했고, 나는 좁다란 문을 열고 들어갔다.

그곳에서 나는 시끄럽고 흥분된 세상 속으로 낚아채어져 들어갔다. 도로에서는 자동차들이 추격전을 벌이고 있었는데, 일부는 철갑으로 덮여 있었고, 행인들을 사냥했고, 그들을 치어 곤죽을 만들어버렸으며, 그들을 집의 담으로 밀어붙여 결딴내버렸다. 나는 곧바로 파악했다. 그것은 오랫동안 준비되어 왔고, 오랫동안 기대되었고, 오랫동안 두려워했으며, 마침내 발발해버리고만 인간과 기계의 싸움이라는 것을 말이다. 사방에 죽은 자들과 찢긴 자들이 널려 있었고,

사방에 박살나고, 찌그러지고, 반쯤 불타버린 자동차들 또한 널브러져 있었으며, 황량한 뒤죽박죽 위로는 비행기들이 선회하고 있었고, 그것들을 향해서도 많은 지붕과 창문에서 소총과 기관총들이 발사되었다. 벽마다 죄다 나붙은 화려하고 거친 선동성 벽보들이 횃불처럼 타오르는 거대한 글자들로, 마침내 기계에 맞서서 인간들을 위해 전력을 다하라고, 마침내 기계의 도움으로 다른 사람들에게서 기름을 쥐어짠, 살찌고 번듯하게 차려입고 향기를 풍겨대는 부자들을, 기침을 해대고 성질 사납게 으르렁대고 지독하게 그르렁대는 놈들의 커다란 자동차들과 함께 쳐 죽이라고, 마침내 공장들에 불을 지르고 더럽혀진 땅을 좀 비우고 그곳의 인구를 줄이라고, 그래서 다시 풀이 자라나고, 먼지 쌓인 시멘트 세상이 다시 숲, 초원, 황야, 개울, 습지 같은 것이 될 수 있게 하라고 국민들에게 촉구했다. 다른 벽보들은 이와 반대로, 멋지게 그려지고, 화려하게 양식화되고, 더 섬세하고 덜 아이 같은 색으로, 비범할 정도로 영리하고 사상성을 지니게 작성되어서, 오히려 정반대로 모든 유산자와 모든 신중한 자에게 무정부 상태의 위협적인 혼란에 대해 감동적으로 경고했고, 진정으로 마음을 사로잡으면서 질서, 노동, 소유, 문화, 권리의 축복을 묘사했으며, 기계들이란, 그것의 도움으로 그들 자신이 신이 될 수도 있을, 인간의 최상이자 최후의 발명품이라고 칭송했다. 생각에 잠겨 감탄하면서 나는 벽보들을, 빨간 것과 초록색 것을 읽었는데, 그것들의 너울거리는 달변, 그것들의 설득력 있는 논리가 나에게 믿기지 않을 정도로 영향을 미쳤고, 그들이 옳았다고 깊이 확신하며, 나는 금방 이 벽보 앞에 섰다가, 금방 다른 벽보 앞에 서 있었고, 어쨌든 간에 주위의 상당히 옹골찬 총질 때문에 눈에 띄게 방해를 받았다. 이제 주안점은 분명했다. 다시 말하자면, 그것은 전쟁이었다, 격렬하고, 호기롭고, 지극히 공감이 가는 전쟁 말이다. 거기에서는 황제, 공화국, 국경이, 국기와 정치색과 그런 부류의 더욱 장식적이고 연극적인 것들이, 그러니까 실제로는 쓸데없는 짓거리들이 중요했던 것이 아니었고, 거기에서는 공기가 너무 답답하게 느껴지고 삶이 더 이상 제대로 입맛에 맞지 않는 사람들 각자가 모두 자신의 불만에 호소력 있는 표현을 부여하고 금속성의 문명화된 세계에 대한 전반적인 파괴에 길을 터주려고 노력한 것이었다. 나는 모든 사람의 눈에서 파괴욕과 살해욕이 그토록 밝고 솔직하게 웃고 있는 모습을, 그리고 나 자신 안에서 이 붉은 야생화가 한창 탐스럽게 피어나고 마찬가지로 웃고 있는 모습을 보았다. 기뻐하며 나는 전투에 가담했다.

그러나 그 모든 것 중에서 가장 멋졌던 일은 내 옆에 홀연히 나의 학창 시절 동무인 구스타프가 나타난 것이었는데, 그는 수십 년 전부터 나에게는 실종된 사람이었고, 한때는 내 어린 시절 초반의 친구 중에서 가장 거칠고, 힘세고, 삶에 목말라하던 친구였다. 그의 담청색 눈이 다시금 나에게 눈짓을 하는 것을 보았을 때, 나의 심장은 웃음을 지었다. 그는 나에게 손을 흔들었고, 나는 반가운 마음으로 곧장 그의 뒤를 따랐다.

"맙소사, 구스타프," 내가 행복해하며 소리쳤다. "널 다시 보다니! 도대체 넌 뭐가 되었니?"

짜증스러워하며 그는 갑자기 깔깔댔고, 그것은 소싯적과 꼭 같았다.

"이 멍청아, 도대체 만나자마자 또 질문이나 받고 수다나 들어야 하는 거냐? 난 신학 교수가 됐어, 자, 너도 이젠 알았지, 그런데 이제는 다행히도 신학이 더 이상 행해지지 않아, 친구, 전쟁이 일어나지. 자, 가자!"

그는 방금 우리 쪽으로 헐떡이며 마주 왔던 작은 자동차에서 운전사를 쏘아 떨어뜨렸고, 마치 원숭이처럼 민첩하게 그 자동차로 뛰어올라서, 그것을 멈춰 세우고는, 내가 타게 해주었고, 그런 다음에 우리는 악마처럼 쏜살같이 총알과 전복된 자동차들 사이를 뚫고 달렸고, 그곳으로부터 시내와 교외로 빠져나갔다.

"넌 공장주들 편에 서 있니?" 내가 나의 친구에게 물었다.

"아 뭐야, 그거야 취향의 문제지, 우리는 나중에 밖에서 그걸 생각해보게 될 거야. 아니야, 잠깐 기다려봐, 나는 우리가 다른 정당을 뽑는 것에 더 찬성이야, 비록 근본적으로는 아무 상관이 없긴 하지만 말이야. 난 신학자이고, 나의 선조인 루터는 그의 시대에 농민들에 맞서는 영주들과 부자들을 도왔고, 우리는 이제 그것을 조금 수정할까 해. 고물 자동차, 몇 킬로미터라도 더 버텨주면 좋겠는데!"

하늘의 아이인 바람처럼 빨리, 우리는 부르릉 소리를 내며 거기서 출발해 초록의 평온한 풍경 속으로 들어갔으며, 여러 마일 더 가서 커다란 평원을 가로지른 뒤에 천천히 오르막을 올라가면서 어마어마한 산악지대로 들어섰다. 여기서 우리는 평평하고 번쩍번쩍 빛나는 길에서 멈추었는데, 이 길은 가파른 암벽과 나지막한 방호벽 사이로 대담한 곡선을 그리며 높다랗게, 푸르고 빛나는 호수 너머로 높다랗게 이어져 있었다.

"아름다운 지역이네," 내가 말했다.

"아주 멋지지. 우리가 이 길을 차축 거리라고 불러도 좋겠는걸, 여기서 차축 몇 개가 쾅 하고 폭음을 내게 될 거야, 하리, 잘 봐!"

우람한 소나무가 길가에 서 있었고, 우리는 소나무 위쪽 안에 판자로 만든 오두막 같은 무엇인가가 지어져 있는 것을, 망루이자 사냥 망대를 보았다. 푸른 눈으로 약삭빠른 눈짓을 보내면서 구스타프가 나에게 환하게 웃었고, 우리 둘은 서둘러 자동차에서 내려 나무 밑동을 기어 올라갔고, 깊이 숨을 쉬면서 망대에 몸을 숨겼는데, 그것은 몹시 우리 마음에 들었다. 우리는 거기에서 소총, 권총, 탄약통들을 찾아냈다. 그리고 우리가 몸을 좀 식히고 사냥 망루에서 정비를 막 끝내자마자, 가장 근처의 커브에서 목이 잠기고 지배욕에 가득 찬 소리로, 한 커다란 호화 자동차의 경적이 울렸고, 그것은 덜덜거리면서 빠른 속도로, 번쩍거리는 산길을 달려오고 있었다. 우리는 이미 소총을 손에 들고 있었다. 그것은 엄청나게 흥미진진했다.

"운전사를 겨냥해!" 구스타프가 재빨리 명령했고, 곧장 육중한 자동차가 우리 아래로 질주해 지나갔다. 이미 나는 운전수의 파란 모자를 겨냥하고 있었고 방아쇠를 당겼다. 그 남자는 맥없이 쓰러졌고, 자동차는 계속 질주하다가 벽에 부딪쳐 튕겨 나왔고, 커다랗고 통통한 뒝벌처럼 묵직하게 미쳐 날뛰며 아래쪽 담을 들이박고는, 전복되어버리더니, 짧고 작은 쿵 소리와 함께 담벼락을 뛰어넘어 나락으로 곤두박질했다.

"처치했다!" 구스타프가 웃었다. "다음 녀석은 내가 잡을게."

벌써 다시 자동차 한 대가 질주해오고 있었고, 빽빽하게 셋 아니면 네 명의 승객들이 좌석에 앉아 있었으며, 한 여인의 머리에서 베일 한 자락이 뻣뻣하게 수평으로 뒤따라 나부꼈는데, 담청색 베일이었고, 나는 사실 그게 애석하게 여겨졌는데, 누가 알겠는가, 혹시 절세 미녀의 얼굴이 그 아래에서 웃고 있었을지 말이다. 제기랄, 우리가 기왕에 강도 노릇을 할 바에는, 위대한 본보기의 예를 따라서, 우리의 성실한 살인 욕구를 예쁜 부인들에게까지 확대하지는 않는 편이 아마도 더 올바르고 멋졌을 텐데. 그러나 구스타프가 벌써 총을 발사한 후였다. 운전사는 움찔하더니 푹 꺼졌고, 자동차는 수직의 바위에 부딪쳐 공중으로 솟아올랐다가 다시 떨어져서, 바퀴를 위로 향한 채 퍽 소리를 내며 길에 내동댕이쳐졌다. 우리는 기다렸고, 아무것도 움직이지 않았으며, 사람들은 아무 소리 없이, 마치 덫에 걸린 것처럼, 자동차 아래 누워 있었다. 자동차는 아직도 덜덜거리고 쩔꺼덕대고 있었고, 바퀴는 허공에서 우스꽝스럽게 돌고 있었으며, 그러다 갑자기 그 차가 끔찍한 폭음을 내었고 환한 화염에 휩싸였다.

"포드 자동차로군." 구스타프가 말했다. "우리는 내려가서 도로를 다시 치워놔야 돼."

우리는 밑으로 내려가서 불타고 있는 덩어리를 바라보았다. 그것은 아주 신속하게 전소되었고, 우리는 그사이에 어린 목재로 지렛대들을 만들었고, 그 차를 들어올려서 옆으로 밀었으며, 길가를 지나쳐서 낭떠러지로 떨어뜨렸고, 오랫동안 관목 숲에서 나뭇가지 부러지는 소리가 났다. 사망자 중에서 두 명이 차가 구를 때 떨궈져 나와서 거기에 널브러져 있었는데, 옷들이 부분적으로 불에 타 있었다. 한 사람은 웃옷을 여전히 제법 잘 보존하고 있었는데, 혹시 그가 누구였는지 알 수 있을까 싶어서, 나는 그의 호주머니를 조사해보았다. 가죽으로 된 수첩이 모습을 드러냈고, 그 안에는 명함들이 있었다. 나는 하나를 꺼내서 거기 쓰여 있는 말들을 읽었다. "탓 트밤 아시[73]."

"아주 위트 있네." 구스타프가 말했다. "하지만 사실 우리가 저기 죽여놓은 사람들 이름이 무엇인지는 아무 상관이 없어. 저 사람들은 우리나 마찬가지로 불쌍한 작자들이야. 이름은 중요하지 않아. 이 세상은 망가져버려야만 하고 우리도 같이 그래야만 해. 이 세상을 십 분 동안 물속에 처넣는 게 가장 고통 없는 해결책일 거야. 자, 다시 일하러 가자!"

우리는 자동차에 이어서 죽은 사람들을 던졌다. 벌써 새로운 자동차 한 대가 경적을 울리며 다가오고 있었다. 우리는 그것을 길에서 곧바로 쏘아서 격파해버렸다. 그 차는 고주망태가 된 것마냥 한 구간을 더 핑그르르 돈 다음에, 곤두박질을 치더니, 헐떡이면서 널브러져 있었는데, 한 승객은 가만히 내부에 앉아 있었던 반면에, 예쁘고 젊은 아가씨 하나는, 비록 창백하고 격하게 떨고 있기는 했지만, 다친 데 없이 차에서 내렸다. 우리는 친절하게 그녀에게 인사를 했고 우

73 산스크리트 개념으로 '네가 바로 그것이다'라는 뜻.

리가 도와주겠노라고 했다. 그녀는 너무나도 겁에 질려서, 말을 할 수 없었으며, 제정신이 아닌 것처럼 한동안 우리를 빤히 쳐다보았다.

"자, 일단은 저 나이든 신사분을 살펴보자," 구스타프는 이렇게 말하며, 여전히 죽은 운전사 뒷좌석에 앉아 있는 승객에게 몸을 돌렸다. 그는 짧은 회색 머리의 신사였는데, 영민한 밝은 회색빛 눈을 뜨고 있었지만, 상당히 부상을 당한 모양이었는지, 적어도 그의 입에서 피가 흘러나왔고, 그는 섬뜩할 정도로 비딱하고 뻣뻣하게 목을 꺾고 있었다.

"실례하겠습니다, 어르신, 제 이름은 구스타프입니다. 우리가 감히 당신의 운전사를 쏘았습니다. 저희가 말씀을 나누는 영광을 누리는 분이 누구신지 여쭤봐도 되겠습니까?"

그 노인은 작은 회색 눈으로 서늘하고 슬프게 바라보았다. "나는 검사장 로어링이오," 그가 천천히 말했다. "당신은 비단 내 불쌍한 운전사만 죽인 게 아니라 나까지 죽인 거요, 나는 끝이 나고 있는 게 느껴지는구려. 당신은 도대체 왜 우리를 쏜 것이오?"

"과속운전 때문입니다."

"우리는 정상 속도로 달렸소."

"어제는 정상이었던 것이 오늘은 더 이상 그렇지 않답니다, 검사장님. 오늘 우리는 자동차가 어떤 속도로 달리든 간에 속도가 너무 높다는 의견입니다. 우리는 지금 자동차들을 망가뜨리고 있습니다, 죄다 말이죠, 그리고 다른 기계들도 마찬가지입니다."

"당신들의 소총들도 말이오?"

"혹시 그럴 시간이 더 남는다면, 그것들 차례도 와야겠지요. 짐작하기로 내일이나 모레쯤이면 모두 다 처리할 겁니다. 당신도 아시다시피, 우리 대륙은 혐오스러우리만치 인구가 넘쳐나고 있습니다. 그러니 이제 숨 쉴 공기를 줘야지요."

"그렇다고 아무한테나 총을 쏘는 겁니까, 무차별적으로?"

"물론입니다. 많은 이에게는 그것이 의심할 나위 없이 유감이겠지요. 예를 들어 그 젊고 예쁜 부인은 제 마음을 아프게 했습니다 — 그녀는 아마도 당신의 따님이겠지요?"

"아니요, 내 속기사입니다."

"더욱 좋습니다. 그리고 이제 내려주십시오, 아니면 우리가 당신을 차에서 끌어내도록 해주시든가요, 그 차는 파괴될 거거든요."

"나는 함께 파괴되는 쪽이 더 좋겠소."

"원하시는 대로 하지요. 질문 하나 더 드리는 것을 허락해주십시오! 당신은 검사이십니다. 저는 항상 어떻게 한 인간이 검사가 될 수 있는지 납득이 안 갔습니다. 당신은 다른 사람들을, 대부분 불쌍한 작자들을, 기소하고 형을 선고받게 하는 것으로 먹고사시지요. 아닌가요?"

"그건 이렇소. 나는 내 의무를 행한 거요. 그것이 내 직무였다오. 나에게 선고받은 사람을 죽이는 사형집행인의 직무와 마찬가지 경우지요. 당신 스스로도 동일한 직무를 넘겨받았잖소. 당신도 죽이고 있잖소."

"맞습니다. 다만 우리는 의무 때문이 아니라 즐기려고 죽입니다, 아니면 차라리 세상에 대한 불쾌감, 절망감에서라고 해두죠. 그러니까 죽이는 게 우리에게는 모종의 재미를 줍니다. 당신에게는 죽이는 게 전혀 재미있지 않으셨나요?"

"당신은 날 지루하게 만드는군요. 당신의 일을 끝내는 자비를 베풀어주시구려. 당신이 의무라는 개념을 모른다면……."

그는 침묵하더니, 마치 침을 뱉고 싶기라도 한 양 입술을 내밀었다. 하지만 그저 피만 조금 나왔을 뿐이었고, 그것이 그의 턱에 들러붙어버렸다.

"기다리십시오!" 구스타프가 정중하게 말했다. "하긴 저는 의무라는 개념은 전혀 알지 못합니다, 더 이상은요. 예전에 저는 직무상 그것과 많은 관련을 맺고 있었지요, 저는 신학 교수였습니다. 뿐만 아니라 저는 군인이었고 전쟁에 참전했었지요. 저에게 의무로 보이는 것과 권위자들과 상급자들이 그때그때 저에게 내렸던 명령은 죄다 좋지 못했고, 저는 항상 차라리 정반대로 했으면 했답니다. 비록 제가 의무라는 개념을 더 이상 모르기는 하지만, 그래도 죄라는 개념은 알지요 — 어쩌면 그 둘은 같은 것일지도 모릅니다. 한 어머니가 저를 낳으심으로써, 저는 죄를 지은 것이고, 살아가라는 형을 선고받은 것이고, 한 국가에 속해야 하고, 군인이 되어야 하고, 죽여야 하고, 전쟁 준비를 위해서 세금을 내야 하는 의무를 지니게 된 겁니다. 그리고 지금 이 순간에, 산다는 죄가 저를 다시, 한때 전쟁에서 그랬듯이, 죽여야만 하도록 이끌고 있습니다. 그래도 이번에는 제가 마지못해 죽이는 게 아닙니다, 나는 죄를 감수했고, 이 멍청하고 꽉 막힌 세상이 산산조각 나는 것에 전연 반대하지 않고, 기꺼이 함께 도울 것이고, 기꺼이 스스로 함께 파멸할 것입니다."

검사는 피가 들러붙은 입술로 조금이라도 미소를 지으려고 매우 애를 썼다. 그가 훌륭하게 성공하지는 못했지만, 그래도 좋은 의도는 알아챌 수 있었다.

"그거 좋소," 그가 말했다. "그러니까 우리는 동료로군요. 그러니 이제 부디 당신의 의무를 행하시구려. 동료 양반."

그 예쁜 아가씨는 그사이에 길가에 쓰러져 있었고 의식이 없었다.

이 순간에 다시 차 한 대가 경적을 울렸고 전속력으로 달려왔다. 우리는 아가씨를 약간 옆쪽으로 끌어다놓았고, 바위에 몸을 붙이고서, 다가오는 자동차가 다른 차의 잔해를 들이받게 만들었다. 그 차는 격하게 브레이크를 밟더니, 뒷바퀴로 서며 공중으로 붕 떴고, 그래도 파손되지는 않은 채 멈춰 서 있었다. 우리는 재빨리 총을 손에 쥐고 새로운 자들에게 총을 겨누었다.

"내려!" 구스타프가 명령했다. "손 들어!"

남자 세 명이었는데, 그들은 자동차에서 내려 순순히 손을 위로 들었다.

"당신들 중에 의사 있습니까?" 구스타프가 물었다.

그들은 없다고 했다.

"그러면 조심해서 여기 이 신사분을 좌석에서 빼내주실 수 있겠습니까. 그는 심하게 부상을 당했습니다. 그런 다음에 가장 가까운 도시까지 저분을 당신들 차에 같이 태우고 가 주십시오. 앞으로 가, 실시!"

곧 그 노신사가 다른 차 안에 눕혀졌고, 구스타프가 명령을 내렸으며, 모두들 차를 타고 떠났다.

그러는 동안에 우리의 속기사 아가씨는 다시 정신이 돌아와서 그 과정들을 지켜보고 있었다. 우리가 이 예쁜 전리품을 얻어냈다는 사실에 나는 만족스러웠다.

"아가씨," 구스타프가 말했다. "당신은 당신의 고용주를 잃었습니다. 그 노신사분께서 그 밖의 이유로는 당신과 친밀하지 않았기를 바랍니다. 당신은 나한테 고용되었으니, 우리에게 좋은 동료가 되어주십시오! 자, 이제 좀 바쁘네요. 곧 여기가 거칠어질 겁니다. 기어올라갈 줄 압니까, 아가씨? 그렇다고요? 그럼 시작합시다, 우리가 당신을 양쪽에서 도와주겠습니다."

이제 우리 셋은 모두 가능한 한 신속하게 우리의 나무 오두막으로 기어올라갔다. 아가씨가 위에서 멀미가 났지만, 그녀는 코냑을 얻어 마셨고, 곧 호수와 산맥이 보이는 빼어난 조망을 인정하고, 자신의 이름이 도라라는 것을 우리에게 알려줄 수 있을 정도로 회복되었다.

곧바로 아래에서는 자동차 한 대가 또 도착하고 있었는데, 그 차는 조심스럽게 차를 몰아, 멈추지 않고 전복된 차 옆을 지나 운전해 갔고, 그런 다음에는 곧바로 속도를 높였다.

"비겁한 자식!" 구스타프가 웃으며 운전사를 쏘아 죽였다. 자동차는 약간 춤을 추더니, 벽에다 대고 점프했고, 그것을 치받아 부수더니 낭떠러지 위에 비스듬하게 걸렸다.

"도라," 내가 말했다. "소총을 다룰 줄 압니까?"

그녀는 그것은 할 줄 몰랐지만, 우리에게서 총을 장전하는 법을 배웠다. 처음에 그녀는 서툴러서 손가락 하나가 피가 나도록 찢어졌고, 격하게 울면서 영국식 반창고를 달라고 했다. 하지만 구스타프는 이것은 전쟁이며 그녀가 씩씩하고 용감한 소녀라는 것을 보여주었으면 좋겠노라고 설명했다. 그러자 효과가 나타났다.

"그런데 우리는 어떻게 되는 걸까요?" 그러고 나서 그녀가 이렇게 물었다.

"모르겠습니다," 구스타프가 말했다. "내 친구 하리는 예쁜 여자들을 좋아하니, 저 녀석이 당신 친구가 될 겁니다."

"하지만 그들은 경찰이랑 군인들과 함께 와서 우리를 죽일 거예요."

"경찰이나 뭐 그따위 것들은 더 이상 존재하지 않습니다. 우리는 선택할 수 있어요, 도라. 여기 이 위에 숨죽이고 있다가, 지나가려는 자동차를 전부 총으로 섬멸하든가. 아니면 우리 스스로 자동차를 타고 이곳을 떠나 달리다가, 다른 사람들이 우리한테 총을 쏘게 하든가. 우리가 어떤 편을 택하든지, 매한가지입니다. 나는 여기 남는 것에 찬성입니다."

아래에 다시 자동차 한 대가 와 있었고, 그 차의 경적 소리가 날카롭게 위쪽으로 울려퍼졌다. 그것은 곧 처리되었고, 바퀴를 위로 하고 널브러져 있었다.

"웃기네," 내가 말했다. "총을 쏘는 게 이렇게나 엄청 재미있을 수 있다니! 그러면서도 내가 전에는 반전주의자였다니!"

구스타프가 미소를 지었다. "맞아, 세상에는 사람들이 정말 지나치게 많아. 예전에는 그걸 알아채지 못했지. 하지만 지금은, 다들 공기만 들이마시는 게 아니라 자동차까지 가지고 싶어 하는 지금은, 사람들이 그걸 알아차리는 거지. 물론 우리가 지금 하고 있는 짓은 이성적이지 않아, 애들 장난이지, 전쟁도 역시 거대한 애들 장난이듯이 말이야. 언젠가는 인류가 자신들의 증식을 이성적인 수단으로 억제하는 법을 배워야만 할 거야. 당분간 우리는 참고 견딜 수 없는 상태들에 대해 상당히 비이성적으로 반응하겠지만, 근본적으로는 그래도 옳은 일을 하고 있는 거야. 우리는 감소시키고 있잖아."

"그래," 내가 말했다. "우리가 하는 일은 아마도 미친 짓일 거야, 그래도 어쩌면 좋은 일이고 꼭 필요한 일일지도 몰라. 인류가 오성을 혹사시키고, 이성이 여전히 아예 접근하기도 어려운 것들을 이성의 도움으로 정리해보려고 시도한다면, 그건 좋지 않아. 그러면 미국 사람들의 것이나 볼셰비키의 것 같은 그런 이상들이 생겨나고, 그것들은 둘 다 비범하게 이성적이지만, 그래도 삶을 너무나도 순진하게 단순화해버리는 까닭에, 삶을 끔찍하게 능욕하고 강탈하지. 한때 드높은 이상이었던 인간상은 클리셰가 되어버리기 직전이야. 우리 미친 사람들이 어쩌면 그걸 다시 고결하게 만들지도 몰라."

구스타프는 웃으면서 이렇게 답했다. "이 녀석, 너 놀라울 정도로 똘똘하게 말하는구나, 이 지혜의 샘에 귀 기울여 듣는 것은 기쁨이고 이익을 가져다주지. 그리고 어쩌면 네가 심지어 어느 정도는 맞을지도 몰라. 하지만 제발 부탁인데, 이제 네 소총이나 다시 장전해, 너는 나한테는 약간 너무 몽상적이야. 매 순간 또 수노루 몇 마리가 달려올 수 있고, 우리는 그것들을 철학으로는 쏴죽이지 못해, 어쨌거나 그것은 총신 속의 탄알이어야만 해."

차 한 대가 왔다가 곧장 고꾸라졌고, 도로는 봉쇄되었다. 생존자 한 명이, 살찌고 붉은 머리의 남자가, 잔해 옆에서 거칠게 몸짓을 해댔고, 아래위로 둘러보더니, 우리의 매복 장소를 발견했고, 고함을 지르며 달려와서, 권총으로 여러 차례 우리한테 대고 위를 향해 쏘았다.

"지금 가지 않으면 발포하겠소." 구스타프가 아래쪽을 향해 소리쳤다. 그 남자는 그를 겨누고 다시 한번 총을 쏘았다. 그러자 우리는 두 번의 사격으로 그를 사살해버렸다.

자동차 두 대가 더 왔고, 우리는 그것들을 끝장내버렸다. 그 뒤로 도로는 조용하고 텅 비어 있었는데, 그 도로가 위험하다는 소식이 널리 퍼진 모양이었다. 우리는 아름다운 경치를 바라볼 시간이 있었다. 호수 저편에 작은 도시가 저지(低地)에 자리 잡고 있었고, 거기에서 연기가 피어올랐으며, 이내 우리는 화염이 지붕에서 지붕으로 건너뛰어가는 것을 보았다. 또한 총 쏘는 소리도 들렸다. 도라가 조금 울었고, 나는 그녀의 젖은 뺨을 쓰다듬어주었다.

"우리가 정말 모두 죽어야만 하는 건가요?" 그녀가 물었다. 아무도 대답하지 않았다. 그러는 동안에 아래에서는 보행자 하나가 접근해왔고, 망가진 자동차가 널브러져 있는 것을 보았으며, 자동차들을 이리저리 살펴보고 다니더니, 한 차 안으로 몸을 숙이고 들어가서, 알록달록한 양산, 여성용 가죽 백, 포도주 한 병을 끄집어내고는, 태평스럽게 담에 걸터앉아, 그 병에 든 것을 마시고, 호일로 싸여 있는 무엇인가를 백에서 꺼내 먹었으며, 그 병을 완전히 비우고는, 양산을 겨드랑이 사이에 끼고서 흡족해하며 가던 길을 갔다. 태평스레 그는 발걸음을 옮겼으며, 나는 구스타프에게 이렇게 말했다. "너에게는 이제 총을 쏘아서 이 사람 좋은 녀석 머리에 구멍을 내는 게 가능하겠니? 맙소사, 나라면 못할 거 같아."

"그러라고 하지도 않잖아." 내 친구가 구시렁거렸다. 그러나 그도 역시 마음이 불편해져 있었다. 아직도 무해하고, 태평하고, 천진하게 처신하는 사람, 아직도 순수의 상태에서 살고 있는 사람의 얼굴을 보자마자, 그토록 칭송할 만하고 불가피한 우리의 모든 행위가 단박에 어리석고 역겹게 보였다. 이런 제기랄, 저 모든 피! 우리는 부끄러웠다. 그러나 전쟁 중에는 심지어 장군들마저도 이따금 그렇게 느낀다고 한다.

"우리 더 이상 여기에 남아 있지 말아요." 도라가 애원했다. "우리 아래로 내려가요, 분명히 차 안에서 뭔가 먹을 것을 찾아낼 거예요. 당신들은 도대체 배도 안 고픈가요, 볼셰비키 분들?"

저 아래 불타는 도시에서는 종들이 격앙되고 불안하게 울려대기 시작했다. 우리는 내려오기 시작했다. 도라가 난간을 기어 넘는 것을 도와줄 때, 나는 그녀의 무릎에 입을 맞추었다. 그녀가 환하게 웃었다. 그러나 그때 목책(木柵)이 버티지 못하고 무너졌고, 우리는 둘 다 허공으로 곤두박질쳤다…….

다시금 나는 둥근 복도에 있었고, 사냥 모험으로 흥이 올라 있었다. 그리고 사방에서, 셀 수 없이 많은 모든 문에서, 글귀들이 유혹해댔다.

무타보르[74]
임의의 동물과 식물들로 변신

카마수트라
인도 방중술 수업
초보자를 위한 코스: 마흔두 가지의 다양한 성행위 연습 방법

쾌락에 찬 자살!
너는 죽도록 웃는다

74 '나는 변화할 것이다'라는 뜻의 라틴어로, 빌헬름 하우프의 동화 『황새 왕 이야기 Die Geschichte von Kalif Storch』에 나오는 마법의 주문이기도 하다.

당신은 정신적이 되고 싶으십니까?
동방의 지혜

오 나에게 천 개의 혀가 있다면![75]
남성 전용

서구의 몰락[76]
할인가. 여전한 압도적 베스트셀러

예술의 진수
음악을 통한 시간의 공간으로의 전환

웃고 있는 눈물
유머를 위한 방

은둔자 놀이들
모든 사교성의 완벽한 대체물

75 요한 멘트처(1658~1743)의 성가의 첫 행.

76 오스발트 슈펭글러(1880~1936)의 저서의 제목이다.

끝도 없이 글귀들의 행렬이 이어졌다. 하나는 이랬다.

인격 구성을 위한 안내
성공 보장

그것이 주목할 만해 보여서, 나는 이 문으로 들어갔다.

어스름하고 고요한 공간이 나를 맞아주었고, 그 안에는 한 남자가 의자도 없이 동양식으로 바닥에 가부좌를 틀고 앉아 있었는데, 그는 자기 앞에 커다란 체스판 같은 것을 놓아둔 채였다. 처음 본 순간에는 그가 친구 파블로인 것처럼 보였는데, 적어도 그 남자는 비슷한 알록달록한 실크 상의를 입고 있었고 똑같이 어둡게 빛나는 눈을 하고 있었다.

"당신 파블로인가요?" 내가 물었다.

"저는 아무도 아닙니다," 그가 상냥하게 설명해주었다. "우리는 여기에서 이름을 지니지 않습니다, 우리는 여기에서 인격체가 아닙니다. 저는 체스 두는 사람입니다. 인격 구성에 대한 수업을 받고 싶으신가요?"

"네, 부탁합니다."

"그렇다면 저에게 당신 인물들을 한 몇 십 개 사용할 수 있게 해주십시오."

"제 인물들이요……?"

"체스 말로 쓸 당신 인물들 말입니다, 당신은 그 속에서 당신의 이른바 인격이라고 하는 것이 분열되어 있는 것을 보지요. 말들 없이는 제가 게임을 할 수 없잖습니까."

그가 나에게 거울 하나를 들이대었고, 다시금 나는 그 속에서 내 인격의 통일체가 여러 개의 자아로 분열되는 것을 보았는데, 그 숫자가 더 자라난 것처럼 보였다. 하지만 지금은 인물들이 아주 작았고, 손에 딱 들어오는 체스 말만 한 크기였으며, 그 체스 두는 남자는 조용하고도 확실한 손가락 놀림으로 그중에서 몇 십 개를 집어서 바닥에 놓인 체스판 옆에다 그것들을 세웠다. 자주 하던 연설이나 강의를 되풀이하는 남자처럼, 단조롭게 그는 이렇게 덧붙여 말했다.

"마치 인간이 지속적인 단일체인 것마냥 생각하는, 그릇되고 불행을 야기하는 견해는 당신도 익히 알고 계시죠. 인간이 다량의 영혼으로, 아주 많은 자아로 이루어져 있다는 사실 역시 당신은 잘 알고 계실 겁니다. 외견상 단일체인 인격을 이렇게 많은 인물로 분열시켜놓는 경우는 미친 것으로 간주되고, 학문은 그것에 정신분열증이라는 이름을 고안해 냈습니다. 물론 지휘부 없이는, 모종의 질서와 집단의 분류 없이는, 다수성을 제어할 수 없다는 점에 한해서 학문이 그렇게 하는 것은 옳습니다. 이와 반대로 학문이 옳지 못한 것은, 학문이 오로지 수많은 하위 자아의 일회적인 구속력을 지니며 평생 지속되는 질서만이 가능하다고 믿는다는 데 있습니다. 학문의 이러한 오류는 많은 거북한 결과를 초래하며, 그 가치는 단지 국가적으로 고용된 교사와 교육자들이, 자신들의 업무가 단순해지고 사고와 실험을 면제받았다고 생각하는 데에 있을 따름입니다. 저 오류의 결과로, 치유할 수 없을 정도로 미쳐버린 많은 사람이 '정상적'이라고, 아니 사회적으로 가치가 큰 인간이라고 여겨지고, 역으로 천재인 많은 사람이 미쳤다고 여겨지지요. 그래서 우리는 빈틈이 있는 학문의 영혼 이론을 우리가 구성 기술이라고 부르는 개념을 통해서 보완합니다. 우리는 자신의 자아가 산산이 부서지는 것을 체험한 사람들에게, 그가 그 조각들을 언제나 임의의 질서대로 새롭게 조립할 수 있다는 사실을, 그렇게 해서 그가 인생 놀이의 무한한 다양성을 이루어낼 수 있다는 사실을 보여줍니다. 문학가가 한줌의 인물들로 드라마를 창조해내듯이, 우리는 분열된 자아의 인물들로, 새로운 놀이와 긴장감을 지닌, 영원히 새로운 상황들을 지닌 새로운 집단들을 계속해서 구성해냅니다. 보십시오!"

고요하고 명민한 손가락들로, 그는 나의 인물들을, 노인, 젊은이, 아이, 여자 모두를, 명랑하고 슬프고, 강하고 연약하며, 재빠르고 서투른 인물 모두를 집어서, 재빠르게 그의 판 위에 게임을 한판 할 수 있도록 배열했고, 그 게임에서 그것들은 곧장 무리와 가족을 구성해, 놀고 싸우도록, 우정과 적대감을 지니도록, 작은 규모의 세계를 형성해갔다. 그는 홀려버린 나의 눈앞에서 생기를 얻었으면서도 잘 정렬된 작은 세계를, 한동안 움직이게, 놀고 싸우게, 동맹을 맺고 전투를 벌이게, 서로 구애하고 결혼하고 증식하게 만들었다. 그것은 정말로 여러 인물이 있는, 감동적이고 흥미진진한 드라마였다.

그런 다음에 그는 유쾌한 몸짓으로 체스판 위를 슬쩍 쓸어내어서, 모든 말을 점차로 넘어뜨렸고, 한 더미가 되도록 밀었으며, 까다로운 예술가처럼 심사숙고하면서 같은 말들을 가지고, 전연 딴판인 무리짓기, 관계, 뒤얽힘들로, 완전히 새로운 놀이를 만들어냈다. 두 번째 게임은 첫 번째 것과 비슷했다. 다시 말하자면, 그것은 똑같은 세상이었고, 그가 그것을 구성할 때 썼던 것과 똑같은 재료였으되, 색조가 달라졌고, 템포가 바뀌었으며, 모티브가 다르게 강조되었고, 상황이 다르게 설정되었다.

그리고 그렇게 그 영리한 구성자는 그 각각이 내 자신의 한 조각이었던 인물들을 가지고 여러 차례 게임을 구성했는데, 멀리서 보면 모두가 서로 닮아 있었고, 똑같은 세계에 속하고 똑같은 출신일 수밖에 없다는 걸 모두가 알아볼 정도였지만, 그럼에도 불구하고 모두 각기 완전히 새로웠다.

"이것이 삶의 기술입니다." 그가 설교조로 말했다. "앞으로는 당신 스스로 당신 삶의 유희를 마음대로 계속 만들어내고, 활기차게 하고, 복잡하게 만들고, 풍부하게 해도 좋을 겁니다, 그것은 당신 손에 달려 있습니다. 마치 광기가 고차원적인 의미에서 모든 지혜의 시작이듯이, 정신분열증은 모든 예술과 모든 상상의 시작입니다. 심지어 학자들조차도 이미 반쯤은 이것을 깨달았습니다. 예를 들어 저 매혹적인 책인 『왕자의 마술피리』[77]에서 확인해볼 수 있듯이 말입니다. 이 책에서는 한 학자의 수고롭고 부지런한 작업이, 미쳐서 정신병원에 감금된 많은 예술가과의 천재적인 협업을 통해 품격이 높아집니다—여기, 당신의 작은 인물들을 수중에 챙겨두십시오, 그 게임은 당신에게 앞으로도 자주 기쁨을 안겨줄 것입니다. 당신은 오늘 참을 수 없는 허수아비로 자라나서 당신의 게임을 망쳐버리는 인물들을 내일 무해한 조역들로 강등시킬 겁니다. 당신은 한동안 순전히 곤경과 불운을 선고받은 것처럼 보였던, 가련하고 사랑스러운 인물을 다음번 게임에서는 공주로 만들 것입니다. 한껏 즐기시기를 기원하는 바입니다, 신사 양반."

나는 이 천부적인 체스 고수 앞에 깊이 허리를 굽히고 감사해하며 인사했고, 조그만 인물들을 내 호주머니에 찔러 넣고서 좁다란 문들을 통해서 물러 나왔다.

사실 나는 곧장 복도 바닥에 앉아 몇 시간 동안, 영원의 시

77 클레멘스 브렌타노와 아힘 폰 아르님의 책 『소년의 마술피리Des Knaben Wunderhorn』와 『정신병 환자의 조소(彫塑)』(1922)의 저자인 정신과 의사 한스 프린츠호른Hans Prinzhorn의 이름을 합성한 표현.

간 동안, 그 인물들을 가지고 놀 생각이었지만, 다시 환하고 둥그런 극장 통로에 나오자마자 새로운 흐름들이 나보다 더 강하게 나를 그곳으로부터 잡아끌었다. 한 벽보가 내 눈앞에서 강렬하게 타올랐다.

황야의 이리 조련의 기적

이 글귀는 내 안에서 여러 가지 감정을 요동치게 했다. 그리고 내가 살았던 삶으로부터, 떠나온 현실로부터 온 온갖 불안과 강박이 아프도록 나의 심장을 오그라뜨렸다. 떨리는 손으로 나는 문들을 열었고, 어느 대목 장터 간이점포에 들어갔는데, 나는 그 안에 철창이 세워져 있는 것을 보았고, 그것이 나를 옹색한 무대로부터 떼어놓고 있었다. 나는 무대 위에서 한 동물 조련사가, 약간 호객꾼 같은 외양의 잘난 체하는 신사가 서 있는 것을 보았는데, 그는 커다란 콧수염에도 불구하고, 근육질의 상박과 유별나게 차려입은 서커스 의상에도 불구하고, 음흉하고 참으로 혐오감을 주는 방식으로 나 자신과 닮아 보였다. 이 강한 남자는 — 애처로운 광경이었다! — 커다랗고 아름답지만, 끔찍할 정도로 여위고, 노예같이 경계하며 바라보는 이리를, 마치 개처럼 줄에 묶어서 데리고 나왔다. 그리고 이제 이 잔인한 조련사가, 고귀하지만 그토록 치욕스럽게 순종적인 맹수를 일련의 속임수와 이목을 끄는 장면들로 보여주는 것을 목격하는 일은, 역겹기도 하고 긴장되기도 했으며, 혐오스러움에도 불구하고 은밀하게 짜릿했다.

그 남자, 나의 그 빌어먹을 왜곡 거울 쌍둥이는 어쨌든 자신의 이리를 기가 막히게 길들여놓긴 했다. 그 이리는 주의 깊게 모든 명령에 복종했고, 부르는 소리와 채찍질 소리에 매번 개처럼 반응했으며, 이리는 무릎을 꿇고 쓰러지고, 죽은 시늉을 하고, 뒷발로 사람처럼 섰고, 이리는 빵 덩어리, 달걀, 고기 조각, 작은 바구니를 고분고분하고 얌전하게 주둥이로 날랐으며, 하물며 조련사가 떨어뜨린 채찍을 물어 올려 주둥이에 물고 가져오기까지 해야 했는데, 게다가 이리는 참을 수 없을 정도로 비굴하게 꼬리를 흔들어댔다. 이리 앞에 토끼 한 마리를 데려다놓고, 그다음에는 하얀 양 한 마리를 데려다놓았는데, 이리는 이빨을 드러내고, 진동하는 욕구에 침을 흘리기는 했지만, 그 동물들 중의 하나도 건드리지 않았고, 떨면서 바닥에 웅크리고 있는 그 동물들을, 명령에 따라서 우아하게 뛰어올라, 저편으로 뛰어넘었으며, 심지어는 토끼와 양 사이에 드러누워서 앞발로 두 동물을 포옹했고, 그들과 함께 감동적인 가족 무리를 이루었다. 게다가 그 녀석은 인간의 손에서 나온 초콜릿 한 판을 먹어치웠다. 이 이리가 도대체 얼마나 환상적일 지경으로 자신의 본성을 부정하는 법을 배웠는지 함께 지켜보는 것은 고통이었고, 그러는 동안 내 머리끝이 곤두섰다.

그러나 이러한 고통에 대해서 흥분한 관객은 공연의 2부에서, 이리와 마찬가지로, 보상을 받았다. 말하자면, 저 세련된 조련 프로그램이 수행되고 난 뒤에, 조련사가 양 떼와 이리 떼 위에서 득의만만하게 달콤한 미소를 지으며 허리를 굽혀 인사한 뒤에, 역할이 서로 바뀌었다. 하리를 닮은 그 동물 조련사가, 느닷없이 깊이 절을 하며 자신의 채찍을 이리의 발치에다 내려놓고서, 이전에 그 동물처럼 몸을 덜덜 떨고, 움츠리고, 비참해 보이기 시작했다. 하지만 이리는 웃으면서 제 주둥이를 핥았고, 경련과 가식이 떨궈져 나갔으며, 눈빛이 빛났고, 몸뚱이 전체가 탱탱해지고 다시 얻은 야생성 속에서 꽃을 피웠다.

이제는 이리가 명령을 내렸고, 인간이 복종해야만 했다. 명령에 따라서 인간이 무릎을 꿇고 주저앉았고, 이리 노릇을 했으며, 혀를 내밀어 늘어뜨렸고, 때운 이빨로 몸에 걸친 옷을 물어뜯어냈다. 인간을 길들이는 조련사의 명령에 따라, 그는 두 발 혹은 네 발로 다녔고, 뒷발로 서는 흉내를 내고, 죽은 시늉을 하고, 이리가 자기를 타고 다니게 하고, 이리에게 채찍을 가져다주었다. 말 잘 듣는 개처럼, 타고난 듯이 그는 각종 굴욕과 도착(倒錯)에 상상력 넘치게 응했다. 한 아름다운 아가씨가 무대 위로 올라왔고, 조련된 남자에게 가까이 다가가서, 그의 턱을 쓰다듬고, 자신의 뺨을 그의 뺨에다 비볐는데, 그런데도 그는 그대로 네 발로 서 있었고, 여전히 짐승인 채로 남았으며, 머리를 흔들고 그 아름다운 여인에게 이빨을 드러내보이기 시작했고, 마지막에는 어찌나 위협적이고 이리처럼 굴었던지, 그녀는 달아나고 말았다. 초콜릿을 그의 앞에 내어놓자, 그는 그것을 콧방귀 뀌듯이 코를 킁킁대고는 밀쳐버렸다. 마지막으로 흰 양과 살찐 얼룩 토끼가 다시 들여보내졌고, 그 쉽게 배우는 남자는 마지막 남은 힘을 다 기울여서 이리를 연기했는데, 그것은 쾌감을 줄 정도였다. 그는 손가락과 발가락으로, 비명을 질러대는 작은 동물들을 움켜쥐었고, 그것들로부터 가죽과 살점 쪼가리들을 뜯어냈고, 히죽 웃으면서 그것들의 생살을 질근질근 씹었고, 도취된 채 환락으로 눈을 감고서, 정신없이 그것들의 뜨뜻한 피를 들이켰다.

나는 소스라치게 놀라서 문을 통해 밖으로 도망쳐나왔다. 이 마법 극장은, 보았듯이, 순수한 낙원이 아니었고, 그것의 예쁘장한 표면 아래에는 온갖 지옥이 자리 잡고 있었다. 오, 맙소사, 여기에도 역시 구원은 없었다는 말인가?

두려움에 가득 차서 나는 오르락내리락 내달렸고, 입안에서 피 맛과 초콜릿 맛이 느껴졌는데, 이거나 저거나 똑같이 혐오스러웠으며, 이 음침한 물결에서 벗어나기를 손꼽아 바랐고, 나 자신 안에서는 좀 더 참을 만하고 좀 더 호의적인 형상들을 놓고 격렬하게 격투가 벌어졌다. "오 친구들이여, 이런 소리는 안 된다!"[78] 내 안에서 이러한 노랫소리가 들렸고, 깜짝 놀라서 나는 전쟁 동안에 이따금 목도했던 전방의 저 소름 끼치는 사진들을, 방독면으로 인해서 얼굴들이 히죽거리는 악마의 낯짝으로 변해버린, 저 서로 뒤엉킨 시체 더미를 기억해냈다. 이러한 사진들에 경악했던, 박애주의적 신조를 지닌 반전주의자였던 나는 당시에 얼마나 어리석고 유아적이었단 말인가! 어떤 동물 조련사도, 어떤 장관도, 어떤 장군도, 어떤 미치광이도, 나의 내면에 살고 있는 것만큼이나 혐오스럽고, 그만큼 거칠고 사악하고, 그만큼 조야하고 어리석은 생각과 형상들을, 자기들의 머릿속에 품고 있을 능력이 안 된다는 사실을, 오늘 나는 알게 되었다.

안도의 한숨을 내쉬면서, 나는 그 글귀를, 아까 연극이 시작할 적에 그 예쁘장한 젊은이가 그토록 맹렬하게 뒤쫓는 것을 보았던 글귀를 기억해냈다.

모든 아가씨는 너의 것

78 베토벤의 2번 교향곡에서 실러의 「환희의 송가」의 첫 행으로, 제1차 세계대전 당시 헤세가 쓴 평화주의적 글의 제목이기도 하다.

그리고 모든 것을 다 고려해봐도, 사실 이것만큼 더 욕망할 가치가 있는 것은 아무것도 없는 것처럼 보였다. 그 빌어먹을 이리 세계에서 다시 도망쳐나올 수 있었던 것에 기뻐하면서 나는 안으로 들어갔다.

기이하게도 — 너무나도 환상적이었던 동시에 너무나도 깊이 친숙해서, 나는 소름이 쫙 끼쳤다 — 여기에서는 내 유년 시절의 향기가, 내 소년 시절과 내 청년 시절의 분위기가 나에게로 불어왔고, 내 심장에서는 그때의 피가 흘렀다. 내가 조금 전까지 행동하고 생각했던 바가, 그리고 나 자신이었던 것이 나의 뒤에서 가라앉아버렸고, 나는 다시금 젊어졌다. 한 시간 전까지만 해도, 조금 전까지만 해도, 나는 사랑이 무엇인지, 열망이 무엇인지, 동경이 무엇인지 아주 잘 알고 있다고 믿었지만, 그것은 늙어빠진 남자의 사랑이요 동경이었다. 이제 나는 다시 젊어졌고, 내 안에서 느껴지는, 이 작열하며 흘러내리는 불꽃, 이 격렬히 끌어당기는 동경, 이 춘삼월 봄바람처럼 눈마저 녹이는 열정은, 젊고 새롭고 진정한 것이었다. 오, 잊혀진 화염이 다시 얼마나 불타올랐던가, 옛적의 음조들이 얼마나 크고 어둡게 울려퍼졌던가, 지난날이 얼마나 핏속에서 깜빡거리며 꽃을 피웠던가, 얼마나 영혼 속에서 아우성을 치고 노래를 불렀던가! 나는 소년이었고, 열다섯 살이나 열여섯 살쯤이었고, 나의 머리는 라틴어와 그리스어와 아름다운 시구들로 가득했고, 내 생각은 노력과 야심으로 가득했으며, 나의 상상은 예술가의 꿈으로 가득했는데, 그러나 이 모든 불타오르는 화염보다, 훨씬 더 깊숙이, 더 강하게, 더 무시무시하게, 사랑의 화염이, 성욕의 허기가, 환락의 몸을 쇠하게 만드는 예감이 내 안에서 타올랐고 움찔거렸다.

내 작은 고향 도시 위쪽의 바위 언덕 중 하나에 서 있으니, 봄바람과 처음 핀 제비꽃 내음이 났고 자그마한 도시로부터 강이, 내 아버지 집의 창문이 반짝거렸다. 마치 내가 한때, 내 첫 유년기의 가장 충만하고 시적인 시간에 세상을 보았던 것처럼, 모든 것이 그토록 살랑거리며 충만한 듯이, 그토록 새롭고 창조에 도취된 듯이 보이고 들리고 향기를 냈고, 모든 것이 그토록 깊은 색채로 빛을 발했으며, 모든 것이 봄바람을 타고 그토록 현실을 초월한 듯이, 승화되어 불어왔다. 나는 언덕에 서 있었고 바람은 나의 긴 머리카락을 어루만졌다. 그리고 나는 길을 잃은 손으로, 꿈결 같은 사랑의 동경에 잠긴 채, 이제 막 푸르러지고 있는 수풀에서, 반쯤 벌어진 어린 잎눈을 잡아떼어 눈앞에 가져다대었고, 그것의 내음을 맡아보았으며(그 냄새로 인해 그 시절의 모든 것이 나에게 다시 작열하며 떠올랐다), 그런 다음에 나는 그 작은 초록의 것을 아직 그 어떤 소녀와도 입맞춤해보지 못했던 입술로 장난치듯이 물었고, 그것을 씹기 시작했다. 그리고 이 떫고, 향기롭게 쌉싸름한 맛에서, 나는 불현듯이 내가 체험하고 있는 것이 무엇인지를 정확히 알게 되었고, 모든 것이 그대로 거기 있었다. 나의 마지막 유년 시절 한 시간을, 첫봄의 일요일 오후를, 외롭게 산책을 하다가 로자 크라이슬러와 마주치고, 그녀에게 너무나도 수줍게 인사를 하고, 너무나도 까무러치도록 그녀에게 푹 빠져버리고 말았던 저 날을 나는 다시 체험하고 있었다.

그 당시에 나는 혼자서 꿈꾸듯이 산 위로 올라오면서, 아직 나를 보지 못한 그 아름다운 소녀를 걱정스러운 기대감으로 가득 차서 바라보았고, 굵게 땋아서 묶었는데도 몇 가닥이 빠져나와, 바람 속에서 여전히 뺨의 양쪽으로 살랑거리며 나부끼던 그녀의 머리카락을 보았다. 생전 처음으로 나는 이 소녀가 얼마나 아름다운지, 그녀의 연약한 머리카락 속에서 바람이 살랑거리는 것이 얼마나 아름답고 꿈결 같은지, 그녀의 얇은 푸른빛 옷이 싱그러운 팔다리 위로 드리워진 것이 얼마나 아름답고 동경을 불러일으키는지를 보았으며, 으깨진 잎눈의 씁싸래한 맛이 그 모든 불안하고 달콤한 욕망과 봄의 불안함을 나에게 스며들게 만들었던 것과 꼭 같이, 사랑에 대한 그 모든 치명적인 예감, 여성에 대한 예감, 어마어마한 가능성과 약속들의 마음을 뒤흔들어놓는 예감, 이루 말할 수 없는 환희, 예측할 수 없는 혼란과 불안과 고뇌, 마음속 가장 깊은 곳에서의 구원과 아주 깊은 죄책감이, 그 소녀를 바라보고 있는 동안에 나를 가득히 채웠다.

오, 쌉싸래한 봄의 맛이 얼마나 내 혀를 아리게 했던가! 오, 살랑거리는 바람이 얼마나 그녀의 발그레한 볼 옆의 풀린 머리카락 사이로 밀려들었던가! 이후 그녀는 나에게 가까이 다가왔고, 시선을 들어 나를 알아보더니, 한순간 살포시 얼굴이 붉어지고는 옆으로 시선을 돌렸다. 나는 견진성사용 모자를 벗으면서 그녀에게 인사를 건넸고, 로자는 곧바로 평정을 되찾고 미소를 지으면서, 얼굴을 치켜든 채로 약간 숙녀다운 답인사를 하고는, 천천히, 마음을 놓고, 도도하게, 내가 그녀에게 보냈던 수천 가지 사랑의 소망, 요구, 구애에 둘러싸인 채, 가던 길을 계속 갔다.

한때는 그랬다, 삼십오 년 전의 어느 일요일에, 그 당시의 모든 것이 이 순간 다시 돌아왔다. 언덕과 도시, 삼월의 바람과 잎눈의 냄새, 로자와 그녀의 갈색 머리카락, 피어오르는 동경과 달콤하고 죄어오는 불안이 말이다. 모든 것이 마치 그때와 같았고, 평생에 당시 로자를 사랑했던 것만큼 그렇게 사랑했던 적이 단 한 번도 없었다는 생각이 들었다. 하지만 저번과는 다르게 이번에는 나에게 그녀를 받아들일 기회가 주어졌다. 나는 그녀가 나를 알아보았을 때 그녀의 얼굴이 빨개지는 것을 보았고, 홍조를 숨기려는 그녀의 노력을 보았으며, 그녀가 나를 좋아한다는 것을, 이 우연한 만남이 그녀에게도 나와 똑같은 의미라는 것을 곧바로 알아차렸다. 그래서 다시 모자를 쓰고 점잔을 빼며, 그녀가 지나가버릴 때까지 모자를 눌러쓴 채 서 있는 대신에, 이번에는 불안감과 중압감을 무릅쓰고 나의 피가 시키는 바를 실행했고, 이렇게 소리쳤다. "로자! 네가 왔다니, 예쁘디예쁜 소녀야, 정말 다행이야. 난 너를 너무나 사랑해." 이것이 이 순간에 해도 될 법한 말 중에서 가장 재치 있는 것은 아니었겠지만, 다만 여기서 필요했던 것은 재치가 아니었고, 그것으로 완벽하게 충분했다. 로자는 숙녀 같은 얼굴을 하지도 않았고, 가버리지도 않았으며, 그 자리에 그대로 서서, 나를 바라보았고, 전보다 더 얼굴이 빨개져서는 이렇게 말했다. "안녕, 하리, 너 정말로 나를 좋아하니?" 이에 더불어 그녀의 갈색 눈이 강건한 얼굴로부터 빛을 발했고, 나는 이렇게 느꼈다. 내가 저 일요일에 로자를 떠나보낸 그 순간부터, 지나간 나의 인생과 사랑은 전부 잘못되었고 뒤엉켜버렸으며, 완전히 멍청한 불운이었다고 말이다. 그렇지만 지금은 실수가 바로잡혔고, 모든 것이 달라졌으며, 모든 것이 좋아졌다.

우리는 서로 손을 내밀었고, 손에 손을 잡고 천천히 계속 걸었고, 이루 말할 수 없이 행복하고, 몹시 당혹스러워서, 무슨 말을 하고 무슨 일을 해야 할는지 몰랐으며, 당혹감에 더 빨리 걷기 시작했고, 숨이 가빠져서 멈춰 설 수밖에 없을 때까지, 그래도 서로 손은 놓지 않은 채, 빠른 걸음으로 걸었다. 우리는 둘 다 아직 어렸으므로, 서로 무엇을 해야 할지 제대로 알지 못했고, 우리는 그 일요일에 첫 입맞춤까지도 이르지 못했지만, 그래도 엄청나게 행복했다. 우리는 멈춰서서 숨을 쉬었고, 풀밭에 가 앉았으며, 나는 그녀의 손을 쓰다듬었고, 그녀는 다른 손으로 수줍게 나의 머릿결을 쓸어넘겼고, 그러고 나서 우리는 다시 일어나서, 우리 중에 누가 더 키가 큰지 재어보려고 했고, 본래는 내가 손가락 길이만큼 더 컸지만, 나는 그것을 실토하지 않고서, 우리가 아주 정확하게 똑같은 키라고, 사랑하는 하나님께서 우리를 서로 맺어놓으셨노라고, 우리는 나중에 결혼하게 될 거라고 장담했다. 그때 로자가 제비꽃 냄새가 난다고 말했고, 우리는 짤따란 봄의 풀밭 속에 무릎을 꿇고서, 짧고 조그마한 꽃자루가 달린 제비꽃 몇 송이를 찾아보았고 발견했으며, 각자 자신의 것을 상대에게 선사했다. 날이 서늘해지고 빛이 벌써 비스듬하게 바위로 떨어지자, 로자가 집에 돌아가야 한다고 말했고, 그러자 우리 둘은 몹시도 슬퍼졌는데, 내가 그녀와 동행해서는 안 되었던 까닭이었으며, 하지만 이제 우리는 비밀을 공유했고, 그것은 우리가 가진 것 중에서 제일 사랑스러운 것이었다. 나는 위쪽 바위들 틈에 남아 있었고, 로자의 제비꽃 향기를 맡았으며, 낭떠러지 위 바닥에 몸을 뉘고는, 얼굴은 저지 위로 향한 채, 아래로 도시를 내려다보았고, 그녀의 달콤하고 자그마한 형상이 저 한참 아래에 나타나서 우물가를 지나 다리를 건너갈 때까지 애타게 기다렸다. 그리고 나는 그녀가 그녀의 아버지의 집에 도착한 것을 알았고, 그곳에서 그녀는 방들을 가로질렀고, 나는 여기 이 위에 그녀로부터 멀리 떨어져 누워 있었지만, 나에게서 그녀에게로 어떤 끈이 이어져 있었고, 어떤 흐름이 흐르고 있었으며, 어떤 비밀이 나부끼고 있었다.

이곳저곳에서, 바위 위에서, 정원 울타리에서, 그해 봄 내내 우리는 다시 만났고, 라일락꽃이 피어나기 시작했을 때, 조마조마한 첫 입맞춤을 나누었다. 아직 아이였던 우리가 서로에게 줄 수 있는 것은 별로 없었고, 우리들의 입맞춤은 아직 격정도 충만함도 없었으며, 나는 그저 그녀의 귀 주위로 늘어진 곱슬곱슬한 머리카락을 살그머니 쓰다듬을 엄두밖에 내지 못했지만, 우리가 사랑과 기쁨에서 가능했던 것은 모두 우리의 것이었고, 수줍게 맞닿을 때마다, 설익은 사랑의 말마다, 불안하게 서로를 기다릴 때마다, 우리는 새로운 행복을 알아갔고, 사랑의 사닥다리에 있는 작은 계단을 하나씩 올라갔다.

그렇게 나는, 로자와 제비꽃으로 시작해서, 나의 모든 연애 생활을, 더욱 행복한 운명의 별 아래에서, 다시 한번 처음부터 끝까지 체험했다. 로자는 사라지고 이름가르트가 나타났고, 태양은 더욱 뜨거워지고 별들은 더욱 몽롱해졌지만, 로자도 이름가르트도 나의 것이 되지 못했고, 나는 한 계단 한 계단 오르면서, 많이 체험하고 많이 배워야만 했으며, 이름가르트도 안나도 다시 잃어버려야만 했다. 한때 유년 시절에 사랑했던 모든 소녀를 나는 또다시 사랑했지만, 나는 각자에게 사랑을 흘려넣을 수 있었고, 각자에게 무엇인가를 줄 수 있었으며, 각자에게 선물을 받을 수 있었다. 한때 유일하게 나의 상상 속에서만 살아가던 소망, 꿈, 가능성들이 지금은 현실이었고 살아가게 되었다. 오, 너희 모든 아름다운 꽃들이여, 이다와 로레, 내가 한때 여름 한 철, 한 달 동안, 하루 동안 사랑했던 너희 모두여!

내가 지금은 내가 전에 사랑의 문을 향해서 그토록 열심히 달려가는 것을 보았던 멋지고 열정이 넘치는 어린 청년이라는 사실을, 내가 지금은 나의 이 조각을, 내 존재와 삶의 고작 십 분의 일, 천 분의 일만을 채우는 이 조각을, 내 자아의 다른 모든 인물로부터 괴롭힘당하지 않고, 사상가에게 방해받지 않고, 황야의 이리에게 고통받지 않고, 시인, 몽상가, 도덕가에게 제한받지 않고, 마음껏 실현시키고 자라나도록 두었다는 사실을, 나는 파악했다. 아니, 지금 나는 다름 아닌 사랑에 빠진 남자일 뿐이며, 사랑의 행복과 고통 말고 다른 행복과 고통은 호흡하지 않았다. 이미 이름가르트는 나에게 춤을, 이다는 나에게 입맞춤을 가르쳐주었으며, 가장 아름다운 엠마는, 어느 가을밤 나뭇잎 나부끼는 느릅나무 아래에서, 자신의 연갈색 젖가슴에 입 맞추게 해주고 쾌락의 잔을 마시도록 해준 첫 번째 여인이었다.

나는 파블로의 작은 극장에서 많은 것을 체험했고, 그중

천 분의 일도 말로는 이루 이야기할 수 없다. 내가 언젠가 사랑했던 많은 소녀가 이제 나의 것이었고, 각자는 오로지 그녀만이 줄 수 있었던 것을 나에게 주었고, 각자에게 나는 오로지 그녀만이 나에게서 가져갈 줄 알았던 것을 주었다. 많은 사랑, 많은 행복, 많은 환락, 많은 혼란 그리고 고뇌를, 나는 맛보았고, 내 인생의 모든 놓쳐버린 사랑이, 이 꿈결 같은 시간 속에서, 마법처럼 나의 정원에 꽃을 피웠는데, 순결하고 연약한 꽃들, 화려하고 불타오르는 꽃들, 짙은 빛의 빨리 시들어버리는 꽃들, 너울거리는 환락, 내밀한 몽상, 작열하는 우수, 불안 가득한 죽음, 빛나는 새로운 탄생이었다. 다급하게 폭풍 속에서만 얻을 수 있었던 여인들과, 얻기 위해 오랫동안 공을 들여서 구애하는 것이 행복이었던 다른 여인들을 나는 발견했다. 한때는, 고작 일 분 동안이었다 하더라도, 나를 유혹했던, 내 인생의 어둑해져가는 구석구석이 모두 다시 나타났고, 놓쳐버린 모든 것이 만회되었다. 각자 자신의 방식으로, 모두들 나의 것이 되었다. 그중에는 아마(亞麻) 처럼 밝은색 머리카락 아래로 유난히 짙은 갈색 눈을 지닌 여인도 있었는데, 나는 언젠가 급행열차의 복도 창가에서 십오 분 동안 그녀 옆에 서 있었던 적이 있었고, 그녀는 나중에 여러 차례 나의 꿈속에 나타났으며 — 그녀는 한마디도 하지 않았지만, 예감하지 못했던, 깜짝 놀랄 만한, 치명적인 사랑의 기술들을 나에게 가르쳐주었다. 그리고 마르세유의 항구에서 투명하게 미소 짓던 곱고 조용한 중국 여인은, 매끄럽고 짙은 검은색 머리카락과 유영하는 눈을 지니고 있었는데, 그녀 또한 전대미문의 것을 알고 있었다. 그녀들은 저마다의 비밀을 지니고 있었고, 저마다의 흙내음이 났으며, 나름의 방식으로 입맞춤을 했고, 웃었으며, 나름의 특별한 방식으로 부끄러움을 탔고, 나름의 특별한 방식으로 부끄러움이 없었다. 그녀들은 왔다가 갔고, 물결이 그녀들을 나에게로 데려왔고, 나를 그녀들에게로 밀어 옮겼고, 그들로부터 멀리 밀어냈으며, 그것은 이성(異性)의 물결 속에서 장난질치는, 아이 같은 수영이었으며, 자극으로 가득하고, 위험으로 가득하고, 놀라움으로 가득했다. 그리고 나는 나의 삶이, 얼핏 보기에는 그토록 비참하고 사랑이 없는 황야의 이리의 삶이, 얼마나 열애가, 기회가, 유혹들이 풍성했던가에 대해서 경이로워했다. 나는 그것들을 거의 다 놓쳐버리고 멀리했으며, 그것들에 걸려 비틀거렸고, 그것들을 최대한 빨리 잊어버렸다 — 그러나 여기에 그 모두가, 빈틈없이, 수백 개가, 보존되어 있었다. 그리고 지금 나는 그것들을 보았고, 그것들에게 나를 내던졌고, 그것들에게 열려 있었으며, 그것들의 장밋빛으로 해 저무는 지하 세계로 잠겨들었다. 나에게 파블로가 예전에 제공했던 그 유혹도 다시 되돌아왔고, 그때에는 온전히 이해조차 못 했던 더 이전의 다른 유혹들, 셋이서 그리고 넷이서 하는 환상적인 유희들도 되돌아와서 미소를 지으며 나를 자신들의 윤무 속으로 데려갔다. 많은 일이 일어났고, 많은 유희가 행해졌으며, 말로는 이루 다 할 수 없었다.

유혹, 악덕, 연루의 끝없는 물결로부터 나는 다시 솟아올랐는데, 고요히 침묵하면서 채비를 갖추었고, 지식으로 배를 가득 채웠으며, 현명해졌으며, 깊이 경험을 쌓았고, 헤르미네를 맞이할 준비를 끝낸 채였다. 내 수천 가지 형상의 신화 속 마지막 인물로서, 끝없는 나열의 마지막 이름으로서, 그녀가, 헤르미네가 나타났고, 동시에 나에게 다시금 의식이 되돌아왔으며, 사랑의 동화에도 종지부를 찍었는데, 왜냐하면 나는 여기 마법 거울의 해질녘에서 그녀를 만나고 싶지 않았기 때문이며, 비단 내 체스 게임의 저 하나의 인물만 그녀의 것이었던 게 아니라, 하리 전체가 그녀에게 속했던 까닭이다. 오, 나는 이제 모든 것이 그녀와 연결되고 성취로 귀결되도록 나의 인물 놀이를 바꿔놓고 싶었다.

물결은 나를 육지로 밀어내었고, 다시금 나는 극장의 침묵하는 특별석 통로에 서 있었다. 이제 어떻게 하지? 나는 내 호주머니 속에서 조그만 인물들을 찾아보았지만, 이 충동은 이미 색이 바래 있었다. 이 문들의 세계, 글귀들의 세계, 마법 거울의 세계가 무한하게 나를 둘러싸고 있었다. 의욕 없이 나는 다음번 푯말을 읽고서 몸서리를 쳤다.

라고 거기에는 씌어 있었다. 퍼뜩 번쩍하면서, 일 초 동안, 기억하고 있던 이미지 하나가 내 안에서 빛을 발했다. 헤르미네, 한 레스토랑의 테이블, 갑자기 포도주와 요리로부터 벗어나 심원한 대화 속으로 잠겨들었고, 시선 속에는 끔찍한 진지함, 자기가 내 손에 죽기 위해서, 단지 그 이유만으로 내가 자기와 사랑에 빠지게 만들겠다고 말하던 그녀의 모습이 말이다. 두려움과 어두움의 육중한 파도가 내 심장 위로 쇄도했으며, 홀연히 모든 것이 다시금 내 앞에 있었고, 홀연히 나는 마음 깊숙한 곳에서 다시금 곤경과 운명을 감지했다. 절망적으로 나는, 그 인물들을 끄집어내려고, 약간의 마술을 부려서 내 체스판의 배치를 바꾸려고, 내 호주머니를 움켜잡았다. 거기에는 더 이상 아무런 인물도 없었다. 인물들 대신에 나는 호주머니에서 칼을 꺼냈다. 죽을 만큼 경악해서 나는 복도를 가로질러 내달렸고, 문들을 지나 느닷없이 거대한 거울을 마주하고 서서 그 안을 들여다보았다. 거울 속에는 내 키 정도의 거대하고 아름다운 이리가 서 있었는데, 가만히 서서는 불안한 눈에서 경계하듯 빛을 번뜩였다. 깜빡거리며 그것은 나에게 눈짓을 했고, 살짝 웃느라 입술이 잠깐 동안 벌어졌고, 시뻘건 혀를 볼 수 있었다.

파블로는 어디에 있었던 걸까? 헤르미네는 어디에 있었던 걸까? 인격의 구성에 관해서 그렇게 멋지게 수다를 떨었던 그 영리한 작자는 어디에 있었던 걸까?

다시 한번 나는 거울을 들여다보았다. 내가 정신이 나갔던 모양이다. 어떤 이리도 높다란 유리 뒤에 서서 주둥이에 혀를 말고 있지 않았다. 거울 속에는 내가 서 있었고, 하리가, 안색이 잿빛이 된 채, 모든 유희로부터 떠나고, 모든 죄악으로 지치고, 소름 끼치도록 창백하게, 하지만 어쨌든 한 인간이, 어쨌든 말을 나눌 수 있는 누군가가 서 있었다.

"하리," 내가 말했다. "너 거기서 뭐 하고 있는 거야?"

"아무것도 안 해," 거울 속의 그가 말했다. "나는 그냥 기다리고 있어. 난 죽음을 기다리고 있어."

"죽음이 도대체 어디에 있는데?" 내가 물었다.

"올 거야," 다른 내가 말했다. 그리고 나는 극장의 안쪽에 있는 텅 빈 공간들로부터 어떤 음악이, 아름답고도 무시무시한 음악이, 돌로 만들어진 손님이 등장할 때 나오는 〈돈 후안〉[79]의 그 음악이 울려퍼지는 것을 들었다. 얼음처럼 차가운 울림들이, 피안으로부터 나와서, 불멸의 존재들로부터 오면서, 유령이 나올 것 같은 건물을 꿰뚫고 소름 끼치게 울

79 모차르트의 〈돈 조반니〉(1787)가 돈 후안의 소재를 다루고 있어서인지 헤세는 두 명칭을 혼용한다.

렸다.

"모차르트!" 나는 이렇게 생각했고, 그렇게 내 내면의 삶에서 가장 사랑스럽고 가장 고귀한 형상들을 불러냈다.

그때 내 뒤쪽에서 폭소가, 밝고 얼음처럼 차가운 폭소가 울려퍼졌는데, 인간들은 듣도 보도 못한, 고난을 겪어낸 저편에서, 신들의 유머 저편에서 태어난 웃음소리였다. 이 웃음 때문에 온통 얼어붙고 행복해져서, 나는 몸을 돌렸는데, 그러자 모차르트가 걸어왔고, 그는 웃으면서 내 옆을 지나쳐 갔으며, 느긋하게 특별석 문들 중의 하나로 어슬렁어슬렁 걸어가더니, 그것을 열고 들어갔고, 나는 그를, 내 유년 시절의 신을, 내 사랑과 존경의 평생의 목표를, 호기심에 차서 뒤따라갔다. 음악이 계속 울려퍼졌다. 모차르트는 특별석 난간에 서 있었고, 극장은 아무것도 볼 수가 없었으며, 경계가 없는 공간을 어둠이 채우고 있었다.

"보시다시피," 모차르트가 말했다. "색소폰 없이도 가능합니다. 비록 내가 이 훌륭한 악기에 너무 가까이 다가가고 싶지 않기는 하지만 말입니다."

"우리는 어디에 있는 겁니까?" 내가 물었다.

"우리는 〈돈 조반니〉의 마지막 장에 있고, 레포렐로[80]가 이

80 돈 조반니의 시종.

미 무릎을 꿇고 있습니다. 훌륭한 장면입니다. 그리고 음악도 들을 만하네요, 그렇고말고요. 비록 이 음악이 여전히 매우 인간적인 것들을 모두 자기 안에 담고 있기는 하지만, 그래도 이미 피안을 감지해내게 되지요, 웃음 말입니다 — 그렇지 않습니까?"

"그것은 이제껏 작곡된 것들 중에서 최후의 위대한 음악입니다." 내가 학교 선생처럼 격식을 차리며 말했다. "물론, 거기에다가 슈베르트도 있고, 후고 볼프[81]도 있고, 가엾고도 훌륭한 쇼팽도 제가 잊어서는 안 되겠지요. 당신은 이마를 찌푸리시는군요, 마에스트로 — 오 그래요, 베토벤도 있지요, 그도 역시 멋집니다. 하지만 그 모든 것은, 그것이 아무리 아름답다고 하더라도, 이미 파편의, 해체의 무엇인가를 내포하고 있고, 아주 완벽한 주조물로 된 작품은 〈돈 조반니〉 이래로 더 이상 인간에 의해서 만들어지지 않았습니다."

"너무 애쓰지 마십시오." 섬뜩할 만큼 경멸조로, 모차르트가 웃었다. "당신도 아마 음악가이신 모양이지요? 그런데, 나는 이제 내 일을 그만뒀답니다. 은퇴를 했어요. 그저 재미로 가끔씩 작업을 구경할 뿐입니다."

---

81 후고 볼프Hugo Wolf(1860~1903): 독일의 작곡가.

그는 마치 지휘를 하는 것처럼 손을 들었고, 달이, 그게 아니라면 창백한 이마가 어디에선가 떠올랐고, 난간 너머로 나는 가늠할 수 없는 공간적 심도를 바라보았다. 안개와 구름이 그 안에 모여 있었고, 산맥들이 희미하게 밝아졌고, 해안도 그랬으며, 우리 아래에서 황무지와 비슷한 평지가 지구 전체로 퍼져나갔다. 이 평지에서 우리는 귀해 보이는, 턱수염을 길게 기른 노신사를 보았는데, 그는 비애에 찬 얼굴로, 검게 차려입은 수만 명의 남자로 이루어진 엄청난 행렬을 인솔하고 있었다. 그는 우울하고 희망이 없어 보였고, 모차르트는 이렇게 말했다.

"보이시지요, 저건 브람스입니다. 그는 구원을 추구하고 있지만, 그러려면 아직도 꽤나 시간이 걸릴 겁니다."

나는 검은 옷을 입은 수천 명의 사람이 모두 신의 심판 뒤에 그의 총보(總譜)들에서 필요 없게 된 성부와 음표의 연주자들이었다는 사실을 듣게 되었다.

"악기를 너무 빽빽하게 많이 썼고, 너무 많은 재료를 허비했던 거지요." 모차르트가 고개를 끄덕였다.

그리고 바로 연이어 우리는 똑같이 대규모 무리의 선두에서 리하르트 바그너가 행진해오는 것을 보았고, 그 육중한 수천 명이 그에게 달라붙어 빨아대고 있는 것을 느꼈다. 우리는 또 그가 지쳐서 순교자의 발걸음으로 발을 질질 끌며 걷는 것을 보았다.

"제 젊은 시절에는," 내가 서글프게 말했다. "이 두 음악가가 생각할 수 있는 가장 큰 대립 관계라고 여겨졌답니다."

모차르트가 웃었다.

"그렇습니다. 늘 그렇죠. 약간 떨어져서 보면, 그러한 대립 관계는 서로 점점 더 닮아가곤 한답니다. 그나저나 빽빽하게 악기를 사용한 것은 바그너나 브람스의 개인적인 실수가 아니었습니다, 그것은 그들 시대의 오류였지요."

"뭐라고요? 그런데 그것에 대해서 그들이 이제 이토록 심하게 죗값을 치러야만 한단 말입니까?" 내가 비난하듯이 소리쳤다.

"당연하지요. 그게 심급의 절차입니다. 그들이 자신들 시대의 죄과를 갚고 나서야 비로소, 개인적인 것이 그것을 결산할 가치가 있을 정도로 여전히 많이 남아 있는지 드러날 것입니다."

"하지만 그게 그 둘의 탓은 아니지 않습니까!"

"당연히 아니지요. 아담이 사과를 처먹었던 것 또한 그들 탓이 아니지만, 그래도 그들은 그 죗값을 치러야만 하지요."

"하지만 그건 끔찍하네요."

"물론이죠, 삶은 언제나 끔찍합니다. 우리는 우리 탓이 아니지만, 그래도 책임은 있습니다. 태어나면 이미 죄를 지은 겁니다. 당신이 그것을 모르신다면, 당신은 기이한 종교수업을 누리셨던 게 틀림없습니다."

나는 제대로 비참해져버렸다. 나는 죽을 만큼 지친 순례자인 나 자신이, 내가 쓴 없어도 좋을 많은 책을, 모든 논문을, 모든 문화면 기사를 짊어지고, 그 일을 했던 식자공들의 무리, 그 모든 것을 집어삼켜야만 했던 독자들의 무리를 뒤에 달고서, 피안의 황야를 헤매는 것을 바라보았다. 맙소사! 게다가 아담과 사과와 그 밖의 모든 원죄도 아직 더 있었다. 그러니까 이것들은 모두 속죄되어야만 했고, 끝없는 연옥이었으며, 그런 뒤에야 비로소, 그 모든 것 뒤에도 여전히, 무엇인가 개성적인 것, 무엇인가 고유한 것이 더 존재하는가, 아니면 나의 모든 행위와 그것의 결과가, 그저 바다 위에 떠 있는 텅 빈 거품, 그저 사건의 흐름 속에서의 무의미한 유희에 불과한가 하는 의문이 생길 수 있었다!

우울해서 축 늘어진 나의 얼굴을 보자, 모차르트는 큰 소리로 웃기 시작했다. 웃음에 겨워 그는 허공에서 데굴데굴 굴렀고 발로 트레몰로를 쳤다. 이에 덧붙여서 그는 나에게 이렇게 호통을 쳤다. "어이, 어린 친구, 자네 혀를 깨물었나, 허파가 불편한가? 자네의 독자들을 생각하나, 개자식들을, 가련한 식충이들을, 그리고 자네의 식자공들을, 이단자들을, 염병할 선동자들을, 군도(軍刀)를 갈고 있는 놈들을? 그건 참 웃을 일이야, 자네, 이 욕쟁이 여편네야, 크게 웃을 일이지, 파멸할 일이야, 바지에 오줌을 지릴 일이야! 오, 자네, 신심 깊은 염통이여, 자네의 인쇄 잉크통으로, 자네의 영혼의 고통으로, 나는 자네에게 초를 꽂아 세웠지, 그냥 농담이나 하려고. 손가락을 틱 튀기고 탁 튀기고, 소동을 일으키고, 놀려먹고, 꼬리를 흔들고, 오래 망설이지 않고. 잘 가게나, 악마가 자네를 데려가서, 자네가 써재낀 글과 나불댄 말의 대가로, 이리 패고 저리 때릴 걸세, 죄다 도둑질한 거 아닌가."[82]

이것은 반대로 나에게는 지나치게 심했고, 노여움은 더 이상 나에게 애상에 잠겨 있을 시간을 허락하지 않았다. 나는 모차르트의 꽁지머리를 움켜잡았고, 그는 도망쳐 날아갔고, 꽁지머리는 마치 혜성의 꼬리처럼, 자꾸 자꾸 더 길어졌으며, 나는 그 끝에 매달려서 세상 곳곳을 빙빙 돌았다. 빌어먹을, 이 세상은 추웠다! 이 불멸의 존재들은 지독하게 희박한 얼음장 같은 공기를 잘도 견뎠다. 그러나 그것은, 이 얼음 같은 공기는, 기분이 좋게 해주었고, 나는 그것을 간신히, 나에게서 의식이 사라지기 직전에, 그 짧은 순간 동안 감지했다. 쓰라리도록 짜고, 강철처럼 번득이는, 얼음 같은 명랑함이, 모차르트가 했던 것처럼, 환하고 거칠고 이 세상의 것이 아닌 것처럼 웃고 싶은 욕망이, 나를 관통했다. 그러나 그때 호흡과 의식이 끝이 났다.

---

82 모차르트가 운을 맞추어 단어들을 나열하며 언어유희를 하고 있으나 우리말로 옮기기에는 역부족이다.

혼란스럽고 녹초가 되어서 나는 다시 정신을 되찾았고, 복도의 흰 불빛이 번쩍이는 바닥에 반사되고 있었다. 나는 불멸의 존재들 곁에 있지 않았다, 아직은 아니었다. 나는 아직도 여전히 수수께끼, 고통, 황야의 이리들, 고통스러운 뒤엉킴의 차안(此岸)에 있었다. 좋은 장소도, 참을 만한 체류지도 아니었다. 그것에는 이제 종지부를 찍어야만 했다.

커다란 벽거울 속에서 하리가 나와 마주 서 있었다. 그는 상태가 좋지 않아 보였고, 그날 밤에 교수를 방문하고 검은 독수리에서 무도회가 있었던 뒤의 그의 모습과 크게 달라 보이지 않았다. 그러나 그것은 한참 전의, 몇 년 전, 몇 백 년 전의 일이었다. 그리고 하리는 더 나이가 들었고, 춤추는 법을 배웠고, 마법 극장에 갔으며, 모차르트가 웃는 것을 들었고, 더 이상 춤을, 여인들을, 칼을 두려워하지 않았다. 평범한 재능을 타고난 사람도, 그가 몇 백 년을 달려왔다면, 성숙해질 것이다. 오랫동안 나는 거울 속의 하리를 바라보았다. 아직도 나는 그를 잘 알고 있었고, 여전히 그는, 삼월의 어느 일요일 날 바위 절벽에서 로자를 만나고 그녀 앞에서 자신의 견진성사 모자를 썼던, 열다섯 살의 하리와 아주 약간 흡사했다. 하지만 그는 그 이후로 몇 백 년은 더 나이를 먹었고, 음악과 철학을 하고 그것들을 배 터지게 먹었으며, "슈탈헬름"에서 알자스 포도주를 퍼마셨고, 고루한 학자들과 크리슈나에 관해 논쟁을 벌였으며, 에리카와 마리아를 사랑했고, 헤르미네의 친구가 되었으며, 자동차들을 총으로 격추했고, 매끈한 중국 여인과 같이 잤으며, 괴테와 모차르트를 만났고, 그가 여전히 사로잡혀 있었던 시간과 가상현실의 그물에 갖가지 구멍을 냈다. 비록 그가 자신의 예쁜 체스말들을 다시 잃어버리기는 했지만, 그래도 그는 호주머니에 성실한 칼이 있었다. 전진하라, 늙은 하리야, 늙고 지친 녀석아!

젠장, 빌어먹을, 삶이란 어찌나 쓰디쓴지! 나는 거울 속 하리에게 침을 뱉었고, 그를 발로 걷어찼고, 산산조각이 나도록 짓밟았다. 나는 천천히 소리가 울리는 복도를 걸어갔고, 주의 깊게 그토록 많은 멋진 것을 약속해주었던 문들을 관찰했다. 그러나 어떤 문에도 더 이상 글귀가 붙어 있지 않았다. 천천히 나는 마법 극장의 수백 개의 문을 모조리 다 걸어 나왔다. 내가 오늘 가면무도회에 와 있지 않았던가? 몇백 년이 그 이후로 지나가버렸다. 곧 더 이상 년(年)이 존재하지 않을 것이다. 아직도 무엇인가 할 일이 남아 있었고, 헤르미네가 아직 기다리고 있었다. 그것은 별난 결혼식이 될 듯하다. 탁한 물결 속에서 나는 그리로 헤엄쳐 갔고, 암울하게 휩쓸려 갔다, 노예, 황야의 이리가. 쳇, 빌어먹을!

마지막 문에서 나는 멈춰 서 있었다. 그곳으로 탁한 물결이 나를 끌고 갔다. 오, 로자, 오, 머나먼 유년 시절이여, 오, 괴테와 모차르트여!

나는 문을 열었다. 내가 문 뒤에서 발견한 것은 단순하고 아름다운 광경이었다. 나는 바닥의 양탄자에 벌거벗은 사람 둘이 누워 있는 것을 발견했는데, 그것은 아름다운 헤르미네와 아름다운 파블로였고, 나란히, 깊이 잠이 든 채, 그리도 채워지지 않을 것처럼 보였으면서, 그리도 순식간에 포만하게 만드는 사랑의 유희로, 완전히 소진된 채로 누워 있었다. 아름답고도 아름다운 이들, 멋들어진 광경이었고, 경이로운 육체였다. 헤르미네의 왼쪽 가슴 아래에는, 새로 생긴 둥근 반점이, 짙게 피멍이 든 채, 파블로의 아름답고 뽀얀 치아로 낸 사랑의 잇자국이 있었다. 거기, 그 반점이 있던 곳에, 나는 나의 칼을, 칼날의 길이가 닿는 한껏, 찔러 넣었다. 피가 헤르미네의 하얗고 보드라운 살갗 위로 흘렀다. 모든 것이 조금 달랐더라면, 조금 다르게 흘러갔더라면, 이 피를 나는 입맞춤으로 닦아버렸을 텐데. 이제 나는 그렇게 하지 않았다. 그리고 나는 피가 흐르는 모습을 그저 바라보기만 했고, 그녀의 눈이, 고통스럽게, 깊이 놀라서, 아주 잠깐 동안 떠지는 것을 보았다. "왜 그녀가 놀라는 걸까?" 나는 생각했다. 그러고 나서 나는 내가 그녀의 눈을 감겨줘야만 한다고 생각했다. 그러나 그녀의 눈은 저절로 다시 감겼다. 일이 끝났다. 그녀가 아주 약간 옆으로 몸을 돌렸고, 나는 겨드랑이부터 가슴까지 가늘고 부드러운 그림자가 노니는 것을 보았는데, 그것은 나에게 무엇인가를 기억나게 만들려 했다. 잊어버려! 그러고 나서 그녀는 조용히 누워 있었다.

오래도록 나는 그녀를 바라보았다. 마침내 나는 잠에서 깨어나는 듯 몸서리를 쳤고, 가려고 했다. 그때 나는 파블로가 기지개를 켜는 것을 보았고, 그가 눈을 뜨고 사지를 쭉 펴는 것을 보았고, 그가 죽어버린 아름다운 여인 위로 몸을 구부리고 미소 짓는 것을 보았다. 이 녀석은 절대로 진지해질 수가 없을 거라고, 모든 것이 그를 미소 짓게 만든다고, 나는 생각했다. 파블로가 조심스럽게 양탄자의 모서리를 접어 헤르미네의 가슴까지 덮어주어서, 상처가 더 이상 보이지 않았고, 그런 다음 그는 소리 없이 특별석에서 나갔다. 그는 어디로 갔을까? 모두 나를 혼자 남겨두는 건가? 나는 내가 사랑하고 부러워했던, 반쯤 가려진 죽은 여인과 단둘이 남아 있었다. 그녀의 창백한 이마 위로 사내아이 같은 곱슬머리가 흘러내려와 있었고, 입은 완전히 창백해진 얼굴에서 빨갛게 빛을 발하며 살짝 벌어져 있었으며, 머리카락은 잔잔한 향기를 냈고, 작고 도톰한 모양의 귀가 반쯤 드러나 보였다.

이제 그녀의 소원이 이루어졌다. 그녀가 완전히 나의 것이 되기도 전에, 나는 나의 연인을 죽이고 말았다. 나는 생각할 수도 없는 짓을 저질렀고, 이제 나는 무릎을 꿇고 뚫어져라 쳐다보면서도 이 행동이 무엇을 의미하는지 알지 못했으며, 심지어 그것이 선하고 옳은 일이었는지 아니면 그 반대였는지조차 알지 못했다. 그 똑똑한 체스 두는 남자는 뭐라고 말할까, 파블로는 그녀에 관해서 뭐라고 말할까? 나는 아무것도 모르겠고, 생각을 할 수가 없었다. 루주를 바른 입이 명멸해가는 얼굴에서 점점 더 빨갛게 작열했다. 내 삶 전체가 그랬다. 내 미미한 행복과 사랑이 이 경직된 입과 같았다. 죽은 자의 얼굴에 그려진 약간의 빨간색 말이다.

그리고 죽은 얼굴에서, 죽어버린 하얀 어깨, 죽어버린 하얀 팔로부터, 한기가, 겨울의 황량함과 고독이, 내 손과 입술을 곱아지게 만드는, 천천히, 천천히 자라나는 냉기가 서서히 슬금슬금 뿜어져 나왔다. 내가 태양을 꺼버렸던가? 내가 모든 생명의 심장을 죽여버렸던가? 우주 공간의 죽음이 갖는 냉기를 끌어들였던가?

몸서리를 치면서 나는 돌덩이처럼 되어버린 이마를, 움직임 없는 곱슬머리를, 귓바퀴의 창백하고 냉랭한 미광을 응시했다. 그것들로부터 흘러나오는 냉기는 치명적이었으나, 그럼에도 아름다웠다. 그 냉기는 멋지게 소리를 내고 울려퍼졌다. 그것은 음악이었다!

내가 언젠가, 지나간 시절에, 이미 한번 이러한 전율을, 동시에 행복감과도 같았던 전율을 느꼈던 적이 없었던가? 내가 이미 한번 이러한 음악을 들어보지 못했던가? 그렇다, 모차르트에게서, 불멸의 존재들에게서 들어보았다.

내가 언젠가, 지나간 시절에, 어디에선가 발견했던 시구들이 머리에 떠올랐다.

이와 반대로 우리는 존재하나니
천공의 별들이 영롱한 얼음 속에,
날도, 시간도 알지 못하고,
여자도 남자도 아니고, 젊지도 않았고 노인도 아닌 채……
싸늘하고 불변하나니 우리의 영원한 존재는,
싸늘하고 별처럼 환하나니 우리의 영원한 웃음은……

그때 특별석 문이 열렸고, 내가 두 번을 보고서야 비로소 알아보았던 모차르트가, 꽁지머리 없이, 반바지와 버클 달린 구두 없이, 현대적인 복장을 하고 들어왔다. 그는 내 옆에 바짝 붙어 앉았고, 나는 그가 헤르미네의 가슴에서 바닥으로 흘러나온 피로 더럽혀지지 않도록, 하마터면 그를 건드리고 제지할 뻔했다. 그는 앉아서 그곳에 이리저리 널려 있던 몇몇 작은 장치과 악기에 파고들듯 몰두했는데, 그는 그것들을 무척이나 중요하게 여겼고, 그 물건을 이리저리 움직여보고 나사를 조였으며, 나는 탄복하면서 그의 능숙하고 민첩한 손가락들을 바라보았고, 그 손가락들이 피아노를 연주하는 것을 정말로 한번 보고 싶었다. 생각에 가득 차서, 아니면 사실은 생각에 가득 차서가 아니라 꿈을 꾸듯이, 그의 아름답고 영민한 손을 바라보느라 넋을 잃고, 그의 곁에 있다는 느낌으로 몸이 달아오르고 또한 약간 불안해져서, 나는 그를 바라보았다. 그가 거기서 실제로 무엇을 하는지, 그가 거기서 나사를 돌리고 바쁘게 일할 게 무엇인지, 그것에 나는 전혀 주의를 기울이지 않았다.

그러나 거기에서 그가 설치하고 작동시켰던 것은 라디오 장치였고, 이제 그는 스피커를 켜고서 이렇게 말했다. "뮌헨 방송을 듣고 계십니다. 헨델의 〈F장조 콘체르토 그로소〉입니다."

실제로, 묘사할 수 없을 정도로 놀랍고 기겁하게도, 저 흉악스러운 양철 깔때기가, 이제 곧바로 축음기 소유자들과 라디오 애청자들이 음악이라고 부르는 데 의견의 일치를 보았던, 저 기관지 가래와 질근질근 씹던 껌의 혼합물을 뱉어냈다 — 그리고 탁한 가래와 끝도 없는 쉰 소리 뒤로는, 마치 두터운 때꼽재기 뒤에 있는 오래된 귀중한 그림처럼, 이 천상의 음악의 고귀한 구조를, 더할 나위 없는 구성을, 차분하고 넓은 호흡을, 충만하고 폭넓은 현악기의 울림을 정말로 알아들을 수 있었다.

"맙소사," 내가 소스라치게 놀라서 외쳤다. "당신 뭐 하시는 겁니까, 모차르트? 당신 자신과 저에게 이 더러운 짓거리를 저지르시는 게 당신의 진심이십니까? 이 혐오스러운 장치를, 우리 시대의 대승리를, 예술에 대한 섬멸전에서, 우리 시대의 최종 무적 병기를, 우리에게 풀어놓으시는 게요? 꼭 그러셔야만 하는 겁니까, 모차르트?"

오, 그때 그 섬뜩한 남자가 웃고 있는 모습이란, 그가 차갑고도 유령같이, 소리 없이, 하지만 자신의 웃음으로 모든 것을 분쇄하면서 웃고 있는 모습이란! 마음속 깊이 즐거워하며 그는 나의 고통을 지켜보았고, 염병할 나사들을 돌렸으며, 양철 깔때기를 움직였다. 웃으면서 그는, 그 일그러지고 영혼 없고 독이 발린 음악이, 계속해서 공간으로 새어나오도록 만들었고, 나에게 대답을 해주었다.

"제발 파토스는 사절입니다, 이웃 양반! 그건 그렇고 당신은 거기 그 리타르단도[83]를 주의해서 들었습니까? 묘안이죠, 흠? 그래요, 그리고 이제 한번, 이 참을성 없는 양반아, 이 리타르단도라는 생각을 자신 안에 넣어보세요 — 콘트라베이스들이 들립니까? 그것들은 신들처럼 걸어가죠 — 그리고 노년의 헨델의 이 묘안이 당신의 불안한 심장을 뚫고 들어가 진정시키게 하세요! 한번 들어보십시오, 이 평범한 양반아, 파토스 없이 그리고 경멸 없이, 이 우스꽝스러운 장치의 실제로 완전 바보 같은 장막 뒤에서, 이 신의 음악의 요원한 형상이 바뀌어가는 것을요! 주의를 기울여보세요, 그러면서 뭔가를 배울 수 있을 겁니다. 어떻게 이 정신 나간 울림관이

83 '점점 느리게' 연주하라는 표시.

겉보기에는 세상에서 가장 멍청한 짓, 가장 쓸데없는 짓, 가장 금지된 짓을 하는 것처럼 보이는지, 그리고 어떻게 어디에선가 연주된 음악을 분별없이, 멍청하게, 조야하게, 게다가 참담하게 일그러뜨린 채, 그 음악에 속하지 않는 낯선 공간으로 내동댕이치는지를 유의해보세요 — 그리고 그것이 이 음악의 본정신을 파괴할 수 없고, 오히려 그 훌륭한 음악에 견주어서 그저 자기 자신의 대책 없는 기술과 정신이 결여된 영업 행위만 증명하고 마는 꼴을요! 귀를 기울여서 잘 들으세요, 평범한 양반아, 당신은 그럴 필요가 있습니다! 자, 귀를 열라니까요! 그래요. 그리고 이제 분명 당신은 단순히 라디오를 통해서 능욕 당한, 그럼에도 불구하고 이 최악으로 혐오스럽게 발현되 형태 속에서도 여전히 신적인 헨델만을 듣고 있는 게 아니고, — 당신은 동시에, 소중한 분이여, 모든 인생의 탁월한 비유 또한 듣고 보고 있습니다. 당신이 라디오에 귀를 기울인다면, 당신은 이상과 현상 사이의, 영원과 시간 사이의, 신적인 것과 인간적인 것 사이의 근원적인 싸움을 보고 듣고 있는 것입니다. 바로 그렇게, 친애하는 그대여, 마치 라디오가 이 세상에서 가장 훌륭한 음악을, 십 분 동안 분별없이, 가장 말도 안 되는 공간들에, 시민들의 살롱과 다락방에, 수다 떨고, 처먹고, 하품하고, 잠이나 자는 청취자들에게 던져 넣듯이, 마치 그것이 이 음악에서 그 감각적인 아름다움을 강탈하고, 그것을 망쳐놓고,

생채기를 내고, 가래침을 뱉고, 그러나 그럼에도 불구하고 그것의 정신을 완전히 말살할 수 없듯이 — 바로 그렇게 삶은, 이른바 현실은, 세상의 훌륭한 형상의 유희들을 자기 주변에 던져버리고, 헨델에 연이어서 중소기업의 결산 은폐 기술에 관한 강연이 뒤따르게 하고, 마법 같은 오케스트라 소리로 입맛 떨어지는 음향 가래를 만들어버리고, 자신의 기술, 자신의 분망함, 자신의 상스러운 생리 욕구와 허영심을, 도처에서 이상과 현실 사이로, 오케스트라와 귀 사이로 밀어넣습니다. 삶 전체가 그러합니다, 젊은이, 그리고 우리는 그것을 그렇게 내버려두어야만 하고, 우리가 당나귀 같은 바보가 아니라면, 그걸 보고 웃음을 터뜨리게 되죠. 당신 부류의 사람들한테는 라디오나 인생에 관해 비판할 권한이 전혀 없습니다. 차라리 일단 귀 기울여 듣는 법부터 배우십시오! 진지하게 받아들일 가치가 있는 것을 진지하게 받아들이는 법을 배우고, 나머지 것들을 비웃으십시오! 아니면 당신 자신이 그걸 더 훌륭하게, 더 기품 있게, 더 영리하게, 더 취향 있게 해오기라도 했습니까? 오, 아닙니다, 므슈 하리, 당신은 그러지 못했습니다. 당신은 당신 삶으로 혐오스러운 병력(病歷)이나 만들어냈고, 당신의 타고난 재능으로는 불행을 만들어버렸습니다. 그리고 당신은, 내가 보기로는, 저기 저토록 예쁘고 저토록 매력적인 아가씨를 그저 그녀의 몸에 칼을 꽂고 망가뜨려놓은 것 말고는 다른 어떤 것으로도 활용할 줄 몰랐습니다! 당신은 정말 그게 옳다고 생각하십니까?"

"옳다고요? 오, 아닙니다!" 나는 절망에 휩싸여 외쳤다. "맙소사, 모든 것이 정말 너무나도 잘못되고, 너무나도 지독히 어리석고 나빴어요! 저는 짐승입니다, 모차르트, 멍청하고 사악한 짐승이에요, 병들고 타락한, 그 점에서는 당신이 천 번이라도 옳습니다. — 하지만 이 아가씨에 관해 말하자면, 그녀는 스스로 그렇게 되기를 원했습니다, 나는 단지 그녀의 소망을 이루어준 것뿐입니다."

모차르트가 소리 없이 웃었고, 그러나 이제 그래도 커다란 선의를 베풀어서 라디오를 꺼주었다.

나의 변호는 방금 전까지도 일편단심으로 그녀를 믿고 있던 나 자신에게 뜻밖에도 참으로 어리석게 들렸다. 예전에 헤르미네가 — 불현듯 나에게 이런 기억이 떠올랐다 — 시간과 영원에 관해 이야기했을 적에, 그때 나는 그녀의 생각을 즉각 내 생각의 거울상이라고 여길 준비가 되어 있었다. 그러나 나의 손에 죽임을 당하겠다는 그 생각은 헤르미네의 독특한 발상이자 소망이었고 나로부터는 손톱만큼도 영향을 받지 않았다는 점을 나는 자명하다고 받아들였더랬다. 하지만 왜 나는 그 당시에, 이 너무나도 끔찍하고 너무나도 기괴한 생각을, 단순히 받아들이고 믿기만 한 게 아니라, 심지어 미리 짐작하기까지 했던 것일까? 아마도 그것이 나의 생각이었던 까닭이 아닐까? 그리고 왜 나는 하필이면 헤르미네가 발가벗고 다른 남자의 품에 안겨 있는 것을 발견한 그 순간에 그녀를 살해했던 것일까? 모든 것을 다 알면서, 조롱으로 가득한 채, 모차르트의 소리 없는 웃음이 울려퍼졌다.

"하리," 그가 말했다. "당신은 익살꾸러기로군요. 정말로 이 아름다운 아가씨가 칼로 찔리는 거 말고는 당신한테 다른 어떤 것도 원하지 않았다는 말인가요? 다른 사람한테나 그게 사실이라고 믿게 만들어보십시오! 자, 적어도 당신은 성실하게는 찔렀고, 저 가엾은 아이는 완전히 죽어버렸습니다. 이제는 당신이 이 여인에 저지른 신사적인 행동의 결과를 분명히 해야 할 시간이 된 듯합니다. 아니면 당신은 그 결과를 회피하실 작정입니까?"

"아닙니다," 내가 고함을 질렀다. "당신은 도대체 전혀 이해를 못 하십니까? 제가 그 결과를 회피하다니요! 제가 간절히 바라는 게 바로 속죄하고 속죄하고 또 속죄하는 것, 도끼 아래에 머리를 가져다대는 것, 나를 벌하고 파멸시키도록 하는 것이란 말입니다."

견디기 힘들만치 조소를 띠고서 모차르트가 나를 바라보았다.

"당신은 어찌나 늘 파토스가 넘치시는지! 하지만 당신은 분명히 유머도 더 배우시게 될 겁니다, 하리. 유머는 언제나 교수대 위의 억지 유머이고, 필요한 경우에는 당신이 그것을 바로 교수대에서 배울 겁니다. 당신은 그럴 준비가 되었습니까? 그래요? 좋습니다, 그렇다면 검사에게 가십시오, 그리고 이른 아침 시간 교도소에서 서늘하게 목을 치기에 이를 때까지 법조인들의, 유머라고는 없는 그 조직 전부를 참고 받아들이십시오. 자, 당신은 그럴 준비가 되었습니까?"

글귀 하나가 홀연히 내 앞에 번쩍 나타났다.

하리의 처형

그리고 나는 그것에 동의한다고 고개를 끄덕였다. 창살이 쳐진 작은 창문이 달린 네 개의 벽 사이에 있는 삭막한 뜰, 깨끗하게 정비된 단두대, 법복과 프록코트를 입은 십여 명의 남자, 그리고 그 중간에는 내가, 오한을 느끼면서 잿빛의 이른 아침 공기 속에 서 있었고, 심장은 처절한 두려움으로 오그라들어 있었지만, 각오와 동의가 되어 있었다. 명령에 따라서 나는 앞으로 걸어 나왔으며, 명령에 따라서 무릎을 꿇었다. 검사가 모자를 벗고는 헛기침을 했고, 다른 모든 신사 또한 헛기침을 했다. 그는 격식을 갖춘 종이를 자신 앞에 펼쳐 들더니, 다음과 같은 내용을 낭독했다.

"신사 여러분, 여러분 앞에는 하리 할러가 우리 마법 극장의 악의적인 악용으로 기소되어 유죄 판결을 받고 서 있습니다. 할러는 우리의 아름다운 그림 전시실을 이른바 현실과 혼동하여 거울에 비친 아가씨를 거울에 비친 칼로 찔러 죽임으로써 비단 고결한 예술을 모욕했을 뿐만 아니라 그 밖에도 우리 극장을 유머 감각 없게도 자살의 기구로 사용하려는 의도를 드러냈습니다. 우리는 이에 할러에게 영원한 삶의 형을 선고하며 우리 극장의 입장 허가를 열두 시간 동안 박탈하는 형을 선고하는 바입니다. 또한 피고에게는 비웃음 받기 일회의 형이 면제될 수 없습니다. 신사 여러분, 웃음을 터뜨려 주십시오. 하나 — 둘 — 셋!"

그리고 셋을 세자 그 자리에 있던 모든 사람이 동원되어 흠잡을 데 없이 폭소를, 고급스러운 합창으로 이루어진 폭소를, 끔찍하고도 인간은 좀처럼 견디기 어려운 피안의 웃음을 터뜨렸다.

내가 다시 정신을 차렸을 때, 모차르트가 조금 전처럼 나의 옆에 앉아 있었고, 내 어깨를 두드리더니 이렇게 말했다.
"당신은 당신의 판결을 들었습니다. 그러므로 당신은 앞으로도 삶의 라디오 음악에 귀를 기울이는 데에 익숙해져야만 할 겁니다. 그것이 당신에게 좋게 작용할 겁니다. 당신은 비정상적으로 재능이 부족하게 태어났답니다, 이 친애하는 어리석은 양반아, 그래도 그렇게 서서히 당신은 무엇이 당신에게 요구되는지를 파악하신 겁니다. 당신은 웃는 법을 배워야 합니다. 그게 당신에게 요구되는 바입니다. 당신은 인생의 유머를, 이 인생의 억지 유머를 터득해야 합니다. 물론 당신은 이 세상의 모든 것에 준비가 되어 있지요. 단지 당신에게 요구되는 것만 빼고요! 당신은 아가씨를 찔러 죽일 준비가 되어 있고, 엄숙하게 처형당할 준비가 되어 있고, 백 년 동안 고행을 하고 스스로에게 채찍질할 준비 또한 분명히 되어 있을 겁니다. 안 그렇습니까?"

"오, 맞습니다, 진심으로 준비되어 있습니다." 내가 비참함에 잠겨 외쳤다.

"당연히 그래야지요! 당신은 온갖 멍청하고 유머도 없는 행사들이 다 구해다 놓을 수 있으니까요, 이 관대한 양반아, 파토스에 차고 재치라곤 없는 온갖 것이 말이오! 하지만 나는 그런 데 안 가요. 나는 당신의 그 모든 감상적인 참회의 대가로 당신에게 단 한 푼도 주지 않겠습니다. 당신은 처형당하고 싶어 하고, 머리통이 잘리고 싶어 하죠, 이 광폭한 사람아! 이 어리석은 이상을 위해서 당신은 열 번이고 살인을 저지를 것입니다. 당신은 죽고 싶어 합니다, 이 겁쟁이 양반아, 하지만 살려고 하지는 않지요. 제기랄, 하지만 당신이야말로 살아야 합니다! 만약 당신에게 가장 무거운 형벌이 내려진다면, 그건 자업자득일 겁니다."

"오, 그런데 그게 어떤 벌일까요?"

"예를 들자면 우리가 그 아가씨를 다시 살려내서, 당신이 그녀와 결혼할 수도 있지요."

"안 돼요, 그것에는 제가 준비가 안 되어 있는 것 같습니다. 불행해질지도 모릅니다."

"당신이 저지른 짓이 아직 충분히 불행이지 않은 것 같군요! 하지만 과장된 비장함이나 살해와는 이제 종말을 고해야 합니다. 이제는 이성을 받아들이시구려! 당신은 살아가야만 하고, 웃음을 배워야 합니다. 당신은 인생의 빌어먹을 라디오 음악을 듣는 법을 배워야만 하고, 그것 뒤에 있는 정신을 숭배해야 하며, 그것 속에 있는 쓸데없는 것들을 비웃는 법을 배워야 합니다. 그걸로 끝, 더 이상은 당신한테 요구되지 않을 겁니다."

나지막이, 이를 악문 채, 나는 이렇게 물었다. "그런데 만약 제가 거부한다면요? 그리고 만약 제가 당신, 모차르트 씨한테 황야의 이리를 마음대로 하고 그의 운명에 간섭할 권리를 인정하지 않는다면요?"

"그렇다면," 모차르트가 평온하게 말했다. "나는 자네에게 내 멋진 담배를 한 대 더 피우라고 제안하겠지." 그가 그 말을 하고서 조끼 호주머니에서 자신이 나에게 제안했던 담배 한 대를 마술처럼 꺼내는 사이에, 별안간 그는 더 이상 모차르트가 아니라, 검은색의 이국적인 눈으로 따뜻하게 나를 바라보았고, 그것은 나의 친구 파블로였고, 나에게 작은 인물들로 하는 체스게임을 가르쳐주었던 남자의 쌍둥이 형제 같기도 했다.

"파블로!" 내가 깜짝 놀라면서 소리쳤다. "파블로, 우리가 어디에 있는 건가요?"

파블로는 나에게 담배를 건네주고 불을 붙여주었다.

"우리는" 그가 미소를 지었다. "나의 마법 극장에 있지. 그리고 혹시 당신이 탱고를 배우거나 장군이 되거나, 알렉산더 대왕과 이야기를 나누고 싶은 경우에는 그 모든 게 다음번에는 당신 뜻대로 될 거야. 하지만 나는 이 말을 하지 않을 수가 없군, 하리, 당신은 나를 조금 실망시켰어. 당신은 그때 악의적으로 자제력을 잃었고, 내 작은 극장의 유머를 깨부숴 버렸고, 더러운 짓을 저질렀고, 칼로 찔렀고, 우리들의 아름다운 형상 세계를 현실의 얼룩으로 더럽혔어. 당신이 한 짓은 멋지지 않았어. 당신이 헤르미네와 내가 거기 누워 있는 것을 보았을 때, 적어도 질투심에서 그런 짓을 저질렀기를 바라. 당신은 유감스럽게도 이 인물들을 다루는 법을 이해하지 못했어 — 나는 당신이 게임을 더 잘 배웠다고 믿었는데. 뭐, 그거야 고쳐나가면 되지."

그는 그의 손가락 사이에서 곧바로 조그만 체스 말로 작아진 헤르미네를 집어서 아까 담배를 꺼냈던 바로 그 조끼 호주머니에 찔러 넣었다.

달콤하고 묵직한 연기가 편안하게 향을 풍겼고, 나는 속이

텅 비어버린 듯한 느낌이 들었으며, 일 년 동안 잠을 잘 준비가 되어 있었다.

오, 나는 모든 것을 이해했고, 파블로를 이해했고, 모차르트를 이해했고, 어디엔가 나의 뒤쪽에서 그의 섬뜩한 웃음소리를 들었고, 내 호주머니 속에 있는, 인생 게임의 수백만 개의 인물들 전부를 알았고, 뒤흔들린 채 그 의미를 예감했으며, 그 게임을 다시 한번 시작해보고 싶어졌고, 그 고통을 다시 한번 맛보고, 그 무의미함에 다시 한번 몸서리치고, 내 내면의 지옥을 다시 한번, 아니 더 자주 유랑하고 싶어졌다.

언젠가 나는 인물 놀이를 더 잘하게 될 것이다. 언젠가 나는 웃음을 배우게 될 것이다. 파블로가 나를 기다리고 있었다. 모차르트가 나를 기다리고 있었다.

옮긴이의 말

1. 10, 20, 30, 그리고 40

헤세 작품의 번역을 위해 몇 사람이 모였던 자리에서, 나는 『황야의 이리』를 맡겠다고 우겼다. 다른 번역자분도, 사실 왜인지는 아직도 잘 모르겠으나, 나랑 잘 어울린다고 거들어주셨다. 거기까지만 했으면 좋았을 텐데, 나는 『황야의 이리』와 관련된 나의 부끄러운 과거를 흘리고 말았다. 그리고 편집자는 곧장 그 이야기를 옮긴이의 말에 꼭 써달라고 부탁하셨다. 그러니까 나는 그 순간, 번역 한 줄 안 해놓고 옮긴이의 말부터 쓴 몹쓸 놈이 되고 만 거다.

창피하기는 이를 데 없지만, 별 이야기도 아니었다. 천둥벌거숭이처럼 지내다 초등학교 2학년 때 좀 심하게 아프면서 방구석에서 보내는 시간이 많아졌고, 그러다 책 읽는 버릇이 들었다. 처음엔 아동서들을 읽었는데, 어느 틈엔가 부모님의 서가에 눈을 돌리게 되었고, 4학년 즈음에 안 될 일들을 시작해버렸다. 카프카의 『변신』을 읽고는 열이 날 때마다 끈적거리는 벌레가 나를 구석으로 몰아넣는 반복적인 악몽을 얻는 식이었으니까. 그리고 『황야의 이리』는, 잘못 읽은 줄도 몰랐다. 대학에서 독문학을 전공하던 어느 날, 친구들과 헤세 이야기를 하다가 나는 이렇게 묻고 말았다. "『황야의 이리』에 괴테가 나온다고?" 그렇다, 불멸의 존재들은 내가 어릴 적에 읽었던 그 책엔 없었다. 적어도 내 기억엔. 그럼 도대체 나는 거기서 뭘 읽었던 걸까? 기억나지 않는다. 사실 첫 독서의 기억이 아주 없는 건 아니다. "마법 극장"이 무척 신기했다. 그러나 유감스럽게도 괴테만 이해 못했던 게 아니라, 야한 암시들도 전혀 못 알아먹었다. 그런데도 이상하게 끌렸다. 신났다.

대학 시절엔 독일어 연습 삼아 혼자 읽었는지 강의시간에 다루었는지는 더 이상 기억나지 않지만, 주해가 달린 독일어판을 읽었다. 아직도 책장 한구석에 있기에 들춰보니 적어놓은 것이 참 없다. 책의 내용보다도 헤세의 인기가 일제강점기의 영향이라는 교수님의 말씀이 기억에 더 또렷이 박혀 있다. 80년대의 시대 상황까지 더해져서, 헤세는 어릴 때나 읽는 낭만적인 작품 아니냐고 떠벌리던 나의 허세는 또 어떻게 해야 할지. 그리고 어릴 적 그렸던 모습보다 하리는 더 늙어 있었다. 그의 피곤과 파우스트의 피곤이 겹쳐 보이면서도, 왠지 하리가 훨씬 더 찌질하게 느껴졌다. 그렇게 나의 옛 영웅은 나의 기억에서 슬그머니 사라져갔다.

대학 강단에 서게 되면서 독일문학 작품들을 토론하는 교양수업을 여러 차례 맡았다. 삼십 편에서 오십 편 사이의 작품들을 목록으로 만들어, 그 학기 학생들이 직접 열 편 내외의 작품을 선정해서 함께 읽고 토론하는 방식으로 운영했는데, 물론 헤세도 포함되었다. 그러나 『나르치스와 골드문트』 『데미안』 『수레바퀴 아래서』 『유리알 유희』 등은 목록에 들어 있었지만 『황야의 이리』는 아니었다. 왜? 본능적으로. 아무리 대학생들이라지만, 너무 본능에 충실한 작품은 내가 버거웠으니까. 성적인 주제를 굳이 피하려고 하지는 않았으나, 차라리 옐리네크의 『피아노 치는 여자』가 더 편했다. 왜? 나도 의문이다.

마흔이 훌쩍 넘어 이번에 드디어 번역자로 읽은 『황야의 이리』는, 힘들었다. 우선은 그의 문체에 잘 적응이 되지 않았다. 이 점에 대해서는 글의 말미에 조금 자세히 써볼까 한다. 또한 수많은 흔적, 괴테, 모차르트, 니체, 융, 슈펭글러, 그리고 독일의, 서양의, 인류의 이런저런 역사의 흔적들이 너무 많이 보여 어지러웠다. 그리고 무엇보다, 내가 지금 하리의 나이다. 다행히 통풍은 없지만, 하리의 안에 들어앉아 있는 많은 것들이 지금 나에게도 들어 있다. 하라는 번역은 안 하고 구절구절 곱씹다 어느새 안드로메다까지 다녀오기를 거의 매일 반복했다.

십대에서 거의 오십대에 가까워진 지금에 이르기까지 『황야의 이리』는 분명히 한 모습이 아니었다. 그럼에도 불구하고 어린 그때부터 꾸준히 나를 들끓게 만든 것이 있다. 나는 거기서 처음으로 아웃사이더라는 걸 보았고, 그 이후로도 그것만은 변함이 없었다. 이른바 주류가 아니어도 괜찮다는 위로의 느낌, 마이너의 정체성, 그리고 삐딱한 거, 내가 『황야의 이리』에서 무엇을 읽었든, 한번 나에게 그게 배어든 뒤로, 내 안의 그것이 늘 텍스트와 공명했다. 물론 지금의 나는 그조차 부질없다는 회의를 느끼기도 했고, 심지어 그렇더라도 그런 시절은 지나온 사람이라야 하지 않겠냐는 나름의 여유마저 지니고 있는 듯하다. 분명한 것은, 그런 불온한 시기가 아직은 엄습하지 않은 이들에게도, 한참 그런 지옥을 통과해가고 있는 사람에게도, 그리고 여전히 자기 안에 그날의 뜨거웠던 느낌이 남아 있는 사람에게도, 『황야의 이리』는 훌륭한 위로가 되어주리라는 사실이다.

2. 하리 ± 헤세

하리 할러라는 인물에게서 헤세의 자전적인 모습을 발견하기는 어려운 일이 아니다. 엄격한 기독교적 교육방식으로 고통받았던 경험은 말할 것도 없고, 아내의 정신병력, 별거, 이혼, 스위스에서의 하숙 생활, 심지어 통풍을 앓은 것과 자살 충동을 느꼈던 것까지 둘은 꼭 닮았다. 더 나아가 불멸의 존재들로 거론되는 괴테 등에 대한 존경, 정치관, 미학관마저도 그들은 공유한다.

헤세는 1924년에 작품을 구상하기 시작해서 '오직 광인들만을 위하여'나 '무정부주의적 저녁 오락'이라는 가제 아래 작업을 시도했다. 하지만 이미 오래전부터 겪어온 정신적 위기는 정신분석 치료를 병행하고 있었음에도 자살 시도로 이어지며 더욱 심각해졌고, 작업은 부진할 수밖에 없었다. 1925년 다시 집필을 시도했을 때는, 가면무도회를 방문하기도 하고, 이를 위해 실제로 춤 교습을 받기도 했다. 1926년 몬타놀라로 돌아와 소설의 주요 부분을 완성한 뒤, 1926년에서 1927년으로 넘어가는 겨울에 다시 취리히로 가서 작품을 탈고했다. 헤세가 1877년생이니, 그의 나이 오십 세의 일이다. 작품 속의 많은 장소가 헤세의 바젤과 취리히에서의 경험에서 유래하며, 하다못해 하리의 하숙집에 있던 남양삼나무마저 실제로 존재했다는 것을 보면, 작품과 삶이 뒤엉킨 양상이 의미심장하다.

그러나 조금 더 깊이 살펴보면, H. H.라는 동일한 이니셜을 지닌 하리 할러와 헤르만 헤세만 닮아 있는 것이 아니라 여성인 헤르미네 역시 대칭 인물인 하리의 어린 시절 친구 헤르만과 더불어 헤르만 헤세의 또 다른 페르소나로 볼 수 있다. 그러고 보면 마법 극장만 하리의 수많은 내면 인물들로 유희하고 있는 것이 아니라, 『황야의 이리』 자체가 유사한 원리로 만들어진 놀이인지도 모른다.

작품의 구조 또한 이에 걸맞게 짜여 있다. 소설은 크게 세 부분으로 나뉘는데, 머리글은 하숙집 아주머니의 조카라는 시민적 일인칭 화자가 하리에 대해 보고하는 형식을 취하고 있고, 하리의 수기 부분은 하리 자신이 일인칭 화자로 나서며, 「황야의 이리 논고」 부분은 미지의 전지적 일인칭 화자에 의해 작성되었다. 이러한 상이한 세 개의 관점을 통해서 하리는 다각적으로 관찰되고 묘사되고 평가된다. 그리고 여기에는 대위법 또한 크게 한몫한다. 관점들이 하나의 사건을 중심으로 만들어내는 대위법뿐만 아니라, 인물 배치의 대위법, 인물들의 행동과 입장과 진술의 대위법, 의식과 무의식, 현실과 비/초현실의 대위법은 가히 정신분열적이다.

3. 몰락의 예감 앞에서

아무리 헤세의 개인적 흔적이 많이 발견되고 또 개인의 정체성 탐구가 주된 축을 이룬다고 해서 『황야의 이리』를 개인적으로만 받아들인다면, 텍스트의 다른 큰 축을 놓치게 된다. 사회와 문명 비판이 그것이다.

근대화가 늦어지는 통에 곤경을 겪었던 우리가 흔히 범하는 실수 중의 하나가, 식민주의가 맹위를 떨치던 시대의 서구에 완벽성의 허울을 둘러씌우는 일일 텐데, 사실 세기말의 각종 분위기는 배부른 자들의 호들갑만은 아니었다. 오히려 서구 문명의 속도에 스스로도 놀라 한편으로는 잃어버린 가치들을 그리워하고, 또 한편으로는 자신들이 이대로 몰락하는 것은 아닐까, 두려움에 차 있기도 했다. 방향 상실과 정체감, 부패와 몰락의 예감, 고삐 풀린 (기술)문명에 대한 두려움이 지성계를 강타한다. 오죽하면 보수와 혁명이라는 단어가 한데 모일 수 있었겠는가.

이러한 종잡을 수 없는 정체의 분위기 속에서, 어떻게든 벗어나야 한다는 다급함 속에서, 헤세 역시 제1차 세계대전이 터지자 열광하며 입대를 자원하게 되는 것이다. 그러나 제1차 세계대전이 대량살상전의 충격으로 다가오자 서구는 또 다른 고민에 휩싸인다. 헤세 또한 예외는 아니었고, 그가 이 시기에 정신적 외상에 고통받게 된 것 또한 우연도 개별 현상도 아니다. 기술전은 문명과 야만이 어떻게 하나일 수 있는지, 어떻게 그것이 자본의 논리와 맞물려 돌아가고 있는지를 극명하게 보여주었고, 눈먼 인간의 무리에 대한 두려움을 심어주었으며, 각종 기술 매체에 대한 혐오도, 정치(인)에 대한 의심도 어찌 보면 당연한 귀결이었다.

『황야의 이리』에서 헤세는 자신의 변화된 입장과 태도들을 하리의 입을 빌려 노골적으로 드러낸다. 대중매체와 기술에 대한 맹신과 열광에 대한 경계, 대중예술에서 풍기는 개성 상실과 부패의 악취에 대한 혐오, 보수주의자들과 정치인들의 행태에 대한 분노, 기꺼이 그들에게 놀아나는 속물 시민들에 대한 경멸, 그리고 이대로라면 결국 다시 도래할 새로운 전쟁에 대한 두려움에 찬 예감 — 이 모든 것이 하리를 자살 충동으로 몰아대는 고통의 근원이다. 그러나 헤세는 단순한 이분법에 만족하지 않는다. 하리 역시 자신 안에 그 모든 것을 품고 있고, 심지어는 그것들을 동경하고 그것들에서 쾌감을 얻기도 하며, 더 나아가 그가 지녔던 부정적인 평가 중의 일부는 그의 선입견으로 드러나고, 그것들을 포용하면서 그는 한 차원 더 풍부해진 인간으로 거듭난다. 어쩌면 여기에 『황야의 이리』가, 그리고 아웃사이더 하리가 지니는 강력하고 끈질긴 침투력과 호소력이 있는지도 모른다.

4. 낮고 깊숙한 그곳

이제 망설이던 그 지점에 도착했다. 어쨌건 간에 『황야의 이리』는 헤세의 작품 중에서 가장 파격적이다. 마약과 성매매는 기본이고, 정신분열은 아예 하리의 배경음악으로 깔아주시고, 동성애에, 쓰리썸은 슬쩍 눈 감고, 집단 섹스는 또 어쩔 거며, 바쿠스 축제를 현대에 체현하는 가면무도회와 마법 극장은 난감하기 짝이 없다. 그러니 어떻게 고상하고, 몽환적이고, 사색적이며, 심지어 신비하기까지 한 다른 작품들을 놔두고 대놓고 이 작품을 학생들에게 추천하겠는가. 자기들이 알아서 읽으면 또 모를까.

뜬금없이 전후 미국 도서관에서 노벨상 수상자의 책이면서도 금서 목록에 오르고, 오히려 그게 기폭제가 되어 68세대 히피들에게 성서의 반열에 올랐던 이유 역시 여기에 있는 것이 아닌가. 또한 (성적) 본능을 정말 다 풀어놓아도 좋을 세상은 언제고 어디에고 존재하기 어려울 테니 — 그러고 보면 인간은 참 대단하다. 그 고약하고 무시무시한 것들을 마음속에 품고 있으면서도 또 그걸 안에 꾹 담고 있고 정제해 내놓을 줄도 아니 — 그것이 문제가 될 때면, 언제든 『황야의 이리』는 다시 우리 사이를 어슬렁거리게 될 듯도 하다.

그렇다면 왜 헤세는 갑자기 이런 파격의 행보를 걸었던 걸까? 흔히 들을 수 있는 설명은 그의 정신분석 치료 경험과 이에서 연원한 무의식에 대한 관심과 연구를 그 원인으로 밝히는 것이다. 실제로 헤세는 『황야의 이리』 집필 전부터 시작해서 집필 동안에도 치료를 받았고, 융의 제자였던 주치의를 통해 이 분야에 관한 심도 있는 인식을 얻었다. 그러나 어쩌면 우리는 여기에 만족하지 말고 다시 한번 물어야 할지도 모른다. 그래서 왜 무의식과 정신분석에 관심을 가졌던 거냐고. 개인적 이유가 있었을 거다. 그러나 분명히 그것이 다가 아니었던 거다. 그래서 소설까지 썼던 걸 거다. 이 본능의 혼돈 또한 밑바닥까지 들여다보고 싶었던 인식 의지가 있었던 걸 거다.

5. 덧칠하기

공동번역자에게 번역 의사를 타진해보자, 헤세의 표현을 흉내 내자면, 눈에 아련한 동경의 불빛이 번뜩하는 것을 보았다. 비록 옮긴이의 글을 쓰는 일을 나에게 떠넘기기는 했지만, 진작 헤세의 작품을 모두 읽은 진짜 팬은 따로 있었다. 자신이 깊이 느끼며 읽었던 글을 이제 번역자로서 우리말로 옮긴다는 것은 무척 매력적이면서도 버거운 일이다. 생각보다 성에 차지 않을 가능성이 다분하기 때문이다. 더

구나 『황야의 이리』는 여러 차례 우리글로 소개되었던 터라, 의의를 찾는 일이 쉽지만은 않았다. 그럼에도 번역을 시도한 이유는, 헤세의 문체를 최대한 살리고 싶다는 생각 때문이었다.

기존의 독자들이 느낄 수 있었는지는 모르겠으나, 『황야의 이리』는 상당히 긴 문장들로 이루어져 있다. 대부분은 병렬의 접속사를 동반해서 나열하는 경우와 수식구/절을 추가로 달아가는 경우인데, 첫 번째 경우에는 그렇다고 그 모든 것을 '~고'로 옮길 수는 없는 노릇이고, 함부로 끊어서 가독성은 높이되 문장의 호흡과 맛은 죽일 수도 없고, '~해서', '~하니까'로 해석을 고정시키는 것도 마음 편한 일만은 아니었다. 두 번째 경우는, 이렇게 설명해볼 수 있겠다. 헤세가 그린 수채화들을 보면, 바탕색에 한 번 내지 두 번 정도 덧칠을 해서 음영을 주고 디테일과 입체감을 살리는 형태를 취하는데, 『황야의 이리』의 문장에서는 이러한 덧칠이 세 번 이상 일어나는 경우가 많았다. 우리말의 구조상, 그것들을 그대로 뒤에 내버려둘 수가 없고, 피치 못하게 앞으로 보내야 할 때가 많았고, 그로 인해 발생하는 수식의 혼란을 피하려면, 역시 문장을 끊거나 아니면 쉼표를 표식으로 투입하는 방식이 가능했다. 우리는 되도록 가독성에 큰 타격을 주지 않는 이상 후자의 방법을 택했다.

흔히 공동번역은 쪼개어 하는 경우가 많고, 그로 인해 여러 가지 폐해가 있다. 우리는 한 사람이 앞서가고 다른 사람이 뒤에 쫓아가며 수정해가는 방식으로 작업한다. 그리고 그 과정에서 이견을 조율하고 순서를 바꾸어 한 번 더 전체를 읽어나간다. 싸울 일이 늘어난다는 뜻이기도 하고, 많고도 긴 시간을 쏟아붓는다는 뜻이기도 하다. 이러한 방식을 이해해주시고 단 한 번의 원고 독촉도 하지 않은 편집자께 이 자리를 빌려 진심으로 감사를 표한다. 그리고 이번에도 역시 몇 달이 넘게 거의 매일 질문을 담은 이메일에 기꺼이 답해준 동료 라이너 푈메르크 교수에게도 또 한 번 감사의 마음을 전하고 싶다. 그 밖에도 옮긴이의 무식 탓에 여러 분을 귀찮게 했다. 모두 본인들 일처럼 배려해주셔서 감사할 따름이다. 번역 때문에 많이 못 놀아줬던 우리 집 꼬맹이들에게도 언젠가 이 책이 도움이 되기를 바란다.

2021년 8월

이준서 · 이재금

황야의 이리

초판 1쇄 인쇄 2021년 9월 7일
초판 1쇄 발행 2021년 9월 15일

지은이 헤르만 헤세
옮긴이 이준서 이재금
펴낸이 정중모
펴낸곳 도서출판 열림원

출판등록 1980년 5월 19일(제406-2000-000204호)
주소 경기도 파주시 회동길 152
전화 031-955-0700
팩스 031-955-0661
홈페이지 www.yolimwon.com
이메일 editor@yolimwon.com
페이스북 /yolimwon
트위터 @yolimwon
인스타그램 @yolimwon

주간 김현정
편집 장서원 황우정 최연서
디자인 강희철
마케팅 홍보 김선규 임윤정
제작 관리 윤준수 이원희 고은정 원보람

ISBN 979-11-7040-048-6 04850
979-89-7063-796-9 (세트)